소설 손자병법 ③

소설 손자병법 · 3

1판 1쇄 발행 1984년 2월 20일
1판 55쇄 발행 1993년 7월 25일
2판 1쇄 발행 1993년 12월 10일
3판 1쇄 발행 1995년 7월 1일
4판 1쇄 발행 2002년 9월 20일
4판 43쇄 발행 2025년 2월 28일

지은이 · 정비석
펴낸이 · 주연선

(주)은행나무
04035 서울특별시 마포구 양화로11길 54
전화 · 02)3143-0651~3 | 팩스 · 02)3143-0654
신고번호 · 제 1997-000168호(1997. 12. 12)
www.ehbook.co.kr
ehbook@ehbook.co.kr

ⓒ 정비석

ISBN 978-89-5660-011-6 04810
        978-89-5660-008-6 (세트)

• 이 책의 판권은 지은이와 은행나무에 있습니다. 이 책 내용의 일부 또는 전부를 재사용하려면 반드시 양측의 서면 동의를 받아야 합니다.

• 잘못된 책은 구입처에서 바꿔드립니다.

정비석 장편소설

소설
손자병법
③

은행나무

3권 차례

● 향수(鄕愁)와 고뇌 ———————————————— 7

● 오월동주(吳越同舟) ———————————————— 43

● 회계산(會稽山)의 굴욕 ———————————————— 76

● 경국지색(傾國之色) 서시 ———————————————— 111

● 오자서의 최후 ———————————————— 139

- 물무재(勿武齋)의 병담(兵談) ……………………… 177
- 오나라의 말로(末路) ……………………… 211
- 국파산하재(國破山河在) ……………………… 246
- 손빈과 방연 ……………………… 280

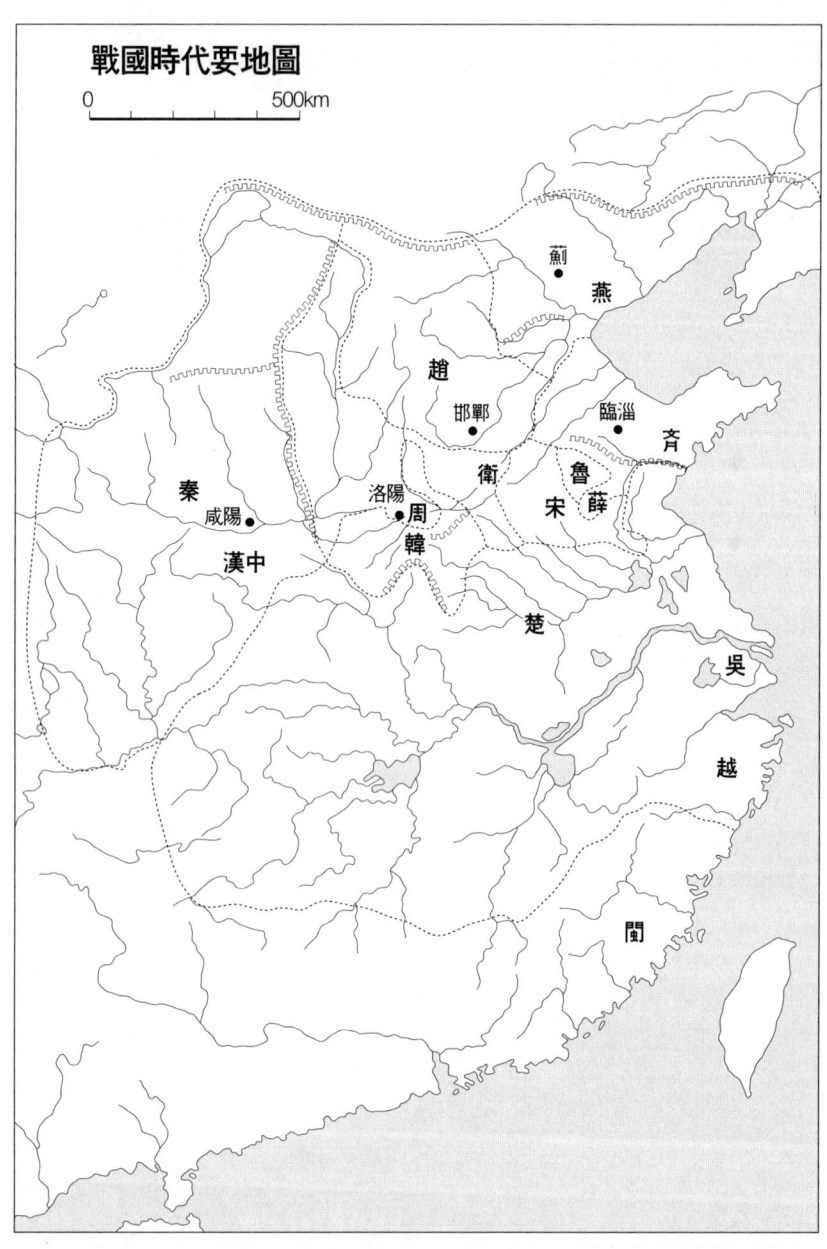

향수(鄕愁)와 고뇌

 초나라를 정벌하고 돌아온 손무는 비교적 시간이 한가하였다. 대사구(大司寇)라는 벼슬이 있었으나 본시부터 관직에는 흥미가 없는데다가 오자서가 재상으로 있었기 때문에 직접 정치에 나서지 않아도 되었던 것이다.
 '그렇다! 이런 기회에 병법이나 더 연구하자.'
 손무는 오랫동안 중단했던 병법 연구에 다시 박차를 가할 생각이었다.
 그러던 어느 날 천만뜻밖에도 제(齊)나라의 현사(賢士) 안영(晏嬰)이 찾아왔다. 안영은 곧 안평중으로 손무와 제나라에서 망년지교(忘年之交)를 맺은 벗이었다. 안영은 세상 형편을 살펴보기 위해 여러 나라로 떠돌아다니는 길에 멀리 오나라에까지 찾아오게 되었다고 했다.
 "천리 타향에서 옛 친구를 만나는 것(千里他鄕逢故友)을 인생의 3대 희열 중 하나로 일러 오는데, 오늘 이렇게 안평중 어른을 뵙게 되니 기쁘기 한량없습니다."

손무는 안영의 돌연한 방문을 진심으로 기뻐하며 반갑게 맞이했다.

"아닌 게 아니라 나도 자네를 잊을 길이 없어, 불원천리(不遠千里)를 마다 않고 찾아왔다네. 자네가 오 명보와 협력하여 오나라를 천하의 강대국으로 발전시켜 놓은 사실을 나도 잘 알고 있다네!"

안영도 손무와 만나게 된 것을 크게 기뻐했다.

손무가 옛 친구와 정답게 마주 앉아 술을 나눠 가며 말한다.

"어른께서도 아시다시피 저는 본시 병법 연구에는 흥미가 있어도 정치나 실전에는 흥미가 없었던 사람입니다. 그러한 제가 오자서라는 인물에 반하여 오나라에 와서 어찌어찌 하다 보니 결국은 이렇게 되고 말았습니다. 제가 고국을 떠나온 지도 이러구러 10년이 넘었는데, 그동안 고국 친구들은 모두 안녕하신지요?"

"덕택에 모두들 잘 있다네. 그러잖아도 친구들은 모여 앉기만 하면 자네가 하루 속히 고국으로 돌아와 주기를 바라고 있다네. '나뭇잎이 떨어지면 뿌리로 돌아온다(落葉歸根)'는 말이 있지 않은가? 자네도 어느덧 50이 다 되었으니 이국 생활을 접고 돌아와야 할 게 아닌가?"

손무는 그 말을 듣자 별안간 가슴이 뭉클해 왔다. 정든 고국을 떠나 낯선 나라에서 전지(戰地)로 전전한 지 어느덧 10여 년이었다. '나뭇잎이 떨어지면 뿌리로 돌아온다'는 말을 듣고 나니 불현듯 고국산천이 그리워 견딜 수가 없었다.

"음, 사람의 운명이란 참으로 모를 일입니다. 잠시 오 명보를 만나 볼 생각에 고향을 떠나 오나라에 온 것인데, 어쩌다 보니 10년이라는 세월이 속절없이 흘러 버렸습니다. 그러나 어르신 말씀대로 저도 언젠가는 고국으로 돌아갈 생각입니다."

손무는 거기까지 말하다가 문득 화제를 돌려,

"참, 제가 떠나 있는 동안 고국의 정세는 어떻게 변했습니까?"

하고 새삼스러이 고국 소식을 물어보았다.

잠시 침묵에 잠겨 있던 안영이 문득 고개를 들며 말한다.

"얼마 전에 아주 재미있는 이변이 하나 있었네."

손무는 '이변'이라는 소리에 눈을 커다랗게 뜨며 안영에게 반문한다.

"이변이라니요? 어떤 일이 있었기에 이변이라고 하십니까?"

안영이 다시 말한다.

"자네는 오랫동안 고국을 떠나 있었으니, 그간 우리나라에서 벌어진 일들을 모르는 게 당연할 걸세. 실상인즉, 우리나라는 얼마 전에 노(魯)나라의 문양(汶陽) 땅을 강제로 점령하고 있었다네."

"그런 일이 있었던가요? 그야말로 약소국에 대한 강대국의 횡포가 아닙니까? 그런데 그 일이 어떻게 됐다는 말씀입니까?"

"우리나라는 남의 나라 영토를 불법으로 강점하고 나서 노나라에 화친을 제의했었지."

"그런 술책은 강대국들이 약소국에게 흔히 사용하는 수법이 아닙니까? 결국 노나라는 싸울 힘이 없어서 울며 겨자 먹기로 그 제의에 동의하지 않을 수 없었을 것이구요."

국가와 국가 간의 분쟁 결과는 오직 국력의 강약으로 결정된다고 생각해 온 손무였다. 그런 까닭에 손무로서는 노나라가 제나라의 제안을 수락할 수밖에 없었을 것이라 판단했다. 그러나 안영은 손무의 말에 고개를 좌우로 흔들었다.

"강대국과 약소국이 회담을 할 경우 모든 일이 힘이 센 나라의 일방적인 의사대로 결정되는 것은 일종의 불문율처럼 되어 있는 일이 아닌가? 그러나 제로회담(齊魯會談)에서만은 그런 불문율이 보기 좋게 깨져 버렸다네. 강대국인 우리나라가 강점하고 있던 땅을 노나라에 고스란히 돌려주었단 말일세. 내가 '이변' 이라고 말한 것은 바로 그 점 때문이야."

손무는 그 말을 듣고 크게 놀란다.

"네? 억지로 빼앗았던 땅을 노나라에 고스란히 돌려주었다구요? 그럴 바에야 무엇 때문에 남의 나라 영토를 빼앗았단 말입니까?"

"돌려주고 싶어서 돌려준 게 아니라 울며 겨자 먹기로 마지못해 돌려준 것이지."

"강대국인 제나라가 약소국인 노나라 땅을 강점했던 것을 마지못해 돌려주다니, 저로서는 도무지 이해할 수 없는 얘기입니다."

"무력만이 만능이라고 믿는 자네로서는 좀처럼 이해하기가 어려운 일이 아니겠는가? 그러나 나는 얼마 전에 있었던 제로회담을 통해 세상만사는 반드시 무력에 의해서만 좌우되는 것이 아님을 새로이 깨달았다네."

"도대체 누가 무슨 재주를 부렸기에 노나라가 빼앗겼던 영토를 돌려 받을 수 있었단 말입니까?"

"재주를 부린 사람은 다름 아닌 노나라의 철인(哲人) 공중니(孔仲尼)였어."

손무는 '공중니' 라는 말을 듣고 펄쩍 뛰며 놀란다.

"'상갓집 개' 라고 불려 오는 그 늙은이 말인가요?"

손무는 일찍이 고국에 있을 때 공자의 가두유세(街頭遊說)를 직접 들어 본 일이 있었다. 70이 다 된 공자가 거리거리를 누비고 돌아다니며,

'국가 간의 분쟁을 무력으로 해결하려 들면 전쟁은 한없이 반복되는 법이오. 그러하니 인의예지(仁義禮智)를 널리 펴서 도의심(道義心)을 앙양시킴으로써 전쟁을 미연에 방지해야 합니다. 모든 나라가 골

고루 평화롭게 살아갈 수 있는 길은 오직 그 길밖에 없습니다.'
하며 대중 연설을 하는 것을 구경한 일이 있었다. 그 당시 손무는 공자의 말을 듣고 홀로 코웃음을 쳤었다.

'저 늙은이가 지금 무슨 잠꼬대 같은 소리를 지껄이는 거야. 두 개의 생체(生體)가 있을 경우 강자와 약자의 차이는 절로 생기게 마련 아닌가? 강자는 약자를 침식(侵蝕)해야만 자기 생명을 유지해 가기 마련인데, 어찌 도의심(道義心)만으로 평화를 유지해 갈 수 있단 말인가?'

손무는 공자의 평화론을 일고의 가치도 없는 잠꼬대 같은 말이라 생각하면서 그 자리를 떠났었다. 그런데, 불과 10여 년 전에는 그렇게도 '어리석은 늙은이'라고 생각했던 바로 그 공자가 강대국인 제나라에 빼앗겼던 영토를 고스란히 돌려받았다고 하니, 손무로서는 깜짝 놀라지 않을 수 없었다.

손무가 안영에게 다시 묻는다.

"공자가 무슨 수단을 부렸기에 제왕(齊王)이 빼앗았던 땅을 돌려주지 않을 수 없었던가요? 그 얘기를 좀더 자세하게 들려주시지요?"

여기서 안영은 제로회담 석상에서 오갔던 이야기들을 자세하게 말해 주고 나서, 다음과 같은 결론을 맺었다.

"일언이폐지하면, 공자는 무슨 신기한 술책을 쓴 것이 아닐세. 다만 의를 내세워 제나라의 불의를 통렬하게 논박(論駁)했을 뿐이었다네. 그런데 용감무쌍한 공자의 정론이 백만대군의 무력보다도 더 무서운 위력을 느끼게 해주더란 말일세. 공자가 '만약 제나라가 문양 땅을 빼앗아 노나라와의 선린관계(善隣關係)를 유린한다면 귀국은 멸망을 면하기 어렵게 될 것이옵니다' 하고 극언까지 하는 바람에 주군은 두말없이 문양 땅을 돌려준 것일세. 미루어 보건대 무력보다도 더 무서운 것이 있다면 바로 정의에 입각한 강렬한 정신력이 아닌가 싶었다네."

"음……."

손무는 거기서 커다란 진리 한 가지를 깨달았다.

'그렇다! 정신력은 무엇보다도 강하다. 백만대군일지라도 정신 무장이 되어 있지 않으면 오합지졸(烏合之卒)에 불과하다. 그러나 정신무장만 잘 되어 있으면 1천 명의 군사로써 10만 대군도 능히 격파할 수 있지 않던가. 그 점을 미처 깨닫지 못하고 공자의 평화론을 늙은이의 잠꼬대로만 여겨 왔던 내가 너무도 어리석었구나.'

손무는 새삼스러이 뉘우침이 절실하였다.

손무가 안영에게 다시 묻는다.

"공자가 그밖에 또 어떤 말을 했습니까?"

안영이 대답한다.

"무력으로 흥한 나라는 반드시 무력에 의하여 망하는 법이라고도 말했다네. 옛날 요순시대(堯舜時代)에는 만천하가 태평했었는데, 열국 제후들이 무력을 믿고 분쟁을 일으키게 되면서 세상은 난세가 되어 버리고 말았잖은가? 그러니 모든 나라가 화평하게 살아가려면 저마다 천수(天數)를 알아서 천의(天意)에 순응해야 한다는 것일세. 이를테면 '순천자는 존하고 역천자는 망한다(順天者存逆天者亡)'는 뜻이겠지."

손무는 그 말을 듣고 자기도 모르게 고개를 끄덕였다.

"음, 그 말씀도 소홀하게 들어 넘길 수 없습니다."

손무는 일찍이 오초대전(吳楚大戰) 때에 초국을 완전히 점령했던 적이 있었다. 그때에는 초국을 완전히 손안에 넣었다고 믿어 의심치 않았다. 그런데 난데없는 진군(秦軍)이 나타나는 바람에 다 잡았던 호랑이를 다시 놓아줄 수밖에 없었다.

"안평중 어른의 말씀을 듣고 보니, 저는 공자라는 사람의 고원(高遠)한 사상을 너무도 모르고 있었던 것 같습니다. 언제 한번 공자를 찾아가 많은 것을 배워야겠습니다."

안영이 대답한다.

"그것 참 좋은 생각이네. 공자 같은 철인을 만나 보면 자네의 병법 연구에도 많은 도움이 될 걸세. 그건 그렇고, 도대체 자네는 언제쯤에나 고국에 돌아오려는가?"

실상인즉 안영이 손무를 불원천리(不遠千里)하고 찾아온 목적은 그를 고국으로 데려가려는 데 있었다. 손무와 오자서가 버티고 있는 한 오나라의 국력은 더욱 강대해질 수밖에 없었다. 이런 상황을 그대로 방치해 두었다가는 제나라가 위험에 직면하게 되는 것은 시간 문제였다. 안영은 국난을 미연에 방지하기 위해 손무를 고국으로 끌어갈 생각이었다.

손무가 오랫동안 생각에 잠겨 있다가 대답한다.

"저라고 어찌 고국에 돌아가고 싶은 생각이 없겠습니까? 그러나 오랫동안 운명을 같이해 온 오왕 곁을 떠나려면 뚜렷한 명분이 있어야만 합니다. 때가 오면 반드시 돌아갈 테니, 그때까지만 기다려 주십시오."

안영은 그 말을 듣고 크게 기뻐한다.

"자네만 돌아와 준다면 제나라의 산천초목도 눈물을 흘리며 반가워할 걸세."

안영의 말에 손무는 자신도 모르게 향수의 눈물이 솟구쳐 올랐다. 안영이 다녀간 후로 손무는 고국에 돌아가고 싶은 생각이 더욱 간절했다.

'나뭇잎이 떨어지면 뿌리로 돌아간다' 던 안영의 말은 잠자고 있던 손무의 망향심(望鄕心)에 불을 질러 놓은 셈이었다.

'내가 전쟁에 몰두해 온 10년 동안 아이들은 얼마나 자랐고, 집안 형편은 어떻게 변했을까?'

손무 자신은 10년 동안 줄곧 전쟁에만 종사해 온 덕택에 천하에 명성을 떨칠 수 있게 되었다. 그러나 본시 명성에는 별로 애착이 없어, 10년간이나 허송세월(虛送歲月)을 한 듯한 느낌이 없지 않았다.

'이미 지나간 일은 어쩔 수 없지만 지금이라도 하루 속히 가족들의 곁으로 돌아가야겠다.'

그러나 오왕과의 깊은 인연을 끊고 오국을 떠나려면 뚜렷한 명분이 필요했다. 뚜렷한 명분도 없이 무턱대고 떠나려 하다가는 십상 오해를 사게 될 것이기 때문이었다.

하루하루를 엉거주춤한 자세로 지내고 있던 어느 날, 손무는 돌연 오왕의 부름을 받았다.

오왕이 손무에게 말한다.

"제나라 군주 경공(景公)에게는 백강(伯姜)이라고 부르는 미모의 공주가 있다고 하더이다. 손 원수는 전에 백강 공주를 만나본 일이 있으시오?"

손무가 대답한다.

"제나라 경공에게 어린 따님이 계시다는 말씀은 들은 바 있습니다. 그러나 제가 고국을 떠나온 지 이미 10년이 넘었기 때문에 공주를 직접 만나본 일은 없사옵니다."

"하긴 손 원수가 우리나라에 오신 지도 어언 10년이 넘었으니 이제 겨우 열여덟 살밖에 안 된 백강 공주를 만나보았을 리 만무하겠구려."

오왕은 손무의 말에 수긍하고 나서,

"실은 태자 파진(破秦)의 나이가 스무 살이 넘어 이제는 태자비(太

子妃)를 간택해야 하겠는데 적당한 혼처가 없어서 걱정이오. 그래서 이왕이면 제나라 군주의 딸인 백강 공주를 데려왔으면 싶은데 손 원수 생각은 어떠시오?"

손무는 대답하기가 매우 난처하였다. 제나라에서는 오나라를 '남쪽 오랑캐의 나라'로 업신여겨 오고 있어 제 경공이 과연 사랑하는 공주를 태자비로 줄는지 의심스러웠기 때문이다. 그러나 그런 말을 대놓고 할 수는 없어서,

"혼인이란 쌍방이 합의를 보아야만 성립될 수 있는 일이오니 만약 대왕께서 백강 공주를 데려올 의사가 있으시면 오늘이라도 당장 사신을 보내시는 편이 어떠하겠습니까?"

하고 말했다.

그러자 오왕은 별안간 얼굴에 노기를 띠며 씹어뱉듯이 말한다.

"우리가 백강 공주를 태자비로 데려오겠다는데 제나라에서 만의 하나라도 불응할 기색을 보인다면 그냥 내버려두지 않을 것이오."

국력이 막강해진 지금 오왕의 눈에 제나라 따위는 초개(草芥)로밖에 보이지 않는 모양이었다. 오왕의 오만불손한 태도에 손무는 형용하기 어려운 저항감을 느꼈다.

오왕 합려가 백강 공주를 태자비로 데려오려는 것은 말할 것도 없이 결혼을 통해 제나라를 자신의 세력권 내에 끌어들이려는 정략결혼(政略結婚)의 성격이 짙었다. 그러나 아무리 정략결혼이기로 혼사를 순조롭게 진행시키려면 상대방에 대한 예의는 지켜야 할 것이 아니던가.

성혼이 안 되면 그때에 가서 위협을 하든가, 군사를 일으켜 정벌을 하든가 해도 결코 늦지 않을 일이다. 그런데 오왕은 처음부터 '제 경공이 만약 말을 들어주지 않으면 제나라를 그냥 내버려두지 않겠노라'는 협박공갈조로 나오니, 그래서야 어떻게 혼사를 순조롭게 성립

향수(鄕愁)와 고뇌 15

시킬 수 있을 것인가?

손무는 비록 오나라에 몸을 담고 있지만 근본이 제나라 태생임을 오왕도 모르는 바가 아니었다. 그럼에도 제나라를 송두리째 무시하고 나오는 것이어서 손무는 불쾌하기 그지없었다.

'음, 이제 오나라를 떠나야 할 때가 닥쳐왔구나.'

손무가 내심 그런 직감을 하며 아무 대꾸도 아니 하자 오왕이 다시 말한다.

"그러면 손 원수의 말대로 제나라에 청혼사(請婚使)를 보내기로 하겠소. 이왕이면 다른 사람보다도 손 원수가 직접 가주는 것이 어떻겠소?"

손무는 그처럼 무례한 사명을 띠고 고국을 찾아갈 생각은 꿈에도 없었다.

"청혼사는 저보다는 다른 사람을 보내시는 편이 좋을 것 같사옵니다."

"그 이유는?"

"중신아비란 본시 제3자적 입장에 있는 사람이어야 하옵니다. 그런데 저는 본시 제나라 태생이 아니옵니까?"

손무는 거절하는 이유를 분명하게 말해 주었다.

"음, 듣고 보니 그렇기도 하구려. 그러면 백비 장군을 보내기로 합시다."

오왕은 백비를 청혼사로 임명하여 제나라에 보내기로 했는데 청혼문의 내용이 또한 오만불손하기 짝이 없었다.

나 오왕은 귀국의 백강 공주를 태자비로 삼고자 하니 제나라 군후는 기꺼이 수락해 주기 바라오. 만약 이 혼사가 뜻대로 이루어지지 않으면 귀국이 우리나라와 화친할 생각이 없다는 뜻이니 그때에는 우리 두 나라의 관계가 매우 험악하게 될 것이오.

청혼문이라기보다는 협박장이나 다름없는 내용이었다.
청혼문을 받아 본 제 경공은 크게 놀라 곧 중신회의를 열었다.
현신 안영이 말한다.
"오나라는 남쪽에 있는 오랑캐의 나라입니다. 그자들은 예의도 모르는 오랑캐의 족속임을 청혼문만 읽어보아도 알 수 있는 일이옵니다. 양반의 나라인 우리가 천금처럼 귀중하신 공주님을 어찌 오랑캐 나라의 태자비로 출가시킬 수 있으오리까? 대왕께서는 이 청혼을 단호하게 거절하셔야 옳은 줄로 아뢰옵니다."
백강 공주를 오나라의 태자비로 주어서는 안 된다는 안영의 주장은 간단하고도 명료하였다.
그러자 간신 양구거(梁丘據)가 정면으로 반박하고 나선다.
"전하! 안 대부의 말씀은 하나만 알고 둘은 모르는 주장인 줄로 아뢰옵니다. 오왕의 청혼문에는 만약 허혼(許婚)을 아니 하면 무력으로 우리나라를 정복하겠다는 의사가 분명하게 드러나 있사옵니다. 만약 이 혼사를 거절하려면 오나라와의 일전을 불사할 각오가 되어 있어야 할 터인데, 우리는 지금 전쟁을 치를 준비가 되어 있지 못하옵니다. 따라서 이 청혼은 국가의 안녕을 위해 허락을 하셔야 옳을 줄로 아뢰옵니다."
제 경공은 양구거의 말에 고개를 크게 끄덕인다.
"경의 말씀은 사리에 매우 합당하오. 양 대부의 말씀에 대해 안 대부는 어떻게 생각하시오?"
안영이 머리를 조아리며 다시 말한다.

"전쟁이 두려워 백강 공주를 오나라로 출가시키는 것은 적에게 백기를 들어 항복하는 것과 다름이 없는 일이옵니다. 우리의 정신 자세가 그처럼 허약해서야 국가의 안보를 어떻게 지탱해 나갈 수 있으오리까?"

그러자 양구거가 또다시 반론을 들고 나온다.

"전하! 안 대부의 주장은 부유(腐儒)들의 탁상공론에 불과한 것입니다. 전쟁은 이론이 아니고 엄연한 현실입니다. 오나라는 지금 초나라를 일거에 장악할 정도로 막강한 군대를 보유하고 있사온데, 그들이 오늘이라도 대거하여 쳐들어오면 무슨 힘으로 막아낼 수 있다는 말씀입니까? 주군의 보위를 안전하게 보존하시기 위해서라도 백강 공주는 오나라로 출가시켜야 마땅하옵니다. 우리가 오나라와 사돈을 맺으면 많은 이득을 볼 수 있을 터인데 어찌하여 들어오는 복을 차 버리고 스스로 국난을 불러들여야 하옵니까?"

제 경공은 '주군의 보위를 안전하게 보존하기 위해서라도' 라고 한 양구거의 말에 등골이 오싹해지는 불안감을 느꼈다. 60 고개를 넘어선 지금에 와서 오나라의 포로라도 된다면 그야말로 나라는 나라대로 망하고 자기 자신도 비참한 몰골을 면할 수 없을 것이기 때문이었다.

그런 까닭에 안영이 다시 반론을 펴려고 하자 손을 들어 발언을 제지하면서,

"대부들의 충성 어린 의견은 잘 들었소이다. 백강 공주가 나의 소중한 딸이기는 하나 국가의 존망이 걸린 문제이니 어쩔 수 없는 일 같소이다. 앞서 양 대부가 말한 것처럼 만약 이 혼사를 거절했다가는 장차 어떤 수난이 닥쳐올지 예측할 수 없는 일이 아니오? 나는 나라를 안전하게 보존하기 위해 백강 공주를 부득이 오나라의 태자비로 보내야 하겠소."

하고 최후의 단안을 내렸다.

제 경공이 백강 공주를 오왕의 태자비로 보내기로 결심한 것은 말할 것도 없이 오나라의 침공이 두려워서였다. 그러나 금지옥엽처럼 길러온 딸을 오랑캐의 나라로 시집을 보내자니 가슴이 찢어지는 듯이 아팠다. 제 경공은 화련(花輦)을 타고 오나라로 떠나가는 백강 공주를 성문 밖까지 전송하며 하염없이 눈물을 흘렸다. 그 바람에 전송 나온 군신들도 모두 한결같이 눈물을 흘렸다.

특히 안영은 슬피 흐느껴 울며,

"백강 공주님은 시집을 가시는 게 아니고, 오랑캐의 무리에게 납치를 당해 가시는 것이로구나!"

하고 소리 내어 탄식하였다.

백비가 백강 공주를 데리고 돌아오자 오왕은 크게 기뻐하며,

"그러면 그렇지! 제나라 따위가 어찌 감히 나의 요청을 거절하리오."

하며 콧대가 더욱 높아졌다.

그러나 손무는 백강 공주가 오나라로 끌려온 것을 보고 슬픔을 금할 길이 없었다. 만약 제나라에 충신이 단 한 명이라도 있었다면 '청혼장이 아닌 협박장'을 보고 백강 공주를 내주었을 리 만무했기 때문이다.

그리하여 손무는 어느 날 백비 집으로 찾아가 백강 공주를 태자비로 모셔 오기까지의 경위를 넌지시 알아보았다.

백비가 대답한다.

"대왕의 협박장이 크게 주효하여서인지 제나라 중신들은 모두들 겁을 집어먹고 저마다 공주를 태자비로 보내드리자고 했습니다."

"음, 대왕의 무례한 청혼장을 보고도 반발하는 중신이 한 사람도 없었단 말이오?"

"모두들 공포감에 사로잡혀 공주를 무조건 보내드리자고 주장하는데, 처음부터 끝까지 반대하는 사람은 오직 하나뿐이었습니다."

손무는 그 말에 일말의 기쁨을 느끼며,

"그 사람이 누구였소?"

하고 물었다.

백비가 대답한다.

"그 사람은 언젠가 손 원수를 찾아온 적이 있었던 안영이라는 사람이었습니다. 제나라 중신들은 모두가 겁쟁이뿐이었는데 안영 한 사람만은 제법 쓸 만한 현사였습니다."

손무는 결혼을 반대한 중신이 한 사람이라도 있었다는 소리를 듣고서야 그나마 위안이 되었다.

"안평중이야말로 제나라에 없어서는 안 될 유일한 충신이었구나!"

그러나 제나라에 정신이 바로 박힌 충신이 오직 안영 한 사람뿐이었던가 생각하니 다시 고국에 대한 비애를 금할 길이 없었다.

한편, 오왕은 초와 제의 양대 강국을 굴복시키고 나자 날이 갈수록 오만이 더해 갔다. 그리하여 그는 마침내,

"중원 천지에 나라가 많다 하되, 천하를 호령할 수 있는 대왕은 오나라의 나 이외에 또 누가 있더냐?"

하는 호언장담까지 하였다.

오왕이 권세에 도취되어 손무나 오자서 같은 공신들조차 점점 우습게 여기게 된 것은 말할 것도 없었다.

오왕은 천하를 호령하게 되자 다시금 주색에 탐닉하기 시작하였다. 세상만사가 맘대로 되고 보니, 그때부터 그가 즐길 수 있는 것은 오직 술과 계집뿐이었던 것이다. 그리하여 오왕의 신변에는 낮이나 밤이나 유두분면(油頭粉面)한 미녀들이 요소교태(妖笑嬌態)를 부리며 구름 떼

처럼 감돌았다.

어떤 시인이 그 광경을 보고,

방안에는 미녀들이 많고 많은데
그들은 옷차림조차 요기롭고 아름답구나.
窓中多佳人
被服妖且妍

하는 시를 읊은 일도 있었다.

식욕, 색욕, 권세욕을 인생의 3대 욕망이라고 일컬어 오거니와 먹고 살아가는 데 걱정이 없고 권세를 맘대로 휘두르게 되면, 최후까지 남는 것은 색욕뿐인 것이다. 그러기에 동서고금을 막론하고 천하를 얻은 제공들은 반드시 색욕에 빠졌다. '영웅이 호색한다(英雄好色)'는 말은 거기에 근거를 두고 생겨난 말이었다.

오왕도 그 규범을 벗어날 길이 없어 그의 신변에는 날이 갈수록 미녀들의 수효가 늘어났다. 미녀들이 늘어나면서 광활하던 대궐이 자꾸만 협소하게 느껴지는 것은 너무도 당연한 일이었다.

이에 오왕은 경치 좋은 소주(蘇州) 땅에 고소대(枯蘇臺)라는 거대한 대를 묻고, 화정궁(華政宮)이라는 대궁전을 새로 짓기 시작하였다. 이를테면 전고에 볼 수 없었던 거대한 토목 공사를 일으킨 것이었다.

무릇 천하를 얻은 제왕들은 대개 토목 공사를 크게 일으키는 게 상례였다. 또 대규모 토목 공사를 일으키게 되면 반드시 망한다고 단언해도 그다지 틀린 말은 아닐 것이다. 하 왕조(夏王朝)의 걸왕(桀王)도 주색에 미쳐 대궐을 새로 짓는 거대한 토목 공사를 일으켰다 망했고, 은 왕조(殷王朝)의 주왕(紂王)도 주색에 미쳐 대궐을 새로 짓는 거대한 토목 공사를 일으켰다 패망의 길을 걸었다.

그것은 역사의 귀중한 교훈이라고도 말할 수 있으리라. 그러나 마음이 교만해지면 역사의 교훈조차 깨닫지 못하게 되는 법이어서, 오왕은 자기가 망하는 줄도 모르고 수백만 명의 백성들을 동원하여 거대한 토목 공사를 서둘러 댔다.

손무는 그 모양을 보고 깊은 한숨을 내쉬었다. 오나라가 멸망할 날이 머지않아 보였기 때문이다. 손무는 기회가 오는 대로 오나라를 떠나 고국으로 돌아갈 생각이었다. 그러나 오나라에 몸을 담고 있는 날까지는 충성을 다하지 않을 수가 없어 하루는 오왕을 찾아가 이렇게 간언을 올렸다.

"대왕 전하! 토목 공사를 크게 일으키면 국력이 퇴폐하게 되옵니다. 국력이 퇴폐해지면 반드시 외침을 받게 되는 법이옵니다. 지금이라도 궁전 신조(新造)를 중지하심이 옳을 줄로 아뢰옵니다."

손무는 자기가 충언을 올리면 오왕이 어느 정도는 귀담아 들어주리라 믿었다. 그러나 그게 아니었다. 오왕은 손무의 간언을 듣고 나자 눈살을 찌푸리며,

"손 원수는 공훈이 많은 분이니 일등 공신으로서 노후의 안락을 충분히 보장해 드릴 작정이오. 그러나 손 원수는 무장(武將)일 뿐이지 정치인은 아니오. 따라서 나의 시정정책(施政政策)에 대해 일체 간섭을 말아 주기 바라오."

하고 말하는 것이 아닌가.

두말없이 그 자리를 물러난 손무는 이제야말로 오나라를 떠나야 할 때가 왔다는 단안을 내렸다. 대궐을 물러 나온 손무는 그 길로 오자서를 찾아갔다.

오자서가 손무를 반갑게 맞아들이며 묻는다.

"원수께서는 갑작스럽게 웬일이시옵니까?"

손무는 그 말에는 대답조차 아니 하고 어두운 데 홍두깨 격으로 불쑥 이렇게 묻는다.

"오 명보는 천도(天道)라는 것을 알고 계시지요?"

"천도라뇨? 별안간 무슨 말씀입니까?"

오자서는 어리둥절할 수밖에 없었다.

그러자 손무는 탄식이라도 하듯 이렇게 말했다.

"더위가 가면 추위가 오고, 봄이 가면 여름이 오는 법이지요. 대왕은 지금 제와 초를 굴복시키고 나자 유락(遊樂)에 빠져 전고에 없는 거대한 토목 공사를 일으키고 있소이다. 그러고서야 어찌 나라가 무사할 수 있겠소이까? 대왕은 지금 하나라의 걸왕이나 은나라의 주왕이 망한 것과 똑같은 길을 걸어가고 있으니, 이러고서야 나라를 어떻게 보존할 수가 있겠느냐 말이오?"

오자서는 그제야 손무의 심중을 알아차리고,

"원수께서 한번 간언을 올려 보시면 어떠하겠습니까? 다른 사람의 말이라면 몰라도 원수의 간언이라면 반드시 들어주실 것이옵니다."

손무는 머리를 가로 흔들었다.

"나 역시 내 말이라면 어느 정도 신청(信聽)해 주리라 믿고 있었기에 방금 대왕을 만나 뵙고 오는 길이오. 그러나 내 말에 대해서도 대왕은 마이동풍(馬耳東風), 우이독경(牛耳讀經)이었소."

"옛! 대왕이 원수의 충언조차 신청을 아니 하셨다는 말씀입니까?"

손무는 서글픈 표정을 지으며,

"일언이폐지하고, 이제 이 나라를 떠나야 할 때가 온 것 같소이다. 인품에 따라 고생은 함께할 수 있어도 안락만은 함께할 수 없는 사람이 있는 법입니다. 대왕이 바로 그런 사람이오. 그러니 내 어찌 더 이상 이 나라에 머물러 있을 수 있겠소."

오자서는 그 말을 듣고 펄쩍 뛸 듯이 놀란다.

"원수께서 이 나라를 떠나시다니요? 그게 무슨 청천벽력 같은 말씀이시옵니까?"

손무는 다시 입을 열어 조용히 말한다.

"내가 이 나라에 와 대왕을 돕게 된 것은 순전히 오 명보와의 우정 때문이었소. 이미 오 명보는 소원을 이루었으니 내가 이 나라를 떠나더라도 너무 섭섭하게 생각지는 말아 주오."

오자서는 손무의 손을 힘껏 움켜잡으며,

"원수께서 저를 버리고 떠나시다니 그게 무슨 말씀이시옵니까? 원수께서 떠나시면 이 나라는 어찌 되는 것이옵니까?"

그러나 누가 뭐라든 손무의 결심은 확고부동했다.

"나는 가족들을 너무도 오랫동안 내버려두었소. 이제는 고국에 돌아가 아이들을 돌봐야겠소. 그러니 나를 더 이상 붙잡지 말아 주오."

"……"

손무가 그렇게까지 단호하게 나오니 오자서는 그 이상 만류할 수가 없어서 묵묵히 한숨만 내쉴 따름이었다.

손무가 다시 말한다.

"작별하기에 앞서 오 명보에게 한 가지 들려주고 싶은 말씀이 있소이다."

"무슨 말씀이시옵니까?"

"아까도 말했지만 대왕은 고생은 함께할 수 있어도 안락은 함께할 수 없는 사람이니, 오 명보는 그 점에 각별히 유의하시는 게 유익할 것이오. 그리고 또……"

손무는 잠시 말을 중단했다가,

"남을 헐뜯는 것 같아서 이런 말을 함부로 하기는 안됐지만 태재(太宰) 백비는 언젠가 반드시 오 명보를 모함에 빠뜨릴 위험성이 농후한 사람이오. 그 점도 아울러 경계하는 편이 좋을 것이오."

오자서는 한숨을 거듭 쉬어 가며,

"원수의 말씀 깊이 명심하겠습니다. 이러나저러나 대왕이 저렇듯 음란(淫亂)만 일삼고 있으니 오나라의 운명이 장차 어찌 될 것 같사옵니까?"

손무는 오랫동안 말이 없다가 고개를 들어 조용히 말한다.

"만약 대왕이 음란을 그대로 지속한다면 언젠가는 반드시 월(越)나라의 침략을 받게 될 것이오. 그렇게 되면 오나라는 전고(前古)에 없던 수난을 겪게 될 것이오."

"그와 같은 수난을 막아내기 위해서라도 원수께서 이 나라에 계셔야만 할 것이 아니옵니까?"

"내가 이 나라를 떠나려는 것은 나 자신도 어찌할 수 없는 운명이니 그런 줄 아시고 붙잡지 말아 주오. 오 명보와 같은 훌륭한 지기와 작별하는 것이 가슴 아픈 일이기는 하지만 이것도 우리들의 운명이니 어찌 하겠소."

그런 다음 손무는 오자서에게 불쑥 작별의 손을 내미는 것이 아닌가.

오자서가 깜짝 놀라며,

"떠나시더라도 지금 당장 떠나실 것은 아니지 않습니까?"

"어차피 떠나야 할 길이니 빨리 떠나겠소이다. 내일 아침 대왕을 찾아뵙고 나서 곧 떠날 생각이오."

손무는 그 한 마디를 남기고 자리에서 일어섰다.

오자서는 무슨 수를 쓰든 손무를 붙잡아 두고 싶은 마음이었다. 그러나 손무의 확고부동한 태도로 보아 자기 힘으로는 붙잡아 둘 가망이 전연 없어 보였다.

'손 원수가 내일 아침 대왕을 만나기 전에 오늘 내가 먼저 입궐하여 손 원수를 보내지 말도록 간청해 보면 어떨까?'

생각이 거기에 미친 오자서는 부랴부랴 옷을 갈아입고 대궐로 들어갔다. 그러나 대궐문 안에 들어서자 근시(近侍)가 앞을 막아서며 말한다.

"대왕께서는 방금 전에 수렵(狩獵)에서 돌아오시어 지금은 주연에 임해 계시옵니다. 오늘은 누구도 입궐시키지 말라는 분부가 계셨습니다."

오자서는 기가 막혔다.

"허허, 여보시오. 나는 국가의 재상이오. 중대사가 있어 대왕을 뵈려고 하는데 나까지 입궐을 못 한다는 말이오?"

근시가 허리를 굽실거리며,

"죄송하옵니다. 누구도 입궐시키지 말라는 어명이 계셨으니 저로서는 어찌할 수 없사옵니다. 그토록 중대한 일이라면 내일 아침 일찍 들어오시면 어떠하겠습니까?"

오자서는 마지못해 대궐을 물러 나오면서도 마음속으로 통탄을 금할 길이 없었다.

'손 원수가 이 나라를 떠나려는 심정을 이제야 이해할 것 같구나!'

오자서는 손무와 작별하기 전에 단둘이 흉금을 털어놓고 얘기라도 나눠 보고 싶었다. 그리하여 집에 돌아오자마자 저녁 준비를 시켜 놓고 몸소 손무를 모시러 갔다.

그러나 동자(童子)가 나오더니,

"선생께서는 몸이 불편하셔서 일찌감치 잠자리에 드셨습니다."

"아니, 아직 저녁 진지도 안 드셨을 텐데 벌써부터 무슨 잠자리에 드셨다는 말이냐?"

"오늘은 속이 좋지 않으셔서 저녁을 굶으시겠다는 말씀이셨습니다."
"그러면 선생한테 들어가 이렇게 여쭈어라. 오 명보가 잠깐 선생님의 얼굴만이라도 뵙고 돌아가겠다고 하더라고 말이다."
그러자 동자가 다시 말한다.
"선생님께서는 오 명보께서 찾아오실 것을 이미 알고 계셨습니다. 오 명보께서 오시거든 내일 아침에 만날 테니 너무 섭섭하게 생각지 마시고 그냥 돌아가시게 하라는 말씀이셨습니다. 그러니 선생님을 꼭 만나 뵈려거든 내일 아침에 오시옵소서."
오자서는 이번에도 발길을 돌리는 수밖에 없었다.
'손 원수의 심정이 얼마나 처량하면 나하고 술잔을 나누는 것조차 기피하는 것일까?'
오자서는 생각이 거기에 미치자 눈물이 거침없이 쏟아져 나왔다.
사실 손무는 오나라를 떠나려니 처량하기 짝이 없는 심정이었다. 슬픔이란 건드릴수록 커지는 법이기에 마지막 밤을 혼자 조용히 보내고, 오왕에게 작별 인사만 고하고 그대로 떠나 버릴 결심이었다.
다음 날, 길 떠날 준비를 모두 갖추어 놓은 손무는 점심 무렵이 되어서야 대궐로 오왕을 찾아 들어갔다. 오왕은 요즘 들어 밤늦게까지 주연을 즐기는 관계로 기침(起枕)이 언제나 늦기에 일부러 입궐 시간을 늦추었던 것이다. 그럼에도 손무는 한나절이나 기다려서야 오왕을 만날 수 있었다.
오왕은 아직도 작취미성(昨醉未醒)인지 게슴츠레한 눈으로 손무를 바라보며 묻는다.
"손 원수가 무슨 일로 이처럼 일찌감치 입궐하셨소?"
그리고 나서 좌우에 시립해 있는 궁녀들을 돌아다보며,
"애들아! 어젯밤에 술을 과히 마셨더니 어깨가 뻐근하구나. 이리

와서 어깨를 좀 주물러라."

하고 말하는 것이 아닌가.

손무는 입맛이 썼다.

"대왕 전하! 신은 지난 10년 동안 전하의 각별하신 은총을 입었사옵니다. 대왕께서는 그동안 강대국인 제와 초를 굴복시켜 오나라의 위세를 만천하에 떨쳤사옵니다. 이제 신의 존재가 무용지물이 되어 버렸사온데 때마침 고국으로부터 '노모가 병환으로 누워 계시니 급히 돌아오라'는 전갈을 받았사옵니다. 그리하여 부득이 고향에 돌아가 노모를 봉양할까 하오니 대왕께서는 윤허를 내려 주시옵소서."

노모가 병환이라는 말은 오나라를 떠나기 위해 임기응변으로 꾸며댄 거짓말이었음은 두말할 것도 없었다.

오왕은 손무의 말을 듣고도 별로 놀라는 기색이 아니었다.

"허어, 자당께서 병환이시라면 매우 걱정이 되시겠소이다. 지난날 손 원수의 공로가 대단했기에 나는 경과 더불어 노후의 쾌락을 함께할 생각이었는데 갑작스레 귀국하시겠다니 매우 섭섭하구려. 노모께서 병환이시라니 못 가게 할 수도 없는 일이고, 고향에 잠시 다녀오시더라도 옛날 모양으로 나를 다시 도와주시는 것이 어떠하겠소?"

말만은 번지르르 했지만 진심으로 붙잡아 두려는 성의는 손톱만큼도 없는 말투였다.

손무가 머리를 조아리며 대답한다.

"과분하신 은총의 말씀에 오직 감사드릴 따름이옵니다. 그러나 대왕 전하의 막하에는 오자서와 백비 같은 천하의 영웅호걸들이 많사오니 이제 소신 따위는 별로 쓸모가 없을 것이옵니다. 그러하니 소신이 고향으로 돌아가 병중의 노모를 마음 놓고 봉양할 수 있도록 너그럽게 허락하여 주시옵소서."

"음, 손 원수의 효성이 그처럼 극진하니 내 어찌 막을 수 있으리오. 그러면 일단 돌아가셨다가 다시 오고 싶으면 언제든지 돌아와 주시기를 바랄 뿐이오."

"홍은이 망극하옵니다."

손무가 오왕에게 작별 인사를 고하고 대궐문을 나서니, 오자서가 문 밖에서 초조하게 기다리고 서 있었다.

손무를 본 오자서가 부리나케 달려오며 묻는다.

"주공을 만나 뵙고 나오시는 길입니까?"

"지금 막 만나 뵙고 나오는 길이오. 바쁘실 텐데 나를 위해 일부러 와 주셨구려."

"원수를 만나 뵙는 일보다 더 중요한 일이 어디 있겠습니까? 주공께서는 뭐라고 하셨습니까?"

"고국에 돌아가도 좋다는 윤허를 받아 가지고 나오는 길이오."

오자서는 그 소리에 자기 귀를 의심하는 표정으로,

"아니, 주공께서 즉석에서 윤허를 내리셨다는 말씀입니까? 그게 사실이옵니까?"

손무는 미소를 지어 보이며 이렇게 말했다.

"회자정리(會者定離)는 인생의 원리가 아니오. 일면식도 없던 우리가 10년 동안이나 생사고락을 같이해 오며 마음껏 우정을 나누었소이다. 섭섭해하는 오 명보의 마음은 내 잘 알고 있소이다. 나 역시 오 명보 못지않게 헤어지기가 섭섭하다오. 그러나 모든 것이 운명일진대 깨끗이 체념하고 웃으면서 헤어지기로 합시다."

"……."

오자서는 대답도 못 하고 옷소매로 눈물을 닦았다.

손무가 다시 말한다.

"어차피 가야 할 길이니 빨리 떠나겠소이다. 피차 간에 죽지 않으면 반드시 재회할 날이 있을 테지요. 설사 영영 못 만난다손 치더라도 내 눈에 흙이 들어가기 전에는 오 명보를 잊지 못할 것이오."

손무가 그렇게 말하고 미리 대기시켜 놓았던 말에 오르려고 하는데, 근시(近侍) 하나가 대궐에서 마차 한 대를 급히 몰아 나오더니 손무를 부른다.

"무슨 일이오?"

근시는 손무에게 커다란 상자 하나를 내밀며,

"대왕께서 손 원수에게 드리라고 하시면서 이 보물 상자를 하사하셨습니다. 이 상자 속에는 진귀한 보물이 가득 들어 있사오니 고국에 돌아가실 때 꼭 가지고 가시라는 분부셨습니다."

손무는 웃으면서 손을 내저었다.

"대왕께서 이처럼 과분한 선물을 내려 주셨다니 그지없이 고맙소이다. 하나 나는 본시 이 나라에 빈손으로 와서 10년 동안이나 호강을 하다가 돌아가는 길이니, 어찌 이런 과분한 선물을 받을 수 있겠소. 어차피 빈손으로 온 몸, 빈손으로 돌아갈 생각이니 이 보물을 대왕전에 돌려드리고 오해가 없도록 잘 말씀해 주시오."

선물을 끝끝내 사양한 손무는 말에 올라 오자서를 웃는 얼굴로 바라보며,

"오늘은 날씨가 화창하여 말을 달리기가 매우 상쾌할 것 같소이다."

오자서는 가슴이 미어지는 듯하여 와락 달려들어 말고삐를 붙잡으려 하였다. 그러나 손무가 말 엉덩이에 채찍을 호되게 후려갈기니 말은 무인 광야를 향해 쏜살같이 달려나갔다.

오자서는 멀어져 가는 손무의 뒷모습을 하염없이 바라보며 소리 없이 흐느꼈다.

오나라에서 제나라까지는 수많은 국경과 태산준령을 넘어야 하는 머나먼 길이었다. 휴전 이후 말을 처음으로 타보는지라 모진 바람을 일으키며 거침없이 달려나가는 기분은 말할 수 없이 상쾌하였다. 얼마를 달리다 보니 멀리 보이는 산천이 무척 눈에 익었다.

'저 산이 무슨 산이더라?'

말고삐를 늦추며 유심히 바라보니 그 산은 오초 양국의 국경 지대에 있는 기산(箕山)이었다. 일찍이 오초대전 때에 쌍방이 뺏고 빼앗기는 치열한 공방전을 일곱 차례나 거듭하면서 3만 명 가까운 적병을 섬멸시켰던 격전장이 바로 기산이었던 것이다.

감개무량하여 말을 멈춘 손무는 산천초목을 새삼스러이 바라보았다.

'풀과 나무들이 옛날보다는 훨씬 무성해 보이는구나. 혹시 초목이 저렇듯 무성하게 자라는 것이 수많은 병사들의 피와 살을 흠뻑 빨아먹었기 때문은 아닐까? 수만 명의 젊은 용사들이 임금에게 충성을 다한다는 명목으로 무참하게 죽어갔건만 오왕이나 초왕은 그 대가로 과연 무엇을 얻은 것일까?'

생각하면 전쟁이란 어처구니없는 한바탕의 꿈인 듯했다.

'허무하게 죽어간 병사들만 불쌍하구나!'

그러나 불쌍하게 여겨지는 것은 병사들만이 아니었다. 원수(元帥)라는 이름으로 백만대군을 호령했던 손무 자신도 불쌍하게 여겨졌다. 손무 자신은 초군을 가는 곳마다 섬멸시켜 '천하의 명장'이라는 명예를 얻을 수가 있었다. 그러나 그와 같은 하찮은 명예를 얻기 위해 수만 명의 병사들이 희생의 제물로 사라진 것을 생각하니 씁쓸함이 앞섰다.

손무는 문득 옛 시 한 수를 떠올렸다.

기름진 강산에서 싸움이 시작되어
백성들은 무엇으로 살림을 꾸려 가랴.
천자와 왕을 위해서라고 말하지 말라.
장수 하나 공을 세우는 데 만 명이 죽어간다.
澤國江山入戰圖
生民何計藥樵蘇
憑君莫話封侯事
一將功成萬骨枯

그렇게 따지고 보면 전쟁처럼 백해무익한 것도 없어 보였다.
'어리석게도 나는 무엇 때문에 병법을 연구하기 시작했던가?'
손무는 인생관을 근본적으로 달리해야 옳을 것만 같았다. 그러자 불현듯 머리에 떠오르는 사람이 있었으니, 바로 공자였다.
'병법의 병(兵)자도 모르는 공자가 남에게 빼앗겼던 국토를 정정당당하게 돌려받았다. 한데 병법을 한평생 연구해 온 나는 애꿎은 병사들만 희생시켰을 뿐 얻은 것이 아무것도 없지 않은가?'
손무는 공자가 위대한 사상가임을 새삼스러이 깨달은 느낌이었다.
오도(吳都)를 떠나 귀향길에 오른 지 사흘째 되는 날의 일이었다. 손무는 날이 저물어 사방이 캄캄하게 어두워올 무렵 하룻밤 신세를 지기 위해 심산유곡에 있는 오막살이를 찾아 들어갔다. 첩첩산중에 인가라고는 오직 그 집뿐이었다. 그 집 식구라고는 80객 노파와 20대 중반으로 보이는 젊은 아낙네와 두 살배기 어린아이 하나가 있을 뿐이었다.
손무는 저녁을 한술 얻어먹고 초저녁부터 윗방에 혼자 누워 있었는데, 마침 그 집은 누군가의 제삿날인 모양이었다. 밤이 깊어 오자 아랫방에서 제상을 차려놓고 제사를 지내고 있었던 것이다.

80객 노파와 젊은 아낙네가 다같이 제상 앞에 엎드려 곡을 하는데, 그 울음소리가 가슴을 에어내는 듯이 슬프게 들렸다. 손무는 도저히 잠을 이룰 수가 없어 아랫방으로 내려와 울고 있는 노파에게 말을 걸었다.

"할머니! 그만 고정하시지요. 지금 누구의 제사를 지내고 있는데 이리 슬피 우십니까?"

눈물로 얼룩진 얼굴을 든 노파가 옆에서 정신 없이 울고 있는 젊은 아낙네를 가리키며 화풀이라도 하듯 퉁명스럽게 대답했다.

"이애의 남편이자 내 손자의 제사를 지내고 있는 것이라오. 10여 년 전에는 내 아들이 전쟁터로 끌려나가 죽더니, 작년에는 손자 놈마저 전쟁터에 끌려나가 죽고 말았으니, 이제 우리 집은 완전히 망해 버린 것이 아니고 뭐겠소. 백성들을 이런 꼴로 만들어 놓고, 나라가 잘 되면 얼마나 잘 될 것이오."

손무는 그 소리에 가슴이 뜨끔하였다. 그들을 불행하게 만든 책임이 자기한테도 있는 것만 같았기 때문이다.

그리하여 손무는 다시 물어 보았다.

"손자 분은 어느 싸움에서 전사를 하였습니까?"

노파는 또다시 씹어뱉듯이 대답한다.

"어디로 끌려나가 죽었는지 우리가 어떻게 알겠소. 우리 집 아이가 죽은 것은 제나라에서 왔다는 손가(孫哥)라는 놈 때문이었지요."

손무는 그 말에 눈앞이 아득하였다.

"손가라뇨? 손…… 누구를 말씀하시는 것입니까?"

"싸움 잘하기로 유명한 손무라나 뭐라나 하는 놈 말이오. 난데없이 그놈이 우리나라에 와 임금님더러 초나라를 치라고 충동질을 하는 바람에 우리 집 아이까지 끌려나가 죽고 말았지 뭐요. 그놈 때문에 수많은 젊은이들이 죽어 갔으니, 그놈은 원수보다도 더한 놈이오. 그런 놈이 우리나라에 와 있으니 나라가 망할 징조가 아니고 뭐겠소."

손무는 그 말을 듣고 등골에 식은땀이 쭉 흘렀다. 자기가 오왕더러 초나라를 치게 한 것은 오자서를 도와주기 위해서였다. 그러나 그 일로 인해 오국 백성들에게 그처럼 무서운 원한을 사고 있을 줄은 꿈에도 모르고 있었던 것이다.

제상 앞에 엎드려 울고 있는 주인 식구들의 비참한 광경을 바라보는 손무의 심정은 착잡하기 이를 데 없었다. 전쟁이라는 것이 많은 사람들을 그처럼 비참하게 만들 줄은 미처 몰랐던 것이다.

병사들이 전사하면 청상과부가 생겨나고, 여러 명의 고아가 생겨나고, 많은 유족들이 슬픔과 절망에 허덕이게 되는 것은 너무도 당연한 일이다. 그러나 정작 지휘관들은 오로지 승리에만 열중하여 그런 결과 따위는 사소한 일로 치부하고 마는 것이다.

'전쟁이란 절대로 할 것이 아니로구나!'

손무는 커다란 죄책감에 가슴이 미어져 오는 것만 같아 차라리 주인 노파에게, '할머니! 제가 바로 할머니께서 원수보다도 더 미운 놈이라고 말씀하신 손무라는 사람입니다' 하고, 자신의 정체를 솔직하게 밝히며 사죄라도 하고 싶은 심정이었다. 그러나 그렇게 한들 공연한 소란만 일으킬 뿐 죽었던 사람이 다시 살아 돌아올 리 만무하지 않은가?

손무는 유족들을 성심껏 위로해 주다가 자기 방으로 돌아와 잠자리에 누웠다. 그러나 잠이 올 리가 없었다. 오초 전쟁에서 죽은 양국 전사자들의 수효는 줄잡아 5만 명이 넘었다. 그러면 유가족들은 적어도 백만 명에 가까울 것이 아니겠는가.

'나는 무슨 권리로 그 많은 사람들을 불행의 구렁텅이로 몰아넣은 것일까?'

생각할수록 엄청난 죄악을 범한 것 같았다.

'목숨이 소중하기는 지휘관이나 병사나 조금도 다를 바가 없지 않은가? 그런데 무수한 병사들을 사지로 몰아넣고도 천하의 명장이라는 명예만은 혼자서 독차지한 내가 아니었던가?'

그야 물론 군대라는 거대한 조직을 일사불란하게 통솔해 나가려면 명령을 내리는 자와 복종하는 자의 구별은 반드시 있어야 한다. 그러나 생명의 존엄성이라는 견지에서 보자면 그 사이에 차별이란 있을 수 없는 것이다.

손무는 공자의 평화론을 다시 한번 연상하지 않을 수 없었다. 옛날에는 '늙은이의 잠꼬대'로밖에 여겨 오지 않았던 공자의 전쟁 반대론이 이제는 만고의 진리처럼 성스러운 사상으로 여겨졌던 것이다.

모든 제후들은 전쟁을 일으킬 때에 으레 '국리민복(國利民福)을 위해서'라고 부르짖는다. 그러나 백성들은 전쟁 때문에 얼마나 많은 시달림을 받아야 하는가.

'어쩌다가 길을 잘못 들어 한평생 병법을 연구해 오고 있지만 전쟁이란 결코 해서는 안 될 것이었구나!'

손무는 병법 연구를 깨끗이 포기해 버리고 이제부터나마 공자의 제자가 되어 그의 고매한 철학을 배우기로 결심하였다.

다음날 아침, 손무는 주인 노파와 작별하고 다시 길을 떠나면서 몸에 지니고 있던 모든 재물을 송두리째 털어 주며 이렇게 말했다.

"할머니의 식구들은 손무라는 자 때문에 불행하게 되셨지만 그자는 이미 오나라를 떠나 제나라로 돌아가 버렸습니다. 그러니 더 이상의 불행은 없을 것입니다."

그러자 노파는 시큰둥하게 대답한다.

"아들과 손자가 모두 다 죽었으니 이제는 전쟁이 일어나도 겁날 것이 없다오."

손무는 또 한번 뒤통수를 얻어맞은 기분으로 말을 달리기 시작하였다.

길을 떠난 지 여러 날 만에 손무는 기어이 제나라 땅으로 접어들었다.

'고국을 떠난 지 10여 년 만에 이제야 내 나라의 흙을 다시 밟게 되었구나.'

제나라의 산천이라고 다른 나라와 유별나게 다른 것도 아니건만 손무는 고국산천이라는 생각에 감격의 눈물이 솟았다.

'아아, 고국산천이란 일생을 두고 잊어버릴 수 없는 곳이로구나.'

고향 마을이 가까워 올수록 가슴이 설레며 마음이 초조해 왔다.

'아이들은 얼마나 자랐고, 생계는 어떻게 꾸려오고 있을까?'

오만 가지 일들이 갑작스럽게 궁금해 왔다.

큰길에서 고향 마을로 들어가려면 조그만 냇물을 건너야 했다. 냇물을 건너면 아이들의 놀이터인 풀밭이 있었다. 손무가 어렸을 때 날마다 숨바꼭질을 하며 뛰놀던 바로 그 풀밭이었다. 그 풀밭에서 오늘은 20여 명의 아이들이 두 편으로 나뉘어 전쟁놀이를 하고 있었다.

'내가 어렸을 때에는 숨바꼭질을 하며 놀았는데, 요즘 아이들은 숨바꼭질 대신 전쟁놀이를 하며 노는가 보구나.'

손무는 아이들의 전쟁놀이를 구경하려고 풀밭에 잠시 말을 멈추었다. 그러자 아이들이 전쟁놀이를 하다 말고 우르르 몰려오더니 손무를 삽시간에 에워싸 버리는 것이 아닌가.

"너희들, 갑자기 왜 이러느냐?"

그러자 대장 행세를 하고 있던 열두 살쯤 되어 보이는 아이가 도도한 자세로 손무 앞으로 나서며,

"댁은 뉘신데 허락도 없이 남의 영내에 함부로 들어오는 겁니까? 남의 영내에 무단 침입하는 자는 군법에 의하여 참형을 당하게 되는 줄도 모르시오?"

하고 서슬이 시퍼렇게 호통을 치는 것이 아닌가.

어린아이치고는 위세가 너무도 당당하여 자기도 모르게 말에서 뛰어내린 손무는 소년을 향해 머리를 숙여 보였다.

"여기가 영내라는 것을 모르고 무단 침입을 했구나. 그런 줄 알고 용서하거라."

소년 대장은 그 말을 듣고 나더니 싱그레 미소를 지으며 말한다.

"손님은 군법이 어떻다는 걸 잘 알고 계시는 모양이죠? 그런 의미에서 특별히 용서해 드리겠습니다."

손무는 소리 내어 웃었다.

"하하하, 용서해 준다니 고맙구나. 도대체 너는 뉘 집 아이냐?"

손무의 질문에 소년은 잠시 머뭇거리다가,

"우리 아버지가 누구라는 것을 말해도 잘 모르실 거예요. 그러나 우리 할아버지가 누구라고 말하면 손님은 아마 기절초풍을 하도록 놀라실 겁니다."

손무는 너무도 엉뚱한 대답에 크게 소리를 내어 웃었다.

"하하하, 네가 아주 맹랑한 소리를 하고 있구나. 너의 할아버지가 누구이기에 이름만 듣고도 기절초풍을 한다는 말이냐?"

그러자 소년은 두 어깨를 으쓱 치켜 올려 보이며 의기양양하게 말한다.

"손님은 설마 손무 원수라는 어른을 모르신다고 하지는 않으시겠

죠? 오나라에 가셔서 초나라를 때려부순 손무 원수가 바로 저의 할아버지가 되시는 어른입니다."

"뭐야? 네가 손무의 손자라고?"

손무는 소스라치게 놀라지 않을 수 없었다. 그리하여 소년의 손을 덥석 움켜잡으며,

"내가 바로 손무인데, 그러면 너는 나의 손자라는 말이냐?"

소년은 잠시 어리둥절해하다가 다음 순간 손무의 품안으로 왈칵 뛰어들며,

"할아버지! 보고 싶었습니다."

하고 울음을 터뜨려 버리는 것이 아닌가. 두세 살 때에 헤어졌다가 10여 년 만에 다시 만나는 할아버지와 손자의 감격적인 대면이었다.

손무는 슬하에 본시 치(馳), 명(明), 적(敵) 등 3형제를 두었다. 소년은 둘째 손명(孫明)의 아들인 손빈(孫濱)이었던 것이다.

손무는 손자 빈과 함께 집으로 돌아와 가족들을 반갑게 만났다. 세 아들은 어느새 나이를 먹어 모두 장년이 되어 있었고, 젊었을 때에는 남달리 미인이었던 부인도 어느새 백발이 성성한 할머니로 변해 있었다. 그러나 세월이 아무리 흘러도 추호의 변화가 없는 것이 골육지정(骨肉之情)이었다.

손무가 집에 돌아와 보고 크게 놀란 사실이 하나 있었다. 그것은 다름 아닌 손자인 빈이 어린 나이에 병법 연구에 비상한 재능을 가지고 있다는 사실이었다. 빈 소년은 병법에 대한 관심이 어떻게나 많은지 한 번은 할아버지에게 이런 말까지 하였다.

"할아버지는 정말로 위대한 어른이십니다. 저는 할아버지가 쓰신 병서를 백 번도 더 읽어봤습니다. 그 책은 할아버지가 아니면 어느 누구도 쓸 수가 없었을 겁니다."

"예끼, 이 녀석아! 네가 무얼 안다고 그런 소리를 하느냐? 실상인즉 그 책은 아직 미완성이란다."

그러자 당돌한 소년은 이렇게 대답하는 것이었다.

"저도 그 책이 미완성인 것은 아버지한테서 들어 알고 있습니다. 할아버지께서는 어떤 일이 있어도 그 책을 완성시켜 주십시오. 만약 할아버지께서 그냥 내버려두신다면 후일에 제가 대신해서라도 완성시키겠습니다."

손무는 철없는 손자의 말에 '피는 속일 수 없는가 보구나' 하는 감격을 새삼스러이 느꼈다. 솔직히 말하면 손무는 사랑하는 손자를 병법 연구의 후계자로 만들고 싶은 생각은 추호도 없었다. 전쟁은 허망하기 짝이 없는 일임을 몸소 체험해 온 까닭이었다. 전쟁 때문에 무고한 백성들이 수없이 불행하게 된다는 사실을 심산유곡에서 만났던 노파를 통해 뼈에 사무치도록 절감한 탓이기도 했다.

그러기에 손무는 병법 연구를 깨끗이 포기해 버리고 금후에는 공자의 제자로 들어가 인류의 평화를 위해 심혈을 기울여 볼 결심이었다. 많은 젊은이들을 전선으로 끌어내어 죽게 만들었던 잘못을 속죄하는 의미에서도 마땅히 그래야 옳을 것 같았다. 그런데 엉뚱하게도 어린 손자 녀석이 병법 연구에 열을 올리고 있으니 손무는 매우 딱한 생각이 들었다.

어느 날 손무는 손자를 조용히 불러 이렇게 타일렀다.

"빈아! 할아버지는 전쟁을 많이 해보았다. 그래서 전쟁이 어떤 것임을 잘 알고 있다. 전쟁이란 죄 없는 사람들을 함부로 죽이는 일이다. 따라서 전쟁은 결코 할 짓이 못 된다. 그러니 너는 병법 연구를 단념하고 다른 방면의 공부를 해보는 것이 어떻겠느냐?"

그러나 빈 소년은 고개를 흔든다.

"할아버지! 전쟁이 사람을 많이 죽이는 일이라는 것은 저도 잘 알고 있습니다. 그러나 많은 나라들이 서로 간에 밀치고 당기면서 살아가는 세상이다 보니 전쟁은 필연적일 수밖에 없습니다. 그러하니 생존을 위해서라도 병법 연구는 절대로 필요한 공부일 것 같습니다."

손무는 어린 손자의 정연한 논리에 내심 탄복해 마지않으며,

"음, 너는 사람을 죽이는 연구가 그렇게도 흥미로우냐?"

그러자 소년은 펄쩍 뛰면서,

"할아버지께서는 병서에서 언급하기를 병법이란 사람을 죽이는 연구가 아니라 사람을 살리는 방법을 연구하는 학문이라고 하셨습니다. 저 역시 그렇게 느꼈는데 잘못된 생각입니까?"

손무는 그 말을 듣고 크게 놀랐다.

"아니다. 그것은 네가 옳게 보았다. 병법 연구의 근본 목적은 사람을 죽이지 아니하고 전쟁에서 이기는 방법을 연구하는 데 있느니라. 그러나 좋은 무기를 가지고 있으면 언젠가는 써보고 싶어지듯이, 병법 연구에 자신이 생기면 전쟁을 일으켜 보고 싶어지는 법이니라. 그러하니 병법에는 애초부터 관심을 안 가지는 것이 상책이라는 말이다."

그러자 손자는 가벼운 미소를 지으며,

"할아버지께서 오초대전에 참전하셨던 것을 염두에 두고 하시는 말씀처럼 들립니다. 저도 병법을 독실하게 연구해 언젠가는 할아버지처럼 원수가 되어 보고 싶습니다."

아무리 타일러도 소년은 병법 연구를 단념할 기색이 보이지 않았다.

'네가 병법 연구에 그렇게까지 열의가 있다면 어쩔 수 없는 일이로구나.'

그러나 손무 자신은 병법 연구를 일체 포기해 버리고 이제는 노나라로 공자를 찾아가 볼 궁리만 하고 있었다. 손무는 고향에 돌아온 지

며칠 후에 현사 안영을 예방하려고, 그를 집으로 찾아갔었다. 그러나 안영은 백강 공주를 오나라로 시집보내는 데 반대했다는 이유로, 간신 양구거의 모함에 빠져 벼슬을 박탈당한 후 어디론가 종적을 감춰 버렸다는 것이 아닌가.

'어진 임금이라면 어진 신하를 구하는 데 힘써야 하는 법이거늘 제 경공은 어찌하여 간신들의 말에 현혹되어 안영 같은 충신을 쫓아냈을까?'

손무는 암담하기 짝이 없는 심정이었다. 그로부터 한 달쯤 후에 손무는 돌연 임금의 소환령을 받았다.

제 경공이 손무에게 말한다.

"경같이 훌륭한 무장이 고국에 돌아왔으니 이제는 조정에 들어와 나라를 지키는 데 힘써 주기 바라오."

손무는 머리를 조아리며 대답한다.

"홍은이 망극하옵니다. 소신은 싸움에는 약간의 경력이 있어도 국가 경륜에는 아무런 포부도 없는 몸이옵니다."

손무는 간신배들과 어울려 보았자 결국은 안영처럼 모함에 빠지게 될 것이므로 벼슬 따위는 일체 아니 할 결심이었다.

제 경공이 다시 말한다.

"경은 오왕을 도와 오나라를 부강하게 만들어 놓지 않았소? 오왕은 세력이 막강해져 이제는 우리나라를 침범하려고 하니 경이 나를 도와 고국을 지켜 줘야 할 게 아니오?"

손무가 다시 대답한다.

"매우 외람된 말씀이오나 이 나라에 소신이 있고, 오나라에 오자서가 살아 있는 한 저들이 우리나라를 침범해 오는 일은 없을 것이옵니다. 그 점은 염려마시옵소서. 만의 하나라도 오왕이 우리를 침범해 올

경우에는 소신이 앞장서서 막아내도록 하겠습니다. 소신은 그런 비상 사태가 없는 한에는 여생을 한가롭게 보내고 싶사옵니다."

간신 양구거 등은 그 말을 듣고 크게 기뻐하였다. 그들은 손무같이 출중한 인물을 조정에 맞아들이는 것을 몹시 두려워하고 있었기 때문이다.

그때부터 손무는 한일월(閑日月)을 보내며 노나라로 공자를 찾아갈 궁리만 하고 있었는데, 어느 날 천만뜻밖에도 공자의 제자인 자공(自供)이 돌연 찾아왔다. 공자가 갑자기 세상을 떠나면서 자신이 죽거든 손무를 만나 보라는 유언이 있어서 찾아왔다는 것이었다.

손무는 공자가 별세했다는 말을 듣고 크게 절망하였다.

"공자께서 이미 세상을 떠나셨다구요? 선생께서 저한테 무슨 유언을 남기셨다는 말씀입니까?"

"선생께서 말씀하시기를 제나라가 어쩌면 노나라를 정벌하려고 할지 모르니, 손 원수를 만나 뵙고 그런 일이 일어나지 않도록 신신당부를 해두라는 유언이 계셨습니다."

손무는 그 말을 듣고, 공자의 애국충정에 새삼 감탄하였다.

"그 점은 염려 마십시오. 제가 있는 한 그런 일은 없을 것입니다."

손무는 그렇게 대답하면서도 그처럼 앙모해 오던 공자를 생전에 만나 보지 못한 것이 한없이 서글펐다.

오월동주(吳越同舟)

'오월동주(吳越同舟)'라는 고사성어가 있다. 『손자병법』의 「구지편(九地篇)」에 나오는 말이다.

오월동주를 굳이 우리말로 옮기자면 '원수는 외나무다리에서 만난다'는 속담과 같은 뜻이겠다. 즉, 원수끼리 만나 매우 난처하게 된 처지를 뜻하는 말이다.

그러면 어째서 '오월동주'라는 말이 생겨나게 되었을까. 그에 대한 역사적인 근거는 다음과 같다.

손무가 떠나 버리자 오나라에서는 여러 면으로 많은 변화가 일어나기 시작하였다. 우선 국가 안보의 주도적 인물이었던 손무가 없어져 버렸으니, 그가 장악하고 있던 권력을 누가 물려받느냐 하는 것부터가 문제였다.

물론 '재상'이라는 직위로 보나 나라의 공훈으로 보나 오자서가 손무의 권력을 물려받아야 옳을 것은 너무도 당연한 일이었다. 그러나 태재(太宰) 백비의 생각은 반드시 그렇지가 않았다. 손무에게는 감히 머리를 들지 못했던 백비였건만 상대가 오자서라면 권력 투쟁을 한 번쯤 시도해 볼 만하다고 생각하고 있었던 것이다.

오왕에게는 아들 형제가 있었다. 제나라에서 백강 공주를 아내로 맞아 온 파진(破秦)은 맏아들이었고, 둘째아들의 이름은 부차(夫差)라고 하였다.

둘째아들 부차는 의지가 강할 뿐만 아니라 무술에도 매우 능하였다. 그는 무술을 백비에게 배운 까닭에 그를 아저씨처럼 따랐다. 그러기에 백비는 마음속으로 항상 이런 생각을 품고 있었다.

'부차가 왕위를 계승하면 오자서 따위는 문제가 아닌데, 둘째아들인 것이 천추의 한이로다.'

옛날부터 오·월(吳越) 양국은 앙숙지간이었다. 월왕 윤상(允常)은 손무가 버티고 있는 동안에는 감히 오나라를 넘겨다볼 생각조차 못했다. 그러나 손무가 고국으로 돌아가 버렸다는 소식을 듣고 나자 생각이 크게 달라졌다.

'손무가 있어 오나라가 두려웠을 뿐이다. 손무가 없는 오나라 따위는 두려울 게 없다. 하물며 오왕 합려는 숫제 정사를 포기해 버린 채 주색에만 빠져 있다고 하니, 지금이야말로 오나라를 없애 버릴 수 있는 절호의 기회로다!'

월왕 윤상은 그런 생각과 함께 오나라를 쳐 없앨 준비를 서둘러 갖추기 시작하였다.

어느 나라를 막론하고 이웃 나라가 강해지는 것은 싫어하는 법이다. 월왕은 오나라가 부강해져 오왕에게 많은 설움을 당해왔기에 이번 기회에 오나라를 철저하게 짓밟아 오랫동안 쌓이고 쌓인 원한을 시원스럽게 풀어 버릴 계획이었다. 그러나 호사다마(好事多魔)라고나 할까. 월왕 윤상은 오나라 토벌의 정도(征途)에 오르려는 바로 그때에 별안간 병으로 눕게 되었다. 임종이 가까워 온 윤상이 태자 구천(句踐)을 불러 다음과 같은 유언을 남긴다.

"내가 죽거든 태자는 나를 대신하여 오나라를 반드시 정벌하여라. 우리나라가 번영하려면 오나라 땅을 반드시 우리의 영토로 만들어 버려야 하느니라."

월왕 윤상이 침통한 유언을 남기고 죽자 신왕 구천은 아버지의 유언대로 오나라를 치려고 군사력을 맹렬하게 강화하였다. 월나라에서 오나라로 쳐들어가려면 국경 지대인 용문산(龍門山)을 통과하지 않으면 안 된다. 그런데 일찍이 손무는 초나라로 쳐들어가기에 앞서 월나라의 침범을 방지하기 위해 용문산에 대장 왕손락(王孫駱)의 군사를 주둔시켜 놓은 바 있었다. 그때 이후 왕손락의 군사는 지금껏 용문산을 수비해 왔다.

월왕 구천은 오나라를 본격적으로 쳐들어가기에 앞서 용문산에 주둔하고 있는 왕손락의 군사부터 쳐 없애려고 여러 차례에 걸쳐 도발을 해왔다.

왕손락은 수비를 견고하게 하면서 그 사실을 오왕에게 급히 알렸다. 오왕이 중신회의를 열고 대책을 문의하니 백비가 출반주(出班奏)하며 아뢴다.

"월왕 윤상이 죽고 태자 구천이 왕위에 오른 것이 엊그제의 일이옵니다. 그런데 철없는 구천이 상중임에도 젊은 혈기만 믿고 하룻강아지 범 무서운 줄 모르는 격으로 우리한테 함부로 덤벼 오고 있사옵니다. 이는 필시 월나라가 망할 징조이옵니다. 차제에 우리는 대군을 일으켜 월나라를 송두리째 없애 버림이 옳을 줄로 아뢰옵니다."

오왕 합려는 그 말을 듣자 오랫동안 잠자고 있던 정복욕(征服慾)이 다시금 용솟음쳐 오르기 시작하였다. 그러나 오왕은 신중을 기하기 위해 이번에는 오자서의 의견을 묻는다.

"재상께서는 어떻게 생각하시오?"

오자서는 신중히 생각해 보고 나서 대답한다.

"매우 외람된 말씀이오나 상중에 있는 나라를 정벌하는 것은 상서롭지 못한 일인 줄로 아뢰옵니다. 자고로 난을 이용하여 남을 치는 것은 참된 용기가 못 된다고 일러 오고 있사옵니다. 월왕 구천이 비록 우리를 치려는 욕망을 가지고 있다손 치더라도 왕손락 장군 단독으로도 그를 능히 막아낼 수 있을 것이옵니다. 그러하니 대왕께서 친정(親征)에 오르시는 것은 재고하시기를 바라옵니다."

오자서와 백비의 의견이 정면으로 대립되는 결과가 되었다. 물론 오자서는 백비에게 반대하기 위해 의식적으로 그런 의견을 개진한 것은 아니었다. 다만 대국적인 판단에서 순수한 마음으로 자기 의견을 말했을 뿐이었다. 그러나 백비의 해석은 그렇지가 않았다.

'네가 나를 잡아먹으려고 계획적으로 반대 의견을 씨부렁대고 있구나! 네가 그렇게 나온다면 나도 가만있지는 않으리라!'

백비는 마음속으로 대로하며 오왕에게 다시 아뢴다.

"대왕 전하! 우리가 월나라를 치느냐 마느냐 하는 것은 국가의 존망에 관한 대사이옵니다. 그런 중대사를 앞에 놓고 어찌 한가롭게 상대국이 상중이라느니, 난을 이용해 남을 치는 것은 참된 용기가 아니라느니 하는, 한가로운 생각을 할 수 있으오리까? 신은 이 기회에 월나라를 단호하게 쳐부수기를 거듭 주장하옵니다."

오자서와 백비의 의견이 정면으로 대립되고 보니 이제는 오왕이 결단을 내려야 할 형편이었다.

오왕이 오자서를 보고 말한다.

"오 재상의 말씀대로 상중인 나라를 치는 것이 도의에 벗어나는 일임은 틀림이 없을 것이오. 그러나 모든 일에는 기회라는 것이 있는 법이오. 월나라를 그대로 두었다가는 우리가 안심하고 살아갈 수가 없는 형편이오. 마침 월왕 구천이 상중에도 우리를 침범해 오고 있으니 이 기회에 월나라를 쳐부수지 않으면 안 될 것이오. 국가의 백년대계로 보아 그것만은 어쩔 수 없는 일이오. 그러하니 이번에는 나 자신이 태자를 데리고 몸소 정도(征途)에 오르기로 하겠소. 오 재상은 공자 부차와 함께 서울에 남아 후방을 지켜 주기 바라오."

오왕은 오자서의 의견을 버리고 백비의 의견을 채택한 셈이었다. 왕명이 그러하고 보니 오자서로는 어찌할 도리가 없었다.

그로부터 며칠 후 오왕 합려는 대장들인 백비와 전의를 좌우익(左右翼)으로 삼고, 왕손락을 선봉장으로 삼아 태자 파진과 함께 월나라 정벌의 장도(壯途)에 올랐다. 일단 용문산에 집결하여 일거에 월나라를 섬멸시켜 버릴 계획이었던 것이다.

월왕 구천이 오국의 움직임을 모를 리 없었다. 구천은 오군이 대거 출동한다는 정보를 입수하고는 즉각 중신회의를 소집하여 이렇게 말했다.

"우리와 오나라는 불구대천(不俱戴天)의 원수요. 오왕 합려가 지금 우리를 치려고 대군을 용문산으로 집결 중이라 하오. 싸움이란 선수를 칠수록 유리한 법이니 우리가 저들의 기선을 제압해야 하겠는데, 누가 앞장서서 싸워 줄 사람이 없겠소?"

대부 범려가 머리를 조아리며 대답한다.

"손무가 이미 자기 나라로 돌아간 이상 오나라 장수 중에서 우리가 두려워할 사람은 오직 오자서 한 사람이 있을 뿐이옵니다. 그러나 오자서는 오도(吳都)에 그냥 남아 있고, 오왕 혼자서 대군을 이끌고 용문산에 와 있다고 하니 오군을 섬멸하기는 지극히 용이한 일이옵니다. 그러하니 대왕께서 몸소 선제공격을 가해 주시옵소서. 그러면 군사들도 사기가 충천하여 오군을 일거에 섬멸시켜 버릴 수 있을 것이옵니다."

"그거 참 좋은 생각이오. 그러면 이번 싸움에는 내가 몸소 출전하도록 하겠소."

이리하여 월왕 구천은 대장 서간을 선봉장으로 삼고, 대장 계영을 보가장군(保駕將軍)으로 삼아 정병 10만을 이끌고 오군을 정벌하려는 장도에 올랐다. 대부 범려는 비록 무장은 아니지만 지략이 풍부하여 모사로서 월왕을 수행하게 되었다.

구천은 워낙 나이가 젊은 용장인지라 그를 따라 나선 월군(越軍)의 사기는 글자 그대로 하늘을 찌를 듯이 왕성하였다. 10만 대군을 인솔한 월왕 구천은 서슴지 않고 국경선을 돌파하여 오군의 본거지인 용문산으로 거침없는 진군을 계속하였다. 그리하여 용문산 기슭에 있는 취리(檇李)라는 마을에서 적정(賊情)을 처음으로 발견하였다.

이에 월군은 용문산 기슭에 진을 치고, 선봉장 서간으로 하여금 불시에 적진을 엄습하게 하였다.

불의의 공격을 당한 오군의 진영에서 왕손락이 장창을 휘두르며 급히 달려 나와 서간을 맞아 싸운다. 양측 선봉장이 처참 가열한 전투를 거듭하기를 무려 30여 합, 그래도 승부는 판가름이 나지 않았다. 어느새 날은 저물어 사방이 캄캄하게 어두워 왔다. 두 장수는 부득이 내일을 기약하며 자기 진영으로 돌아오고 말았다.

월왕 구천은 이날 밤 범려를 대동하고 비밀리에 산상에 올라와 적의 진영을 굽어 살펴보았다. 오군의 진영은 대오(隊伍)가 정연할 뿐만 아니라 가지고 있는 무기도 매우 정예로워 보였다.

월왕이 옆에 있는 범려에게 말한다.

"적세(敵勢)가 매우 왕성해 보이니 기계(奇計)를 써서 저들의 예기(銳氣)를 단숨에 꺾어 놓고 싶구려. 무슨 방법이 없겠소?"

범려가 대답한다.

"그런 방법이 노상 없는 것은 아니옵니다. 대왕께서 허락을 내려 주시면 소신이 기계(奇計)를 한번 써 보도록 하겠습니다."

"그런 방법이 있기만 하다면 내 어찌 허락을 아니 하겠소. 모든 것을 대부에게 일임할 테니 계교가 있거든 맘대로 써보도록 하오."

이에 범려는 무슨 생각에서인지 일선 군사들에게 다음과 같은 긴급 군령을 내렸다.

"적과 대치 중인 전방 군사들은 무엇이든 상관없으니 제각기 짐승을 한 마리씩 준비해 가지고 있으라. 만약 짐승을 준비하지 못한 자가 있으면 군법에 의하여 참형에 처하리라."

적을 눈앞에 두고 있는 군사들더러 짐승을 한 마리씩 구해 가지고 있으라니 그야말로 기괴하기 짝이 없는 군령이었다. 전방에 있는 군사들이 짐승을 한 마리씩 구한다는 것은 결코 쉬운 일이 아니었다. 병사들은 어쩔 수 없이 민가로 흩어져 말, 소, 개, 돼지, 닭, 토끼, 고양이 등등의 가축들을 닥치는 대로 몰아왔다. 짐승들의 종류는 각양각색이었다.

범려는 그런 군령을 내리고 나서 이번에는 본국으로 사람을 보내,

"감옥에서 죄수 5백 명을 끌어내어 일선으로 급히 보내라!"

하는 또 다른 명령을 내렸다.

"죄수들을 일선에 데려다가 무엇에 쓰시려고 그러십니까?"

어느 장수가 그렇게 물어 보았으나 범려는,

"무엇에 쓰려는지 두고 보면 알게 될 것이오."

하고 웃기만 할 뿐이었다.

다음날, 월왕 구천은 천리마(千里馬)를 타고 일선으로 달려 나와 적진을 향해 큰소리로 호령하듯 외친다.

"희광(熙光 : 오왕의 본명)은 들거라. 그대는 아무 까닭도 없이 상중(喪中)에 있는 우리나라를 함부로 침범했거늘 지금은 어찌하여 나와 더불어 싸우려고 하지 않느냐? 용기가 있거든 지금 당장 나하고 승부를 결하자."

그러자 잠시 후 적진에서 황금 갑옷을 입은 노장 하나가 비룡마(飛龍馬)를 타고 나타나는데, 그의 좌우에는 수많은 용사들이 따랐고, 그의 등 뒤에서는 붉은 깃발이 바람에 휘날리고 있었다. 그 깃발을 자세히 바라보니 그것은 오왕 합려의 깃발이 분명하였다.

월왕 구천은 눈앞에 나타난 상대가 오왕임을 알자 적진을 향하여 질풍처럼 돌진하였다.

오왕 합려도 번개같이 달려나오며 싸움을 맞는다. 싸움터에서는 오직 맹렬한 공격과 민첩한 방어만이 있을 뿐 말이 필요치 않았다.

드디어 건곤일척(乾坤一擲)의 싸움이 본격적으로 전개되었다. 월왕 구천은 무서움을 모르는 표범처럼 날랜 약관(弱冠)의 용장이요, 오왕 합려는 전야(戰野)에서 천군만마(千軍萬馬)를 호령하던 역전노장(歷戰老將)인지라 쫓고 쫓기며 번개 치듯 휘둘러 대는 창검에서 불꽃만이 끊임없이 튀어 오르고 있었다. 그들의 무술이 어떻게나 능란한지 그것은 싸움이라기보다는 두 마리의 범나비가 한데 어울려 너울너울 춤을 추고 돌아가는 듯한 아름다움조차 느껴졌다.

쫓는가 하면 쫓기고, 쫓기는가 하면 쫓으며 처절한 싸움을 거듭하기를 무려 20여 합. 기량에 있어서는 우열을 가리기가 어려워도 나이만은 속일 수가 없는지 20합을 넘어서면서부터는 오왕의 칼놀림이 점점 둔해 오기 시작하였다.

그러자 뒤에 있던 용장들이 일제히 앞으로 달려나오며 월왕 구천에게 총공격을 퍼붓는 것이 아닌가. 구천은 많은 장수들을 상대로 동에 번쩍 서에 번쩍 하며 창검을 휘둘렀고, 싸움은 더욱 맹렬해갔다. 그야말로 일기당천(一騎當千)의 대접전이었다. 그러나 싸움이란 본시 중과부적(衆寡不敵)인 법인지라 여러 명의 장수들이 일시에 앞으로 치며 뒤로 몰려들고, 뒤로 치며 앞으로 덤벼들어, 구천은 시간이 흐를수록 위급하게 되었다.

바로 그때였다. 별안간 어디선가 천둥이 울리는 듯한 함성이 들려오더니 월군의 선봉장 서간이 2천여 명의 군사들을 휘몰아 쳐서 구름떼처럼 일선으로 달려 나왔다. 병사들이 뇌성벽력 같은 고함을 지르며 달려 나오는데 저마다 개, 돼지, 소, 말, 당나귀, 토끼, 닭, 오리, 고양이 등등의 금수(禽獸)를 한 마리씩 끌고 나오는 것이 아닌가.

너무도 기괴한 광경인지라 오군 장병들은 싸우다 말고 넋을 잃고 적진을 쳐다보았다. 너무도 진기한 광경에 오군 장병들이 잠시 어리둥절하고 있는 사이에 2천여 명의 월군은 오만 가지 동물들을 끌고 눈앞에까지 달려오더니, 그 자리에서 동물들을 일시에 놓아주고 달아나 버리는 것이 아닌가.

생각해 보라. 2천여 마리의 잡동사니 동물들을 급작스럽게 몰아쳐 나오다가 별안간 고삐를 놓아주며 볼기짝을 두들겨 패니, 성난 짐승들이 이리 뛰고 저리 달아나는 바람에 오군 진영은 별안간 아비규환(阿鼻叫喚)의 수라장(修羅場)으로 변해버리고 말았다.

말들은 달아나며 군사들을 뒷발로 걷어차고, 성난 소들은 사방으로 흩어지며 눈앞에서 얼씬거리는 병사들을 연방 받아넘기고, 개는 미친 듯이 사람을 물고 돌아가고, 돼지는 도망을 가려던 병사들의 사타구니를 쑤시고 들어가고, 닭들은 기성을 올리며 이리 날고 저리 푸드덕

거리며 사람의 머리 위에까지 날아 오르고, 고양이는 겁에 질려 사람의 어깨에서 어깨로 나는 듯이 도망을 쳐가고……. 그야말로 형용하기조차 어려운 대혼잡이었다.

그나 그뿐이랴. 견물생심(見物生心)은 사람의 본성인지라 주인 없는 2천여 마리의 동물들이 눈앞에서 난동하는 광경을 보자 오군 병사들은 그것들을 붙잡아서 자기 소유로 만들려는 욕심이 저마다 솟구쳐 올랐다. 그리하여 어떤 자는 도망가는 말을 멀리까지 쫓아가기도 하고, 또 어떤 자는 소를 끌고 달아나기도 하는데, 대부분의 병사들은 이리 쫓기고 저리 날아가는 닭들을 쫓아다니느라 정신이 없었다.

오군 대장 전의가 그 광경을 보고 크게 분노하여 외친다.

"적은 우리 진영을 혼란에 빠뜨리려고 이런 수법을 쓰고 있는 것이다. 적들이 풀어놓은 짐승을 쫓아다녀서는 안 된다."

그러나 눈앞에 있는 이득을 그냥 버려 둘 수가 없어서 병사들은 여전히 짐승들을 쫓아다니기에 여념이 없었다. 전의가 마지못해 병사들의 목을 수십 명이나 베어 버리니, 그제야 오군 병사들은 정상으로 돌아왔다.

이에 오왕은 크게 분노하여,

"적은 고작 한다는 짓이 그런 잔꾀뿐이었다. 우리는 전열을 다시금 가다듬어 월군을 일거에 섬멸시켜 버려야 한다."

하고 새로운 군령을 내렸다. 역전노장인 오왕의 눈으로 보자면 월왕 구천 따위는 젖비린내 나는 어린아이에 지나지 않았다.

오군은 다시 진군을 계속하여 국경 지대에서 월군과 다시 싸움이 벌어졌다. 그러나 오군의 공격이 워낙 맹렬했기 때문에 월군은 한바탕 싸워보다가 급히 쫓기기 시작하였다.

오왕은 기세가 더욱 등등하여,

"승리가 눈앞에 다가왔다. 여세를 몰아 월국을 일거에 초토화시켜 버려라."

하고 국경선을 거침없이 넘어 월나라 본토로 휘몰아쳐 들어갔다.

경적필패(輕敵必敗)라는 격언이 있건만 오왕 합려는 월왕 구천을 어디까지나 어린아이로 깔보고 있었던 것이다. 오왕은 대군을 이끌고 월나라로 넘어와 월군의 뒤를 맹렬히 추격하였다. 그리하여 어느 산골짜기에 이르렀을 때, 별안간 붉은 수의를 입은 5백여 명의 죄수들이 오왕의 앞길을 가로막으며 땅에 엎드려 이렇게 호소하는 것이 아닌가.

"오왕께서는 불쌍한 저희들을 구출해 주시옵소서. 저희들은 월나라의 죄수들이온데, 월왕의 학대가 하도 혹심하여 대거 탈옥하여, 대왕전에 귀순을 하고자 하는 것이옵니다. 대왕께서 저희들을 거두어들이시어 군인으로 등용해 주시면 기필코 월군을 섬멸시켜 원한을 풀겠나이다."

자세히 보니 죄수들은 손에 도끼와 호미와 장창(長槍) 같은 무기를 하나씩 들고 있었다.

오왕은 동물 소동으로 대혼잡을 겪었던 경험이 있는지라 죄수들의 출동도 적의 기계(奇計)임을 대번에 간파하고 크게 노하며 호령한다.

"이 거지발싸개 같은 놈들아! 너희 놈들은 내가 누군 줄 알고 방자스럽게 나의 앞길을 가로막느냐? 당장 비켜나지 않으면 모조리 목을 쳐버릴 테니 그런 줄 알고 빨리 길을 비켜서지 못하겠느냐?"

그러나 죄수들은 물러갈 생각을 아니 하고 저마다 허리를 굽실거리며 이구동성으로 호소한다.

"대왕께서 구해 주시지 않으면 저희들은 꼼짝 못하고 죽게 될 목숨입니다. 어차피 죽을 목숨이라면 차라리 대왕의 손에 죽고 싶사옵니다. 죽이든지 살리든지 대왕의 처분만 바라겠습니다."

사태가 그렇게 되고 보니 오왕은 입장이 매우 난처하게 되었다. 그렇다고 적국의 죄수들을 군인으로 채용할 수는 없는 일이 아닌가.

오왕은 대장 전의에게 물어 본다.

"저들을 어찌했으면 좋겠소?"

전의가 어처구니없다는 어조로 대답한다.

"주공께서는 어찌하여 일고(一顧)의 가치도 없는 일로 소장에게 하문을 하시옵니까?"

"그러면 저들을 살려서 군인으로 쓰자는 말이오?"

그러자 전의는 펄쩍 뛸 듯이 놀라며,

"적은 동물들을 이용한 것과 똑같은 수법으로 이번에는 죄수들을 이용하여 우리에게 혼란을 꾀하고 있사옵니다. 지금 당장 저들을 한 놈도 남기지 말고 모조리 죽여 없애야 하옵니다."

"오오, 과연 옳은 말씀이오. 그 말을 듣고 보니 내가 일시나마 혼미에 빠져 있었구려. 그러면 저들을 당장 죽여 없애도록 하오."

그리하여 오군 병사들은 죄수들을 모조리 죽이기 시작했는데 5백여 명의 목을 베느라고 무려 한나절이 넘게 걸렸다. 말하자면 월군은 죄수들을 이용해 그만큼 시간을 벌었을 뿐만 아니라 적의 예기(銳氣)에 김을 뽑아 준 셈이었다.

5백여 명의 죄수들을 처단하고 나니 어느덧 날이 저물어 이제는 하룻밤을 헛되이 보낼 수밖에 없었다. 지리와 풍토가 생소한 적국 영토에 군사를 함부로 끌고 들어간다는 것은 지극히 위험한 일이다. 그러기에 대장 전의는 국경선을 넘었을 때 오왕에게 이렇게 품고(稟告)하였다.

"대왕 전하! 이 고장의 지리에 어두운 아군이 여기서 야영을 하다가는 적에게 기습을 당할 우려가 많사옵니다. 일단 국경선까지 후퇴하여 용문산에서 밤을 보내는 것이 어떠하겠습니까?"

오왕은 그 말을 듣고 매우 못마땅한 표정을 짓는다.

"장군은 무슨 소리를 하고 있소? 나의 군사들에게 후퇴라는 것은 있을 수 없는 일이오. 여기까지 진격해 온 우리가 쥐새끼 같은 무리들이 두려워 후퇴를 한다는 것은 말도 안 되는 소리요. 저들이 야간 기습을 해오면 그대로 섬멸시켜 버리면 될 일이 아니오?"

어디까지나 오만한 오왕이었다. 이날 밤 오군은 산기슭에 진을 치고 밤을 보내는데, 만일을 염려하여 경계를 매우 삼엄하게 하였다. 그러나 밤이 깊도록 적정(敵情)이 전연 나타나지 아니하니 차츰 경비병들의 긴장이 풀려갔다.

경비병들이 제각기 풀밭에 주저앉아 졸고 있는 축시(丑時) 무렵, 돌연 본영 한복판에서 일시에 수많은 횃불이 밝혀졌다. 그 횃불을 신호로 어둠 속에서 수천 수만의 월군들이 천지를 뒤엎는 듯한 함성을 올리며 노도와 같이 쇄도해 오는 것이 아닌가.

월군의 횃불 부대는 야음을 이용하여 개미새끼들처럼 적진 깊숙이 침입해 있다가 축시를 기하여 횃불을 밝혀 우군(友軍) 기습 부대의 공격을 유리하게 유도하는 전법을 썼던 것이다.

마음 놓고 자다가 벼락 기습을 당한 오군은 어쩔 줄을 모르도록 당황하였다. 더구나 횃불 앞에 완전히 노출된 오군은 어둠 속에서 이리떼처럼 몰려오는 월군의 공격을 막아낼 도리가 없었다.

오군 병사들은 아우성을 치며 도망을 치기에 바빴다. 월군 병사들은 이리 쫓기고 저리 달아나는 오군 병사들을 죽이기에 여념이 없었다. 그러나 월군의 궁극적인 기습 목표는 오왕을 살해하는 데 있었다. 다행히 오왕 합려는 후진에서 자고 있었다.

"합려는 후진에 있다. 후진으로 달려라!"

누군가 그렇게 외치자 월군은 횃불 부대를 선두로 후진으로 엄습해 갔다. 자다 말고 기습 급보를 받은 오왕 합려는 용수철을 퉁긴 듯이 튀어 일어났다. 초저녁에는 그처럼 큰소리 쳤던 그였건만 벼락 기습에 얼마나 놀랐는지 손을 벌리고 방 안을 뛰어 돌아가며,

"내 갑옷, 내 창은 어디 갔느냐?"

하고 말한다는 것이,

"내 다리, 내 팔은 어디 갔느냐?"

하고 소리를 지를 지경이었다. 그 한 가지만 보아도 그가 얼마나 당황했는가를 가히 짐작할 수 있었다. 오왕을 경비하던 친위부대가 삽시간에 월의 기습 부대에게 포위되었다.

사태가 위급해지자 좌익대장(左翼大將) 전의와 우익대장(右翼大將) 백비가 주공을 도우려고 친위부대로 급히 달려와 말한다.

"전하! 큰일났사옵니다. 지금 우리를 포위하고 있는 장수는 월장 고부(姑孚)이온데, 계영과 서간 등의 적장들이 우리의 퇴로를 차단하고 있다고 하옵니다."

오왕도 이때만은 눈앞이 캄캄해 왔다.

"그러면 우리는 독 안에 들어 있는 쥐라는 말이오?"

"대왕 전하! 그러하옵니다."

그러나 오왕은 역전의 노장인지라 사지에서 생을 구하려면 죽음을 각오하고 싸우는 수밖에 없다고 판단하였다. 그리하여 전의와 백비를 비롯하여 태자 파진까지 한 자리에 모아 놓고 다음과 같은 비장한 말을 하였다.

"손무 원수는 일찍이 나에게 '명장은 절망에 처해 있을 바로 그때를 승리의 기폭점으로 삼아야 한다'고 말한 일이 있소. 손 원수는 지

금 우리와 같은 위급한 처지를 염두에 두고 나에게 그런 말을 들려주었을 것이오. 우리는 손 원수의 교훈대로 이제부터 죽음을 각오하고 싸우기로 합시다. 그 길만이 우리가 살아날 수 있는 길이오. 죽기를 각오하고 싸운다면 우리는 최후의 승리를 획득할 수 있을 것이오."

사태가 워낙 위급하게 되었으므로 이제는 손무의 교훈이 없더라도 죽기를 각오하고 싸우는 수밖에 없었다. 드디어 오왕 자신이 전의, 백비, 파진 등과 함께 질풍같이 달려 나오며 선두의 월군들을 닥치는 대로 후려 때렸다. 군사들도 그들과 호흡을 같이 하여 함성을 올리며 구름 떼처럼 몰려나오니, 기세가 등등하던 월군 기습 부대들은 겁을 먹고 쏜살같이 후퇴를 하는 것이 아닌가. 사지에서 생을 구하려면 오직 죽음을 각오하고 싸워야 한다는 교훈을 현실적으로 증명해 준 장면이었다.

오왕은 적을 한바탕 몰아붙이고 나서 어느 지점에 이르자 추격을 중단해 버렸다. 왜냐하면 궁서설묘(窮鼠囓猫)라는 말이 있듯이, 적을 궁지에까지 몰아붙이다가는 오히려 이쪽이 피를 보게 되기 때문이었다. 그러나 태자 파진은 아직 경험이 부족한 애송이 장수였다. 게다가 남달리 혈기가 왕성한 편인지라 도망치는 적을 어디까지나 추격해 가고 있었다.

몹시 당황한 오왕이 태자를 소리쳐 불렀다.

"태자는 그만 돌아오라! 적을 궁지에 몰아넣어서는 안 되느니라."

그러나 태자 파진은 20리가 넘도록 단독으로 적을 추격해 가다가 마침내 월군에게 집중 반격을 당하여 그대로 전사하고 말았다. 오왕 자신이 죽음을 면한 대신에 맏아들 파진이 전사를 한 것이었다.

태자의 비보를 접한 오왕은 비통의 눈물을 뿌리며 비장한 각오로 다음과 같은 군령을 내린다.

"내 목숨이 붙어 있는 한 오늘의 이 원수는 반드시 갚고야 말리라. 적을 씨알머리도 없이 섬멸시켜 버릴 테니 전군은 즉각 출동 준비를 갖추라."

전의, 백비, 왕손락 등이 크게 걱정하며 오왕에게 간한다.

"전하! 고정하시옵소서. 우리 군사가 어젯밤의 피습으로 아직 혼미 상태를 벗어나지 못하고 있는 형편이옵니다. 대오도 정돈되지 못한 군사가 어찌 출격을 할 수 있으오리까?"

그러나 비통과 분노가 절정에 달해 있는 오왕에게 그와 같은 충언이 통할 리가 없었다.

"한 번쯤 기습을 당했다고 출격할 용기를 상실한대서야 말이 되는 소리요? 저들이 야습으로 우리를 혼란에 빠뜨렸으니 우리도 저들에게 똑같은 보복을 해야 하는 것이오. 오늘밤 자시(子時)를 기하여 총공격을 전개할 테니 모든 부대는 그때까지 전투태세를 완전히 갖추도록 하오."

감정이 격해진 오왕은 이성을 완전히 상실해 버린 상태였다. 일단 군령이 내렸으니 각 부대는 출격 태세를 서두르지 않을 수가 없었다.

대장 전의가 백비와 왕손락에게 걱정스럽게 말했다.

"대왕께서는 태자를 잃어 감정이 극도로 격해진 까닭에 무리한 작전 명령을 내리고 계시니 오늘밤의 일이 크게 걱정이오. 자칫 잘못하다가는 무슨 큰일을 당하게 될지 알 수 없는 일이오. 장군들은 부대의 지휘를 부장(副將)들에게 맡기고 대왕의 신변을 지키도록 합시다."

백비와 왕손락도 전의의 심정을 알아채고,

"그것 참 좋은 말씀이오. 그러잖아도 오늘밤에는 무슨 큰일이 일어날 것 같은 예감이 들어 걱정하고 있었소."

하고 대답한다. 그들이 말하는 '큰일'이란 '오왕의 전사(戰死)'를 뜻하는 말이었다. '전사'라는 직접적인 표현을 쓸 수가 없어서 '큰일'이라는 간접적인 표현을 썼던 것이다.

그들은 일단 내려진 군령을 철회시켜 보려고 다시금 제각기 노력해 보았다. 그러나 오왕은 그때마다 화를 내며,

"내가 태자의 원수를 갚지 않으면 누가 갚을 것이오?"

하고 벽력 같은 소리를 내지르곤 하였다. 아들을 잃어버린 아버지의 비통은 쉽게 이해할 수 있는 일이었다. 그러나 전쟁은 감정으로 할 수 있는 것이 아니었다.

비통에 잠긴 오왕은 밤이 오기를 초조하게 기다리며,

"오늘따라 낮이 왜 이리 길더란 말이냐? 빨리 자시가 와야만 월군을 송두리째 쳐부술 터인데!"

하고 혼잣말로 중얼거리기까지 했다. 그와 같이 눈물겨운 광경을 바라보는 오군 장수들의 마음은 한없이 어두웠다. 드디어 자시가 되자 오왕은 3만 대군을 선두에서 이끌며 월군 진지를 향하여 총출동하였다.

인해전술(人海戰術)로 적의 진지를 여지없이 유린해 일거에 승리를 거두려는 작전이었다. 대장 전의와 백비 등은 그러한 작전 계획에 근본적으로 반대였다. 야간 전투에 막대한 군사를 투입시키면 적에게 알려지기 십상이다. 야간 기습 작전에는 될 수 있으면 군사를 적게 동원하는 것이 원칙이었다. 그러나 분노에 사로잡힌 오왕은 대장들의 충고를 듣지 않았다.

"되도록 많은 군사를 동원시켜 적군을 모조리 발로 밟아 죽이는 것이 나의 소원이오. 그러니까 여러 말 말고 나의 명령에 따르오."

전의를 비롯하여 백비, 왕손락 등은 마지못해 오왕을 따라 나서면서도 마음속으로는 이미 패배를 각오하고 있었다.

드디어 오왕은 3만 대군을 몰아 적진을 향하여 노도같이 쳐들어갔다. 월군을 모조리 발로 밟아 죽이려는 기세로! 그러나 웬일일까. 첩자들의 보고에 의하면 월군 병사들은 초저녁까지도 분명히 진지에 득실거렸다는데, 정작 기습을 감행해 보니 그림자조차 보이지 않았다. 그도 그럴 것이 월군은 야간 기습에 대한 정보를 미리 알고, 밤을 이용하여 군사들을 모조리 빼돌려 세 군데로 반격 태세를 갖추어 놓고 있었던 것이다.

"아차, 속았구나!"

오왕은 자기도 모르게 탄식하며,

"이 일을 어찌하면 좋을꼬. 이런 때에는 손 원수가 계셔야 좋을 터인데……."

하고, 새삼스러이 손무를 그리워하였다. 그러나 작전이 실패하고 보니 그냥 주저하고 있을 수만은 없었다.

전의가 급히 말한다.

"전하! 야습에 실패했으니 이러고 계실 때가 아니옵니다. 언제 적의 역습을 받게 될지 모르오니 빨리 회군하셔야 하옵니다."

"음, 내 일생일대의 실수였구려."

오왕은 탄식을 거듭하면서도 회군령을 내릴 수밖에 없었다.

사실 이날 밤의 작전 명령은 너무도 무모했다. 작전이 실패할 수밖에 없었던 원인을 열거해 보자면 감정에 사로잡혀 원수를 서둘러 갚으려고 했던 것이 그 하나요, 기습 작전이란 극비리에 단행해야 하는 것인데 사전에 비밀을 누설시킨 것이 그 둘이요, 기습은 소수의 인원으로 감행해야 하는 것인데 대군을 동원시킴으로써 기동력을 둔화시킨 것이 그 넷이요, 워낙 야행성(夜行性)이 강한 월군임을 알면서도 야간 기습을 감행했던 것이 그 다섯이었다.

요컨대 적의 특징을 모르고 함부로 덤벼들었던 것이 실패의 원인이었다. 그러나 전쟁에서 한 번의 실패는 단순한 실패로 끝나는 법이 아니다. 군사란 승기가 보일수록 강해지지만 패기가 엿보이면 사기가 단번에 떨어지는 법이다. 이날 밤 야간 기습에 동원되었던 오군은 헛물을 켜고 회로(回路)에 오르게 되자 저마다 불평이 대단하였다.

"그림자도 없는 적을 상대로 기습 명령을 내렸으니 대왕님은 정신이 돌아도 이만저만 돌지 않았나 봐!"

"누가 아니래! 그런 사람을 위해 목숨을 바쳐야 하는 우리네의 신세가 가련할 뿐이네."

군사들은 그런 불평을 공공연하게 늘어놓았다. 사실 오왕은 군사들을 대할 면목이 없었다.

'내가 죽으려고 혼이 나갔던가? 왜 이렇게도 엄청난 실수를 저질렀을까?'

오왕은 말을 달려 돌아오며 후회를 거듭하다가 다시금 손무를 한없이 그리워하였다.

'손 원수가 있었으면 오늘밤과 같은 실수는 결코 저지르지 않았을 텐데……. 그 사람을 제나라로 돌려보낸 것은 나의 돌이킬 수 없는 실책이었구나.'

나라가 어지러움에 어진 신하를 생각하게 되고(國亂思良臣), 집안이 가난함에 어진 아내를 생각하게 된다(家貧思良妻)던가. 오왕 합려는 곤경에 빠져서야 비로소 손무가 위대한 인물이었음을 깨닫게 되었다. 그러나 이미 때는 늦었다.

'지금이라도 제나라로 사람을 보내 손무를 다시 모셔 오기로 할까?'

그런 생각을 하며 어느 산모퉁이에 이르렀을 때 어둠 속에서 별안간 수백 수천의 월군이 요란스러운 함성을 올리며 오왕 일행을 엄습해 오는 것이 아닌가.

앞에도 수많은 군사가 있고, 뒤로도 수많은 군사들이 따라오고 있건만 적병들은 그들을 상대조차 아니 하고 오로지 오왕의 호위 군사들만을 집중적으로 공격해 왔다. 그들의 공격 목표는 오로지 오왕에게 있음이 분명하였다. 이리하여 오왕 자신도 목숨을 걸고 싸우는 수밖에 없었다. 전의와 백비, 왕손락 등의 장군도 오왕의 앞을 가로막으며 싸우기 시작하였다.

월왕 구천을 비롯하여 서간, 고부 등의 맹장들이 직접 오왕을 노리고 덤벼 오니 이편에서는 전의, 백비, 왕손락 등의 대장들이 왕의 앞을 가로막으며 죽음을 각오하고 싸웠다. 그런데 월장들은 행동이 어떻게나 민첩한지 세 명의 장수가 번갈아 한 사람씩 번개같이 달려 나와 창을 찌르고 달아나는 파상공격(波狀攻擊)을 연속적으로 가해왔다. 그 바람에 전의와 백비, 왕손락 장군은 모두 상처를 입게 되었다.

오왕이 그 광경을 보다 못해,

"이놈들아 내 칼을 받아라!"

하고 비호같이 달려나오니, 세 명의 월장들은 기다렸다는듯 한꺼번에 회오리처럼 달려나오며 장검을 번개 치듯 휘둘러 갈겼다. 그 바람에 오왕은 어이없게도 창을 맞고 땅에 쓰러져 버렸다.

오왕이 창에 찔려 말에서 떨어지자 전의가 싸우다 말고 부리나케 달려가 일으켜 세웠다. 백비와 왕손락은 적을 가로막으며 오왕을 보호하기에 바빴다. 그러나 적의 공격은 여전히 맹렬하였다.

"대왕을 내가 모시고 갈 테니 두 분은 적이 쫓아오지 못하도록 길을 막아 주오."

전의는 그 말 한 마디를 남기고 만신창이가 되어 버린 오왕을 말에 싣고 본진으로 쏜살같이 도망을 치기 시작하였다.

백비는 적의 추격을 제지하려고 군사들을 총동원하여 앞을 가로막으니 월군은 오군 병사들을 닥치는 대로 찌르고 검으로 후려갈기는 것이 아닌가. 그리하여 3만여 명의 오군은 거의 전멸 상태가 되고 말았다.
　한편 전의는 오왕을 진지까지 모시고 돌아왔다. 오왕은 가슴과 어깨 등을 찔려 목숨을 부지하기가 어려울 지경이었다. 전의(典醫)의 응급 치료를 받기는 했으나 거의 가망이 없어 보였다. 그 소식을 듣고 도성에서 공자 부차와 오자서가 급히 달려왔다.
　오자서의 손을 잡은 오왕 합려가 눈물을 흘리며 말한다.
　"나는 지금껏 수많은 전쟁을 치러왔지만 한 번도 져본 일이 없었소. 그런데 이번만은 오 명보의 충고를 듣지 않고 군사를 일으켰다가 태자를 잃었을 뿐만 아니라 나 자신도 죽게 되었소. 구천에 대한 이 원수를 어떻게 갚아야 할지 모르겠구려."
　오자서가 침통한 어조로 대답한다.
　"일승일패(一勝一敗)는 병가지상사(兵家之常事)이오니 대왕께서는 너무 괘념(掛念)하지 마시옵소서. 쾌유하신 연후에는 구천에게 보복하실 날이 반드시 있을 것이옵니다."
　그러나 오왕은 머리를 가로 흔들며,
　"나는 이미 목숨이 경각에 달려 있는 몸이오. 내가 죽거든 경은 부차를 도와 나의 원수를 꼭 갚아 주도록 하오."
　그런 다음 이번에는 아들 부차의 손을 끌어당기며 말한다.
　"부차야! 내 말을 명심해 들거라. 네 형이 구천의 손에 죽고, 나 역시 그놈의 손에 죽게 되었다. 내가 죽으면 네가 이 나라의 왕이 될 테니, 너는 잊지 말고 나와 네 형의 원수를 갚아야 하느니라. 아비로서 너에게 남겨 주는 마지막 부탁이로다."

부차는 목숨이 꺼져 가는 아버지의 손을 부둥켜 잡고 흐느껴 울며 맹세한다.

"아버님의 말씀은 결단코 잊지 않겠사옵니다. 3년 안으로 기필코 원수를 갚을 테니 안심하시옵소서."

오왕 합려는 그 말을 듣고 나더니, 얼굴에 미소를 지으며 마지막 숨을 거두어 버린다. 헤엄을 잘 치는 사람은 물에 빠져 죽고, 나무에 잘 오르는 사람은 나무에서 떨어져 죽는다던가. 오왕 합려는 일생을 싸움터에서 보내다가 결국은 싸움터에서 죽고 만 것이었다.

부차는 부왕의 유해를 도성으로 모시고 돌아와 해용산(海湧山)에 장사 지내고 그 날로 왕위에 올랐다.

왕위에 오른 부차는 그날로 오자서를 불러 상의한다.

"선왕의 원수를 빨리 갚지 않고서는 못 견디겠소. 경은 언제쯤 군사를 일으키는 것이 좋겠다고 생각하시오?"

오자서가 머리를 조아리며 대답한다.

"대왕께서 분노하시는 심회는 측량하고도 남음이 있사옵니다. 그러나 대왕께서 보위에 새로 오르신 까닭에 민심이 아직 안정되어 있지 못하옵고, 군사들도 싸움에 몹시 지쳐 있사옵니다. 그러하니 지금 당장 보복하실 생각은 아니 하시는 것이 좋을 것 같사옵니다."

부차는 오자서의 미온적인 대답에 섭섭한 마음을 금할 길이 없었다.

"그러면 경은 언제쯤 원수를 갚아야 한다는 말씀이오?"

오자서가 다시 대답한다.

"먼저 선정을 베푸셔서 민심부터 안정시켜 놓으셔야 하옵니다. 그 동안에 군사 훈련도 맹렬하게 시키고, 군량도 넉넉하게 저장해 두었다가 승산이 명확해졌을 때에 군사를 일으켜야 하옵니다."

전쟁에 경험이 풍부한 오자서로서는 너무도 당연한 대답이었다.

『손자병법』에 '전쟁이란 이기려고 싸우는 것이 아니고, 이미 이겨놓은 것을 전쟁을 통해 적에게 확인시키기 위한 행동'이라고 분명하게 씌어 있지 않았던가. 그러나 부차는 경험이 부족한데다가 복수심만 조급하여서,

"나는 부왕의 원수를 갚기 전에는 넋을 풀 길이 없소이다. 부질없이 허송세월만 하고 있을 수는 없는 일이오."

하고 정면으로 나무라는 것이 아닌가.

오자서는 오랫동안 깊은 생각에 잠겨 있다가 다시 입을 열어 숙연히 말한다.

"지난날 선왕께서 월나라를 치려고 하셨을 때, 신은 이길 자신이 없기에 출전을 중지하도록 간곡히 말씀드렸던 바 있사옵니다. 그러나 선왕께서는 신의 의견을 용납하지 않으시고 군사를 무리하게 일으키셨다가 크게 패하셨던 것입니다. 대왕께서 원수를 조급하게 갚으시려는 심정은 충분히 이해할 수 있사오나 지금 당장 싸워서는 승산이 전연 없사옵니다. 지금은 오로지 우리의 힘을 기르고 제(齊)나라 노(魯)나라와 친교를 맺어 국제적인 신의를 높여 두었다가 때가 오거든 월나라를 일거에 섬멸시켜 버려야 하옵니다."

부차는 그때서야 오자서의 깊은 계획을 깨닫고 그의 말을 따르기로 하였다. 그러나 부차는 세월이 흐르면 복수심이 감퇴될까 두려웠다. 그리하여 언제나 장작더미 위에서 잠을 자며 복수심을 되새겼다. '와신상담(臥薪嘗膽)'이라는 고사성어는 여기서부터 전하게 되었다. 또한 오왕 부차는 중신들더러 인사 대신, '부차여! 그대는 아버지를 죽인 구천에게 원수 갚을 일을 잊어버렸는가'라는 말을 들려주도록 부탁하였다.

오자서는 그날부터 군사를 대대적으로 모집해 맹렬하게 훈련시키

기 시작하였다.『손자병법』의 사본도 수없이 만들어 무릇 지휘관이면 누구를 막론하고 책을 암송(暗誦)할 수 있을 때까지 숙독(熟讀)할 것을 지시했다.

손무가 없는 이상 이제는 모든 책임을 자신이 져야 할 것이기에 전쟁 준비에 온갖 심혈을 기울였던 것이다. 월나라를 치려면 육군(陸軍)뿐만 아니라 수군(水軍)도 필요하였다. 월나라의 일부는 바다에 면해 있는 까닭에 수륙 양면으로 쳐들어갈 계획이었던 것이다.

그 모양으로 국력을 기울여 전쟁 준비를 꾸준히 계속하다 보니, 3년이 채 못 가 오나라의 군사력은 놀랍도록 막강해지게 되었다. 이에 자신이 생긴 오자서가 오왕에게 말한다.

"이제는 싸워도 이길 수 있는 태세가 갖추어졌사옵니다."

부차는 크게 기뻐하며,

"오 대부께서 수고가 많으셨습니다. 지금 적의 형편은 어떠합니까?"

"월나라의 범려와 문종(文種) 같은 대부들은 좀처럼 있기 어려운 경륜지사(經綸之士)들이옵니다. 첩자들이 물어 온 정보에 의하면, 월나라는 그들 두 사람의 힘으로 나날이 발전되어 가고 있다 하니 지금 치지 않으면 앞으로는 보복하기가 더욱 어려워질 것 같사옵니다."

"보복의 기회를 어찌 놓쳐 버릴 수 있으리오. 그러면 당장 군사를 일으키기로 합시다."

오왕 부차는 즉석에서 전군에 출동 명령을 내렸다. 오자서를 총사령관으로 하고 전의를 선봉장, 백비를 보가대장(保駕大將)으로 삼아 5만 대군을 수륙 양면으로 몰아쳐 나갔다.

한편 월왕 구천은 오왕 부차가 5만 대군을 이끌고 쳐내려온다는 정보를 받고 대부 범려를 불러 묻는다.

"오군이 5만 명이나 쳐내려온다고 하는데 이를 어떻게 막아내야 하겠소?"

범려가 대답한다.

"전쟁은 국력을 무진장 소모시키는 일인 까닭에 함부로 대항할 것이 아니옵니다. 더구나 부차는 원수를 갚으려고 3년 동안이나 전력을 길러 왔기 때문에 그들의 전투력은 매우 막강할 것입니다. 되도록 방위 위주로 나가는 것이 좋을 것 같사옵니다."

월왕 구천은 그 말에 매우 불만이었다.

"손자병법에 '공격은 최고의 수비'라는 말이 있지 않소? 그런데 경은 어찌하여 공격을 포기하고 처음부터 수비 위주로 나가자고 하시오?"

"손자병법에 그런 말이 있다는 것은 소신도 잘 알고 있사옵니다. 그러나 공격과 수비는 획일적으로 논할 것이 아니라 그때그때의 상황에 따라 자유자재하게 변동시켜 나가야 하는 것이옵니다."

월왕 구천은 성격이 적극적인 인물인지라 수비 위주로 나가자는 범려의 주장을 매우 못마땅하게 여겼다.

"경은 어찌하여 수비 위주로 나가자고 하는지 그 이유를 말해 보시오."

범려가 대답한다.

"전쟁에 이기려면 무엇보다도 군수물자의 보급이 원활해야 하옵니다. 아무리 군인이라도 먹지 않고서는 싸울 수가 없고, 무기가 없어도 싸울 수가 없기 때문입니다. 그런데 적은 5만 대군을 이끌고 1천여 리의 머나먼 길을 왔기 때문에 날이 갈수록 보급이 곤란해질 것은 뻔한 일이 아니옵니까? 그런 까닭에 우리는 싸워서 이기려고 할 것이 아니라 수비를 견고하게 해가면서 시일만 끌면 적은 제풀에 지쳐 손을 들게 될 것이옵니다."

 범려는 워낙 군수(軍需) 관계에는 귀신같은 사람인지라 자신의 소견을 피력하고 나서 다시,

 "사기 면에서도 이번만은 공격보다는 수비가 유리하다고 생각되옵니다."

 하고 말했다.

 "그 이유는?"

 "적은 원수를 갚겠다는 앙심을 품고 왔기 때문에 사기가 절정에 달해 있습니다. 성난 군사와 함부로 싸우는 것은 매우 위험한 일이옵니다."

 구천은 그 말을 듣고 크게 비웃는다.

 "경은 무슨 당치 않은 소리를 하고 계시오. 초나라를 정벌했던 합려도 우리한테는 맥을 추지 못했는데, 하물며 그의 아들 부차 따위를 겁낼 것이 뭐란 말이오?"

 "대왕 전하! 합려가 우리한테 패한 것은 오자서가 없었기 때문이옵니다. 그러나 이번에는 오자서가 삼군을 직접 지휘하고 나왔기 때문에 옛날처럼 가볍게 여기다가는 크게 낭패할 것이옵니다."

 범려는 직접적인 싸움을 피하고, 적의 군수물자가 고갈되도록 시일만 끌어나가자는 것이었다. 그러나 혈기가 왕성한 구천에게 그와 같은 소극적인 전략이 용납될 리 없었다.

 "경은 어찌하여 싸우기도 전에 겁부터 집어먹는 거요? 오자서가 제아무리 천하의 명장이기로 그도 역시 한 사람의 장수에 불과하오. 오자서는 내가 상대해 줄 테니 걱정 말고 싸우기로 합시다. 싸우는 자만이 최후의 승리를 거두게 되는 법이오."

 구천은 마침내 전군에 출격 명령을 내렸다. 그리하여 대장 고부를

정동장군(征東將軍)으로 삼고, 구천 자신이 수군 10만을 몸소 거느리고 강을 건너 오군 진지를 향하여 출진하였다.

마침내 오월 양군은 취리라는 곳에서 맞부딪쳤다. 취리는 지난날 구천이 합려와 싸워 크게 승리했던 유서 깊은 장소였는데, 공교롭게도 오월 양군은 또다시 그곳에서 싸우게 된 것이었다. 양군은 부초산(婦椒山)을 중심으로 하여 오군은 동쪽 기슭에, 월군은 서쪽 기슭에 진을 쳤다. 일대 결전을 눈앞에 두고 있는 양군의 사기는 한결같이 충천하였다.

오왕 부차는 월군이 나타난 것을 보자 원수를 갚기에 급급하여 몸소 말을 달려나가 싸우려 하였다. 그러자 오자서가 만류하며 말한다.

"전하! 적의 전의가 매우 왕성하여 함부로 다루어서는 아니 되옵니다. 우선 선발대를 내보내 적의 위력이 어느 정도인지 시험해 보는 것이 좋겠습니다."

오자서는 부장 무마유(巫馬猷)에게 군사 5백 명을 주어 적과 직접 싸워 보게 하였다. 무마유가 군사를 이끌고 달려나가니 월장 서간이 번개같이 달려 나와 맞서 싸우기 시작했다. 그런데 서간의 공격이 어찌나 맹렬한지 무마유는 10합도 채 못 싸우고 쫓겨 돌아오는 것이 아닌가.

오자서는 그들과 정면으로 싸워서는 크게 불리할 것을 깨닫고,

"진지를 견고하게 구축하고 적이 싸움을 걸어와도 일체 응해 주지 말라!"

하는 새로운 군령을 내렸다.

아니나 다를까. 월군은 사기가 등등하여 하루에도 몇 차례씩 싸움을 걸어왔다. 그러나 오군은 참호 깊이 틀어박힌 채 월군이 성화같이 싸움을 걸어와도 일체 응해 주지 않았다.

부차는 월군이 싸움을 걸어올 때마다 부아가 치밀어 오자서를 호되게 나무랐다.

"싸움을 아니 하려거든 무엇 때문에 군사를 여기까지 끌고 왔소?"

오자서는 부차의 책망을 참고 견디다 못해 마침내 이부자리를 펴고 누워 다음과 같은 상소문을 올린다.

"대왕 전하! 소신이 몸에 병을 얻어 지금 당장은 싸움을 지휘할 수가 없사옵니다."

부차는 오자서의 상소문을 읽고 크게 걱정하며 말한다.

"적은 매일같이 싸움을 걸어오는데, 오 명보는 병으로 자리에 누워 있으니 이제는 내가 나가 싸울 수밖에 없게 되었다."

오자서는 그 소식을 전해 듣고 크게 놀라 부차에게 다시 상소문을 올린다.

"대왕 전하! 소신이 월군을 섬멸시킬 비책을 가지고 있사오니 전하께서는 조급하시더라도 며칠만 더 기다려 주시옵소서."

부차는 그때서야 오자서가 꾀병을 앓고 있음을 알고 때가 오기를 기다리기로 하였다.

오자서는 병석에 누워 날마다 약을 달여 먹는 척하면서 부하들에게 다음과 같은 말을 퍼뜨려 놓았다.

"나는 병이 중해 도저히 싸울 수가 없게 되었다. 그러니 우리 군사는 머지않아 철군을 해야 할 것이다."

그 소문은 첩자들에 의하여 월왕 구천의 귀에도 들어갔다. 구천은 그 말을 듣고 크게 기뻐하며 범려와 서간에게 말한다.

"오자서가 병을 얻어 철군을 한다니 우리는 이번 기회에 적을 섬멸시켜 버립시다."

월장 서간은 오자서가 와병 중이라는 말을 듣고 구천에게 다음과 같은 호언장담을 하였다.

"오자서만 와병 중이라면 적을 섬멸시키기는 식은 죽 먹기보다도 쉬운 일이옵니다. 그렇다면 전하의 말씀대로 지금 당장 쳐들어가는 것이 상책일 것 같사옵니다."

그러나 매사에 신중한 범려는 고개를 좌우로 흔들며 구천에게 말한다.

"전하! 오자서는 워낙 지략이 깊은 장수입니다. 그가 우리를 유인하려고 꾀병을 앓고 있는지도 모르오니, 함부로 쳐들어가는 것은 경계해야 할 일이옵니다."

"무슨 소리!"

구천은 범려의 말을 일축해 버리고 나서,

"서간 장군이 선봉장이 되어 적을 즉시 공격합시다."

하고 출격 명령을 내렸다.

서간은 5천 군사를 이끌고 나가 오군 진영에 공격을 퍼부었다. 그러나 오군은 성 안에 죽은 듯이 잠복한 채 일체 반응이 없었다. 서간은 그럴수록 조급하여 자꾸만 공격을 퍼부었다. 그래도 오군은 응전할 기색을 전연 보이지 않았다.

구천은 그때서야 사태가 심상치 않음을 깨닫고 범려에게 묻는다.

"적들이 죽었는지 살았는지 전연 반응이 없으니 어찌 된 일이오?"

범려가 대답한다.

"오자서는 우리를 유인해 일거에 격파하려는 작전을 펴고 있음이 분명하옵니다."

"그러면 저들을 어찌했으면 좋겠소?"

"우리도 공격을 중지하고 지구전으로 나갈 수밖에 없사옵니다."

"지구전으로 나가면 반드시 우리에게 유리할 것 같소?"

"물론입니다. 저들은 보급로가 멀어 시간을 끌수록 우리에게 유리합니다. 만약 저들에게 군량이 끊기는 날이면 우리는 싸움을 아니 하고도 승리를 거둘 수 있게 될 것이옵니다."

구천은 그 말을 옳게 여겨,

"모든 장수는 공격을 중지하고 새로운 명령이 내릴 때까지 진지를 견고하게 지키고 있으라."

하는 군령을 내렸다. 그날부터 양군은 30리 거리를 두고 대진한 채 본격적인 지구전으로 들어갔다. 양군의 대치 상태가 한 달이 지나고 두 달이 넘도록 지속되자 범려의 말대로 오군은 군량 사정이 점점 절박해 오기 시작하였다. 그도 그럴 것이 수많은 군사가 쌀을 수천 리나 떨어진 원거리에서 일일이 날라다 먹자니 당해낼 도리가 없었던 것이다.

오자서는 입장이 매우 난처하게 되었다. 지금이라도 나가 싸우자니 적의 위세가 너무도 강해 보였고, 그렇다고 철군을 하자니 적이 약점을 노리고 맹렬하게 추격해 올 것이 아니겠는가.

사정이 딱하게 되자 부차는 화가 동하여 오자서를 호되게 몰아친다.

"내 말대로 진작 쳐부수지 않고 내버려두었다가 이 꼴이 되었으니 오 명보는 이 일을 어떻게 수습할 생각이오?"

오자서가 머리를 조아리며 부차에게 말한다.

"신이 난국을 타개해 나갈 계략을 가지고 있사오니 전하께서는 너무 염려하지 마시옵소서."

그날 밤이었다. 오자서는 각 부대마다 비밀리에 군사들을 동원하여, 강가에서 모래를 다량으로 퍼오게 하였다. 그리하여 그 모래를 쌀가마에 담아 산더미처럼 높이 쌓아 올렸다. 누가 보아도 노적가리와 흡사하게 만들어 놓은 것이었다.

말할 것도 없이 그것은 위장전술(僞裝戰術)이었다. 다음날 아침, 월군 첩자들은 노적가리를 보고 그 사실을 본진에 급히 알렸다. 월왕 구천은 그 정보를 받고 크게 놀라며 범려를 불러 꾸짖는다.

"경은 적의 군량이 머지않아 끊어지게 되리라고 말했는데, 적진에는 아직도 군량이 산더미처럼 쌓여 있다니 도대체 어찌된 일이오?"

범려가 탄식하듯 대답한다.

"적은 군량이 떨어졌을 것이 분명하옵니다. 아직도 노적가리가 남아 있다면 그것은 오자서가 궤계(詭計)를 쓰고 있음이 분명합니다."

바로 그때 또 다른 첩자가 급히 달려오더니,

"적의 노적가리는 쌀이 아니고 모래를 쌓아 올린 것이옵니다."

하고 알려 주는 것이 아닌가.

범려는 회심의 미소를 지으며,

"그러면 그렇지. 대왕 전하! 이제야 적에게 총공격을 퍼부을 때가 왔사옵니다. 속히 공격 명령을 내려 주시옵소서."

드디어 구천이 공격 명령을 내렸다. 오랫동안 침묵을 지켜 오던 월군이 노도와 같이 몰려오니 오군도 이제는 싫든 좋든 싸울 수밖에 없었다.

오월 양군의 공방전은 치열하기 이를 데 없었다. 피차 간에 한 걸음도 양보할 줄을 모르는 격전이요 혈전이었다. 바로 그때, 초마(哨馬)가 급히 달려와 범려에게 고한다.

"취리를 수비 중이던 고부 장군이 적장 전의에게 군량미를 5백 섬이나 빼앗겼다고 하옵니다."

범려는 그 말을 듣고 까무러칠 듯이 놀라고 말았다.

"뭐야? 군량미를 5백 섬이나 빼앗겼다고? 기갈(飢渴)에 허덕이던 적이 교룡(鮫龍)이 비를 얻은 것과 다름없이 되었구나. 적들은 그 군량미를 어디로 가지고 가더냐?"

"배에 싣고 오군 본영으로 가져갔다고 하옵니다."

범려는 그 말을 듣기가 무섭게 부장 하몽상(河夢詳)을 급히 불러 명한다.

"수군 5천 명을 줄 테니 그대는 태호(太湖)로 급히 달려가 적에게 빼앗긴 5백 섬의 군량미를 탈환해 오도록 하라."

그 다음, 부장 곽여고(郭阤皐)더러 본진을 지키게 하고, 범려 자신은 대군을 이끌고 어디론가 서둘러 출발하였다.

한편, 오자서는 월장 하몽상이 군량미를 탈환하려고 태호로 떠났다는 소식을 듣자 무마유를 급파하여 호상(湖上)에서 그를 대적하게 하였다. 그런 다음 오자서 자신은 대군을 이끌고, 월군 본진을 향해 쳐들어가기 시작하였다.

월장 곽여고가 달려 나와 싸움을 맞았으나 오자서에게는 상대가 되지 못했다. 오자서가 곽여고에게 맹렬한 공격을 퍼부으며 적기(赤旗)를 높이 휘두르니, 이번에는 미리 잠복해 있던 백비의 군사들이 전후좌우로부터 곽여고를 향해 이리 떼처럼 몰려드는 것이 아닌가.

부차가 오자서에게 급히 달려와 큰소리로 외친다.

"조무래기 장수 따위는 그냥 내버려두고 구천을 생포해 주기 바라오."

오자서는 그 말을 듣기가 무섭게 적의 본진으로 급히 말을 달렸다.

월왕 구천이 원문(轅門)에서 전황을 관망하다가 오자서를 보고 본진으로 부리나케 도망쳐 돌아오니, 본진은 어느 사이에 불길에 휩싸여 있는 것이 아닌가. 적의 오열(五列)들이 북새통에 잠입하여 불을 질렀던 것이다.

구천은 사태가 위급해졌음을 깨닫고 도망을 치려는데, 초마가 급히 달려와 기막힌 보고를 올린다.

"군량미를 탈환하려고 태호로 떠났던 하몽상 장군이 5천 군사들과 함께 수중고혼(水中孤魂)이 되었다고 하옵니다."

구천이 정신 없이 도망을 치는데 오자서와 백비가 멀리서부터 맹렬하게 추격을 해오고 있는 것이 아닌가. 적에게 생포되지 않으려면 산 속에 숨어 버릴 수밖에 없었다. 그리하여 회계산(會稽山) 숲 속으로 정신없이 달려들어갔다. 깊은 숲 속으로 얼마를 가노라니 문득 정체불명의 군사들이 들고일어나 구천을 반갑게 영접해 주는 것이 아닌가.

알고 보니 그것은 범려가 거느리고 있는 우군(友軍) 군사들이었다.

구천은 크게 기뻐하며 범려에게 묻는다.

"경은 어찌하여 여기에 와 있었소?"

범려가 대답한다.

"오자서가 도성(都城)으로 쳐들어갈 염려가 있기에 신은 그것을 막아내려고 길목을 지키고 있던 중이옵니다."

"그러잖아도 오자서가 지금 이리로 나를 추격해 오고 있는 중이오. 오자서를 막아낼 대책을 급히 강구해야 하겠소."

"대왕께서 거느리고 계시던 군사들은 모두 어디로 가고 단신(單身)으로 피신을 오셨습니까?"

"군사들은 부초산 싸움에서 전멸을 당하고, 나만이 도망을 오는 중이오."

"제가 1만여 명의 군사를 가지고 있으니 그것으로 적을 막아내도록 하겠습니다."

범려는 전투태세를 갖추고, 오자서와 백비가 나타나기를 기다렸다. 그러나 그처럼 맹렬하게 추격해 오던 오자서가 이제는 웬일인지 도무지 기별이 없었다.

회계산(會稽山)의 굴욕

　구천을 맹렬하게 추격해 오던 오자서가 회계산(會稽山)에 도달하기 일보 직전에 갑자기 추격을 포기한 것은 무슨 이유 때문이었을까? 그 이유는 범려의 1만 군사가 회계산에 잠복해 있음을 미리 알고 있었기 때문이다.
　추격을 포기한 오자서가 본진으로 돌아와 부차에게 품한다.
　"구천은 지금 범려의 군사와 함께 회계산 중에 매복해 있사옵니다. 우리가 회계산을 포위해 버리면 적은 독 안에 든 쥐와 다름이 없을 것이옵니다."
　부차는 그 말을 듣고 크게 기뻐하며 말한다.
　"그러면 군사를 얼마든지 내줄 테니, 구천이 내 앞에서 무릎을 꿇을 수 있게 해주오."
　오자서는 즉시 5만 군사를 거느리고 달려가 회계산을 5중 10중(五重十重)으로 포위해 버렸다.
　포위를 당한 월군은 죽은 듯이 반응이 없었다. 회계산은 워낙 지형이 험악해 1만여 명쯤 숨어 있는 것은 그다지 어려운 문제가 아니었다. 그러나 시일이 경과할수록 월군은 여러 가지로 곤란을 겪게 되었다. 그 중에서도 가장 곤란한 것은 식량 부족이었다.

'숨어 있어 보았자 시일이 갈수록 우리에게 불리하니 차라리 결사적으로 싸워서 활로를 타개해 나가는 것이 상책일 것이다.'

범려가 보기에 이제는 전멸을 각오하고 싸움의 길을 택하는 수밖에 없었다. 그로부터 10여 일이 지난 어느 날 깊은 밤에 구천과 범려는 돌파구를 마련하기 위한 기습 작전을 감행하였다. 그러나 오군의 수비가 워낙 철통같이 튼튼해 무기가 변변치 못한 월군은 막대한 희생자만 내고 탈출 작전은 실패로 돌아가고 말았다.

그날 밤의 전투에서 월군이 입은 피해는 무려 6천여 명이었다. 전사한 희생자는 몇 사람 안 되었지만 그 기회를 틈타 도망을 쳐버린 군사가 5천여 명이나 되었던 것이다. 최후까지 남아 있는 군사는 겨우 2천여 명이었다. 그러나 그들도 기력이 소진해 전의를 상실하고 있었다.

식량이 떨어지면서부터는 초근목피(草根木皮)로 목숨을 이어가야 할 형편이었다. 게다가 오군의 감시가 어떻게나 철두철미한지 샘터로 물을 길러 갔다가 잡혀 죽은 군사만도 하루에 10여 명씩 쏟아져 나왔다.

월왕 구천은 활로를 타개해 나갈 희망이 전연 없음을 깨닫자 모든 장수들에게 비장한 어조로 이렇게 말했다.

"내가 대부 범려의 간언을 듣지 않고 싸움을 무리하게 시작했다가 이토록 비참한 지경에 이르렀으니 모든 죄는 나에게 있소. 지금이라도 적을 물리치고 나라를 보존해 줄 사람이 있다면 나는 왕위와 국토를 고스란히 물려주기로 하겠소. 누구든지 나와서 나라를 구해 주기 바라오."

"……."

모든 장수들은 비통함에 잠겨 아무런 말이 없었다. 대답이 없자 구천이 울면서 호소하듯 다시 말한다.

"나라의 패망이 눈앞에 닥쳐왔는데, 나서서 구해 줄 용사가 단 한 사람도 없으니 이런 비통한 일이 어디 있으리오."

대부 문종(文種)이 구천에게 감연히 말한다.

"신이 듣자옵건대 우장(雨裝)이라는 것은 비가 오기 전에 장만해 둬야 하는 것이라고 하옵니다. 대왕께서는 대부 범려의 간언을 용납하지 않으셨다가 이제 와서 구국지사(救國之士)를 구하심은 마치 비가 오는 것을 보고 나서야 우장을 서둘러 구하시는 것과 무엇이 다르옵니까?"

신랄한 비판이었다.

구천이 머리를 끄덕이며 말한다.

"지나간 일을 뉘우쳐 본들 무슨 소용이리오. 발등에 떨어진 불을 어떻게 꺼나가야 할지 눈앞이 막막하구려."

구천은 울음으로 목이 메었고, 범려는 일체 말이 없었다. 문종이 오랫동안 심사숙고 끝에 다시 입을 열어 말한다.

"용장지하(勇將之下)에 약졸(弱卒)이 없다는 말이 있듯이 오자서가 워낙 천하의 용장인 까닭에 오군은 열이 하나같이 용맹스럽습니다. 우리가 그들과 싸워본들 어찌 승리를 기할 수 있으오리까?"

"그러니 어떻게 하자는 말씀이오? 전원이 옥쇄(玉碎)라도 하자는 말씀이오?"

문종은 머리를 힘차게 가로 흔들며,

"옥쇄는 아무 의미도 없는 일이옵니다. 우리가 옥쇄하면 적만 좋아할 뿐이지 무슨 이득이 돌아오겠습니까?"

구천은 그럴수록 초조하여,

"그러니 어떻게 하자는 말씀인지 좀더 구체적으로 설명해 주기 바라오."

"……"

문종은 입을 굳게 봉한 채 말이 없었다.

"대부는 어찌하여 대답을 아니 하시오? 무슨 말씀이라도 좋으니, 어서 의견을 들려주시오."

여기서 문종은 굳은 결심이라도 하듯 얼굴을 힘 있게 들면서 이렇게 말한다.

"위급한 사태를 헤쳐 나가기 위해 모든 것을 기탄 없이 말씀드리겠습니다. 지금의 사태를 타개할 수 있는 길은 대왕께서 오왕에게 정식으로 항복 문서를 올림과 동시에 그의 신하가 되기를 맹세하시는 길밖에 없을 것이옵니다. 그래야만 대왕께서도 목숨을 보존하실 수가 있을 것이고, 후일을 기할 수도 있을 것이옵니다."

월왕 자신은 말할 것도 없고, 만좌의 신하들은 한결같이 놀란 표정을 지었다. 임금더러 오왕의 신하가 되라고 하니, 세상에 그런 모독이 어디 있단 말인가.

만좌의 신하들은 대왕의 체면을 생각해서도 잠자코 있을 수가 없었다.

"저런 놈을 어찌 살려 둘 수 있으리오. 저자를 당장 끌어내어 목을 벱시다."

좌중은 크게 격분하였다.

월왕 구천은 자기도 모르게 허리에 차고 있던 칼자루를 힘주어 움켜잡았다. 대왕의 권위를 무참하게 유린하는 문종의 목을 한칼에 베어 버릴 결심이었던 것이다. 그러나 구천은 칼자루를 움켜잡으면서 범려의 얼굴을 살폈다.

문종의 망언을 범려가 어떻게 받아들이는가를 알아보고 싶어서였다. 그런데 범려는 아무 말도 못 들은 사람처럼 눈을 무겁게 감은 채 조용히 앉아 있기만 하는 것이 아닌가.

구천은 범려의 태연자약한 태도에서 문득 자신의 경솔을 직감하였다. 그리하여 자기도 모르게 범려에게 묻는다.

"범려 대부는 문종의 의견을 어떻게 생각하시오?"

범려는 그때서야 눈을 가만히 뜨더니 잠꼬대처럼 말한다.

"전법(戰法)에는 '2보 전진을 위한 1보 후퇴'라는 말이 있사옵니다. 천리 길을 가려면 때로는 태산준령도 넘어야 하고, 풍랑이 거센 바다도 건너야 하는 법이옵니다. 태산이 높다고 해서, 혹은 풍랑이 거세다고 해서 중도에 좌절해 버리면 어찌 천리의 목표에 도달할 수 있으오리까? 산골짜기의 샘물은 꾸준한 인내심을 가지고 아래로 흘러가 나중에는 망망대해에 이르게 되는 것이옵니다. 대왕께서는 그 점을 깊이 통찰해 주시옵소서."

말할 것도 없이 범려 자신은 문종의 의견에 찬동한다는 뜻이었다.

구천은 범려의 말에 크게 깨달은 바가 있어서,

"그러면 문종 대부의 말씀대로 나는 후일을 기하기 위해 눈물을 머금고 오왕에게 항복 문서를 제출하여 그의 신하가 되기로 하겠소."

하고 침통한 목소리로 선언하였다.

문종은 그날로 구천의 항복 문서와 오왕에게 올리는 친서를 가지고 오군 진지로 찾아갔다.

오왕 부차는 문종을 접견하고 묻는다.

"대부는 무슨 일로 나를 찾아왔는가?"

문종은 구천의 항복 문서와 친서를 오왕에게 내놓으며 말한다.

"월왕 구천이 대왕에게 저지른 죄는 이루 말할 수가 없사옵니다.

구천은 이제나마 크게 깨달은 바가 있어 항복 문서와 아울러 스스로 대왕의 신하가 되고자 소신을 대왕전에 보낸 것이옵니다. 대왕께서는 관후하신 인덕으로 구천의 목숨을 보존하게 해주시어 대왕의 신하로 충성을 다할 수 있도록 영광을 베풀어주시옵소서."

부차는 구천의 항복 문서와 친서를 읽어보고 지극히 만족하였다. 이제야말로 부왕의 원수를 유감없이 갚는 셈이기 때문이었다.

"구천이 신하로서 나에게 충성을 다하겠다면 내 어찌 더 이상의 응징을 가할 것인가? 그대는 돌아가거든 구천에게 내 뜻을 전하라."

그러자 배석해 있던 오자서가 깜짝 놀라 칼을 뽑아 들며 문종에게 호통을 지른다.

"네 이놈! 선왕께서 네놈들의 칼에 돌아가셨거늘 오늘날 구천이란 놈은 어찌하여 잔꾀를 부려 살기를 도모하느냐?"

오자서의 벼락같은 호통에 문종은 자지러지게 놀랐다. 오자서는 금방 목을 쳐버릴 듯이 칼을 높이 치켜들며 문종에게 다시 말한다.

"네놈들은 후일에 복수할 기회를 가지려고 궤계(詭計)를 쓰고 있음이 분명하다. 그런 잔꾀에 누가 속아넘어갈 줄 아느냐?"

문종은 자기들의 뱃속까지 꿰뚫어 보는 오자서의 명철한 두뇌에 간담이 서늘해 왔다. 그러나 오왕은 구천을 신하로 굴복시킨 것만이 만족스러워서,

"오 대부는 너무 노여워하지 마오. 자고로 궁지에 몰린 새는 사람의 품속으로 날아들게 마련(窮鳥入懷)인 법이오. 그러면 어진 사람은 그 새를 불쌍하게 여긴다(仁人所憫)고 하였소. 구천은 신하로서 나에게 충성을 다하겠노라고 자청해 왔으니 내 어찌 그자의 가련한 소망을 받아들이지 아니 하겠소. 오 대부는 그 점을 고려해 주기 바라오."

그 말에 오자서는 머리를 세차게 흔들어 보이며 격렬한 어조로 간한다.

"대왕 전하! 우리는 지난 3년 동안 천신만고 끝에 원수를 갚을 수 있게 되었습니다. 이는 하늘이 우리에게 월나라를 하사해 주신 것이나 다름이 없사옵니다. 그런데 이번 기회에 구천을 죽이지 아니하고 살려 둔다면 그것은 스스로 하늘의 뜻을 거역하는 것이나 다름이 없사옵니다. 우리가 원수를 갚을 수 있는 기회는 다시 돌아오기 어려울 것이옵니다. 그런데도 부형의 원수인 구천을 살려 주자는 말씀이시옵니까?"

그때서야 구천에게 지나치게 관대했던 것을 깨달은 부차는 구천의 친서를 땅바닥에 내동댕이쳐 버리며 문종에게 호령한다.

"내 어떤 일이 있어도 구천을 살려 두지는 않으리로다. 그대는 당장 돌아가서 구천에게 내 뜻을 전하라."

문종이 전전긍긍하며 급히 돌아와 그 말을 전하니, 구천은 하늘을 우러러 탄식하며,

"오자서가 살아 있는 한 나는 죽음을 면하기가 어렵겠구나. 그렇다면 차라리 내 목숨을 내 손으로 끊으리라."

하고 칼을 뽑아 자결하려고 하였다.

범려가 황망히 칼을 빼앗으며 간한다.

"평소에는 강인무쌍(强靭無雙)하시던 대왕께서 어찌하여 지금은 이렇게도 나약해지셨나이까? 하늘이 무너져도 솟아날 구멍이 있다는 속담이 있지 아니하옵니까? 오자서가 제아무리 명철하여도 오나라의 모든 일이 오자서의 뜻대로만 되는 것은 아니옵니다."

"그러니 어떻게 하라는 말씀이오?"

"오나라의 태재(太宰) 백비는 재물을 몹시 탐하고 미녀들을 남달리

좋아하는 호색한입니다. 그러하니 많은 보화(寶貨)와 미녀들로 백비를 구워삶으면 강화(講和)를 맺는 일이 불가능하지는 않을 것이옵니다. 대왕께서는 최후의 순간까지 희망을 버리지 말아 주시옵소서."

구천은 그 말에 용기를 크게 얻었다.

"그러면 최후로 그런 수단이라도 써보기로 합시다."

범려는 옥대(玉帶)와 보병(寶甁) 등 희귀한 보물들과 여덟 명의 절세미인들을 구득하여, 월왕의 이름으로 백비에게 보냈다. 문종이 보물과 미인들을 데리고 비밀리에 찾아가니, 백비는 크게 기뻐하며 말한다.

"월왕이 우리나라에 부탁하고 싶은 얘기가 있거든 뭐든지 말하라고 일러 주시오."

뇌물 공작이 즉석에서 효과를 보게 된 셈이었다. 문종은 이때다 싶어서 머리를 거듭 숙여 보이며 말한다.

"실상인즉 주공께서 생각이 부족하시어 대국인 귀국 측에 함부로 싸움을 걸었다가 지금 심한 곤경에 처해 있사옵니다. 바라옵건대 태재께서 오왕 전에 말씀하시어 우리 주공의 목숨만은 살려 주실 수 있도록 하시옵소서. 그러면 주공께서는 오왕의 신하로서 충성을 다하실 뿐만 아니라 태재의 관후하신 은덕에 대해서도 반드시 결초보은(結草報恩)을 하실 것이옵니다."

백비가 고개를 끄덕이며 대답한다.

"내가 대왕전에 잘 말씀드릴 테니 염려 말고 대왕을 만나 뵙도록 하시오."

문종은 백비의 알선으로 오왕을 다시 만났다. 부차는 문종을 만나기가 무섭게 또다시 호통을 친다.

"구천을 살려 두지 않겠노라고 분명히 말해 두었거늘, 그대는 무엇 때문에 또다시 나를 찾아왔는가?"

문종이 머리를 조아리며 아뢴다.

"거듭 말씀드리거니와 구천은 어리석게도 귀국에 대들었다가 지금 회계산중(會稽山中)에서 심한 곤궁에 빠져 있사옵니다. 그리하여 월나라 국토를 고스란히 대왕전에 바치고, 구천 자신은 신하가 되어 충성을 다하겠다는 뜻을 전하라 하였사옵니다. 뿐만 아니라 월나라 궁전의 시녀들도 모두 대왕의 노비로 바치겠다고 하였사옵니다. 그러니 대왕께서는 제발 구천의 목숨만은 살려 주시옵소서."

그러나 부차는 오자서의 말이 연상되어 머리를 가로 저었다.

"그것은 안 될 말이다. 어떤 일이 있어도 구천의 목숨은 살려 주지 못하리라."

문종이 다시 말한다.

"그러면 최후로 한 가지만 부탁을 드리고 싶사옵니다."

"무슨 얘기냐? 어서 말해 보라."

"구천은 지금 회계산중에 있사온데 죽기 전에 일단 본국에 돌아가 종묘를 불살라 버린 뒤에 가족들까지 모조리 죽여 없애고 나서 자결하고 싶다고 하오니, 대왕께서는 망국자(亡國者)의 비통한 심정을 하량(下諒)하시와 그 소원만은 청허해 주시옵기를 바라옵니다."

종묘를 불사르고 처자식까지 죽여 없애겠다는 것은 비통하기 짝이 없는 말이었다.

"음……"

오왕은 무심 중에 신음 소리를 내며 중신들을 돌아보고 묻는다.

"구천의 마지막 소원만은 들어 주었으면 싶은데, 경들은 어떻게 생각하시오?"

태재 백비가 나서 부차에게 아뢴다.

"대왕 전하! 자고로 명왕(明王)은 남의 나라를 정복하고 나서도 그 나라의 군왕(君王)만은 죽이지 아니하는 법이라고 들었습니다. 구천은 무조건 항복을 했을 뿐만 아니라 이제부터는 신하로서 대왕전에 충성을 다하겠노라고 맹세해 왔으니 그런 자를 어찌 죽일 수 있으오리까? 아량을 베풀어 목숨만은 살려 주는 것이 옳을 줄로 아뢰옵니다."

백비는 뇌물에 보답하고 싶은 마음에서 그렇게 말하였다. 그러자 오자서가 강경하게 간한다.

"태재의 간언은 그릇된 말씀인 줄로 아뢰옵니다. 오나라와 월나라는 지정학상으로 보아도 공존이 불가능한 나라입니다. 따라서 우리가 승하면 저들이 망해야 하고, 저들이 승하면 우리가 망하도록 되어 있는 나라입니다. 더구나 선왕께서는 구천의 손에 전사하시면서 '어떤 일이 있어도 원수를 갚아 달라'는 유언까지 남겨 놓지 않으셨습니까? 그런데 이제 와서 구천을 살려 두신다면 그것은 맹호를 산림 속으로 놓아 보내는 것과 무엇이 다르오리까? 구천은 성품이 워낙 끈질긴 인물이어서 오늘날 그를 살려 두었다가는 후일에 돌이킬 수 없는 재앙을 당하게 될 것이옵니다. 그러니 어떤 일이 있어도 구천을 죽여 없애야 하옵니다."

오자서의 강경한 충언에 감화되어 오왕은 중신들을 둘러보며 말한다.

"그러면 오 대부의 말씀대로 구천을 죽이기로 합시다."

그 순간 백비의 얼굴에는 분노의 빛이 떠올랐다. 그러잖아도 백비는 오자서에게 반감을 품고 있었다. 그런 판에 오자서에게 전면적으로 무시를 당한 꼴이니 격분하지 않을 수 없었던 것이다.

백비는 분노에 넘친 어조로 오왕에게 아뢴다.

"신이 듣자옵건대 명왕은 항복한 적을 결코 죽이는 법이 아니라고 하였사옵니다. 만약 굴복해 오는 자를 죽이면 그 화(禍)가 3대에 미친다고도 들었습니다. 더구나 구천은 이미 모든 국토를 우리에게 바치고, 자기 자신은 신하로서 충성을 다하겠다는 맹세까지 해왔사온데 그런 사람에게 어찌 죽음을 내릴 수 있으오리까? 대왕께서 덕으로 다스리시면 저들은 은덕에 감화되어 절대로 반란을 일으키지 못할 것이옵니다. 대왕께서는 그 점을 깊이 통찰하시어 후세의 사가(史家)들로부터 우왕(愚王)이었다는 불명예를 남기지 마시옵기를 거듭 바라옵니다."

그 모양으로 오자서와 백비의 의견이 정면으로 대립되고 보니, 부차는 결단을 내리기가 매우 난처하였다. 화근을 뿌리째 뽑아 버려야 한다는 오자서의 의견은 지극히 합당한 말이었다. 그러나 백비의 의견에도 부차의 가슴을 찌르는 점이 없지 않았다. 항복해 온 적을 죽이면 그 화가 3대에 미친다는 말과 구천을 죽여서 후세에 우왕의 불명예를 남기지 말아 달라는 말은 특히 부차의 가슴을 찔렀다.

'후일, 사가들로부터 우왕(愚王)이라는 비방을 받더라도 화근을 제거한다는 차원에서 구천을 죽여 버려야 할 것인가, 아니면 다소의 불안감이 있더라도 구천을 살려 주어 후세의 사가들로부터 명왕(明王)이었다는 말을 들어야 할 것인가.'

오왕 부차는 깊은 궁리에 잠긴 채 오랫동안 결단을 내리지 못했다. 그러나 부차는 비록 사후에라도 '우왕'으로 불리기보다는 '명왕'으로 불리고 싶었는지라 마침내 얼굴을 힘 있게 들며 다음과 같은 결단을 내렸다.

"품안에 날아든 궁조(窮鳥)를 죽이는 것은 인의(仁義)에 벗어나는 일이니 구천의 목숨만은 살려 주기로 하겠소."

오자서는 부차가 최후의 결단을 내리는 순간, 무언중에 비통의 입술을 깨물었다. 오나라가 언젠가는 월나라의 손에 반드시 망할 것을 예견했기 때문이었다. 그러나 백비는 회심의 미소를 지으며 마음속으로 승리의 쾌재를 불렀다. 오자서를 꺾어 버린 것과 구천에게 뇌물에 대한 보답을 하게 된 것이 기뻤던 것이다.

월나라의 사신 문종이 그 소식을 가지고 돌아와 구천에게 고하니, 범려가 크게 기뻐하며 즉석에서 말한다.

"하늘은 우리에게 재기의 기회를 베풀어 주셨사옵니다. 우리는 이 기회를 최대한으로 이용해야 할 것이오니, 대왕께서는 모든 신하들을 거느리시고 빨리 부차를 찾아가 항복 문서를 정식으로 제출하시어 적을 방심하게 만드시옵소서."

구천은 그 말을 옳게 여겨 다음날 수십 명의 중신들을 거느리고 부차를 찾아갔다. 월왕 구천 일동은 땅바닥에 엎드려 오왕에게 항표(降表)를 올렸다.

항표를 받아든 부차가 만족스런 표정을 지으며 구천에게 타이르듯이 말한다.

"일찍이 부왕께서 그대들의 손에 전사하신 까닭에, 나는 무슨 일이 있어도 월나라를 정복하여 그대들을 모조리 살육하는 것으로 원수를 갚을 결심이었다. 그러나 이제 항표를 받은 이상 그대들을 차마 죽이지는 아니하겠다. 월나라는 이미 나의 국토가 되었으니, 그대들은 전비(前非)를 깨닫고 모두 나의 신하로서 이 나라에 충성을 다하도록 하라."

"성은이 망극하옵니다."

구천을 비롯하여 모든 신하들이 땅에 이마를 조아리며 부차에게 감사를 올렸다.

구천이 다시 한번 부차에게 머리를 조아리며 말한다.

"대왕께서 신 등에게 구명의 은총을 베풀어주신 것에 거듭거듭 감사를 표하옵니다. 지금 저희들에게는 조그만 소원이 하나 있사오니 대왕께서 은총을 내려 그것까지 청허해 주시옵기를 엎드려 바라옵니다."

"그대들의 소원이라는 것이 무엇인가?"

부차는 승리감에 도취되어 가벼운 미소를 지으며 물었다.

구천이 머리를 조아리며 대답한다.

"신 등이 이미 대왕의 신하가 되었으니, 측근에서 받들어 모셔야 마땅한 줄로 아옵니다. 그러나 나라가 없어졌으니 이제는 종묘(宗廟)도 불살라 버려야 할 것이옵고, 또 슬하에 거느리고 있던 식솔들과 가산(家産)도 깨끗이 정리해야 하겠기에, 잠시나마 고국에 돌아가 뒤처리를 마칠 수 있도록 윤허하여 주시옵소서. 뒤처리가 끝나는 대로 돌아와 대왕을 받들어 모시겠사옵니다."

오자서가 그 말을 듣고 부차에게 간한다.

"대왕 전하! 무슨 이유로든 저들을 고국으로 돌려보내서는 아니 되옵니다."

그러자 백비가 비웃는 듯한 미소로 오자서를 바라보고 나서 이렇게 말한다.

"대왕 전하! 구천의 수십만 군대가 이미 우리 손에 전멸이 되었사온데, 이제 그들을 고향으로 돌려보낸들 무슨 두려움이 있겠나이까? 오 대부의 말씀은 너무도 소심하신 말씀이 아닌가 하옵니다."

부차도 고개를 끄덕이면서 오자서에게 말한다.

"저들을 일시 귀국시켜 주기로, 특별히 염려될 일은 없을 것이오."

그런 다음 이번에는 구천에게,

"그대들의 소원대로 귀국을 허락할 테니 석 달 안으로 반드시 돌아오도록 하라. 만약 그때까지 돌아오지 않으면 군사를 다시 일으켜 월토(越土)를 모조리 초토화시켜 버릴 것이니라."

이리하여 구천 일행은 본국으로 돌아갈 수 있게 되었다.

오자서는 만일의 경우에 대비하여 왕손웅(王孫雄)과 계사(溪斯)에게 3만 군사를 내주어 회계산을 방비토록 지시했다.

월나라로 돌아온 구천은 범려의 말대로 우선 모든 국유 재산과 전국 각지의 지명을 목록으로 작성하여 회계산에 있는 왕손웅에게 제출하였다. 오나라 수뇌부의 방심을 노리기 위한 술책이었음은 두말할 것도 없다. 그리고 난 구천은 군신들을 한자리에 모아 놓고 눈물을 흘리며 탄식한다.

"나는 선왕의 유지를 받들고 대부들의 보필을 얻어 조국의 번영을 도모하고자 했건만, 부초산(夫椒山)과 회계산에서 적에게 참패를 당해 나라를 망치게 되었소이다. 이제는 오왕 부차의 포로 신세가 되었으니, 이 어찌 가슴을 치며 통곡할 비극이 아니겠소."

거기까지 말하고 난 구천은 주먹으로 가슴을 치며 목을 놓아 통곡하였다. 그러자 만당의 중신들도 한결같이 울음을 터뜨려 방 안은 삽시간에 울음바다가 되었다. 망국왕(亡國王)과 망국민(亡國民)의 비통은 그렇게도 비참했던 것이다.

방 안이 떠나갈 듯한 통곡 소리가 한바탕 계속된 뒤에 대부 문종이 눈물을 거두며 구천에게 말한다.

"그 옛날 은(殷)나라의 탕왕(湯王)은 하대(夏臺)에서 적에게 포로가 되었던 일이 있었사옵고, 주(周)나라의 문왕(文王)도 유리(羑里)에서 적에게 억류되었던 일이 있었사옵니다. 그러나 그들은 그와 같은 비운에 추호도 좌절하지 아니하고, 굳은 결심을 가지고 끈질기게 싸웠기에 마침내 대국을 건설할 수가 있었던 것이옵니다. 대왕께서도 일시적인 간난(艱難)을 꿋꿋하게 헤쳐 나가시기만 하면 후일에 반드시 재기를 도모하실 수 있을 것이옵니다."

구천이 울면서 대답한다.

"재기할 기회가 있다면 얼마나 좋겠소. 그러나 석 달 후에는 오나라에 다시 끌려가 살아 있는 송장과 다름없이 지내게 될 터인데, 그런 처지로 어찌 재기의 뜻을 펼 수 있겠소."

"천지운행(天地運行)의 변수(變數)는 하늘밖에는 아무도 모르는 일이옵니다. 대왕께서는 어떤 고난에 처하시더라도 재기의 견지(堅志)만은 굳게 간직하시옵소서. 저희들도 한결같은 충성심으로 때가 오기를 고대하겠나이다."

"고마우신 말씀이오. 내 목숨이 붙어 있는 한 재기의 희망을 어찌 포기할 수 있겠소."

구천은 그날부터 석 달 동안을 눈물로 흘려보냈다. 어느덧 석 달이 되었으나 구천은 오나라에 가고 싶은 생각이 꿈에도 없었다. 그러자 회계산에 주둔하고 있는 오장 왕손웅으로부터 빨리 오라는 독촉 편지가 날아왔다. 그 독촉장 속에는 다음과 같은 엄포의 말이 들어 있었다.

'……그대가 만약 기일 안에 돌아오지 않으면 죽음을 면하기가 어려울 것이오. 그뿐만 아니라 우리는 대군을 일으켜 월토(越土)를 방방곡곡까지 유린하게 될 것이오.'

독촉장을 받아본 구천은 종묘에 제사를 지내고, 선왕들의 무덤을 골고루 참배한 뒤에 오나라로 떠나기 위해 배에 올랐다. 범려와 문종 등 모든 신하들이 구천을 전송하려고 선창가로 따라 나왔다. 구천은 배 위에 올라 고국산천을 말없이 둘러보며 자꾸만 눈물을 흘렸다.

범려도 눈물을 흘리며 감연히 말한다.

"이 자리에 모인 우리들은 모두가 주상의 신하들이옵니다. 주상을 오늘의 곤경에 빠뜨린 것은 신하인 우리들이 보필을 잘못한 죄가 아니고 무엇이겠습니까? 절강(浙江)의 호걸지사(豪傑之士)로 자처해 온 우리들이 주상을 적지로 보내며 어찌 가만히 있을 수 있으리까? 주상께서는 비록 적국으로 떠나시지만 남아 있는 우리들이 다같이 힘을 모아 조국 광복의 성업(聖業)을 도모하겠다는 것을 주상 전에 맹세하옵니다."

그 말이 떨어지자 중신들은 약속이나 한 듯이 이구동성으로 환호성을 올린다.

범려의 제안을 듣고, 문종이 중신들에게 말한다.

"대부 범려의 말씀대로 조국 광복의 성업에 뜻을 같이하시려는 분들은 지금 이 자리에서 다같이 맹세를 올립시다."

그러자 여섯 명의 중신들이 맹세를 올리려고 앞으로 나왔다. 상대부(上大夫) 자부를 비롯하여, 대장군(大將軍) 중기(仲騏), 참모(參謀) 수천(守泉), 사구(司寇) 자상(子常), 사마(司馬) 자령(子齡), 대사(大史) 백원(伯元) 등이었다.

구천은 중신들의 맹세에 감격의 눈물을 흘리며 말한다.

"경들이 조국 광복의 성업을 일으켜 주겠다니 나로서는 오직 감격의 기쁨이 있을 따름이오. 그러나 내가 적지에 끌려가 어떤 곤욕을 치르게 될지 모르니 여러분들 중에서 어느 한두 분만이라도 나와 동행을 해주셨으면 고맙겠소이다. 그래야만 여러분들과 연락도 취할 수 있을 게 아니오."

그 말을 듣고 문종이 구천에게 머리를 조아리며 대답한다.

"대왕의 분부는 지당하신 말씀이시옵니다. 그러면 소신이 대왕전에 배행할 사람을 한 분 천거해 봄이 어떠하겠나이까?"

"누가 좋을지 어서 말해보오."

"신이 생각하옵건대 나라를 다스리고 농업을 권장하여 민생(民生)을 안전하게 하는 점에 있어서는 대부 범려보다는 소신이 오히려 나은 편이 아닐까 생각되옵니다. 그러나 국제 정세에 밝고 임기응변(臨機應變)이 뛰어나 모든 일을 능숙하게 처리해 나가는 점에 있어서는 대부 범려가 소신보다 월등하옵니다. 그러하니 소신은 고국에 남아 국가를 다스려 나가는 임무를 맡기로 하겠사오니 대왕께서는 대부 범려를 대동하고 떠나심이 어떨까 하옵니다."

범려도 문종의 말을 전적으로 인정하면서,

"그러면 대왕의 배행은 내가 맡기로 할 테니 여러분은 고국에 남아 조국 광복의 성업에 추호의 차질이 없도록 해주시기를 바라오."

상대부 자부가 범려에게 말한다.

"저희들이 어찌 오늘의 맹세를 게을리 할 수 있으오리까? 저희들은 오늘부터 오로지 조국 광복에만 헌신할 뿐 가족조차 돌보지 않을 결심입니다."

대장군 중기도,

"나라를 위해 이 몸을 바칠 것을 다시 한번 맹세하겠습니다."

범려가 크게 기뻐하며,

"철석같은 그 결심, 진실로 장하오이다."

참모 수천과 대사 백원, 사마 자령도 다같이 말한다.

"저희들도 조국 광복에 목숨을 바치기로 결심했사옵니다."

그러자 구천은 범려 한 사람만 데리고 떠나기가 몹시 불안스러운지,

"두세 명쯤 나와 함께 가줄 사람이 더 없겠소?"

하고 말한다.

구천은 심복 부하들을 되도록 많이 대동하고 싶었던 것이다. 그래야만 마음이 든든할 것 같았기 때문이다.

문종은 구천의 심정을 재빠르게 알아채고,

"대왕의 분부는 지당하신 말씀이옵니다. 그러면 만일의 경우를 생각하시어 대장군 중기와 사구 자상, 사마 자령 등 3무부(三武夫)들을 모두 대동하고 떠나시옵소서. 그들 세 사람만 있으면 어떠한 위급지사(危急之事)라도 능히 막아낼 수 있을 것이옵니다."

"세 분이 동행해 준다면 그 이상 고마운 일이 없겠소이다."

이리하여 떠나갈 사람들과 남아 있을 사람들은 배 위에서 다함께 술잔을 나누게 되었는데, 문종은 술잔을 높이 들며 다음과 같은 고별사를 하였다.

"주상께서 오늘은 비록 괴로운 길을 떠나시지만 황천(皇天)이 굽어 살피사 머지않아 반드시 승리의 영광을 안게 되실 것이옵니다. 남을 위압하는 자는 반드시 망하고, 천의(天意)에 복종하는 사람은 반드시 번창할 것이오니, 오늘의 고초가 후일에는 반드시 기쁨으로 화할 것이옵니다. 우리들은 군신이 하나로 굳게 뭉쳐 어떤 일이 있어도 오늘의 국난을 타개해 나갈 것이니, 상천(上天)인들 어찌 감동이 없을 수 있으오리까? 이제는 슬픔을 거두고, 내일의 승리를 위해 다같이 축배를 들기로 하십시다."

모든 사람들은 눈물을 씹어 삼키며 고별주를 함께 마셨다. 이윽고 배가 중류(中流)로 헤쳐 나가니, 원앙새 한 쌍이 정답게 희롱하며 헤엄을 치고 있는 것이 아닌가. 구천은 원앙새의 다정함을 보고 눈물을 흘리며 부인에게 말한다.

"원앙새 같은 미물도 저렇듯이 행복하게 지내는데, 우리 부부는 천승(千乘)의 군왕(君王)이던 몸이 이제는 남의 나라의 노예가 되었으니 이 어찌 하늘의 뜻이라고 볼 수 있으리오."

동행하던 중신들은 그 말을 듣고 소리 없이 울었다.

며칠 후에 회계산에 당도하니 오장 왕손웅이 일행을 오도(吳都)인 소주(蘇州)로 끌고 가 오왕 부차에게 알현시킨다.

구천은 일행과 함께 땅바닥에 이마를 조아려 알현하고, 많은 보물들을 오왕에게 헌상(獻上)하면서 정식으로 항복표(降伏表)를 올린다.

"동해(東海)의 역신(逆臣) 구천은 대왕의 군려(軍旅)를 괴롭힘으로써 용서받지 못할 죄를 범하였사옵니다. 이제 스스로의 죄과를 깨닫고 모든 국토와 국고(國庫), 모든 신하들을 대왕전에 바치오니 부디 이 몸을 죄인으로 다스려 주시옵소서."

오왕 부차는 구천의 항복을 지극히 만족스럽게 여기며 말한다.

"자고로 우리나라와 월나라는 하늘을 같이할 수 없는 원수의 나라였소. 그러나 내 이제 그대의 항복을 가상하게 여겨 특별히 자애심을 베풀어주고자 하니 그 은공을 결코 저버리지 마시오."

구천은 신하들과 함께 다시 한번 땅바닥에 엎드리며 오왕에게 이렇게 아뢴다.

"대왕 전하의 관후하신 은공을 신 등이 어찌 잊을 수 있으오리까? 신 등을 가련하게 여기시어 목숨을 보존하게 해주신다면 평생을 두고 대왕전에 충성을 다할 것이옵니다."

부차는 그 말을 듣고 통쾌하게 웃으며,

"하하하. 그대의 충성심이 그토록 갸륵하니 내 어찌 그대들의 목숨을 해치리오. 특히 구천에게 이르노니, 그대는 각별히 명심하여 나에게 충성을 다하도록 하오."

하고 죽이지 않을 것을 명백하게 선포하였다.

그러자 오자서가 부차에게 간한다.

"대왕 전하! 배를 삼켜 먹는 큰고기(呑舟之大魚)도 물을 잃으면 새우처럼 초라해 보이지만 망망대해에 나가면 그 어떤 그물로도 잡을 수 없게 되는 법이옵니다. 신이 보옵건대 구천은 심지(心地)가 측량하기 어렵도록 깊은 인물입니다. 지금은 비록 대왕을 속이려고 갖은 아첨을 다하고 있지만 언젠가는 반드시 해하려 들 터이니 지금 죽여 없애지 않으면 후일에는 필연코 뉘우치게 되실 것이옵니다."

부차는 그 말을 듣고 웃으면서 대답한다.

"오 대부의 말씀은 일종의 기우(杞憂)요. 자고로 항복해 온 사람을 죽이면 그 죄가 3대에까지 미친다고 들었소. 나는 구천을 사랑하기 때문에 살려 주려는 것이 아니고, 하늘의 뜻이 두려워 죽이지 않는 것이오. 그러나 오 대부의 간언이 그처럼 간곡하니 구천에게는 특별 조치를 취하도록 하겠소."

부차는 즉시 왕손웅을 불러 다음과 같은 명령을 내린다.

"선왕의 능침(陵寢)이 호구산(虎丘山)에 있으니, 구천 부부의 머리를 깎게 하여 무덤 옆의 석실(石室)에서 기거하게 하라. 그들에게 매일 무덤 주변의 꽃을 가꾸게 하고, 사방을 두루 소제시켜 속죄의 생활을 하게 하라."

명령 일하 구천 부부는 즉석에서 머리를 깎고, 옷을 민복(民服)으로 갈아입으니 그야말로 갈 데 없는 노역부(奴役夫)의 신세였다. 구천 부부를 호구산으로 보내 버린 부차는 뒤에 남은 범려를 불러 물어 본다.

"아름다운 여인은 패가(敗家)에 시집가지 아니하고, 어진 신하는 망한 나라를 돕지 않는다고 들었소. 월나라는 이미 망하고, 구천 부부는 노예가 되어 만천하의 웃음거리가 되어 있소. 내 이제 그대의 죄를 용서해 줄 터인즉 마음을 돌려 먹고 나를 도와주는 것이 어떠하겠소?"

범려는 머리를 조아리며 대답한다.

"망국의 신하는 정사(政事)를 말하지 아니하고, 패군지장(敗軍之將)은 용기를 논하지 않는 법이라고 들었사옵니다. 이미 나라가 망한 이

판국에 소인이 무슨 염치로 세상에 나서 정사를 말할 수 있으오리까."

범려는 부차의 청원을 듣기 좋은 말로 거절하였다. 부차는 범려의 충성스러운 말을 들을수록 어떡하든 그를 신하로 등용하고 싶었다.

"그대의 충신다운 결벽심(潔癖心)에는 오직 탄복이 있을 뿐이오. 그러나 나라가 흥하려면 임금이 덕이 있어야 한다(興實在德)는데, 구천은 부덕(不德)한 죄로 나라를 망쳤으니 그대는 나를 도와 참다운 현신이 되어 주기를 거듭 바라오."

그러나 범려는 머리를 조아리며 말한다.

"이미 구천에게 불충불신(不忠不信)하여 나라를 망치게 만든 죄인이 어찌 감히 대왕을 보필할 수 있으오리까. 소신에게는 오직 속죄의 길이 있을 따름이옵니다. 바라옵건대 소신에게도 선왕의 능침을 지키는 소제부의 임무를 맡겨 주시옵소서."

"그대의 뜻을 굽히기가 어려울 것 같구려. 그러면 그대도 구천과 함께 선왕의 능침이나 지켜 주도록 하오."

오자서가 그 말을 듣고 깜짝 놀라며,

"대왕 전하! 구천과 범려를 함께 있게 하면 무슨 흉계를 꾸밀지 모르옵니다. 두 사람을 함께 있게 해서는 절대로 아니 되시옵니다."

하고 극구 반대하였다. 그러나 부차는 오자서의 말을 일소에 부쳐 버린다.

"비록 나라는 망했을망정 임금 곁에 있고 싶어 하는 신하의 갸륵한 소원을 어찌 들어 주지 않을 수 있으리오."

"……."

오자서는 그 이상 아무 말도 못하고 오직 한숨만 내쉬었다. 범려는 그날 중으로 호구산으로 호송되어 구천과 함께 기거할 수 있게 되었다. 두 사람은 날마다 똑같이 무덤의 풀을 깎고 땅을 쓸었지만 범려는

단 한순간도 군신지의(君臣之義)를 어기지 않았다.

부차가 그 소식을 듣고 백비를 불러 말한다.

"구천은 나라를 망친 임금이건만 범려는 지금도 구천을 깍듯이 군왕으로 받들어 모신다고 하오. 범려야말로 희대(稀代)의 충신임이 분명하오. 내 범려의 충성심에 감동하여 구천을 월나라로 돌려보내 주었으면 싶은데 대부는 그 점을 어떻게 생각하오?"

백비는 구천에게 많은 뇌물을 받은 일이 있는지라 이 기회에 보상을 하고 싶어서 이렇게 말한다.

"대왕께서 하해와 같은 은덕을 베푸시니 목석이 아닌 다음에야 그들도 어찌 은공을 모르오리까. 그들은 어디를 가나 대왕 전에 충성을 다함에 있어 변함이 없을 것이옵니다."

이리하여 구천과 범려를 고향으로 돌려보내라는 특사를 내리자 오자서가 급히 달려와 또다시 간한다.

"대왕 전하! 그 옛날 걸왕은 탕왕을 붙잡아 놓고도 죽이지 않았다가 탕왕의 손에 주살되었고, 주왕은 문왕을 붙잡아 놓고도 죽이지 않았다가 문왕의 손에 주살된 고사(故事)가 있사옵니다. 이제 구천을 고국으로 돌려보내면 후일에 어떤 일을 당하게 될지 모르니 지금 당장 죽여 없애야 하옵니다."

오자서는 먼 장래까지 내다보는 명안지사(明眼之士)인지라 구천과 범려를 살려 두었다가는 반드시 후환이 있을 것 같아 죽여 없앨 것을 끈질기게 충고하였다. 그러나 부차는 이번에도 오자서의 충고를 일소에 부쳐 버린다.

"경은 구천과 범려를 지나치게 두려워하고 있구려. 경의 간언이 그처럼 간곡하니 그들을 고국으로 돌려보내는 것만은 취소하고 석실에 그냥 눌러 있게 하겠소."

그로써 구천과 범려는 고국에 돌아갈 기회를 빼앗기고 말았다. 그로부터 몇 달 후의 일이었다. 오자서는 구천과 범려의 존재가 아무리 해도 마음에 결려 부차에게 두 사람을 죽여 없애자고 또다시 간하였다.

부차가 대답한다.

"경의 소원이 그토록 간절하다면 그들을 죽여 없애기로 합시다. 그러나 지금은 내가 몸이 불편하니 건강이나 회복되거든 죽여 없애기로 하겠소."

백비가 그 소식을 전해 듣고 구천에게 사람을 보내 그 사실을 알려주었다.

"오자서의 사주로 대왕의 병이 회복되면 당신네들을 죽여 없앨 계획이니, 그대들은 거기에 대한 방비책을 신속히 강구하도록 하오."

구천은 그 밀보(密報)를 받고 범려를 불러 상의한다.

"이제는 꼼짝 못하고 죽게 될 판이니 이 일을 어찌했으면 좋겠소?"

범려가 대답한다.

"신이 밤에 천상(天象)을 보온 즉, 월나라는 3년 동안 주상(主上)을 잃어버리도록 되어 있었으나 20년 후에는 천하를 제패할 천수(天數)였습니다. 그와 반대로 오나라는 20년 후에는 나라가 망할 천수였습니다. 천운(天運)이 이미 그렇게 정해져 있사오니 대왕께서는 너무 심려하지 마시옵소서."

"20년 후의 천운이 문제가 아니라 당장 눈앞의 액운(厄運)을 어떻게 막아내느냐가 문제라는 말이오."

"눈앞의 액운을 막아내기 위해서는 일시적인 굴욕을 줄기차게 참으시고 부차에게 충성을 다하는 길밖에 없을 것이옵니다."

"일국의 군왕이었던 내가 노복(奴僕)이 되고, 왕후였던 내 마누라가 노비(奴婢)가 되었는데, 이 이상 어떤 충성을 보이라는 말이오?"

"신이 보옵건대 부차는 여자와 같은 인덕(人德)은 있어도, 장부의 기상은 없는 인물이옵니다. 대왕께서는 그 점을 이용하시어 부차의 마음을 사로잡도록 부단히 노력하셔야 하옵니다."

"어떻게 하면 부차의 마음을 사로잡을 수 있겠소?"

"부차는 지금 병중에 있사옵니다. 대왕께서는 일찍이 의술(醫術)을 배우셨다는 거짓말을 꾸며대고 부차를 찾아가 진단(診斷)을 한다는 핑계를 대고 그의 똥 맛을 보시옵소서. 그러면 부차가 크게 감동하여 대왕에게 관용을 베풀어줄 것이옵니다."

구천은 범려의 말을 듣고, 눈살을 찌푸리며 구역질을 하였다.

"말만 들어도 구역질이 나서 못 견디겠구려. 천승의 군왕이었던 나더러 부차의 똥 맛을 보라는 말이오?"

범려가 죄송스러운 듯 머리를 조아리며 말한다.

"그 옛날 문왕(文王)은 주왕(紂王)의 비위를 맞추려고 자기 자식의 고기를 먹은 일도 있었사옵니다. 그와 같은 일시적인 굴욕을 참지 못해서야 어찌 큰일을 도모할 수 있으오리까? 대왕께서 조국을 광복시키고자 하시면서 그만한 굴욕도 참아내지 못하시면 장차 무슨 일을 이루실 수 있겠나이까?"

구천은 그때서야 마음을 독하게 먹고, 그날로 백비를 찾아가 말한다.

"주상께서 병중이라 하옵기에 문병을 왔사옵니다. 태재께서는 저에게 주상을 배알할 기회를 알선해 주시옵소서."

백비가 대답한다.

"주상께서는 이미 그대를 죽이기로 결심하셨다지만 그대가 정성을 다해 문병하면 살아날 수 있는 길이 노상 없지도 않을 것이오. 그런 줄 알고, 정성을 다해 문병을 올리도록 하오."

백비의 알선으로 병실로 찾아 들어가니 병석에 누워 있던 부차가 구천에게 묻는다.

"그대는 무슨 일로 나를 찾아왔는가?"

구천은 방바닥에 엎드려 아뢴다.

"대왕께서 병중이라는 말씀을 듣고도 배알할 길이 없어 문병이 이렇듯 늦었사옵니다. 신은 고국에서 의술을 습득한 바 있사옵는데, 병자의 배변(排便)을 맛보면 병의 경중을 가려낼 수 있사옵니다. 매우 황공한 말씀이오나 대왕께서는 소신에게 배변을 맛볼 수 있는 영광을 베풀어주시옵소서."

오왕 부차는 구천의 말을 듣고 그의 충성심에 크게 감동하였다.

"아니, 그대 입으로 직접 나의 똥 맛을 보겠다는 말인가?"

"대왕전에 충성을 다하는 이 몸에게 어찌 더러운 것이 있겠사옵니까? 병의 경중을 기어이 가려내고 싶사오니 소신의 간청을 물리치지 말아 주시옵소서."

부차는 즉석에서 똥을 누어 구천에게 내밀어 주었다. 구천은 부차의 똥을 손가락으로 찍어내어 입에 넣고 신중하게 맛을 보았다. 그러고 나서 크게 기뻐하며 말한다.

"대왕 전하! 배변의 맛이 쓰고도 신 것으로 보아 2, 3일 안으로는 반드시 쾌차할 것이오니 조금도 염려 마시옵소서."

부차는 그 말을 듣고 가슴이 벅차도록 감격하였다.

"그대야말로 충신 중의 충신이로다. 일찍이 충신이 많았다 하되 임금의 똥 맛을 보며 걱정해 준 충신이 어디 있었던가. 만약 나의 병이 2, 3일 안으로 쾌차하면 그대를 고국으로 돌려보내 줄 테니 석실에 돌아가서 기다려 주기 바라오."

구천이 석실로 돌아와 자초지종을 말해 주니 범려는 무릎을 치며 기뻐하였다.

"대왕께서는 참으로 굉장한 연극을 하셨습니다. 만약 부차의 병이 2, 3일 안에 쾌차하면 대왕과 저는 영락없이 고국으로 돌아갈 수 있게 될 것입니다. 진인사대천명(盡人事待天命)이라고 하는데 우리는 인사(人事)를 다한 셈이니 이제는 천명(天命)만을 기다리기로 하십시다. 하늘은 반드시 주공을 도와주실 것이옵니다."

한편 부차는 구천이 똥 맛을 보고 돌아간 지 사흘 후에 병이 깨끗하게 나았다. 과연 구천의 예언대로 된 것이었다. 그는 너무도 기뻐서 오래간만에 조회(朝會)에 참석하여 군신들에게 다음과 같은 말을 선포하였다.

"나의 병이 쾌유된 것은 오로지 구천의 덕택이었소. 이제 알고 보니 구천이야말로 다시없는 인인(仁人)이니, 그런 사람을 어찌 괴롭힐 수 있으리오. 나는 이제 구천의 모든 죄를 용서하고, 그를 고국으로 돌려보내 주기로 하겠소. 이 일에 대해 반대하는 사람은 수하를 막론하고 참형에 처할 것이오."

청천벽력 같은 선언에 누구보다도 놀란 사람은 오자서였다. 그러나 누구를 막론하고 반대하는 자는 참형에 처하겠다는 왕의 선언이 있은 후라 오자서는 눈물을 머금고 입을 다물 수밖에 없었다.

환송연까지 준비해 놓은 부차는 특사를 보내 구천을 모셔 오게 하였다. 구천이 크게 기뻐하여 환송연에 참석하려고 하자 범려가 손을 붙잡고 말린다.

"부차의 완전한 신임을 얻기 위해서는 환송연에 무조건 참석하셔서는 아니 되옵니다. 우선 고국에 돌아갈 의사가 전연 없다는 뜻의 상소문부터 올리소서."

구천은 환송연에 참석하는 대신, 부차에게 다음과 같은 상소문을 올렸다.

영명하신 오국 대왕 전하! 대왕께서 소신을 각별히 총애하시어 고향에 돌아갈 은전을 내려 주신다 하오니 신은 오직 홍은이 망극할 따름이옵니다. 그러나 생각건대 소신은 고국에 돌아가 여생을 무의미하게 보내느니 차라리 노복으로서 대왕전에 충성을 다하는 것이 무척이나 보람되게 생각되옵니다. 대왕께서는 그 점을 깊이 참작하시어 소신을 고국으로 돌려보내 주신다는 어명을 거두어 주시옵소서.

부차는 구천의 글월을 받아 보고 더욱 감탄하였다.
'구천은 고국에도 돌아가지 아니하고 여생을 내게 대한 충성으로 보내겠다고 하니, 세상에 이처럼 고마운 일이 어디 있겠는가? 저가 나에게 그와 같은 충성을 보여 주고 있으니 난들 어찌 보답이 없을 수 있으랴.'
그렇게 생각한 부차는 '그대의 얼굴이라도 보고 싶으니 잠시나마 다녀가 주기를 바라오' 하고 친필 서한을 구천에게 다시 보냈다. 구천은 부차가 보낸 친필 초청 서한을 범려에게 읽게 하였다.
이번에도 범려가 의견을 말한다.
"부차가 친필 초청장까지 보낸 것으로 보아 이제는 환송연에 참석하셔도 괜찮을 것 같사옵니다. 그러나 새 옷으로 갈아입지 마시고, 지금 입고 계시는 남루한 옷을 그대로 입고 가시옵소서. 그래야만 부차의 마음을 더욱 감동시킬 수 있을 것이옵니다."
구천이 남루한 옷을 입고 나타나니, 부차는 반갑게 영접하며 좌우에 명한다.
"손님이 남루한 옷을 입고 오셨으니, 새 옷으로 갈아입으시게 의관을 급히 갖추어 오도록 하라."
구천은 머리를 조아리며 사양한다.

"아니옵니다. 소신은 고국으로 돌아갈 뜻이 없사옵고, 오로지 대왕의 그늘에서 충성을 다하고 싶은 생각뿐이오니 외람되게 의관을 정제하라는 말씀은 거두어 주시옵소서."

"귀객이 이런 남루한 옷을 입고 계시다니 그게 무슨 말씀이오. 어서 내 말대로 새 옷으로 갈아입으시도록 하오."

부차는 구천을 포로로 대하는 것이 아니라 '귀객' 으로 깍듯이 대접해 주기 시작하였다. 얼마 후에 연락이 시작되었는데, 부차는 구천이 원수였다는 것을 새까맣게 잊어버린 듯 마치 귀빈처럼 융숭하게 대접하는 것이 아닌가.

오자서는 그러한 꼬락서니가 너무도 비위에 거슬려 자리를 박차고 밖으로 나가 버렸다. 그 광경을 본 백비가 부차를 향해 이렇게 참한다.

"대왕 전하! 오 대부는 아무 말도 없이 맘대로 자리를 박차고 나가 버리니 저런 무례한 일이 어디 있사옵니까? 자신이 세운 전공만 믿고 너무도 교만해진 듯싶사오니 대왕께서는 깊이 통촉하여 주시옵소서."

부차는 고개를 무겁게 끄덕이며,

"음, 오 대부는 근래 들어 내가 하는 일에 유난히 불만이 많은 것 같구려."

하며 매우 못마땅하게 여기는 눈치였다. 부차와 백비가 속삭이는 말을 엿들은 구천은 마음속으로 쾌재를 불렀다.

'오자서야말로 나에게 두렵기 짝이 없는 존재인데 이미 부차의 눈밖에 난 모양이구나. 나의 앞길에 새로운 광명이 비쳐 올 조짐이로다!'

부차는 백년지기를 대하듯 구천에게 자꾸만 술잔을 권하였다. 구천은 술을 주는 대로 받아 마시는 척하면서 실상인즉 모조리 딴 그릇에 쏟아 부었다. 연락이 한창 무르익을 무렵 거나하게 취한 부차에게 구천이 술을 권하며 말한다.

"나라를 망친 이 몸에게 이처럼 영광을 베풀어주시니 생각할수록 홍은이 망극하옵나이다. 소인이 이 자리를 빌어 한 가지 공개하고 싶은 일이 있사오니 대왕께서는 청허해 주시옵기를 바라옵나이다."

부차는 흔쾌하게 웃으며 구천에게 말한다.

"오늘의 주빈(主賓)이 나에게 하고 싶은 말씀이 있다니 내 어찌 듣지 아니하리오. 무슨 얘긴지 어서 말씀을 해보시오."

구천은 옷깃을 바로잡고 부차를 새삼스러이 우러러보며 경건한 어조로 말한다.

"소신이 워낙 시를 좋아하옵는데, 전하의 성덕을 찬양하는 마음에서 송수시(頌壽詩)를 한 수 지었사오니 웃고 들어 주시면 감사하겠나이다."

"하하하, 나를 위한 송수시라면 꼭 한번 들어 보고 싶구려. 어서 읊어 보시지요."

구천은 잠시 하늘을 우러러보다가 다음과 같은 시를 낭랑한 목소리로 읊는다.

황제께서 하늘에 계시사
은총을 봄날에 베푸시니
어지심이 비할 데 없으시고
덕망이 나날이 새로워서
그 위세 사해에 떨치시니
군신들은 성덕에 감복토다
오오 빛나고 왕성하심이여
우리 임금 영세 무강하옵소서.
皇帝在上

恩播陽春
其仁莫比
其德日新
威臨四海
德服群臣
嗚呼盛哉
唯王永壽萬歲

송수시를 들은 부차가 기쁨을 감추지 못하며 말한다.
"내 오늘의 이 기쁨을 어찌 잊으리오. 내일 고국으로 떠나실 때에는 내가 몸소 전송을 하겠소이다."
주연이 끝나고 구천이 돌아가 버리자 오자서가 부차를 다시 찾아와 간한다.
"구천은 마음속에 무서운 복수심을 품고 있으면서, 겉으로만 아첨을 떨고 있는 것이옵니다. 원수인 구천을 월나라로 돌려보내는 것은 호랑이를 깊은 산 속으로 놓아 보내는 것과 무엇이 다르오리까? 나라가 무사하려면 구천만은 어떤 일이 있어도 죽여 없애야 하옵니다."
부차는 그 말을 듣고 벌컥 화를 내며 호통을 친다.
"구천은 항복한 그날부터 지금까지 나에게 군신의 예의를 깍듯이 지켰을 뿐만 아니라 모든 국토와 재물을 나에게 바치겠노라고 하였소. 어디 그뿐이오. 내가 병으로 누워 있을 때 구천은 나의 병을 고쳐주려고 입으로 똥 맛까지 본 사람이오. 그토록 충성스러운 사람을 기어이 죽이라고 고집을 부리니 오 대부는 도대체 무슨 억하심정으로 그러는지 모르겠구려. 나는 지난날 구천의 일에 대해 간언하는 자는 누구를 막론하고 참형에 처하겠노라고 선포한 일이 있었소. 그러나

오 대부만은 특별히 용서할 테니 그런 소리를 다시는 입 밖에 내지 마시오."

오자서는 울고 싶은 심정에서, '아아, 이런 때에 손 원수가 계셨으면 얼마나 좋을까' 하며 불현듯 손무를 그리워하였다. 손무에게는 돌아갈 고국이 있었지만 오자서에게는 돌아갈 땅이 없었다. 그것은 어쩔 수 없는 오자서의 비극이었다.

우국지정(憂國之情)이 새삼스러이 용솟음쳐 오른 오자서가 눈물을 머금으며 부차에게 다시 말한다.

"대왕께서는 구천의 행동에 일일이 탄복을 하고 계시오나 그것은 성총(聖聰)을 흐리게 하려는 위장전술에 불과하옵니다. 신은 죽음을 각오하고 말씀드리오니 부디 구천을 죽여 버리시옵소서. 만약 그자의 거짓을 믿고 고국으로 돌려보냈다가는 후일에 종묘사직의 멸망을 면하기 어려울 것이옵니다. 신은 천지신명에게 맹세하고 말씀 올리거니와 구천을 살려 보내면 이 나라는 반드시 그의 손에 멸망하게 될 것이옵니다."

그야말로 죽음을 각오한 충언이었다. 그러자 부차는 자리를 박차고 일어서며 다음과 같은 극언을 하였다.

"오 대부가 구천의 문제에 대해 다시 간언을 올리면 군신지의(君臣之義)를 끊어 버리기로 하겠으니 그런 줄 알고 계시오."

오자서는 너무도 안타까워 그날부터는 병이라 칭하고 조정에 나가지 않았다.

다음 날 구천이 배를 타고 고국으로 돌아가게 되자 부차는 만조백관을 거느리고 친히 선창까지 배웅을 나와 석별의 정을 나누며 말한다.

"오월 양국이 과거에는 원수지국이었지만 이제 형제지국이 되었으니 우리 두 사람은 언제까지나 가깝게 지내길 바라오."

구천이 머리를 거듭 조아리며 대답한다.

"신은 마땅히 죽어야 할 몸이온데 대왕의 인자하신 은총을 입어 옛 집으로 돌아가게 되었사옵니다. 일생을 두고 갚아도 다하지 못할 성은이옵니다."

부차는 그 말에 감동되어 구천을 살려 보내는 것이 참으로 잘한 일이라고 생각하였다.

구천은 부차와 작별하고 나자 태도가 완전히 달라졌다. 월국 산천이 눈앞에 바라보이자 구천이 감회의 눈물을 뿌리며 왕후에게 말한다.

"죽는 줄 알았던 우리 부부가 오늘날 조국 산천을 다시 대하게 되었으니, 이는 하늘이 나에게 원수를 갚을 기회를 베풀어 주셨음이 분명하오. 내 이제 천명을 깨달았으니 언젠가는 오나라를 내 손으로 반드시 멸망시키고야 말 것이오."

옆에 있던 범려가 말한다.

"대왕 전하! 보복은 10년 내지 20년 후에나 가능한 일이오니 천기누설(天機漏洩)을 하여서는 아니 되시옵니다."

구천이 돌아온다는 소식이 알려지자 월나라의 재상 문종은 만조백관들을 대동하고 강나루로 대거 영접을 나왔다. 돌아오는 사람들과 마중 나온 사람들은 서로를 부둥켜안고 눈물 바다를 이루었다.

문종이 눈물을 닦으며 구천에게 말한다.

"그동안 얼마나 많은 고초를 겪으셨사옵니까? 대왕께서는 회계산의 치욕을 일시도 잊어서는 아니 되실 것이옵니다. 저희들도 보복의 각오를 단단히 하고 있사옵니다."

구천도 문종의 손을 붙잡고 울면서 대답한다.

"회계산의 치욕을 내 어찌 잊을 수 있겠소? 내가 오늘날 살아 돌아온 것은 하늘이 나에게 원수를 갚게 하려는 뜻이 분명하오. 어떤 일이 있어도 회계산의 원수만은 반드시 갚고야 말겠소이다."

구천은 도성으로 돌아오자 종묘와 능침을 골고루 참배하고 나서, 만조백관들의 하례를 받으며 울먹이는 음성으로 말한다.

"내 워낙 부덕하여 나라를 망치고 노예의 신세로 전락했었건만 오늘날 이렇듯 보위에 다시 오르게 된 것은 오로지 여러 대부들께서 헌신적으로 보필해 주신 덕택이오."

범려가 머리를 조아리며 아뢴다.

"모두가 대왕 전하의 홍복(洪福)이옵지, 어찌 소신들이 노력한 결과라 할 수 있으오리까? 바라옵건대 대왕께서는 회계산의 치욕을 일시도 잊지 마시고, 금후에는 항상 전전긍긍하는 마음으로 보복 준비에 전력을 기울여 주시옵소서."

문종도 머리를 조아리며,

"대왕께서는 대부 범려의 말씀을 가슴 깊이 간직하옵기를 소신도 간곡히 부탁드리옵니다."

하고 아뢴다.

그날부터 오로지 복수할 결심으로 무장한 구천은 문종으로 민재(民財)를 통솔하게 하고, 범려로 군사(軍事)를 통솔하게 하여 국력 부강에 전력을 기울였다.

"우리가 부차에게 원수를 갚으려면 준비 기간이 얼마나 걸릴 것 같소이까?"

구천의 질문에 범려는 오랫동안 궁리에 잠겨 있다가,

"오는 워낙 강대국이어서 우리가 저들을 섬멸시키려면 10년 내지 20년은 잡아야 할 것 같사옵니다."

"그렇게도 오랜 세월이 필요하오?"

"아무리 빨라도 10년은 잡아야 합니다."

이에 구천은 결심한 바 있어 그날부터 편전(便殿) 문간에 곰의 쓸개를 매달아 놓고 그곳을 드나들 때마다 쓰디쓴 곰의 쓸개를 입으로 빨며,

"구천아! 너는 회계산의 치욕을 잊었느냐?"

하고 항상 자기 자신의 결심을 새롭게 다지곤 하였다. 일찍이 부차는 아버지의 원수를 갚으려고 장작더미 위에서 잠을 잔 일이 있었고, 구천도 원수를 갚으려고 곰의 쓸개를 빨았으니 후세 사람들은 그 두 가지의 고사(故事)를 근거로 '와신상담(臥薪嘗膽)'이라는 말을 만들어 내었다.

구천은 오나라를 떠나 올 때 여름과 가을 1년에 두 차례씩 부차에게 조공품을 보내기로 서약한 바 있었다. 조공품이란 본디 종속국(從屬國)의 영주가 종주국(宗主國)의 대왕에게 봉납(奉納)하는 예물인 것이다. 그러나 구천은 정작 자유의 몸이 되어 본국에 돌아오고 나니 원수인 부차에게 조공품을 보내고 싶은 마음이 나지 않았다. 그리하여 만조백관들에게 문의하니 젊은 사람들은 한결같이,

"대왕께서 부차에게 3년 동안이나 굴욕을 당하신 것만도 억울한 일이온데 어찌 조공품을 보낸다고 하시옵니까? 그것은 절대로 안 될 일이옵니다."

하고 강경한 태도로 나온다. 젊은 사람들의 기개로는 너무도 당연한 일이었는지 모른다. 그러나 범려는 손을 내저으며 말한다.

"대왕 전하! 어떤 일이 있어도 우리는 약속대로 조공품만은 반드시 보내 주어야 하옵니다. 그것도 우리나라에서 생산되는 최고의 물건들만을 골라서 보내야 하옵니다."

"그 이유는 무엇이오?"

"생각해 보시옵소서. 우리는 부차에게 원수를 갚고야 말겠다는 각

오를 다지고 있사옵니다. 우리의 목적을 달성하기 위해 무엇보다 중요한 것은 적을 방심하게 만드는 일이옵니다. 우리가 만약 약속을 배반하고 조공품을 보내지 않는다면 부차는 대왕께서 변심하신 줄 알고 당장 대군을 일으켜 쳐들어올 것입니다. 그러면 우리는 원수를 갚기는커녕 영원히 멸망하게 될 것이 아니옵니까?"

범려의 그 말이 떨어지기 무섭게 문종도 아뢴다.

"대왕 전하! 대부 범려의 말씀은 너무도 지당하옵니다. 대왕께서는 원수를 갚으시려고 편전에 드나드실 때마다 쓰디쓴 곰의 쓸개를 직접 빨고 계시옵니다. 그러한데 조공품을 보내는 정도의 굴욕을 참지 못하신다면 어찌 대업을 완수할 수 있으오리까? 원수를 10년 후에 갚게 될지 20년 후에 갚게 될지는 모를 일이오나 그때까지 적의 마음을 방심시키기 위해서는 조공품만은 줄곧 보내셔야 하옵니다."

구천은 그때서야 크게 깨달은 바 있어서,

"두 분의 말씀을 들어 보니 내가 너무 감정에 치우쳤던 것 같구려. 그러면 지금 곧 예물을 마련하여 보내 주기로 합시다."

이리하여 구천은 오나라에 조공사를 보내기로 하고, 전국 각지에서 특산물을 널리 모아들였다.

그 당시 월나라에는 황갈포(黃葛布)라고 부르는 진귀한 포목이 있었다. 구천은 황갈포 1백 필을 비롯하여 많은 보석들을 부차에게 보냈다. 그리고 백비에게는 조공품과는 별도로 많은 패물들을 따로 보내 주었다.

경국지색(傾國之色) 서시

　월나라를 굴복시키고 난 오왕 부차는 그때부터 할 일이 없었다. 시간이 한가하니 자연히 유락(遊樂)에 흐를 수밖에 없었다. 그리하여 주색으로 세월을 보내며 태평성대를 구가하고 있던 어느 날 시종이 들어와 아뢴다.
　"구천이 조공품을 보내 왔사옵니다."
　"허허, 구천이 조공품을 보내 왔다고? 어떤 물건을 보내 왔더냐? 이리 갖다 보이도록 하라."
　조공 상자를 풀어 보니 황갈포(黃葛布) 1백 필을 비롯하여, 월나라의 특산품인 비취(翡翠), 호박(湖泊), 홍옥(紅玉), 마노 등등 오색영롱한 보물들이 마구 쏟아져 나오는 것이 아닌가. 조공품을 본 부차 자신도 놀랐지만 술시중을 들던 시녀들의 입이 함지박만하게 벌어진 것은 물론이다.
　시녀들은 조공 상자 속에서 진귀한 패물들이 마구 쏟아져 나오는 것을 보고 자지러질 듯한 기성을 올렸다.

"대왕 마마! 이렇게도 많은 보물들을 어떻게 처치하실 것이옵니까? 저희들에게 하나씩 골고루 하사해 주시옵소서. 호호호."

부차는 구천의 정성에 지극히 만족감을 느끼며,

"오냐, 이런 패물들을 너희들에게 나눠주지 않으면 누구에게 주겠느냐."

그런 다음 이번에는 시종을 바라보며,

"물건을 보내 왔으면 사람도 따라왔을 게 아니냐? 내가 치하의 말을 전하고 싶으니 사신을 이리 불러오도록 하라."

조공사 유몽(劉蒙)이 들어와 부복하니, 부차는 그의 손을 손수 잡아 일으켜 앉히며 말한다.

"구천이 나를 위해 진귀한 패물을 이처럼 많이 보내 주어서 고맙기 한량없구려."

"홍은이 망극하옵니다. 저희로서는 진귀한 물건을 구해 오느라 많은 노력을 하였사오나 대왕의 마음에 드실지 모르겠사옵니다."

"황갈포와 패물들이 한결같이 마음에 드오. 돌아가거든 구천에게 고맙다는 말을 잘 전해 주오."

거기까지 말한 부차가 문득 생각나는 것이 있는지 잠시 말을 멈추었다가,

"조공품의 내용은 더할 나위 없이 풍부하지만 요긴한 것 한 가지가 빠져 있으니 그것이 약간 섭섭할 뿐이오. 하하하."

하고 별안간 통쾌하게 웃어 보이는 것이 아닌가.

조공사 유몽은 그 말을 듣고 크게 당황하였다.

"아니, 요긴한 것 한 가지가 빠져 있다고 하셨사온데 무엇을 말씀하시는 것이옵니까?"

부차는 여전히 웃으면서 대답한다.

"생각해 보시오. 옷감과 패물은 산더미처럼 보내 주면서 정작 그 진귀한 보물들을 걸치고 다닐 사람은 보내 주지 않았기에 농담 삼아 한번 해본 말이오. 하하하."

월나라는 본디 색향(色鄕)이었다. 부차는 그것을 알고 있었기에 농담을 빙자하여 본심을 토로한 것이었다. 부차의 본심을 재빠르게 알아챈 조공사 유몽이 얼른 이렇게 둘러대었다.

"매우 송구스러운 말씀을 올려야겠습니다. 그러잖아도 전하께 미녀들도 마땅히 봉납(奉納)해야겠기에 널리 모집을 한 바 있사옵니다. 그러나 불행하게도 대왕전에 봉납할 만큼 빼어난 미녀가 없어 우선 조공품만 상납하고 추후에 보내드리기로 결정한 것이옵니다. 그 점, 널리 양해해 주시옵소서."

부차는 그 말을 듣고 크게 기뻐하였다.

"하하하, 나는 농담 삼아 한 말에 지나지 않는데 구천은 거기까지 나를 생각해 주었던가? 그러면 오늘부터는 새로운 기대를 가지고 있어야 하겠구려. 하하하."

조공사가 나가자 부차는 백비를 불러 말한다.

"이제 알고 보니 구천은 내게 대한 충성심과 신의가 대단한 사람이오. 오 대부는 그토록 충성스러운 구천을 죽여 없애라고 하지 않았소. 오 대부의 말대로 그를 죽였더라면 정말 큰일 날 뻔했소이다."

백비는 좋은 기회라 여겨 이렇게 대답하였다.

"오 대부가 제아무리 현명하기로 어찌 감히 대왕의 총명을 따를 수 있으오리까? 대부는 현명하기는 하오나 편견과 사심이 많은 사람이오니 대왕께서는 그 점을 유념하셔야 하옵니다."

"경의 말씀 매우 고맙소이다."

그리고 나서 부차는 얼른 화제를 바꾸어,

"내가 그동안 국사에 분망하다 보니 심신이 매우 피로해졌소. 그래서 풍치 좋은 곳에 별궁을 짓고 한동안 편히 쉬었으면 하오. 별궁을 어디에다 짓는 것이 좋겠소?"

하고 묻는다.

월나라에서 미인을 보내 올 것에 대비하여 별궁을 새로 짓고 인생을 마음껏 즐겨 보고 싶었던 것이다. 부차의 심중을 알아챈 백비가 약삭빠르게 풍치 좋은 산수도를 펼쳐 보이며 말한다.

"우리나라에서 풍치가 좋기로는 고소대(姑蘇臺)에 비할 곳이 없사옵니다. 고소대는 1백 리의 풍경을 한눈에 바라볼 수 있을 만큼 지대가 높고 천하의 절경이오니, 그곳에 장려(壯麗)한 전각을 지으시고, 현신들과 여생을 즐기시옵소서. 대왕이 아니시면 누가 감히 그와 같은 쾌락을 누릴 수 있으오리까?"

통치자가 유락에 탐닉하게 되면 나라가 망하는 법이건만 백비는 부차의 그릇된 생각을 말리지는 못할망정 오히려 충동질까지 하고 있었다.

"나를 진심으로 생각해 주는 사람은 역시 경밖에 없구려. 그러면 경이 앞장서서 고소대에 별궁을 하나 지어 주도록 하오."

이리하여 오왕 부차도 옛날의 걸왕(桀王)이나 주왕(紂王)처럼 대토목 공사를 일으키게 되었다.

대궐 수준의 고루거각(高樓巨閣)을 지으려면 수많은 목수들과 목재가 필요한 법이다. 부차는 고소대에 별궁을 짓기 위해 전국 각지에서 이름난 목수들을 모조리 불러 올렸다.

목수들이 한결같이 말한다.

"저희들의 솜씨가 아무리 좋아도 목재가 좋지 않으면 훌륭한 대궐을 지을 수 없습니다. 그런데 우리나라의 목재는 신통치가 못하옵니다."

"그러면 어느 나라의 목재라야 하겠느냐?"

"뭐니뭐니해도 목재라면 월나라의 것이 최상이옵니다."

"그것은 어렵지 않은 일이로다. 구천에게 사신을 보내 월나라에서 목재를 구해 오기로 하자."

이리하여 부차는 목재를 구해 오려고 월나라에 사람을 보냈다.

한편, 오나라에 갔던 조공사 유몽이 본국으로 돌아와 구천에게 이렇게 고한다.

"부차는 조공품을 받아 보고 지극히 흡족해 하면서도, 미녀를 곁들여 보내 주지 않은 것을 매우 섭섭하게 여겼습니다. 그래서 소신이 미녀는 지금 전국에서 선발 중이니 곧 보내 줄 수 있을 것이라는 거짓말을 꾸며 대고 돌아왔습니다. 그러하니 미녀들을 반드시 보내 줘야 하겠습니다."

범려는 그 말을 듣고 크게 기뻐하며,

"부차가 제 입으로 미녀들을 요구했다면 우리가 보낸 조공품의 효험이 예상외로 컸던 게 틀림없습니다. 이제부터 전국 각지에서 미녀들을 뽑아 올려 부차에게 보내야 합니다. 부차가 뼈도 못 추릴 정도로 녹여낼 수 있는 미색이라야 하옵니다."

하며, 미인계로 부차를 주색에 빠지게 만들자는 제안을 하였다.

구천은 즉시 전국 각지에 미녀 공출령(供出令)을 내렸다. 마침 그때 오나라가 목재를 구해 가려고 사신을 보내 왔다. 사신을 만나 본 범려는 또 한번 쾌재를 부르며 구천에게 말한다.

"부차가 별궁을 신조(新造)할 목재를 구해 보내라는 사신을 보내왔습니다. 이는 오나라를 멸망시키고, 우리를 다시 일어나게 해주려는 하늘의 배려가 분명하옵니다. 대왕께서는 크게 기뻐해 주시옵소서."

구천은 얼른 이해가 가지 않아 어리둥절한 표정으로,

"부차가 목재를 구해 보내라는 것이 그렇게도 중대한 일이오?"

"물론입니다. 부차는 내정을 게을리 할 뿐만 아니라 외적조차 경계하지 않고 오직 미녀만을 탐내며 별궁 신축에만 열을 올리고 있는 모양입니다. 그러고서야 어찌 나라의 안보가 유지될 수 있겠습니까? 우리는 이런 기회를 이용해 해마다 군사를 늘리고 군량(軍糧)을 비축해 두었다가 부차의 황음(荒淫)이 극에 달했을 때에 일거에 휩쓸어 버려야 합니다. 부차가 주색에 빠져 허우적거린다면 우리가 오나라를 멸망시키는 것은 손바닥을 뒤집듯이 쉬운 일일 것이옵니다."

구천은 범려의 깊은 계략을 듣고, 보복의 기회가 눈앞에 다가온 듯이 기뻐하였다.

범려가 구천에게 다시 말한다.

"자고로 사람의 마음을 빼앗으려면 그가 무엇을 좋아하는지를 알아 가지고 그것을 충분히 제공해 주라고 하였습니다. 부차는 지금 별궁을 지어 놓고 미녀들과 더불어 방탕하게 살아 보고 싶은 모양이니, 대왕께서는 좋은 목재와 아름다운 미인들을 풍성하게 공급해 주시옵소서. 그 두 가지 욕망만 충족시켜 주면 부차는 우리를 결코 의심하지 않을 것이니, 우리는 마음 놓고 보복 준비를 추진시켜 나갈 수 있을 것이옵니다."

구천은 그 말을 옳게 여겨, 전국 각지에서 미녀들을 널리 모아들이는 한편 깊은 산 속에서 아름드리 양재(良材)를 아낌없이 베어오게 하였다.

그리하여 전국 각지에서 뽑아 올린 미녀 50명과 심산유곡에서 베어 온 아름드리 목재 5백 동을 부차에게 보내기로 했다. 목재에는 '용봉(龍鳳)'이라는 두 글자까지 일일이 새겨 넣었다.

재상 문종이 특사의 자격으로 부차를 만나 미인과 목재를 진상하며 말한다.

"구천 공께서는 귀향하신 이후로 대왕의 은덕에 보답하시고자 주야로 애쓰고 계시옵니다. 하오나 나라가 워낙 척박한 관계로 만족할 만한 공물(貢物)을 헌상하지 못하여 항상 죄스럽게 생각하고 있사옵니다. 다행히 이번에 대왕께서 고소대에 별궁을 지으신다는 말씀을 들으시고, 양재 5백 동과 미녀 50명을 보내셨사오니, 대왕께서는 부디 수납해 주시옵소서."

부차는 구천이 보내온 미녀들을 만나보고는 지극히 만족스러워하였다.

전국 각지에서 여러 차례의 심사를 거쳐 뽑아 왔다는 50명의 여인들은 하나같이 절세의 미인들이어서, 부차의 마음을 황홀하도록 기쁘게 하였다.

"50명의 여인들이 하나같이 절세미인들이구려. 이런 미인들을 뽑아 오느라 정말 수고가 많으셨소이다."

"관후하신 말씀, 홍은이 망극하옵니다. 저희들로서는 국력을 기울여 뽑아 왔사오나 대왕의 눈에 드실지 모르겠사옵니다."

"모두가 한결같은 미인이어서, 나로서는 우열을 가려내기가 어려울 정도요."

부차는 눈앞에 도열해 있는 50명의 미녀들을 도취한 눈으로 황홀하게 바라보며 말한다.

문종이 머리를 조아리며 다시 아뢴다.

"대왕께서는 미인을 보시는 안목이 워낙 높으셔서, 모두가 신통하지 못하게 보이실 것이옵니다. 그러나 서시(西施)라는 아이 하나만은 반드시 마음에 드시리라고 자부하옵니다."

부차는 귀가 번쩍 뜨이는 것 같아서,

"가만 있자, 그애의 이름이 뭐라고 했지요?"

"서시라고 했습니다. 서녘 서(西) 자에 베풀 시(施) 자의 이름을 가진 아이옵니다."

"지금 눈앞에 보이는 50명 중에 서시라는 아이도 들어 있다는 말씀이오?"

부차는 그렇게 반문하면서 누가 서시인지를 찾아내려고 미인들의 얼굴을 찬찬히 살펴보기 시작했다. 그러나 50명의 미인들 중에서 '서시(西施)'라는 아이를 가려내기란 여간 어려운 일이 아니었다.

부차는 미인들의 얼굴을 하나하나 유심히 살펴보다가 자신이 없어서 문종에게 묻는다.

"서시라는 아이가 남다른 재주라도 있소?"

스무 고개와 같은 질문이었다.

문종이 대답한다.

"서시는 얼굴도 뛰어나게 아름답지만 재주 또한 남달리 출중하옵니다."

"무슨 재주인데?"

"가무(歌舞)도 잘하옵고 서화(書畵)에도 능하지만 특히 음률(音律)로는 따를 여인이 없사옵니다."

"음, 그야말로 대단한 아인가보구려."

"예, 그러하옵니다. 대왕께서도 아시다시피 저희 월나라는 본시 색향(色鄕)으로 명성이 자자한 곳이옵니다. 서시는 월나라에서도 천 년에 한 명쯤 나올까 말까 한 미인이옵니다."

"음, 천 년에 한 명쯤 나올까 말까 한 미인이라!"

말만 들어도 가슴이 울렁거리도록 욕정이 솟구쳐 올랐다.

문종이 다시 말한다.

"저희 같은 범인은 미인을 알아보는 눈이 어두워 누가 누군지 가려
내기가 어렵사오나 대왕께서는 안목이 뛰어나시니 얼굴을 자세히 살
펴보기만 하신다면 금세 그 아이를 찾아내실 수 있을 것이옵니다."

"하하하, 귀공이 그처럼 말씀하시니 장난삼아라도 그 아이를 한번
가려내 볼까요?"

아무리 색을 밝히기로 일국의 왕이라는 자가 외국의 사신 앞에서
그런 경거망동을 한다는 것은 도저히 있을 수 없는 일이었다. 부차는
대왕의 체통을 가리지 못할 정도로 월나라의 미인계(美人計)에 형편
없이 놀아나고 있었다.

부차는 50명의 미녀들을 일렬로 도열시켜 놓고 한 사람씩 얼굴을
감상하기 시작하였다. 미녀들은 부차와 시선이 마주치기만 하면 약속
이나 한 듯이 아양을 떨며 간드러진 미소를 지어 보였다. 그도 그럴
것이 고국을 떠나올 때 어떤 수단을 쓰든 부차의 총애를 받도록 최선
의 노력을 다해야 한다는 세뇌 교육을 철저하게 받았기 때문이었다.

천하절색의 미인들이 얼굴에 미소까지 드리우니 우열을 가려내기
란 정말 어려운 일이었다.

'내가 괜한 장난을 시작했다가 외국 사신에게 망신을 당하게 되는
게 아닌가?'

부차는 은근히 걱정하며 미인들의 얼굴을 하나하나 살펴 나가기 시
작했다. 모두가 어디 한 군데 빠지지 않는 절세의 미인들인데 별안간
한 아이와 시선이 딱 마주쳤다. 모든 여자들이 저마다 아름답게 보이
려고 갖은 애교를 다 떨며 미소를 짓는데 반해 그 아이만은 새침하게
서 있는 게 아닌가.

'서시란 바로 저 아이가 아닐까?'

웃는 얼굴만 보다가 새침한 얼굴을 대하니 오히려 그 편이 유난스

럽게 아름답고 고상해 보였던 것이다.

부차의 시선은 웃지 않는 여인의 얼굴에 멈춰선 채 움직일 줄을 몰랐다. '웃지 않는 여인'의 나이는 14, 5세 가량 되었을까. 철부지 소녀처럼 순결한 인상이어서 더욱 아름답게 느껴졌다.

부차는 소녀의 얼굴을 그윽하게 바라보고 있는 동안에 음률로는 따를 여인이 없다고 한 문종의 말이 불현듯 연상되어,

"애야! 손 좀 내밀어 보거라······."

하고, 소녀의 손을 끌어당겨 손가락을 만져 보았다. 붓끝같이 아름다운 손가락이었다. 그러나 백랍(白蠟)같이 희고 보드라운 손가락인데 엄지와 검지에 굳은살이 박혀 있는 것이 아닌가. 그 굳은살을 발견하는 순간 부차는 자신을 가지고 소녀에게 이렇게 말했다.

"네가 바로 서시라는 아이렷다? 너야말로 은 왕조의 달기가 무색할 정도의 절세가인이로구나. 내 어찌 너를 사랑하지 않을 수 있겠느냐!"

월사(越使) 문종은 그 광경을 보고, 짐짓 크게 놀라는 체하며 말한다.

"앗! 대왕께서는 어찌 그 아이를 단번에 알아내시옵니까? 과연 미인을 알아보시는 대왕의 혜안에는 귀신도 놀라지 않을 수 없을 것이옵니다."

부차는 어깨를 으쓱 추켜올리며 유쾌하게 웃는다.

"하하하, 내가 미인을 알아보는 데는 남다른 눈을 가지고 있나보구려."

음률을 좋아하여 현악기(絃樂器)를 많이 다루는 사람은 대개 손에 굳은살이 박혀 있게 마련이다. 부차가 여러 여인 중에서 서시를 찾아낸 것은 굳은살이 박혀 있는 손가락 때문이었다. 그러나 서시 말고도 음률을 잘 하는 아이가 한둘 더 있었던 것은 두말할 나위도 없다. 결국 부차가 서시를 알아맞힌 것은 장님이 문고리를 잡은 것과 다름없

는 요행이었다.

문종은 그러한 사실들을 뻔히 알고 있으면서도 시치미를 떼고,

"대왕께서 서시를 대번에 알아내시는 것을 보면 두 분은 하늘이 맺어 주신 연분임이 분명하옵니다."

하고, 자꾸만 치켜세워 주었다. 그런 연유로 부차는 그날부터 정신을 못 차리도록 서시에게 빠져 버렸다. 서시는 아직 남녀의 쾌락을 모르는 소녀인데다가 몸에 병이 있어 좀처럼 웃는 일이 없었다. 그것이 더욱 순진하고 귀엽게 보여 부차는 밤마다 서시만을 쾌락의 대상으로 삼았다.

부차는 서시가 귀여울수록 구천이 고맙게 여겨졌다. 그리하여 어느 날은 중신들을 불러 이렇게 말한다.

"구천은 고국에 돌아가서도 나에게 충성을 다하는데, 오 대부는 아직도 모반을 염려하고 있으니 그것은 순전히 기우에 불과한 일이오."

그리하여 구천의 모반에 대비하기 위해 회계산에 주둔시켜 두었던 왕손웅(王孫雄)의 3천 군사를 불러 별궁을 짓는 노역부로 쓰게 하였다. 외적 방비보다도 별궁을 짓는 일이 더욱 시급했던 것이다.

부차가 월녀(越女)에게 혹하여 별궁을 짓는데 군사들을 노역부로 동원하고 있다는 소식을 접한 오자서는 까무러칠 듯이 놀랐다. 별궁 조축이 아무리 중하기로 국경 수비대 군사들을 노역부로 대용한다는 것은 도저히 있을 수 없는 일이었기 때문이다.

오자서는 비분과 울화가 극도에 달하여 마침내 죽음을 각오하고 부차에게 상소문을 올렸다.

신, 오자서는 삼가 아뢰옵니다. 신이 듣자옵건대 사치는 천화(千禍)의 근원이 되고, 음란은 만재(萬災)의 근본이 된다고 하였사옵니다. 일찍

이 걸왕(桀王)은 하대(夏臺)를 지음으로써 나라를 망쳤고, 주왕(紂王)은 녹대(鹿臺)를 지음으로써 몸을 망쳐 급기야 나라까지 망하게 했던 것이옵니다. 망국의 군주들은 한결같이 미색을 탐내어 나라를 망쳤으니, 하(夏) 나라는 말희(末喜)라는 계집으로 인해 망했고, 은(殷) 나라는 달기(妲己)라는 계집으로 인해 망했고, 주(周) 나라는 포사(褒似)라는 계집으로 인해 나라가 분산되어 마침내 동방으로 쫓겨가게 되었사옵니다. 그러한 역사적 교훈을 감안해 볼 때, 통치자가 계집에게 혹하면 나라를 망치게 되는 것은 명명백백한 천리(天理)인 것이옵니다. 이제 대왕께서는 명덕(明德)이 흐리시어 월녀 서시에게 혼매(昏昧)해지셨을 뿐만 아니라 밖으로는 숙적 구천을 방임하시고, 안으로는 별궁 신축의 대공사를 일으켜 국고를 탕진하시며, 심지어 국가의 간성(干城)들을 노역부로 전용하고 계시니, 이는 국가 자멸의 묘혈(墓穴)을 파는 것과 무엇이 다르오리까? 거듭 말씀드리거니와 구천이 대왕전에 수다한 미녀들과 보물, 건축재를 보내 온 것은 대왕을 음란의 세계에 몰입시켜 패망의 길을 걷게 하려는 간계이옵니다. 그동안 구천은 국력을 키워 대왕전에 원수를 갚으려는 무서운 음모를 꾸미고 있사온데 대왕께서는 아무런 방비 없이 기력을 소진하고 계시옵니다. 대왕께서는 그 점을 깊이 통찰하시옵소서. 소신은 선왕에게 충성을 다했으므로 언제 죽어도 여한이 없사오나 오로지 국가의 장래를 걱정하는 마음에서 이상과 같은 고언(苦言)을 올리는 바이옵니다.

신, 오자서 올림

부차는 오자서의 상소문을 받아 읽고, 내심 매우 불쾌하였다. 그리하여 백비를 불러 상의한다.

"오 대부가 이런 상소문으로 별궁을 짓지 못하도록 악착스럽게 물고늘어지니 이 일을 어찌했으면 좋겠소?"

백비가 대답한다.

"오 대부를 특사로 임명하여 3년쯤 열국(列國)을 순회하게 하시옵고, 그가 없는 사이에 별궁을 완성시켜 버리면 어떠하겠습니까?"

부차는 그 말을 옳게 여겨 오자서를 불러 명한다.

"지금 우리는 열국들과 많은 문제가 계류 중에 있소. 경은 열국을 순회하면서 그런 문제들을 원만하게 해결해 주기 바라오."

오자서는 백비의 사주로 그런 계략이 꾸며진 것을 이미 알고 있었다. 그러나 왕명을 거역할 수가 없어 외유(外遊)의 길에 오르기로 하였다. 오자서는 열국 순방의 길에 오르기에 앞서 태상(太常) 피리(被離)에게 부탁한다.

"주상은 나를 외국으로 보내 놓고, 그 동안에 별궁을 지을 생각인 듯하오. 내가 없더라도 태상은 별궁 건축에 극구 반대해 주기를 바라오. 임금을 불의에 빠뜨리게 하는 것은 신하의 죄악이라는 것을 알아야 하오."

오자서가 없어지자 부차는 왕손웅을 불러 명한다.

"모든 공장(工匠)들과 군대를 총동원하여 별궁을 3년 안에 완성시키도록 하라."

그리하여 별궁은 3년 만에 완공되었는데 호화롭기가 이루 말할 수가 없을 지경이었다. 전망대는 3백 리 사방을 둘러볼 수 있도록 높이 쌓아 올렸고, 별궁 대청은 6천 명의 손님을 수용할 수 있을 만큼 넓었고, 대들보와 기둥에는 봉황(鳳凰)과 교룡(蛟龍)을 아로새겼고, 모든 난간(欄干)은 옥으로 장식하게 하였고, 넓디넓은 정원에는 기화요초(琪花瑤草)가 언제나 만발하였고, 별궁을 둘러싼 동산에서는 괴수(怪

獸)와 진금(珍禽)들이 마음대로 뛰어 놀았다.

어디 그뿐이랴. 별궁 좌우에는 연못을 깊이 팠는데 왼편을 향수계(香水溪)라 부르고, 오른편을 백화주(百花洲)라 명명하였다.

태상 피리는 오자서의 부탁에 따라 그동안 여러 차례 간언을 올렸다. 부차는 그때마다 피리의 간언을 몹시 역겹게 여기다가 마침내 화가 치밀어 그를 참형에 처해 버리고 말았다.

별궁이 완성되자 부차는 그날부터 천 명 가까운 궁녀들을 좌우에 거느리고 날마다 가무와 주연으로 세월을 보냈다. 월녀 서시는 가무가 만인지상(萬人之上)인지라 부차의 총애를 언제나 독차지할 수 있었다.

부차는 서시가 얼마나 귀여웠던지 마침내,

"이제부터는 서시를 '별궁왕후'라 부르고, 모든 예우를 왕후와 똑같이 하라."

하고 명령을 내렸다.

중신들이 모두 깜짝 놀라며 간한다.

"대왕 전하! 후궁을 왕후로 예우하는 것은 법도에 어긋나는 일이옵니다."

그러자 부차는 소리 높여 꾸짖는다.

"서시는 내가 왕후보다도 더 사랑하는 여인이다. 내 어찌 그녀를 왕후로 예우하면 안 된다는 말인가? 모든 법도는 나를 위해 필요한 것이니 서시에 대한 예우도 나의 명대로 따르라."

이리하여 서시는 그날부터 '별궁왕후'라는 생전에 들어보지도 못한 칭호로 불리게 되었다.

왕후가 한 사람 더 생겨났으니 그녀에게도 궁전(宮殿)이 필요하였다. 부차는 왕손웅을 불러 또다시 새로운 명령을 내린다.

"영암산(靈岩山) 일대를 서시동(西施洞)이라 개명(改名)하고, 그곳에 또 하나의 궁전을 새로 지어라. 별궁왕후를 그곳에 따로 모시기로 하리라."

사치에는 한계가 없는 법이니 그 바람에 죽어나는 것은 백성들뿐이었다.

어느 화창한 봄날, 부차는 서시와 함께 백비와 해사(奚斯) 등의 간신들을 거느리고 별궁을 거니는데, 50보에 정자(亭子)가 하나요, 1백 보에 누각(樓閣)이 하나였다. 게다가 누각에서는 수많은 궁녀들이 노래와 춤으로 그들을 영접했다.

부차는 길가에서 꽃 한 송이를 꺾어내어, 서시의 머리에 꽂아 주며 말한다.

"그대가 만약 달밤에 꽃밭 속에 서 있다면 나는 그대와 꽃을 구별하기가 어려웠을 것이로다."

백비가 그 말을 듣고 얼른 맞장구를 치고 나선다.

"대왕 전하! 별궁왕후를 꽃에 비유하시는 것은 모독이시옵니다. 별궁왕후를 어찌 감히 꽃에 비유할 수 있으오리까? 별궁왕후의 미색이야말로 천상의 선녀인들 어찌 따라갈 수 있겠사옵니까?"

"하하하, 경의 말씀이 과연 옳소이다. 그런 의미에서 오늘은 경에게 술을 한 잔 내기로 하겠소."

그 정도의 사치는 오히려 약과였다. 여름에는 호수에 수많은 화방(花舫)을 띄워 놓고 음률을 연주하게 하면서 미녀들로 하여금 알몸뚱이로 물 속에 뛰어들어 연밤(蓮實)을 따오게 하였다. 평소 웃을 줄 모르던 서시도 그때만은 깔깔깔 소리를 내어 웃었다.

언젠가 향수계에서 노닐 때, 서시는 배 위에서 연밤을 따려 하다가 물 속에 빠진 일이 있었다. 그러자 부차는 몸소 물 속으로 뛰어들어

서시를 구출해 내오며 말했다.

"낙화유수라는 말이 있더니, 그대가 물에서 흘러가는 모습을 보니 낙화유수란 바로 그것이었다. 그대의 거동은 모두가 나를 뇌쇄(惱殺)하게 만드는구나."

서시는 입가에 꽃 같은 미소를 지어 보이며,

"대왕께서 어여삐 보아주신다면 소첩은 날마다 물에 빠질 용의도 있사옵니다."

"하하하, 어여쁘지고, 어여쁘지고! 그대는 이리 보아도 어여쁘고, 저리 보아도 어여쁘고, 이리 말해도 귀엽고, 저리 말해도 귀엽도다! 하늘은 나를 위해 그대를 세상에 태어나게 하셨으니, 내 어찌 그대를 죽도록 사랑하지 않을 수 있겠는가?"

어느 날 부차는 해사를 불러 명한다.

"서시가 물 속에서 헤엄치기를 즐겨하니 그대는 향수계 밑바닥에 하얀 자개 돌을 구해다 깔아 놓도록 하라. 서시가 맑은 물 속에서 은어처럼 헤엄치는 모습을 보고 싶구나."

부차는 서시를 위해서는 국가의 재물을 물 쓰듯 탕진했다.

서시의 얼굴이 얼마나 아름다웠는지 지금의 우리로서는 알 수 없는 일이다. 그러나 서시의 미모로 인해 '효빈(效顰)' 이라는 새로운 문자가 생겨난 것을 보면 절세의 미인이었던 것만은 틀림이 없었던 것 같다.

『장자(莊子)』라는 책의 「천운편(天運篇)」에 '효빈' 이라는 말에 대해 다음과 같은 일화가 나온다.

서시는 본디 어부의 딸로 바닷가에서 가난하게 자란 여자다. 얼굴은 아름다웠지만 어렸을 때부터 가슴앓이 병이 있어, 가슴에 손을 얹고 눈썹을 찡그리는 버릇이 있었다. 그런 때 서시의 얼굴이 얼마나 아름다워 보였던지, 마을 여자들 모두가 가슴에 손을 얹고 눈썹을 찡그리는 버릇이 생겼다. 서시와는 달리 추녀들의 찡그리는 얼굴이 얼마나 추해 보였던지 그 마을에 살고 있던 남자들은 그 꼴을 보지 않으려고 모두들 다른 지방으로 이사를 떠나 버렸다. 마을에 남아 있는 남자들도 그 꼴을 보지 않으려고 대문을 걸어 잠그고 일체 나다니지를 아니하였다. '효빈'이라는 말은 거기서 유래되었는데 '맥락도 모르고 남을 함부로 흉내 내는 것'을 비웃는 데 쓰이는 말이다.

아무튼 부차는 서시의 미모에 혹하여 국정을 돌보지 아니하고 오로지 서시와의 쾌락만을 일삼았다. 통치자의 생활이 그 지경이니 나라가 어지러워지는 것은 새삼 말할 것도 없었다.

한편, 부차를 타락하게 만들려고 서시를 보내 준 월왕 구천은 어떠했던가.

구천은 자나 깨나 원수를 갚으려는 일념으로 군사력을 강화하고 군량을 비축하는 데 전력을 기울였다. 그리고 편전(便殿)에 드나들 때면 문기둥에 걸어 놓은 곰의 쓸개를 몸소 핥아 맛보면서,

"구천아! 너는 회계산의 치욕을 잊어 버렸느냐?"

하고, 자기 자신의 복수심을 일깨워 주는 것을 잊지 않았다. 그 모양으로 4, 5년이 경과하자 월나라의 국력은 놀랄 만큼 부강해졌다. 국력에 어느 정도 자신이 생긴 구천이 범려에게 묻는다.

"이제 그만하면 오나라를 쳐도 될 게 아니오?"

범려는 고개를 좌우로 흔든다.

"원수를 조급하게 갚으려고 서두르다가 또다시 실패하는 날이면 우리는 영원히 파멸하게 되옵니다. 우리가 군사를 일으키는 것은 적어도 10년이나 20년 후로 생각해야 하옵니다."

"오나라 하나를 치는 데 그렇게도 많은 세월이 필요하다는 말이오?"
"원수를 갚는 일은 그처럼 쉽지 아니하옵니다. 실상인즉 군사 행동만 아니 한다 뿐이지 우리는 지금도 원수를 갚고 있는 중이옵니다. 미인들을 보내 부차를 타락하게 만들고 있는 것도 보복 행위의 일단이옵고, 오국 중신들에게 뇌물을 주어 그들의 정신을 흐리게 만들고 있는 것도 보복 행위의 일단이 아니고 무엇이겠습니까?『손자병법』에 이르기를 '전쟁이란 모든 것을 이겨 놓고 나서, 군사 행동으로 적에게 확인시키는 일'이라 하였사옵니다. 우리는 손자의 논법에 따라 10년이나 20년 후에 군사를 일으켜야 하옵니다."
"……"
구천은 새삼스러이 깨달은 바가 있어 고개를 크게 끄덕였다. 어느 날, 구천은 재상 문종에게 다음과 같은 말을 물어보았다.
"국력을 강화하려면 어떻게 해야 하겠소?"
문종이 대답한다.
"부국강병(富國强兵)이 되려면 무엇보다도 모든 백성들에게 용기를 북돋워 주어야 합니다. 백성들의 정신 상태가 위축되어서는 창의력도 발휘할 수 없고, 생업도 활발하게 전개해 나갈 수 없기 때문입니다."
"참으로 좋은 말씀이오. 백성들을 용기 있는 사람으로 만들려면 어떻게 해야 하겠소?"
"백성들에게 용기를 북돋워 주려면 올바른 지도자를 길러내셔야 하옵니다."
"어떻게 해야 올바른 지도자를 길러내게 되는 것이오?"
"어진 사람과 용기 있는 사람들을 널리 모아들여, 그들에게 녹을 후하게 주면 되는 것이옵니다."
"녹을 후하게 주면 어질고 용기 있는 인물들이 많이 모여 오겠소?"

"물론입니다. 사람은 누구나 이(利)를 보고 움직이도록 되어 있기 때문입니다. 뱀장어와 뱀은 비슷하게 생겼으나 뱀을 보면 질색을 하는 사람들도 뱀장어는 잡지 못해 애쓰는데, 그것은 뱀장어가 먹을 수 있는 동물이기 때문입니다. 누에와 벌레의 경우도 같사옵니다. 여자들이 벌레를 보고서는 질색을 하면서도 누에를 즐겨 기르는 것은 누에가 비단실을 제공해 주기 때문입니다. 그러기에 좋은 지도자를 얻어 국력을 부강하게 하려면 무엇보다도 녹을 후하게 줘야 합니다. 아무리 국가의 일이라도 배가 고파서는 직책을 완수하기가 어렵기 때문입니다."

"참으로 좋은 말씀을 들었소. 그러면 오늘부터 어질고 용기 있는 사람을 널리 구하는데 힘을 기울이기로 하겠소."

그런 대화가 있은 지 며칠 후의 일이었다.

하루는 구천이 말을 타고 거리를 순찰하고 있노라니 길가에서 두꺼비 두 마리가 싸움을 하고 있었다. 구천은 말을 멈추고 두꺼비들이 싸우는 광경을 구경했다. 끝내 커다란 두꺼비가 싸움에서 이기는 것을 본 구천이 그 두꺼비에게 깍듯이 경례를 하는 것이었다.

그 광경을 지켜본 시종들이 깜짝 놀라며 구천에게 묻는다.

"대왕께서 두꺼비 같은 미물에게 경례를 하시는 것은 무슨 까닭이옵니까?"

구천이 웃으며 대답한다.

"두꺼비가 비록 미물이나 당당하게 싸워 승리를 했으니 얼마나 대견스럽소. 나는 용기 있는 사람은 언제든지 후하게 대접하여 소중하게 기용할 생각이오."

그와 같은 소문이 널리 퍼지자 시중에 숨어 있던 용사(勇士)들이 저마다 앞을 다투어 구천에게로 몰려들었다. 그리하여 월나라의 국력은 날이 갈수록 막강해졌다.

어느 날 구천은 문종에게 이런 말도 물어 보았다.

"나라를 잘 다스리려면 어떡해야 하오?"

문종이 대답한다.

"나라를 잘 다스리려면 포상(褒賞)을 후하고도 공평하게 줘야 하옵니다. 포상이 불충분하거나 공평하지 못하면 신하가 군주를 위해 충성을 다하지 않는 법입니다. 그러나 포상이 후하고 공평하면 모든 신하들이 군주를 위해 목숨을 걸고 충성을 다하게 되는 법이옵니다."

"포상이 그렇게도 중요한 것이오?"

"나라를 잘 다스리려면 절대로 없어서는 안 될 제도입니다. 생각해 보시옵소서. 포상이란 이익을 한꺼번에 안겨 주는 것이니, 어느 누가 포상 받기를 바라지 아니하겠사옵니까?"

"참으로 좋은 말씀을 들었소. 그러면 내가 시험삼아 새로운 포상 제도를 하나 선포해 보기로 하겠소."

그 무렵 월나라에는 화재 사건이 빈번하게 발생했다. 그런데 불이 일어나도 불을 끄려고 하지 않아 국가의 재산 손실이 막대하였다.

구천은 그것을 방지해 볼 생각에서,

"진화작업(鎭火作業)을 하다가 목숨을 잃은 사람에게는 싸움터에서 전사한 자와 똑같은 포상을 주리라. 그리고 진화작업에 가담한 자는 목숨을 잃지 않더라도 전쟁에서 승리한 자와 똑같이 후하게 대우하리라."

하는 새로운 포고령을 내렸다. 그 포고령이 발표되자 불이 일어나기만 하면 저마다 앞을 다투어 진화작업에 가담하게 되어 국가는 막대한 재산 손실을 미연에 방지할 수 있게 되었다.

그로부터 얼마 후, 우연하게도 대궐에서 화재가 발생했는데, 불을 끄기 위해 몸에 진흙을 바르고 대궐로 달려온 사람이 무려 6천여 명이나 되어 삽시간에 진화작업을 마칠 수 있었다.

백성들이 정신적으로 총화를 이루게 되자 구천은 오나라와 싸워도 승리할 수 있다는 자신이 생겼다. 그리하여 범려와 문종에게 이렇게 말한다.

"이제 우리의 국력이 오나라를 토벌하기에 충분할 것 같으니 지금쯤 전쟁을 일으키는 것이 어떠하겠소?"

그러자 범려가 머리를 가로저으며 대답한다.

"뭐니뭐니해도 오나라는 워낙 강대국인 까닭에 한판 싸움으로 저들을 쓰러뜨리기에는 우리의 힘이 아직 약하옵니다. 그러하니 저들이 저절로 문드러질 때까지 줄기차게 참고 기다려야 하옵니다."

"저절로 문드러질 때까지 기다려야 한다고 했소?"

"그렇습니다. 강대국 하나가 멸망하려면 적어도 10년 내지는 20년 이상의 세월이 걸리게 되는 법이옵니다."

범려의 너무도 원대한 계획에 구천은 놀라움을 금할 길이 없었다.

그 무렵 별궁왕후 서시가 거처하는 소주 땅에는 '소주팔경(蘇州八景)'이라는 새로운 명소가 생겼다. 부차는 서시를 위해 별궁을 호화롭게 지어 놓고 나서, 경치 좋은 여덟 군데를 택하여 '소주팔경'이라고 부르게 했던 것이다. 그 여덟 군데란, 서시가 거처하는 관왜궁(館娃宮)을 비롯하여, 고소대(枯蘇臺), 백화주(百花洲), 향수계(香水溪), 서시동(西施洞), 완화지(玩花池), 채향경(彩香逕), 벽천정(碧泉井)이었다.

부차는 언제나 서시와 함께 많은 시녀들을 거느리고 소주팔경을 유람하는 것을 최고의 낙으로 삼아 오고 있었다. 부차가 서시와 함께 소주팔경을 유람할 때면, 모든 정자와 누각에서 삼현육각(三絃六角)이 유량하게 울려 퍼졌다. 그리고 넓은 풀밭에서는 무희들이 음률에 맞추어 나비처럼 너울너울 춤을 추고, 푸른 연못에서는 궁녀들이 은어같이 헤엄을 치면서 저마다 서시에게 연꽃을 따 올렸다. 부차와 서시는 그 이상 더할 수 없는 사치스러운 쾌락을 누리고 있었던 것이다.

그러던 어느 날이었다. 그날도 날씨가 화창하여 부차가 서시와 함께 소주팔경을 유람하고 있는데 시종이 달려오더니,

"대왕 전하! 월나라에서 구천이 조공사를 보내왔습니다."

하고 아뢴다.

그 말을 듣는 순간 서시의 눈빛이 이상하게 빛났다.

부차는 서시를 돌아보고 흔쾌하게 웃으며,

"구천이 나를 위해 조공품을 보내온 모양이로구나. 구천이야말로 나에게는 다시없는 충신이로다."

서시는 아름다운 웃음을 지어 보이며,

"구천이 대왕전에는 충신인지 모르오나 소첩에게는 원망스럽기 그지없는 사람이옵니다."

"아니, 그게 무슨 소리냐? 너를 나에게 보내준 사람이 바로 구천이 아니더냐? 구천이 원망스럽다면 너는 나와 함께 있는 생활이 불만스럽다는 말이냐?"

서시는 눈매를 곱게 흘겨 보이며,

"대왕께서는 오해가 너무도 심하시옵니다. 전하와 소첩은 천생연분이온데, 어찌 불평이 있을 수 있으오리까?"

"천생연분이라? 하하하, 천생연분이란 과연 옳은 말이로다. 그렇다면 구천이 왜 원망스럽다는 말이냐?"

"생각해 보시옵소서. 구천은 대왕전에만 조공품을 보내고, 소첩에게는 아무 선물도 보내오지 않은 모양이니 그 어찌 원망스럽지 않겠사옵니까?"

"들어 보니 과연 그렇기도 하구나. 그러면 조공사를 직접 만나게 해줄 테니, 네가 그 사람을 통해 구천을 단단히 나무라 주어라."

말할 것도 없이 서시는 조공사와 내통할 기회를 가지려고 계획적으로 그런 연극을 꾸며냈던 것이다.

그로부터 몇 시간 후에 서시는 부차의 주선으로 관왜궁에서 월나라의 조공사 유몽과 단둘이 마주할 수 있게 되었다. 시종들 앞에서는 도도하게 왕후 행세를 하던 서시였건만 단둘이 되자 소녀처럼 별안간 울음을 터뜨리며 유몽의 손을 정답게 움켜잡는다.

"아저씨를 만나 뵙게 되어 반가워요."

서시는 유몽과 친척 간도 아니건만 이국땅에서 고국 어른을 만났기에 아저씨라는 말이 절로 나왔던 것이다.

유몽은 서시의 울음을 달래 주며,

"어린 몸으로 적지에서 조국을 위해 막중한 임무를 다하느라고 얼마나 고초가 막심하냐. 그러잖아도 구천 대왕께서는 이번 기회에 너를 꼭 만나보고 오라는 신신당부가 계셨느니라."

"고마워요, 아저씨. 고국에 돌아가시거든 대왕전에 제 말씀을 꼭 전해 주세요. 서시는 조국을 위해 온갖 노력을 다해 부차를 녹여 놓을 테니 대왕께서는 복수하실 준비를 하루 속히 서두르시라고 말씀이오."

"오오! 고맙고도 기특한 말이로다. 어린 나이에 부모님을 멀리 떠나 있어 고향생각인들 얼마나 간절하겠느냐?"

"그러잖아도 밤이면 고향 꿈만 꾸게 되는데, 그런 때에는 눈물이 걷잡을 수 없이 솟구쳐 올라요."

서시는 그렇게 말하며 새삼스러이 눈물을 짓다가 별안간 생각난 듯이,

"참 아저씨! 조공품 이외에 여러 중신들한테도 선물을 따로 가지고

오셨겠지요?"

하고 묻는다.

"백비한테는 패물을 따로 가지고 왔지만 그 이외에는 아무한테도 가지고 오지 않았소."

그 말을 듣자 서시는 고개를 날카롭게 흔들며,

"그래서는 안 돼요. 전의와 왕손웅도 세도가 막중한 중신들이니 그 사람들한테도 뇌물 공세를 펴서 맥을 못 추게 만들어 놓아야 해요. 다음번에는 그 사람들한테도 뇌물을 꼭 갖다 주도록 하세요."

나이에 비해 무섭도록 생각이 깊은 서시였다.

"네 말을 들어 보니 나의 생각이 미처 거기까지는 미치지 못했었구나. 대왕전에 말씀드려서 다음번에는 꼭 그렇게 하겠다."

거기까지 말했을 때 부차가 문 밖에서 서시에게 큰소리로 외친다.

"서시야! 조공사를 만나 구천을 단단히 나무라 주었느냐?"

서시는 부차의 목소리를 듣자 재빨리 눈물을 거두고 만면에 웃음을 지으며 방문을 활짝 열었다.

"대왕 마마! 소첩이 조공사를 호되게 나무라 주었으니 다음번에는 좋은 선물을 많이 받을 수 있을 것 같사옵니다."

조공사 유몽도 부차에게 허리를 굽실거리며 능청을 떨어 보인다.

"별궁왕후 전에 선물을 가져오지 못한 죄를 널리 용서해 주시옵소서."

그 모양으로 서시의 교묘한 수단에 의하여 오나라는 궁중으로부터 부패가 자꾸만 확대되어 가고 있었다.

부차는 월나라에서 보내 온 조공품을 서시에게 몽땅 갖다 보여주면서 말한다.

"네가 구천에게 선물을 받지 못해 섭섭한 모양이니, 이 조공품 중에서 갖고 싶은 것이 있거든 뭐든지 골라 갖도록 해라."

"성은이 망극하옵니다."

서시는 패물들을 일일이 뒤적여보다가,

"소첩은 이것 하나만이 갖고 싶사옵니다."

하고 말하며, 상아 젓가락 한 쌍만을 골라잡았다.

"아니, 그것은 상아 젓가락이 아니냐? 수많은 패물 중에서 하필이면 싸구려 젓가락을 가지려 하느냐?"

"소첩은 어렸을 때 상아 젓가락으로 밥을 먹어 보는 것이 평생의 소원이었사옵니다. 그러나 소첩의 집이 너무도 가난하여 소원을 이루지 못했사옵니다. 지금이나마 그 소원을 이루어 보려는 것이옵니다."

"하하하, 그래? 네 소원이라면 어찌 상아 젓가락뿐이겠느냐? 네가 소원이라면 이 나라의 어떤 패물이라도 아낌없이 주리라."

"성은이 망극하옵나이다."

서시가 굳이 상아 젓가락을 골라잡은 데는 나름대로 이유가 있었다. 그 젓가락에 그려져 있는 그림이 마음에 들었기 때문이다. 나뭇가지에 새 한 마리가 앉아 있는 지극히 단순한 그림이었지만 거기에는 '월조소남지(越鳥巢南枝)'라는 의미심장한 글귀가 새겨져 있었기 때문이다.

상아는 원래 월나라에서만 구할 수 있는 귀물이었다. 서시는 젓가락에 그려져 있는 새 한 마리가 마치 자기 자신의 신세와 같이 느껴졌다. 그런데다가 거기 쓰여 있는 월조소남지(越鳥巢南枝) 즉, 월나라(남쪽)에서 온 새는 둥지를 틀어도 남쪽 가지에 튼다는 말은 마음이 변해서는 안 된다는 훈계인 것 같아서, 그 젓가락만은 기어이 자기가 간직하고 싶었던 것이다. 그러나 그녀의 마음속 비밀을 알 턱이 없는 부차는 서시를 천진난만한 소녀라고 귀엽게만 여기고 있었다.

그날 밤 저녁 식사를 같이할 때 부차는 행복의 미소를 지으며,

"상아 젓가락으로 먹으니까 음식 맛이 더 좋으냐?"

하고 물었다.

서시가 방글방글 웃어 보이며,

"상아 젓가락이 이빨에 부딪치는 소리가 여간 상쾌하지 아니하옵니다."

"그래? 네가 기쁘다니 나도 여간 행복스럽지 않구나. 너는 나의 태양이요, 나의 전부이니라."

"대왕께서 소첩을 그토록 총애해 주고 계시는 줄은 미처 몰랐사옵니다."

"하하하, 요 귀여운 것아! 네가 나의 총애를 이제야 알았다면 너무도 늦었구나. 지금까지는 나 자신이 국가(國家)였다. 그러나 지금은 다르다. 지금은 이 나라의 주인은 내가 아니고, 너 자신이로다. 너는 그것을 알아야 하느니라."

마침 그때 문 밖에 시종이 나타나더니,

"열국을 순회 중이시던 오 명보께서 5년 만인 조금 전에 귀국하셔서 주상을 배알하고자 입궐하셨사옵니다."

하고 아뢰는 것이 아닌가.

부차는 오 명보가 귀국했다는 소리를 듣자 대뜸 눈살을 찌푸렸다. 그러나 그보다도 더 놀란 사람은 서시였다. 서시가 누구보다도 두려워하는 사람이 오자서였기 때문이다.

백비 같은 위인은 뇌물을 쓰면 얼마든지 주물러 터뜨릴 수 있지만 오자서만은 다른 사람이었다. 그가 국내에 없는 동안에는 무슨 일이든 서시의 맘대로 되지 않은 것이 없었다. 그러나 오자서가 돌아왔다면 이제부터가 문제였다.

"오 대부께서 귀국하셨다면 대왕께서는 속히 인견(引見)하셔야 할 것이 아니옵니까?"

말은 듣기 좋게 하면서도 서시는 의식적으로 눈살을 찌푸려 보였다. 말할 것도 없이 그것은 오자서와의 면접을 내일로 미루라는 간접적인 의사 표시였던 것이다.

부차는 서시의 눈치를 재빠르게 알아채고,

"내가 지금은 식사 중이니 오 명보는 내일 아침 조회 때에 만나기로 하겠다고 일러라."

하고 문 밖에 대령중인 시종에게 명한다. 실로 어리석기 짝이 없는 처사였다. 중대한 임무를 띠고 5년 동안이나 열국을 순회하고 돌아온 중신과의 접견을 식사 때문에 내일로 미룬다는 것은 있을 수 없는 일이었다. 서시는 눈살을 약간 찌푸려 보이는 것만으로도 부차가 그처럼 중대한 과오를 범할 수 있게 만든 것이다.

동서고금을 막론하고 미녀에게 얼이 빠지면 천치 바보가 되어 버리는 것이 이 세상의 남자들인지도 모른다. 오자서가 귀국 인사도 못 올리고 물러가 버리자 서시는 미소를 지어 보이며,

"이 세상에 오 명보 같은 충신은 없을 것이옵니다."

하고 아리송한 소리를 한 마디 내뱉었다.

"네 눈에는 오 명보가 그렇게도 충신으로 보이느냐?"

"이 나라에 오 명보 같은 충신이 어느 누가 있겠사옵니까? 대부 백비도 충신임에는 틀림이 없사오나 오 명보에 비하면 약간 우둔한 편이 아닌가 하옵니다."

"네가 옳게 보기는 보았구나. 그러나 오 명보는 너무도 강직하고 날카로운 성격이 오히려 결점이라는 것을 알아야 하느니라."

"이 세상에 결점 없는 사람이 어디 있겠나이까? 오 명보도 일찍이

자기가 섬기던 초왕(楚王)의 시체를 무덤에서 파내어 눈알을 뽑고, 시체에 채찍질까지 했던 일이 있지 아니하옵니까? 그러나 과거의 결점을 들추기 시작하면 한이 없는 법이오니 대왕께서는 매사를 너그럽게 처리하심이 옳은 줄로 아뢰옵니다."

그야말로 병 주고 약 주는 교묘한 혼란 작전이었다.

"음, 오자서에게는 그와 같이 무서운 과거가 있었겠다."

"한 번 배반했던 일이 두 번 없으라는 법은 없습니다. 그 점만은 각별히 경계하셔야 할 것이옵니다."

서시의 고자질을 듣고 보니 오자서가 구천을 죽이지 못해 애타 하던 것도 무슨 곡절이 있어 보였다. 서시의 말 한 마디가 부차에게는 그처럼 무서운 의심을 일으키게 해주었던 것이다.

오자서의 최후

　이미 세상을 떠난 공자(孔子)는 본시 노(魯)나라 사람으로 조국을 극진히 사랑하는 절세의 애국자였다. 그러기에 일찍이 노나라가 문양(汶陽) 땅을 제(齊)나라에 빼앗겼을 때 죽음을 각오하고 제 경공(景公)과 직접 담판을 지어 땅을 다시 찾아오지 않았던가.
　공자는 그처럼 열렬한 애국자였던 까닭에 세상을 떠나게 되면서 무엇보다도 걱정스러운 것이 조국의 운명이었다. 그리하여 그는 임종이 다가오자 제자 자공(子貢)을 병상에 불러 다음과 같은 유언을 남겼다.
　"내가 죽고 나면 제나라가 반드시 군사를 일으켜 우리나라를 송두리째 먹어치우려고 할 것이다. 그러나 우리는 부조(父祖)의 나라를 멸망시켜서는 안 된다. 그대는 어떤 수단을 써서라도 조국을 지켜 나가도록 하라. 나에게는 수많은 제자가 있으나 조국을 지켜 줄 만한 능력을 갖춘 사람은 오직 그대 하나뿐이로다."
　그야말로 비장한 유언이었다. 자공은 은사로부터 그와 같은 유언을 듣고 나자 조국 수호의 막중한 책임감을 통감하지 않을 수 없었다. 그 당시 제나라의 군주는 경공(景公)이었다. 그러나 경공은 허수아비 왕에 지나지 않았고, 국정을 좌우하는 실권자는 태부(太夫) 전상(田常)이었다.

전상은 공자가 죽고 나자 노나라를 치려고 군사를 동원하는 중이었다. 용감한 자공이 제나라로 전상을 직접 찾아가 만났다.

전상이 자공을 보고 묻는다.

"선생은 무슨 일로 나를 찾아오셨습니까?"

자공은 지략이 깊고 정치 수완이 탁월한 인물인지라 대담하게도 다음과 같은 말로 전상을 비웃어 주었다.

"장군은 지금 커다란 먹이를 눈앞에 두고 있으면서 약소국인 노나라만 넘겨다보고 있소이다. 나는 장군의 근시안적인 처사가 너무나 안타까워서 못 견디겠소이다."

전상은 그 말을 듣고 깜짝 놀라며 반문한다.

"커다란 먹이라니요? 무엇을 말씀하시는 것이오?"

자공이 대답한다.

"오왕 부차가 월녀 서시에게 혹하여 국정(國政)이 극도로 부패해진 것은 세상이 다 알고 있는 일이 아니오. 이왕 군사를 일으키려거든 오나라를 쳐서 천하를 호령할 일이지, 하필이면 왜 우리나라 같은 약소국에 눈독을 들이느냐 말이오? 그래 가지고서야 어찌 청사에 길이 남을 영웅호걸이라고 말할 수 있겠소."

자공이 보건대 노나라의 독립을 유지해 가려면 제나라와 오나라 간에 싸움을 붙여 놓는 것이 상책일 듯싶었다. 그래서 일부러 전상을 찾아가 그런 계략을 쓴 것이었다.

전상은 너무도 뜻밖의 제안에 대답을 못 하고 어리둥절한 표정만 짓는다.

자공이 다시 전상을 부추긴다.

"생각해 보시오. 오나라는 일찍이 당신네 나라의 백강 공주를 협박으로 빼앗아 간 원수의 나라요. 원수의 나라가 다 쓰러져 가고 있는 판국에 약소국인 노나라만 넘겨다보고 있으니 그게 어디 영웅호걸이 할 짓이냐 말이오?"

자공의 당당한 변론에 전상은 수치감을 금할 길이 없었다. 그러면서도 오국 토벌에는 자신이 없어서,

"오나라를 정벌할 실력이 있다면 난들 어찌 그것을 마다하겠소? 오국의 부차가 황음(荒淫)하여 부패했다지만 아직도 백만대군을 보유하고 있는 강국이오. 게다가 오자서와 백비 같은 명장들이 여전히 건재하다는 사실을 알아야 하오."

그 말에 자공은 큰소리로 웃음을 터뜨린다.

"웃기는 왜 웃으시오?"

자공이 웃음을 거두며 다시 말한다.

"처음부터 안 된다고 생각하는 사람에게는 뭐든지 불가능한 법이오. 그러나 뭐든지 가능하다고 생각하는 사람에게는 불가능이란 없는 법이오. 영웅호걸과 범부의 차이가 바로 그 점에 있는 것이오. 오군이 비록 백만대군이라지만 이쪽의 수완 여하에 따라서 얼마든지 그들을 내편으로 끌어올 수도 있는 일이 아니오?"

전상은 그 말에 귀가 번쩍 뜨여서,

"선생! 어떤 수단을 쓰면 그들을 내 편으로 끌어올 수 있겠소?"

"오왕 부차는 월나라 정벌에 성공하고 나서부터는 날마다 황음을 일삼아 민심이 완전히 이반되었소. 게다가 최근에 와서는 오자서까지 배척을 하고 있어 백만대군의 위세가 지리멸렬하게 되어 있다오. 그러니 장군이 만약 오나라에 군림하여 백성들에게 선정을 베풀기만

하면 백만대군도 장군의 품 안으로 절로 굴러들어 올 것이오."

말을 들어 보니 그럴 성싶기도 했다.

"오자서가 부차에게 배척을 당하고 있다는 것이 사실인가요?"

"장군은 그런 정보도 모르고 계셨소? 오자서는 부차에게 미움을 사서 5년 동안이나 외국에 추방당해 있다가 최근에 귀국했소이다. 그런데 부차는 아직도 오자서를 만나 주지 않고 있다오. 그러니 오자서는 이미 오나라를 등진 사람이라고 보아도 좋을 것이오."

"그래요? 오자서만 없다면……."

전상의 눈에서 별안간 야심의 광채가 빛났다. 자공이 다시 말한다.

"모든 일에는 기회라는 것이 있는 법이오. 기회를 잘 포착하는 사람만이 영웅호걸이 된다는 것을 아셔야 합니다."

"알겠소이다. 그러면 오나라를 치기로 하지요."

제나라의 침략을 방지하려는 자공의 계략은 보기 좋게 적중된 셈이었다.

제나라의 전상을 잔뜩 부추겨 놓은 자공은 이번에는 오나라를 찾아가 부차를 만났다. 싸움을 붙이려면 두 나라를 모두 부추겨야 했기 때문이다.

부차가 자공에게 묻는다.

"선생은 무슨 일로 나를 찾아오셨소?"

자공이 대답한다.

"제나라가 지금 귀국을 쳐서 패권을 빼앗으려고 획책 중이온데, 대왕에서는 그 사실을 알고 계시옵니까?"

부차는 그 말을 듣고 크게 소리 내어 웃는다.

"하하하, 제나라 따위가 우리나라를 친다구요? 하하하."

자공은 어디까지나 진지한 표정으로,

"결코 웃으실 일이 아니옵니다."

부차는 여전히 웃어 가면서,

"하룻강아지가 호랑이한테 덤벼들겠다는데 내 어찌 웃지 않을 수 있겠소, 하하하."

"대왕께서는 제나라를 하룻강아지에 비유하시지만 정작 제나라의 재상 전상은 생각이 많이 달랐습니다."

"전상이라는 자는 그럼 어떻게 생각하고 있더란 말이오?"

"이왕 말이 났으니 무엇을 숨기오리까? 제나라의 재상 전상은 귀국을 '속이 텅텅 비어 있는 고사목(枯死木) 같아서 밀어붙이기만 하면 대번에 쓰러져 버릴 나라' 라고 생각하더이다."

"뭐라구요? 밀어붙이기만 하면 대번에 쓰러져 버릴 고사목 같은 나라?"

부차는 울화통이 터져 오르는 듯 두 주먹을 불끈 움켜잡으며,

"그자들이 하늘 무서운 줄을 몰라도 분수가 있지, 감히 강대국인 우리나라를 고사목에 비유하더라는 말씀이오?"

"그들이 귀국을 고사목이라고 생각하는 데는 나름대로 이유가 있었습니다."

"이유라니? 무슨 이유가 있어 그렇게 생각하더란 말이오?"

"아뢰옵기 송구스럽사오나 모든 것을 들은 대로 여쭙겠습니다. 제나라 사람들의 말에 의하면 대왕께서는 월녀 서시에게 별궁을 지어 주시느라고 국고를 탕진하신데다가 국정마저 난마처럼 어지러워져 사실상 고사목과 다름없는 나라가 되어 버렸다는 것이옵니다."

부차는 그 말을 듣고 주먹으로 용상을 치며 분노한다.

"그놈들이 우리나라를 그렇게 생각하고 있다면 내 본때를 보여주기 위해서라도 그냥 내버려 둘 수는 없는 일이오. 오늘이라도 대군을

일으켜 제나라 국토를 쑥대밭으로 만들어 놓도록 하겠소."

"저희 노나라를 도와주시는 뜻에서라도 반드시 그렇게 해주시옵소서."

"염려 마오. 쥐새끼 같은 놈들의 오만불손을 다 알았으니, 내 제나라를 기어이 멸망시켜 버리고 말 것이오."

부차는 오래간만에 음란한 생활에서 벗어나 젊었을 때의 정복욕이 용솟음쳐 올랐다. 자공으로 보자면 두 나라 간에 싸움을 붙여 어부지리(漁父之利)를 톡톡히 얻게 된 셈이었다.

부차와 헤어진 자공은 이번에는 남쪽에 있는 월나라로 달려와 월왕 구천을 만났다.

구천이 자공을 반갑게 맞으며 묻는다.

"선생께서는 어인 일로 이런 먼 곳까지 찾아오셨습니까?"

자공이 대답한다.

"오왕 부차는 제나라를 치려고 계획 중입니다. 그러니 대왕께서도 원수를 갚으시려거든 이번 기회를 놓치지 마시옵소서."

구천은 그 말에 크게 놀라며 날뛸 듯이 기뻐하였다.

"부차가 제나라를 친다는 것이 사실입니까?"

"제가 왜 거짓말을 하겠습니까? 그보다도 저는 대왕의 결심을 알고 싶어서 일부러 찾아온 것입니다."

"내 결심이라면 무엇을 말하는 것입니까?"

"대왕께서 오나라의 원수를 갚을 결심이 있는지 없는지를 분명히 알고 싶습니다."

구천은 잠시 주저하는 빛을 보이다가 굳은 결심이라도 한 듯 얼굴을 힘 있게 들며 말한다.

"선생께야 무엇을 숨기오리까? 회계산에서 부차에게 당한 굴욕이 골수에 사무쳐 어떤 일이 있어도 원수만은 갚고야 말 생각입니다. 그러나 백성들의 생활이 아직 안정되지 못한데다가 군사력조차 부족하여 은인자중하며 때를 기다리고 있는 중입니다."

"알겠습니다. 그렇다면 가만히 앉아서 때가 오기를 기다리고 있을 것이 아니라, 적극적으로 때를 만들어야 하지 않겠습니까? 시세(時世)가 영웅을 만든다지만, 때로는 영웅이 시세를 만들 수도 있는 것입니다."

원한이 골수에 사무쳐 있는 구천은 자공의 두 손을 덥석 움켜잡으며 애원하듯 묻는다.

"만약 선생께서 좋은 계략을 가지고 계시거든 저에게 알려 주시옵소서. 선생의 은공은 결코 잊지 않겠습니다."

자공은 웃으면서,

"지극히 간단한 일입니다. 부차가 제를 치거든 대왕은 자진하여 응원군을 보내 부차를 도와주도록 하시옵소서."

"부차를 돕기 위해 군사를 파견해 주라는 말씀이오?"

구천은 얼른 납득이 가지 않아 어리둥절한 표정을 지었다. 그러자 자공은 응원군 파견의 필요성을 이렇게 설명하였다.

"첫째, 자진하여 응원군을 보내주면 부차는 월나라에 대한 의구심을 완전히 떨쳐 버리게 될 것입니다. 둘째, 부차가 제나라와 싸워 국력이 피폐해 지거든 그때에 가서 파견병들로 하여금 부차를 생포케 하면 오국에 대한 원수를 간단히 갚을 수 있을 게 아닙니까?"

구천은 그 말을 듣고 크게 탄복하였다. 응원군의 명목으로 군사를 파견했다가 그들로 하여금 부차를 생포해 버리게 하면 과연 원수를 간단히 갚을 수 있을 것이기 때문이었다. 그러나 구천에게는 아까부터 커다란 의구심이 하나 있었다.

구천의 의구심이란 '자공은 어찌하여 자기 나라를 도와주려는 부차를 멸망하게 만들려고 획책하는 것일까?' 하는 점이었다. 구천으로서는 도저히 납득할 수 없는 의문이었다. 그리하여 구천은 자공에게 단도직입적으로 묻는다.

"나는 선생의 태도에서 이해할 수 없는 점이 하나 있습니다. 부차는 선생의 조국을 돕기 위해 제나라를 친다고 말씀하셨습니다. 그것이 사실이라면 선생은 부차를 도와주지는 못할망정 어찌하여 조국을 도우려는 자를 멸망에 빠뜨리려고 하는 것이옵니까?"

자공은 웃으면서 대답한다.

"대왕께서 그런 의구심을 품으시는 것은 당연한 일입니다. 그러나 제와 오가 싸워 어느 편이 승리하든 노나라를 자기네 속국으로 삼으려는 점에 있어서는 똑같은 생각이라는 걸 아셔야 합니다. 노나라가 독립을 유지해가기 위해서는 두 나라가 모두 패망해 줘야 하는 것이지요. 제가 대왕을 도와 오나라를 패망시키려는 목적은 바로 그 점에 있습니다."

구천은 그때서야 자공의 깊은 계략을 이해하고,

"알겠소이다. 선생의 계략은 참으로 놀라울 따름입니다. 내 모든 것을 선생의 계략에 따를 테니 좀더 구체적인 방도를 하교해 주십시오."

여기서 자공은 자기가 생각하고 있던 계략을 구천에게 아낌없이 일러 주었다.

자공의 계략을 듣고 난 구천은 곧 재상 문종을 부차에게 보냈다.

문종이 오왕 부차에게 말한다.

"대왕께서 제나라를 친다는 말씀을 들으시고 구천 공께서는 가만히 있을 수 없다며 소신을 통해 응원군 1만 명과 군량미 1천 석을 보냈사옵니다. 대왕께서는 구천 공의 충정을 헤아려 주시옵기를 바라옵나이다."

오왕 부차는 그 말을 듣고 크게 감격하였다.

"오오, 구천의 충정이 이렇듯 대단한 줄은 몰랐구려. 성의로 보내준 응원군과 군량미를 내 어찌 받지 않을 수 있으리오."

부차는 월군 1만 명을 몸소 사열하며 크게 기뻐하였다. 구천에 대한 부차의 신임이 더욱 단단해졌음은 물론이다.

부차는 다음날 군신들을 한자리에 모아 놓고 제를 치려는 모의를 하는 석상에서,

"구천이 응원군을 1만 명이나 보내 주었소. 제를 치는데 크게 도움이 될 것이오."

하고 말하니, 오자서가 깜짝 놀라며 간한다.

"대왕 전하! 월나라와 우리는 영원한 숙적이옵니다. 그런데 월나라를 내버려두고 제나라부터 친다는 것은 크게 잘못된 일이옵니다. 대왕께서는 깊이 통찰해 주시옵소서."

오자서가 또다시 토월론(討越論)을 들고 나오자 부차는 몹시 불쾌하였다.

"경은 어찌하여 구천의 얘기만 나오면 그 사람을 잡아먹지 못해 핏대를 올리는 것이오?"

무서운 꾸지람이었다. 그러나 오자서로서는 나라를 살리기 위해 그냥 물러설 수는 없었다.

"아뢰옵기 황공하오나 신이 구천에게 사원(私怨)이 있어서 그러는 것은 절대 아니옵니다. 구천을 살려 두었다가는 언젠가 반드시 큰 화를 당할 것이옵니다. 소신은 구천 때문에 나라가 망하는 비극을 미연에 방지하기 위해 번번이 고언(苦言)을 올리는 것이옵니다."

그러나 부차의 귀에 그 말이 제대로 들어올 리 만무였다.

"경은 구천을 그처럼 의심하지만 그 사람은 귀국 후에도 신칭(臣稱)을 지속하면서 해마다 조공품을 보내오고 있소이다. 우리가 제나라를 친다는 소식을 듣고 응원군 1만 명과 군량미를 1천 석이나 보내 온 것만 보아도 구천의 충성심에 대해서는 더 이상 의심할 여지가 없는 일이 아니오?"

그러나 오자서는 고개를 좌우로 완강하게 흔들며 말한다.

"신이 듣자옵건대 구천은 귀국한 그날부터 날마다 곰의 쓸개를 씹어가면서 복수의 결심을 다지고 있다고 하옵니다. 그가 아직도 신칭을 계속하면서 조공품과 여러 고관들에게 줄 선물을 보내오는 것은 우리의 경계심을 늦추려는 위장술책(僞裝術策)이 분명하옵니다. 다시 말하자면 구천은 지금 고기를 낚기 위해 떡밥을 던져 주고 있는 것이옵니다. 그것을 충성심으로 잘못 아셨다면 정말 큰일이옵니다. 원수를 내버려두고 엉뚱하게 제나라를 치시다가 국력이 피폐해졌을 때에 구천에게 역습을 받으면 무슨 힘으로 그를 당해낼 수 있겠사옵니까? 국가의 앞날을 위해 구천만은 반드시 지금 당장 제거해 버려야 할 인물이옵니다."

오자서는 울면서 호소하였다. 그러나 부차는 끝내 듣지 않는다.

"경의 뜻은 잘 알았소. 그러나 사람을 지나치게 의심하는 것도 일종의 병이라 아니 할 수 없소. 경은 댁으로 돌아가 당분간 정양이나 하고 계시오."

멀쩡한 사람을 정신병자로 만들어 버리는 데는 기가 막혔다. 오자서는 집으로 돌아오자 아들 오봉(伍封)을 불러 말한다.

"오왕은 나의 간언을 끝까지 들어 주지 않으니, 이 나라는 머지 않아 반드시 망하게 될 것 같구나."

봉이 묻는다.

"그러면 어찌 하는 것이 좋겠습니까?"

"……."

오자서는 혼자 울먹이며 오랫동안 말이 없었다. 그러다가 고개를 조용히 들어 말한다.

"오씨 가문을 완전히 파멸시킬 수는 없는 일. 너만이라도 다른 나라로 피신을 하는 것이 어떻겠느냐?"

"외국으로 피신을 가란 말씀입니까?"

"오국이 망해도 오씨 가문까지 파멸시킬 수는 없는 일이 아니냐? 조상들에게 봉제사(奉祭祀)를 올리기 위해서라도 너만은 다른 나라로 피신을 가는 편이 좋을 것 같구나."

"피신을 가야 할 형편이라면 아버님께서도 함께 가셔야 할 것이 아니옵니까?"

"아니다. 나는 죽으나 사나 오나라와 운명을 같이해야 할 몸이다. 내 걱정은 말고, 너는 이 나라를 빨리 떠나도록 하거라."

오봉은 울먹이며,

"피신을 떠나야 한다면 어디로 가야 합니까?"

"제나라로 가거라. 제나라에는 손무 선생이 계시지 않느냐?"

오자서는 거기까지 말하다가 다시 생각을 돌려,

"아니다. 손무 선생은 지금쯤 산 속으로 숨어 버렸을지 모르니 제의 대부(大夫) 포유명(鮑惟明)을 찾아가도록 하거라. 포유명과 나는 지기지우(知己之友)니 내 편지만 가지고 가면 너를 전적으로 도와줄 것이다."

"알겠습니다."

"너는 제나라에 머물러 있다가 내가 죽거나 오나라가 망했다는 소식이 들리거든 곧 성을 왕손 씨(王孫氏)로 바꾸도록 하여라. 그래야만 네 목숨을 부지할 수 있느니라."

　오자서는 자신의 운명이 비참하게 되리라는 것과 오나라가 반드시 망하리라는 것을 알고 있다는 듯, 아들에게 비통한 말을 유언 삼아 들려주고 있었다.

　오자서는 포유방에게 보내는 편지 한 통을 써주면서 아들을 향해 빨리 떠나기를 재촉하였다.

　길을 떠남에 즈음하여, 오자서 부자는 손을 마주 잡고 한없이 울었다. 오자서의 하인 하나가 그 광경을 엿보고, 자기 친구인 백비의 하인에게 그 사실을 말했다. 그러자 백비의 하인이 자기 주인에게 달려와,

　"오 명보의 아들 오봉이 울면서 아버지와 작별하고, 제나라로 도망을 갔다고 하옵니다."

　하고 고자질을 하였다.

　백비는 그 말을 듣고 크게 기뻐하였다. 그러잖아도 오자서를 잡아먹지 못해 애를 태우던 백비였다. 오자서를 모함할 좋은 재료가 생겼으니 어찌 기쁘지 않겠는가.

　그로부터 며칠 후의 일이었다. 오왕 부자가 군신들을 고소대로 불러 연락을 베풀었는데, 유독 오자서만은 병을 칭하고 참석하지 않았다.

　"다른 대부들은 모두 나왔는데 오 대부가 보이지 않으니 어찌된 일이오?"

　"오 대부는 몸이 불편하여 예궐(詣闕)을 못 하신다고 하옵니다."

　"음, 내가 불러도 나오지 못할 정도로 몸이 불편한가요?"

　부차는 내심 매우 못마땅했지만 아무런 내색도 아니 하고,

　"나는 근간에 군사를 일으켜 제나라를 칠 생각이었소. 그런데 오 대부가 결사반대를 하면서 제나라를 칠 게 아니라 월나라를 치라고 강권하는구려. 경들의 생각은 어떠한지 어서 말해보오."

하고 중신들의 의견을 물었다.

오나라의 중신들치고 구천에게 뇌물 공여를 받지 않은 사람은 몇 안 되었다. 오자서를 비롯한 몇몇 사람만이 구천의 뇌물 공여를 단연코 거부했을 뿐이다. 그러기에 오자서를 제외한 중신들 대부분은 당연히 구천에게 호감을 가지고 있었다. 따라서 모두들 꿀 먹은 벙어리처럼 입을 다문 채 대답이 없었다.

부차가 다시 묻는다.

"아니 왜들 대답을 아니 하는 거요? 태재 백비 장군의 의견부터 들어 보기로 합시다."

백비는 이때야말로 오자서를 궁지에 몰아넣을 수 있는 절호의 기회라 싶어서 옷깃을 가다듬으며 대답한다.

"소신의 의견으로는 우리가 월나라를 치는 것은 매우 불가한 일인 줄로 아뢰옵니다."

"그 이유는?"

"구천은 회계산의 항복 이래 대왕전에 충성을 다해 왔고, 이번에도 우리가 제나라를 친다는 소식을 듣고 정병 1만 명과 군량미를 1천 석이나 자진 헌납해 왔사옵니다. 대왕전에 그처럼 충성을 다하고 있는 구천을 무슨 대의명분으로 칠 수 있겠사옵니까? 구천을 치는 것은 의(義)를 불의(不義)로 대하는 그릇된 일인 줄로 아뢰옵니다."

백비의 입에서 그 말이 떨어지기 무섭게 다른 대부들도 한결같이 입을 모아 말한다.

"태재의 말씀이 진실로 옳은 줄로 아뢰옵니다. 우리가 이왕 군사를 일으켜야 한다면 월을 칠 것이 아니라 제를 쳐야 마땅하옵니다."

"음, 대부들의 의견은 잘 알았소이다. 나의 생각도 대부들과 똑같소이다. 그러나 제나라를 친다는 것이 어쩐지 내키지가 않는구려."

백비가 즉석에서 반문한다.

"대왕께서는 무슨 이유로 제나라를 치는데 주저하시옵니까?"

부차는 가벼운 고소(苦笑)를 지으며,

"어젯밤 꿈자리가 매우 불길했기 때문이오."

"대왕께서는 어떤 꿈을 꾸셨기에 그러십니까? 꿈 이야기를 자세하게 들려주시옵소서. 저희들이 중지를 모아 해몽을 해보겠습니다."

"그러면 어젯밤 꿈 얘기를 해볼 테니 들어들 보시오. 어젯밤 꿈에 내가 장명궁(章明宮)을 나서면서 보니 고소대가 물 속에 잠겨 있었고, 종묘(宗廟)에는 잡초가 무성해 있었소. 그러니 그것이 어찌 흉몽(凶夢)이 아니리오."

그러나 백비는 그 말을 듣고 다음과 같은 경축의 말을 올린다.

"대왕 전하! 그것은 흉몽이 아니옵고 크게 길한 꿈이옵니다. 진실로 경축의 말씀을 올리옵나이다."

"어째서 흉몽이 아니고 길몽이라는 말씀이오? 해몽의 말씀을 들어보고 싶소이다."

백비가 대답한다.

"대왕께서 장명궁을 나서신 것은 성가(聖駕)가 오성(吳城)을 나서신 것을 뜻하는 것이옵고, 고소대가 물에 잠겨 있다는 것은 우리가 제나라의 항복을 받아낸다는 것을 뜻하는 것이옵고, 종묘에 잡초가 무성한 것은 대왕의 위풍(威風)이 제나라에까지 팽배해 있음을 뜻하는 것이옵니다. 그와 같은 길몽을 어찌하여 흉몽이라 생각하시옵니까?"

부차는 유쾌하게 웃으면서,

"장군의 말씀을 듣고 보니 과연 그럴 듯하구려. 그러면 장군 말씀대로 제를 치기로 합시다."

그러자 그때 저 멀리 말석에서 누군가,

"대왕 전하! 소신이 한 말씀 여쭙겠사옵니다."

하고 큰소리로 외치는 사람이 있었다.

부차가 소리치는 사람을 찾아보니 그는 젊은 장수인 좌대부(左大夫) 전여(展如)였다.

"좌대부는 무슨 말을 하려고 그러는가? 어서 말해 보라."

전여가 위연한 자세로 말한다.

"아뢰옵기 황공하오나 백비 장군은 태재라는 중책을 맡고 있으면서 대왕전에 아첨만을 일삼고 있으니, 이는 진실로 국가의 중대사가 아닐 수 없사옵니다. 대왕께서는 사직이 위기에 직면해 있음을 통촉하시옵소서."

벼락같은 선언에 좌중은 모두들 소스라치게 놀라 전여를 쳐다보았다. 백비는 놀라는데 그치지 아니하고 분노로 인해 전신을 바들바들 떨기까지 하였다. 더구나 문제의 인물인 전여는 평소에 오자서에게 각별한 총애를 받아 오던 장수였기에 백비의 분노는 더욱 극심하였다.

'이놈들, 네놈이나 오자서나 모두가 무사하지 못할 테니 어디 두고 보자.'

백비는 무언중에 입술을 깨물며 마음속으로 그렇게 뇌까렸다. 부차가 전여에게 묻는다.

"태재가 나에게 아첨을 했다니, 그게 무슨 소리요?"

전여가 당당하게 대답한다.

"어젯밤 대왕께서 꾸셨다는 꿈은 분명히 흉몽이옵니다. 그런데 태재는 그것을 억지로 길몽이라고 꾸며대고 있으니, 그 어찌 아첨이라 아니 할 수 있으오리까? 성동(城東)에 공손성(公孫聖)이라는 유명한 점술사가 있사오니 그 사람을 불러 길흉을 분명하게 가려 보심이 좋을 줄로 아뢰옵니다."

부차는 그 말을 옳게 여겨 왕손웅을 보내 공손성을 불러오게 하였다. 왕손웅이 점술사 공손성을 찾아가 조정에서 일어났던 일들을 낱낱이 들려주면서 대왕전에서 꿈의 길흉을 가려 달라고 부탁하였다.

점술사 공손성은 자초지종을 자세하게 듣고 나더니 다짜고짜 안으로 달려들어가 부인을 부둥켜 잡고 울면서 넋두리를 한다.

"여보, 부인. 내 운명은 오늘로써 끝장이구려."

점술사의 부인이 놀라며 말한다.

"임금님께서 부르셨다면 그것은 다시없는 영광인데, 영감의 운명이 오늘로서 끝장이라니 그게 무슨 말씀입니까?"

공손성이 부인을 향해 말한다.

"나는 지금까지 수많은 점을 쳐왔지만 길흉에 대해 거짓말을 한 적은 한 번도 없었소. 그런데 지금 오왕의 꿈 이야기를 들어 보니 그것은 분명히 나라를 망치고 집안을 망칠 대흉몽(大凶夢)이란 말이오. 내가 대왕전에 불려가 그것을 사실대로 설명했다가는 꼼짝 못하고 죽을 판이니 이 일을 어찌했으면 좋단 말이오?"

"영감님은 참 별 걱정을 다 하십니다. 그거야 간단히 해결할 수 있는 것이 아닙니까?"

"간단히 해결하다니? 어떻게 말이오?"

점술사 공손성은 자기 부인에게 무슨 기상천외한 방도라도 있는가 싶어서 귀가 번쩍 뜨였다. 남편의 태도가 너무도 진지한 까닭에 점술사의 부인은 경솔하게 말하기가 거북한 듯 잠시 주저하는 빛을 보인다.

"여보 부인! 어서 말해 보오!"

점술사의 부인은 그때서야 얼굴을 힘 있게 들며 결연히 말한다.

"군주가 의인을 좋아하면 조정에 직언지사(直言之士)가 모이는 법이고. 군주가 아첨을 좋아하면 조정에 아첨지사가 들끓게 되는 것은 필연입니다. 지금 조정에는 태재 백비 같은 아첨배들이 들끓고 있으니 그런 자들 때문에 영감이 대신해 죽을 수는 없는 일이 아니오? 영감도 백비처럼 거짓 해몽을 해주고, 그 덕에 우리도 호강이나 마음껏 누려 보십시다."

점술사 공손성은 그 말을 듣고 노발대발하며 부인을 꾸짖는다.

"부인은 그것을 말이라고 하고 있소? 한평생을 정직하게 살아온 나더러 아첨배들과 부화뇌동을 하라니, 될 법이나 한 소리요?"

점술사의 부인이 울면서 호소한다.

"영감은 참으로 딱하십니다. 해몽을 정직하게 해주고 죽을 바에야 차라리 거짓말로 얼버무리고 마음껏 호강이나 누리며 살자는데 뭐 그리 나쁘다는 말씀입니까?"

"나는 죽으면 죽었지 거짓 해몽은 못 하오. 설사 끓는 가마 속에 빠져 죽는 한이 있더라도 나는 사실을 말할 생각이오."

부인의 손을 매정스럽게 뿌리치고 나온 공손성은 기다리고 있던 왕손웅과 함께 대궐로 향하였다.

부차는 공손성을 보기가 무섭게 꿈 이야기를 들려주며 해몽을 요구한다. 공손성이 머리를 조아리며 해몽을 한다.

"소신은 죽음을 각오하고 모든 것을 사실대로 여쭙겠사옵니다. 대왕께서는 장명궁을 나오셨다고 하셨습니다. 장명궁은 대왕께서 정사를 도모하시는 궁전인지라 그곳을 나오셨다 하심은 왕위에서 물러나심을 말하는 것이옵니다. 그리고 고소대는 대왕께서 즐겨 소요하시는 명소이옵는데, 그곳에 물이 가득 차 있었다 하옴은, 즐거움이 끝나고 슬픔이 도래한다는 뜻이옵니다. 그리고 또, 종묘에 잡초가 우거졌다 하옴은 나라가 망했다는 뜻이옵니다. 그 꿈은 이상과 같이 지극히 불길한 꿈이오니, 바라옵건대 대왕께서는 제나라를 치지 마시옵소서."

백비가 옆에서 듣고 있다가 벼락같은 호통을 지른다.

"네 이놈, 천하에 요망스러운 놈아. 네놈이 성몽(聖夢)을 비방해도 분수가 있지, 어찌 감히 대왕전에 그처럼 흉악스러운 말씀을 여쭐 수 있단 말이냐? 너같이 신금(宸襟)을 어지럽히는 놈은 당장에 능지처참(陵遲處斬)을 하리라."

그러나 공손성은 추호도 겁내지 아니하고 오히려 백비를 노려보며 이렇게 꾸짖는다.

"그대는 재상의 중록(重祿)을 먹고 있으면서 국가에 충성할 생각은 아니 하고, 어찌하여 사리사욕만을 일삼아 오느냐? 후일에 이 나라가 망하면 그대 때문에 망한 줄 알아야 하느니라."

점술사 공손성의 추상같은 꾸지람에 백비는 전신을 부르르 떨었다. 비수로 가슴을 찔린 듯했기 때문이다. 그러나 그럴수록 화가 치밀어 올라서,

"저놈, 저놈……."

하고 외마디 소리만 지를 뿐 말도 제대로 잇지 못한다.

부차는 두 사람의 실랑이를 쳐다보다가 공손성을 무섭게 꾸짖는다.

"네 이놈! 네놈은 혹세무민(惑世誣民)하는 점쟁이 주제에 어찌 감히 일국의 재상에게 악담을 퍼붓느냐? 너 같은 놈은 도저히 살려 둘 수가 없노라."

그러고는 호위 무사를 불러,

"저놈을 당장 끌어내어 효수형(梟首刑)에 처하라!"

하고 불호령을 내렸다.

백비의 체면을 존중한다기보다는 흉악한 해몽에 대한 분풀이였던 것이다. 대궐에서 끌려나온 공손성은 효수대(梟首臺) 위에서 군중들

을 둘러보며 큰소리로 외친다.

"천하의 백성들은 내 말 좀 들어 보오. 오왕이 암매하여 간신 백비의 말만 믿고 죄 없는 나를 죽이려고 하니, 이러고서는 나라가 망하지 않을 수 없는 법이오. 이 나라는 3년 안으로 반드시 망할 테니 두고 보시오. 내 말이 거짓이라면 내 손에 장을 지지겠소."

칭병(稱病)하고 집에 들어앉아 있던 오자서가 그 소식을 전해 듣고 부랴부랴 형장(刑場)으로 달려왔다. 그리하여 형리(刑吏)들에게 명하여 처형을 잠시 중단시킨 후에 황급히 입궐하여 부차에게 간한다.

"대왕 전하! 효수형이란 반드시 법에 의거해서만 시행해야 하는 것이옵니다. 아무 죄도 없는 점술사 공손성을 함부로 처형하시면 금후에 백성들은 무엇에 의거하여 살아가며, 난마(亂麻)와 같이 어지러워질 민심은 무엇으로 수습해 나가시겠습니까? 엎드려 바라옵건대 공손성에게 관후하신 성덕을 베풀어주시옵소서."

부차는 분노의 고개를 가로 흔들며 오자서를 호되게 나무란다.

"공손성은 나의 꿈을 흉악하게 풀이했을 뿐만 아니라 일국의 재상에게 무서운 악담까지 퍼부었소. 그런데 경은 무슨 연유로 그런 놈을 살려 주라고 하시오?"

오자서가 위연한 자세로 대답한다.

"재상 백비는 구천으로부터 과거에도 많은 뇌물을 받아 왔고, 지금도 계속하여 받아오면서 성상의 총명을 몹시 흐리게 하고 있사옵니다. 그가 월을 젖혀두고 제를 치자고 고집하는 것은 구천에게 매수되었기 때문이오니, 대왕께서는 그 점을 각별히 통촉하시옵소서. 만약 국정을 백비에게 그냥 맡겨 두었다가는 국가의 장래에 가공(可恐)할 결과를 초래하게 되실 것이옵니다."

오자서로서는 최후의 간언이었다. 그런데 이때에 놀라운 일이 발생하였다. 오자서가 입궐했다는 소식을 들은 백비가 부리나케 대궐로 달려 들어와 문 밖에서 오자서의 말을 낱낱이 엿듣고 있었던 것이다.

오자서의 직간(直諫)을 엿들은 백비는 전신에 소름이 끼쳤다. 만약 부차가 오자서의 말을 신청(信聽)하는 날이면 목이 달아날 판이었다. 그러나 자고로 간신들은 간지(奸智)에 능한 법이어서 녹록하게 손을 들어 버릴 백비가 결코 아니었다.

'오냐! 네가 그렇게 나온다면 내게도 생각이 있다. 네가 죽느냐 내가 죽느냐, 어디 두고 보자. 네놈이 아무리 지혜롭기로 이 백비는 당해내지 못하리라.'

백비는 맘속으로 이를 갈며 대궐 뒷문에 숨어 오자서의 간언을 끝까지 엿들었다. 오자서가 간언을 마치고 퇴궐하자 백비는 부차 앞에 의젓하게 나타나 큰절을 올렸다.

부차는 오자서의 간언을 들은 직후인지라 백비의 얼굴을 보자마자 대뜸 퉁명스럽게 말한다.

"그러잖아도 경에게 알아보고 싶은 일이 있었는데 마침 잘 들어오셨소."

그러나 백비는 그 말을 못 들은 척하고,

"오 명보께서 입궐하신 줄로 알고 있사온데 벌써 퇴궐하셨사옵니까?"

하고 엉뚱한 질문을 하였다.

"경은 오 명보가 입궐했던 사실을 어떻게 아시오? 오 명보를 감시라도 하고 있었더란 말이오?"

부차는 오자서에게 들은 말이 있어서 백비에게 적지 않은 의심을 품고 있었던 것이다. 그러나 백비는 추호도 동요되는 빛을 보이지 아니하고,

"존경하옵는 오 명보를 소신이 감시를 하다니 그게 무슨 말씀이시옵니까? 대왕께서는 혹시 소신에게 무슨 오해라도 품고 계시는 것은 아니시옵니까?"

하고 반문하였다.

"감시를 하고 있지 않았다면 오 명보가 입궐한 사실을 어떻게 알고 있느냐 말이오?"

백비는 그때서야 부차의 추궁에 납득이 가는 듯 머리를 끄덕여 보이며,

"실은 존경하는 오 명보께서 와병 중이신 것을 알고 있으면서도, 그동안 국사에 바빠서 차일피일 하다가 오늘에야 문병을 갔던 것이옵니다. 그랬더니 오 명보께서 입궐을 하셨다 하옵기에 대왕전에 문안도 드릴 겸 서둘러 오게 된 것이옵니다."

부차는 그 말에 고개를 갸우뚱하였다. 보아하니 백비는 오자서를 깍듯이 존경하는 눈치였다. 그런데 오자서는 백비를 천하에 둘도 없는 간신처럼 말하고 있으니, 과연 누가 옳고 누가 그르단 말인가.

부차는 얼른 납득이 가지 않아 백비에게 다시 묻는다.

"경은 오 명보를 그렇게도 존경하오?"

"대왕 전하! 오 명보는 이 나라의 대공신이옵니다. 그 어른을 존경하지 않으면 누구를 존경하겠사옵니까? 오 명보도 인간인지라 굳이 결함을 들추어내자면 한두 가지의 과오쯤은 없지 않을 것이옵니다. 하오나 사소한 과오쯤은 덮어두고 온 국민이 한결같이 아껴 드려야 할 어른인 줄로 알고 있사옵니다."

백비의 말은 지극히 정중하면서도 무언가 모르게 이상한 냄새를 풍기게 하였다. 백비의 말에서 이상한 냄새를 맡은 부차가 추궁이라도 하듯이 날카롭게 캐어묻는다.

"경은 지금 오 명보에게 한두 가지의 과오가 없지 않다고 말했는데 도대체 무엇을 말하는 것이오?"

백비의 교묘한 유도 술책에 부차가 어이없게 말려든 것이었다. 그러나 백비는 짐짓 당황하는 빛을 보이며,

"아, 아니옵니다. 오 명보처럼 훌륭하신 어른에게 무슨 과오가 있겠사옵니까?"

부차는 그럴수록 의심이 짙어와서 왈칵 노기를 띠며 다시 추궁한다.

"경은 오 명보가 무언가 과오를 범한 일이 있는데도 나에게 그 사실을 숨기고 있는 것이 아니오? 만약 그런 일이 있거든 기탄 없이 말해보오. 그런 일을 끝까지 숨기려고 한다면 나는 경의 충성심을 의심할 수밖에 없소."

그러자 백비는 별안간 방바닥에 엎드리며,

"대왕 전하! 오 명보의 과오를 숨겨 온 것은 전하에게 충성을 다하고자 했음이옵니다. 전하께서 소신의 충성심까지 의심하시면 소신은 어디에 근거를 두고 살아갈 수 있으오리까? 이 자리에서 스스로 목숨을 끊어 충성심을 보여 드릴 수밖에 없겠사옵니다."

하고 울면서 호소하는 것이 아닌가.

"누가 경더러 죽으라고 합디까? 나는 다만 오 명보의 과오를 솔직하게 말해 달라고 했을 뿐이오."

백비는 이때다 싶어서 머리를 조아리며 대답한다.

"사태가 이 지경에 이르렀으니 이제 대왕전에 무엇을 숨기오리까? 실상인즉, 오 명보는 진작부터 몇몇 심복 부하들과 더불어 무서운 반역을 꾀하고 있었시옵니다. 소신은 진력을 기울여 오 명보의 반역 모의를 막아내고 있었사옵니다."

부차는 그 말을 듣자 기절초풍을 하게 놀라며,

"뭐? 오 명보가 반역을? 경은 그것을 알고 있으면서 지금껏 나에게 숨겨 왔다는 말이오?"

"대왕께서 아시면 심뇌(心惱)하실 것 같아서, 소신은 신금(宸襟)을 어지럽혀 드리지 않으려고 전력을 기울여 무마하려고 했던 것이오나 이제 와서 돌이켜 보면 모두가 어리석은 일이 아니었는가 싶사옵니다."

부차는 들을수록 전신에 소름이 끼쳤다.

"오 명보가 누구누구와 함께 어떤 방법으로 반역을 도모했는지 소상히 말해 보오."

이에 백비는 다음과 같은 말을 꾸며대었다. 즉, 오자서와 좌태부 전여, 점술사 공손성 등이 모두가 한통속이라는 것이었다. 애초에 꿈 이야기가 나왔을 때에 좌태부 전여가 점술사 공손성을 천거한 것과, 점술사 공손성이 성몽을 흉악하게 풀이한 것과, 점술가 공손성이 효수형을 당하게 되자 오자서가 부랴부랴 입궐하여 구명 운동을 편 것은 모두 반역 계획과 무관하지 않다는 것을 역설하였다.

부차는 백비의 말을 들으면서 분노가 치밀어 올라 전신을 와들와들 떨었다.

백비는 여전히 말을 계속한다.

"이왕 말이 나왔으니 대왕전에 무엇을 숨기오리까? 실상인즉, 오 명보가 제를 치는 대신에 월을 치자고 주장한 것은 오 명보가 제와 제휴하여 반역을 도모하고 있었기 때문이옵니다."

이에 부차는 드디어 분노가 폭발하고 말았다.

"뭐요? 제나라와 내통까지 하고 있었다고?"

"그러하옵니다, 전하. 어디 그뿐이옵니까? 오 명보는 거사가 실패로 돌아갔을 경우에 대비하여 그의 아들 오봉을 제나라의 대부 포유명한테 피신시켜 두고 있사옵니다."

"뭐야? 오 명보가 자식놈을 제나라에 피신시켜 두고 있다고? 그렇다면 오 명보의 반역은 의심할 여지가 없으니 지금 당장 중신회의를 열어 오자서를 능지처참에 처해 버려야 하겠소."

오나라에서 오자서는 너무도 거물인지라 부차는 즉시 중신회의를 열어 반역죄로 참형에 처할 것을 제안하였다. 구천에게 뇌물을 받아먹은 백비, 전의, 왕손웅 등등은 즉석에서 찬의를 표명하였다. 그러나 평소부터 오자서와 뜻을 같이해 오던 정의파 중신들은 한결같이 반론을 제기한다.

"오 명보는 결코 반역을 도모할 인물이 아니옵니다. 국제 정세가 복잡 미묘하게 돌아가고 있는 이 판국에 오 명보 같은 탁월한 인재를 없애 버리면 장차 이 나라의 난국을 누가 타개해 나갈 수 있겠사옵니까? 처벌은 언제든지 가능한 일이옵니다. 만약 하나라도 판단을 그르쳐서 처벌을 내리신 연후에 사실 무근임이 판명되면, 그때의 손실을 무엇으로 감당할 수 있으오리까? 그러하오니 명확한 증거가 드러난 연후에 신중을 기해 처벌하셔도 결코 늦지는 않으리라 사료되옵니다."

그 말에 백비 일당은 눈살을 크게 찌푸렸다. 그러나 그 이상 처벌을 고집했다가는 오히려 의혹을 살 것 같아 모두들 입을 다물었다. 오자서를 죽여 없앤다는 것은 너무도 엄청난 중대사이기에 부차도 그때서야 격앙된 감정을 억제해 가면서,

"그러면 중신들의 간언에 따라 오자서를 처벌하는 일은 하루 이틀 더 고려해 보기로 합시다."

하고 최후의 선언을 내렸다. 그러나 부차는 오자서의 반역 사건이 마음에 걸려 관왜궁(舘娃宮)에 돌아와서도 안색이 매우 좋지 않았다. 별궁왕후 서시는 미리 매수해 두었던 시종들로부터 중신회의에서 일

어났던 일을 소상하게 알고 있었다. 그러나 서시는 시치미를 떼고 부차에게 묻는다.

"오늘은 전하의 신색이 매우 좋지 못하오니 어찌 된 일이시옵니까?"

"……"

부차는 대답조차 아니 하고 의자에 털썩 걸터앉은 채 오랫동안 침통한 침묵에 잠겨 있었다. 서시가 부차의 '별궁왕후'가 된 지도 어언 7, 8년이나 된 때였다. 그 7, 8년 동안에 부차가 서시의 질문에 대답을 아니 해 보기는 이날이 처음이었다. 서시에게 웃는 얼굴을 보여 주지 않은 것도 이때가 처음이었다.

서시는 부차가 무엇 때문에 고민에 빠져 있는지를 잘 알고 있었다.

'오자서를 죽이고 살리는 것은 오직 내 손에 달렸으렷다.'

서시는 그렇게 생각하며 자기도 모르게 한숨을 푹 내쉬었다. 오자서라는 인물은 죽여 버리기에는 너무도 아까운 사나이였기 때문이다. 그는 지장(智將)으로서 뿐만 아니라 한 사람의 남성으로서도 흠잡을 데 없는 호걸이었다. 그러기에 서시는 오래 전부터 오자서를 맘속으로 깊이 연모해 오고 있었다.

오자서에 대한 그리움이 북받쳐 오를 때마다,

'부차를 죽이고 오자서와 함께 먼 나라로 도망가 한평생을 살 수만 있다면 얼마나 행복할까?'

하고 흉측하기 짝이 없는 생각을 품어 본 것도 한두 번이 아니었다. 그러나 그것은 절대로 불가능한 일이 아닌가.

'나는 조국 월나라를 위해 오나라를 멸망시켜 버려야 하고, 오나라를 멸망시키기 위해서는 우선 오자서부터 없애 버려야 할 중대한 임무를 띠고 있는 몸이 아니던가?'

그런 사명감이 절실하게 느껴져서 서시는 오자서가 그리울 때마다 이를 악물고 자신의 욕망을 억제해 왔었다. 그러던 차에 오자서를 죽일 수 있는 기회가 바로 눈앞에 다가온 것이다.

　부차는 옷을 갈아입을 생각조차 아니 하고, 언제까지나 침통한 침묵에 잠겨 있었다. 그러다가 문득 깨닫고 보니 옆에 앉아 있는 서시가 소리 없이 울고 있는 것이 아닌가. 부차는 서시가 울고 있음을 보고 깜짝 놀랐다.

　"아니, 왜 우느냐?"

　"……."

　서시는 아무 대답도 없이 여전히 울기만 하였다.

　"서시야! 네가 울기는 왜 우느냐 말이다?"

　서시는 그때서야 눈물을 닦으며,

　"신첩에게 종말의 날이 온 모양이니 어찌 울지 않을 수 있으오리까?"

　하고 한숨을 섞어 가며 한탄하였다.

　"네게 종말의 날이 오다니, 도대체 그게 무슨 소리냐?"

　서시는 샐쭉하니 옆으로 돌아앉으며,

　"신첩이 대왕을 모신 지 8년여에 대왕께서 웃지 않으시는 얼굴로 대해 주시기는 오늘이 처음이었사옵니다. 미루어 보건대 대왕의 마음이 이미 신첩에게서 멀리 떠나 버리신 것이 분명하옵니다. 이 어찌 소첩에게 종말의 날이 아니라고 할 수 있으오리까?"

　하고 다시 설움에 잠기는 것이었다.

　부차는 서시의 말이 너무도 어처구니가 없어 크게 소리 내어 웃는다.

　"하하하, 천진스러워도 분수가 있지. 내가 한 번쯤 웃지 않았다고 해서 네게 종말이 왔다는 것이 말이 되느냐? 너에 대한 나의 사랑은 하늘이 무너져도 변함이 없을지니라."

　그러나 서시는 눈물을 씻으며 고개를 가로젓는다.

"자고로 얼굴은 마음의 거울이라고 하였사옵니다. 대왕께서는 오늘 따라 신첩에게 웃음을 보여 주지 않을 뿐만 아니라 용안에 고민하시는 기색이 역력하게 드러나 있사옵니다. 하온데도 대왕의 고민이 무엇인지 신첩에게는 일언반구의 말씀도 아니 해 주셨사옵니다. 그러니 신첩이 어찌 대왕의 총애를 받고 있다고 믿을 수 있으오리까?"

부차는 또 한번 너털웃음을 웃으며,

"네가 나무라는 이유를 이제야 알겠노라. 조정에 골치 아픈 사건이 있었기 때문에 잠깐 그 생각에 잠겨 있었을 뿐이니 너무 오해하지 말거라. 하늘이 두 조각이 나기로 내 어찌 너를 사랑하지 않을 수 있겠느냐?"

그런 다음 부차는 사랑을 실증으로 보여 주기라도 하려는 듯, 서시를 힘차게 품어 안고 입을 맞춘다. 서시는 한 차례의 격렬한 애무를 당하고 나서야 오해가 풀린 듯 멋쩍게 웃어 보이며,

"조정에 골치 아픈 사건이 있었다 하옴은 무슨 일이옵니까?"

하고 묻는다.

부차가 만약 서시가 월나라 출신이라는 것을 손톱만큼이라도 경계하고 있었다면 국가의 중대 기밀을 함부로 지껄이지는 않았으리라. 그러나 서시한테만은 뭐든지 알려 주고 싶은 심정이어서 이렇게 말한다.

"이것은 너만 알고 아무한테도 말하지 말거라. 실상인즉 오늘 중신 회의에서는 반역 사건에 대한 논의가 있었다. 내가 오늘따라 너에게 웃지 않는 얼굴을 보여 주게 된 것도 바로 그 때문이었느니라."

서시는 그 말을 듣고 전신을 바르르 떨며 까무러칠 듯이 놀라는 시늉을 했다.

"반역이라면 대왕에게 모반하려는 것을 뜻하는 말이 아니옵니까?"

"나를 왕위에서 밀어내고 자기가 왕이 되겠다는 것이지."

"도대체 그토록 엄청난 흉계를 꾸미고 있는 주모자가 어떤 놈이옵니까?"

말할 것도 없이 교묘한 유도 심문이었다. 서시는 부차의 입에서 오자서라는 이름이 나오게 하려고, 질문을 그쪽으로 몰고 갔던 것이다.

서시에게 얼이 빠진 부차는 그런 줄도 모르고,

"주모자는 바로 오자서라는 놈이다. 그러니 내가 얼마나 기가 차겠느냐?"

서시는 그 소리를 듣자 또 한번 까무러칠 듯이 놀라 보이며,

"옛? 오 명보가요?"

그리고 다음 순간에는 무엇인가 마음에 짚이는 일이라도 있는 듯,

"아, 이제야 알았다. 역시 오 명보가 그래서 그랬구나!"

하고 의미심장한 말을 조그만 소리로 중얼거렸다.

'아, 이제야 알았다. 역시 오 명보가 그래서 그랬구나!'

누가 들어도 수상하기 짝이 없는 속삭임이었다. 그 속삭임이 누구의 입에서 새어나온 말이든 부차로서는 의혹을 품지 않을 수 없었으리라. 하물며 의미심장한 그 말이 다른 사람도 아닌 서시의 입에서 새어나왔음에 있어서랴.

부차는 의혹의 눈을 날카롭게 번쩍이며, 서시의 손을 힘차게 움켜잡고 다그치듯 묻는다.

"이제야 알았다니? 도대체 너는 무엇을 이제야 알았다는 말이냐? '오 명보가 그래서 그랬구나'라는 말은 무엇을 뜻하는 소리냐?"

서시는 의식적으로 당황하는 빛을 지어 보이며,

"아, 아무것도 아니옵니다. 저 혼자만 알고 있을 일이지 대왕까지 아실 일은 아니옵니다."

"너만 알고 내가 알아서는 안 될 일이라니? 그렇다면 너도 오자서

와 함께 역적 도모에 가담하고 있었더란 말이냐?"

그렇게 다그쳐 묻는 부차의 눈에서는 질투와 분노의 불길이 맹렬하게 타오르고 있었다.

"……."

서시는 숫제 대답을 아니 하고 별안간 소리 없이 흐느껴 울기만 하였다.

"묻는 말에 대답은 아니 하고, 왜 울기만 하느냐? 어서 말해 보거라."

서시는 그때서야 울먹이는 소리로 원망스럽게 대답한다.

"대왕께서 아무리 마음이 변하셨기로 어쩌면 소첩까지 반역 도당으로 몰아붙이시옵니까?"

부차는 지나치게 흥분했던 것을 그제야 깨닫고 목소리를 낮추어,

"내가 언제 너를 반역 도당이라고 하더냐? 네가 대답을 아니 하니 마음이 조급해서 그랬으니 너무 노여워하지 말거라."

서시는 그때서야 마음이 풀리는 듯 가벼운 한숨을 지으며,

"사정이 이렇게까지 되었으니 무엇을 숨기오리까? 오늘 대왕으로부터 오 명보의 역적 도모 말씀을 듣고 보니 짚이는 데가 있사옵니다. 그동안 오 명보가 신첩에게 농담 비슷이 여러 가지 말을 은근히 물어본 것도 역모와 관계되는 일이 아니었던가 싶사옵니다."

"뭐야? 오자서가 그동안 너한테 여러 가지 말을 은근히 물어보더라고? 도대체 그놈이 너한테 무슨 말을 물어보더냐? 하나도 숨기지 말고 이실직고(以實直告)하거라. 만약 하나라도 숨기는 일이 있으면 그때에는 너도 용서하지 않으리로다."

오자서와 서시가 간통이라도 하지 않았는가 싶어서 부차는 이미 제정신이 아니었다. 그러나 서시는 부차를 싸늘한 시선으로 쏘아보며,

"솔직한 대답을 올리기 전에 대왕전에 한 가지 따지고 넘어가야 할

일이 있사옵니다."

하고 매섭게 반발하고 나온다.

서시가 워낙 매섭게 반발하는 바람에 부차는 주춤하는 기색을 보이며,

"네가 나한테 따지고 넘어가야 할 일이란 도대체 무엇을 말하는 것이냐?"

하고 물었다.

서시는 여전히 앙칼진 표정으로 대답한다.

"대왕께서 신첩을 진심으로 사랑하시는지, 혹은 거짓으로 사랑하시는지 명확하게 따져 놓은 연후에야 오 명보에 관한 이야기를 말씀드리겠나이다."

"아니, 그게 무슨 소리냐? 내가 너를 거짓으로 사랑하다니?"

"그런 말씀을 직접 하신 것은 아니옵니다. 하오나 대왕께서는 말끝마다 너도 오자서와 함께 역모에 가담한 것이 아니냐는 등, 모든 것을 사실대로 말하지 않으면 용서하지 않겠다는 등, 마치 신첩을 죄인 취급을 하고 계시지 않사옵니까? 신첩이 그런 의심을 받고 있사온데 어찌 전하의 사랑을 믿을 수 있으오리까?"

부차는 과했던 자신을 적이 뉘우치며,

"내가 그런 말을 한 것은 감정이 격했기 때문이었으니 너무 노엽게 생각하지 말고 어서 오자서에 대한 이야기나 말해 보아라."

서시는 그제야 얼굴에 안도의 빛을 띠어 보이며 다음과 같은 이야기를 들려주는 것이었다.

"며칠 전에, 완화지(玩花池) 풀밭에서 주연이 있었을 때의 일이옵니다. 대왕께서 소피(所避)를 보시려고 잠시 자리를 뜨자 오 명보가 부랴부랴 신첩의 곁으로 다가와 술잔을 권하더니, '소주팔경(蘇州八景)

이 좋기는 하지만 제나라의 산수에 비하면 보잘것없다'고 하면서, '만약 별궁왕후께서 제나라의 산천 풍경을 구경하고 싶으면 이 오자서가 직접 모시고 다녀올 용의가 있사옵니다'하며, 각별한 친절을 보여 주었사옵니다."

부차는 그 소리를 듣자 눈에서 질투의 불길이 솟구쳐 올랐다.

"뭐야? 그놈이 제나라의 산천 풍경을 직접 구경시켜 줄 테니, 너더러 같이 다녀오자고 하더란 말이냐? 허허, 나를 죽이고 왕이 되어 너하고 같이 살자는 무서운 유혹을 한 것이 아니고 무엇이냐?"

"그 당시 신첩은 아무런 생각도 없이 흘려듣고 말았사옵니다. 그러나 지금 와서 역적모의와 관련시켜 생각해 보니 오자서는 엉뚱한 생각을 품고 암암리에 신첩에게 유혹의 손길을 내뻗어 본 것이 분명하옵니다. 그렇다면 오자서의 죄는 신첩의 입장에서도 용서할 수 없사오니 대왕께서는 부디 엄중하게 다스려 주시옵소서."

말할 것도 없이 오자서를 죽이기 위해 서시가 꾸며낸 거짓말이었다. 그러나 오자서의 손길이 서시에게까지 미쳐 있었다는 소리를 듣고 나자 부차는 분노의 이를 부드득 갈며,

"여봐라, 거기 누구 없느냐? 오자서를 당장 체포해다가 능지처참에 처하라."

하고 미친 사람처럼 울부짖었다.

서시는 마침내 부차의 입에서 '오자서를 당장에 능지처참하라'는 고함 소리가 터져 나오도록 만들었다. 그러나 매사에 주도면밀한 서시는 그것만으로는 안심할 수가 없었다. 왜냐하면 부차는 오늘 아침에도 오자서를 능지처참하라는 왕명을 내렸다가 중신들의 반대로 취소해 버린 일이 있었기 때문이다.

조정에는 오자서를 존경하는 중신들이 그처럼 많은 것을 너무도 잘

알고 있었기에 서시는 부차의 손을 정답게 붙잡으며 호소하듯 말한다.

"대왕 전하! 너무 흥분하지 마시옵소서. 오자서의 문제를 잘 처리하시려면 우선 전하께서 고정하셔야 하옵니다."

"나더러 고정하라고? 그러면 너를 유혹했던 오자서란 놈을 죽이지 말고 살려 두라는 말이냐?"

"대왕께서는 무슨 말씀을 그리 하시옵니까? 저 역시 일국의 국모(國母)인 신첩을 유혹한 오자서를 당장 죽이고 싶은 마음뿐이옵니다."

"그래서 그놈을 참형에 처하려는데, 무엇을 고정하라는 말이냐?"

그러자 서시는 밀담이라도 하듯 낮은 목소리로 부차에게 이렇게 속삭인다.

"조정에는 오자서를 두둔하는 중신들이 너무나 많사옵니다. 그자를 섣불리 처형하시면 오히려 대왕을 비난하는 원성이 높아질 것이옵니다. 오늘 아침만 해도 한번 내리셨던 왕명을 다시 거두어들였다 하지 않았사옵니까?"

"오늘 아침과 지금은 사정이 근본적으로 다르지 않느냐? 그때에는 역모 죄로 처형하려고 했지만 지금은 왕후를 유혹했다는 죄로 죽이려는데 누가 감히 반대하고 나서겠느냐?"

"옳으신 말씀이옵니다. 오자서의 죄명을 공개하면 누구도 감히 처형에 반대하지는 못할 것이옵니다. 하오나 그처럼 불미스러운 사건을 만천하에 공개하면 대왕의 체통과 신첩의 몰골은 어떻게 되겠사옵니까? 그러니 오자서가 신첩을 유혹했던 일만은 절대로 표면에 내세우셔서는 아니 되옵니다."

듣고 보니 과연 이치에 합당한 말이었다. 별궁왕후인 서시를 유혹했다는 죄목으로 오자서를 처형할 수는 없었다. 만약 그랬다가는 서시의 꼴은 뭐가 되며, 부차 자신도 얼굴에 똥칠을 하는 것과 무엇이

다르랴.

"듣고 보니 과연 현명한 말이로다. 그러면 어떤 방법으로 죽이는 것이 좋겠느냐?"

서시는 잠시 궁리에 잠겨 있다가,

"대왕께서 오자서를 직접 처형하시면 사후에도 후문(後聞)이 좋지 못할 것이옵니다. 그러하니 오자서 자신이 스스로 목숨을 끊어 버리게 만드는 것이 가장 현명한 방도일 것 같사옵니다."

"그러자면 어떻게 해야 하겠느냐?"

부차는 자기 스스로를 '천하의 영웅'으로 자처해 오는 사나이였다. 그러나 천하의 영웅으로 자처해 오던 그가 서시 앞에서는 마치 손바닥 위에서 놀아나는 꼭두각시처럼 맥을 추지 못했다. 사랑하는 여자 앞에서 어처구니없이 꼭두각시가 되어 버리는 것은 모든 남성들의 본성인지도 모르리라.

그야 어쨌건, 부차는 오자서를 자결하게 만들 방법을 서시에게 물었다.

서시는 한참 동안 깊은 궁리에 잠겨 있다가 문득 선반 위에서 기다란 나무 상자 하나를 끌어내려 부차 앞에 내밀어 놓는다.

"이것을 오자서에게 보내 주시옵소서. 그러면 모든 문제가 원만하게 해결될 것이옵니다."

부차는 그 나무 상자를 보고 깜짝 놀란다.

"아니, 이것은 '촉루'라는 명검(名劍)이 들어 있는 상자가 아니냐?"

"예, 그러하옵니다. 이 명검을 오자서에게 보내면 대왕의 어의(御意)를 알아채고 반드시 자결을 하게 될 것이옵니다."

"그럴까? 만약 그래도 자결을 아니 한다면?"

그 말을 듣는 순간 서시는 부차에게 형용하기 어려운 경멸감을 느졌다. 오자서의 고매한 인품에 비하면 너무도 형편없는 사내였기 때문이다. 그러나 그런 내색은 추호도 나타내지 아니하고,

"두고 보시옵소서. 이 명검을 보내기만 하면 오자서는 반드시 자결을 할 것이옵니다."

하고 단호하게 말한다.

서시는 그처럼이나 오자서의 고매한 인격을 마음속 깊이 존경하고 있었던 것이다.

"그러면 이 명검을 지금 당장 오자서에게 보내 주도록 하라."

시종이 왕명에 의하여 오자서의 집으로 '촉루'를 가지고 떠나가자 서시는 별안간 북받쳐 오르는 슬픔을 씹어 삼키느라 입술을 질끈 깨물었다. 그런 다음 맘속으로 다음과 같이 용서를 빌었다.

'오 명보 어른! 제가 세상에서 진심으로 존경하는 남성은 오직 오 명보 한 분뿐이시옵니다. 그러나 저의 조국 월나라를 돕기 위해서는 부득이 오 명보 어른을 죽이지 않을 수 없으니, 저의 죄를 너그럽게 용서해 주시옵소서. 후일에 월나라가 오나라를 멸망시키는 날이 오면 그때에는 저도 속죄하는 뜻에서 스스로 목숨을 끊어 저승에서나마 오 명보 어른을 길이 받들어 모시겠나이다.'

조국애(祖國愛)와 숨은 사랑과의 갈등 속에서 몸부림치는 가련한 여인의 안타까운 비원(悲願)이었다.

한편, 오자서는 구천의 문제로 마음이 항상 불편했다. 구천을 살려 두었다가는 오나라가 반드시 멸망할 판이었다. 그런데도 부차는 오히려 구천의 도움을 받아 제나라를 치려 획책하고 있었다.

오자서는 잠자리에 누워서도 앙앙불면(怏怏不眠)으로 잠을 이루치 못하다가 가까스로 잠이 들었다. 잠은 이내 꿈으로 변했다.

꿈! 아무리 생각해도 그것은 길몽이라고 볼 수 없는 꿈이었다. 꿈

에 지금으로부터 근 30년 전에 초왕에게 역모 죄로 학살당한 아버지 오사(伍奢)가 나타나 아무 말도 없이 울기만 했던 것이다.

오자서는 꿈속에서나마 아버지를 만나게 된 것이 하도 반가워 두 손을 왈칵 움켜잡으며,

"아버님은 아무 말씀도 아니 하시고, 왜 울기만 하시옵니까?"

하고 안타깝게 물었더니, 아버지는 여전히 눈물을 흘리며,

"우리 부자가 왜 이렇게도 똑같은 비운을 타고났는지 모르겠구나. 나는 그것이 슬퍼서 울 뿐이로다."

그 한 마디를 남기고 홀연 눈앞에서 사라져 버리는 것이 아닌가.

오자서는 너무도 안타까워,

"아버님, 아버님……."

하고 소리쳐 부르다가 깜짝 놀라 깨어보니 남가일몽(南柯一夢)이었다.

오자서는 몹시 심란하였다.

'그것 참, 이상스럽기도 하다. 돌아가신 뒤로 한 번도 꿈에 나타난 적이 없으셨는데 오늘밤에는 어인 일일까? 선친께서 우리 부자가 왜 이렇게도 똑같은 비운을 타고났는지 모르겠다고 말씀하신 것은 또 무슨 뜻이었을까?

불길한 예감에 사로잡혀 잠을 이루지 못하고 있는데 문득 대문 두드리는 소리가 나더니,

"어명이오!"

하는 소리가 들려오는 것이 아닌가.

'어명'이라는 소리에 부랴부랴 의관을 갖추고 문간으로 달려나오니,

"대왕 전하께서 이것을 오 명보 댁에 갖다드리라고 하셨사옵니다."

하며, 시종이 기다란 나무 상자를 내밀어 주는 것이었다. 나무 상자

를 두 손으로 경건하게 받아들고 들어와 등불 아래에서 헤쳐 보니, 거기에는 천하의 명검인 '촉루'가 들어 있는 것이 아닌가.

'음, 결국 나에게도 올 것이 왔구나!'

한밤중에 명검을 하사한 것은 스스로 목숨을 끊으라는 왕의 뜻임을 오자서는 대번에 알아챘다. 더구나 돌아가신 아버지도 꿈에 나타나셔서 '우리 부자의 비운이 똑같다'는 예언까지 들려주지 않았던가.

오자서는 진작부터 죽음을 각오하고 있었기에 추호도 당황하지 않았다. 그러나 자기가 죽음으로 해서 백년사직(百年社稷)이 하루아침에 망해 버릴 일을 생각하니 가슴이 찢어지는 듯 아팠다.

'부차여! 그대는 간신과 계집만을 알고, 왜 나라의 적을 모르느냐? 그대는 왜 그다지도 어리석단 말이냐?'

오자서는 명검 촉루를 앞에 놓고 눈물을 흘리며 혼자 탄식하였다. 일찍이 손무와 함께 선왕 합려(闔閭)를 도와 쓰러져 가는 오나라를 강대국으로 일으켜 세운 것도 오자서 자신이 아니었던가. 합려는 나라의 공신인 손무를 멀리 내치더니. 이번에는 부차가 자신마저 죽이려고 하는 것이었다. 국가의 공신들을 모조리 없애 버리고 나라가 어떻게 제대로 유지될 수 있을 것인가.

오자서는 죽음을 결심하고 날이 밝아 오기만을 기다렸다. 이윽고 날이 밝아오자 오자서는 자결을 결심하고 집안 식구들을 불러 모았다. 그 자리에는 열아홉 살짜리 둘째아들 오명(伍鳴)과 늙은 부인도 동석해 있었다.

"나는 초나라에서 망명한 이후로 한평생 오나라에 충성을 다 바쳐 왔고, 지금도 누구 못지않은 충신으로 자부하고 있다. 그러나 오왕 부차가 간신배들의 말만 믿고 나에게 죽음의 명검을 하사했으니 나는 이제 죽을 수밖에 없게 되었다. 사람은 누구나 한 번은 죽어야 하는 것, 죽음 자체에 대해서는 미련도 없고 공포감도 없다. 다만 한 가지 애통한 것은 내가 죽고 나면 이 나라가 반드시 망하게 되리라는 것뿐이다."

거기까지 말한 오자서는 아들 오명을 똑바로 쳐다보며 말한다.

"내가 두 가지 유언을 남겨 놓을 테니, 너는 내 유언을 반드시 지켜 주기 바란다."

오명은 흐느껴 울면서,

"아버님! 무슨 말씀인지 어서 하명해 주시옵소서."

"그래, 내가 말하는 것을 잘 들어 두었다가 그대로 실천에 옮겨라. 첫째, 내가 죽거든 내 눈알을 뽑아 동문(東門) 위에 걸어 놓아라. 월나라 군사들이 쳐들어와 오나라를 멸망시키는 모습을 내 눈으로 똑똑히 보리라."

그리고 잠시 뜸을 들였다가 다시 말한다.

"둘째, 내가 죽거든 나의 무덤 위에 가래나무〔楸木〕 한 그루를 심어라. 그 가래나무가 자라 재목으로 쓰여질 수 있을 무렵에는 부차가 월병(越兵)의 손에 죽게 될 것이다. 그때에 그 가래나무로 부차의 관을 짜게 하여라."

오자서는 이상과 같이 두 가지의 비통한 유언을 남기고 촉루를 들어 자기 목을 스스로 찔러 죽고 말았다. 만고의 영웅으로 만천하를 주름잡던 명장 오자서는 결국 오왕 부차에 의하여 비참하게 죽어간 것이었다. 아니, 좀더 정확하게 말하자면 천하의 영웅 오자서가 월나라의 미색 서시의 교사에 의하여 명검 촉루의 이슬로 사라져 버린 것이었다.

오자서가 죽고 나자 부차에 대한 백성들의 원성이 자자하였다. 게다가 오자서가 죽어가면서 악의에 찬 유언을 남겼다는 소식까지 들려

오자 부차는 크게 분노하였다. 그리하여 오자서의 시체를 갈가리 찢어 가죽 부대에 넣어 바다에 띄워 버리라는 명령을 내렸다.

왕명에 의하여 오자서의 시체는 바다에 던져졌다. 그러나 웬일인지 시체가 들어 있는 가죽 부대는 물 속에 가라앉지 아니하고, 언제까지나 물 위를 떠도는 것이었다.

사람들은 '만고의 충신이 무고하게 죽어갔기 때문' 이라고 여겨 오자서의 시체를 비밀리에 건져다가 극진히 장사지내 주었다. 그리고 묘가 있는 산을 '서산(胥山)'이라고 부르는 동시에 무덤 앞에 사당을 지어 해마다 백성들 스스로 성대한 제사를 지냈다.

물무재(勿武齋)의 병담(兵談)

천하의 병학가(兵學家) 손무가 오나라를 강대국으로 일으켜 세워놓고 고국인 제나라로 돌아온 지도 이러구러 5, 6년이 흘렀다. 그 동안 제나라 조정에서는 여러 차례 출사해 줄 것을 종용해 왔으나 손무는 그때마다 사관(仕官)을 정중하게 사양했다. 여생을 초야에 묻혀 살아갈 결심이었기 때문이다.

손무가 벼슬을 완강하게 사양하는 데는 나름대로 연유가 있었다.

첫째, 무력은 정치의 뒷받침 구실을 해주는 것에 불과하다는 것을 깨달았기 때문이다. 전쟁에서 아무리 혁혁한 승리를 거두어도 정치를 망쳐 버리면 승리의 성과는 일조일석에 물거품으로 화해 버린다는 사실을 깨달았던 것이다.

손무는 20년 동안이나 전야(戰野)를 동치서주(東馳西走)한 결과 오나라를 강대국으로 만들 수 있었다. 그러나 천하의 패권을 장악한 합려와 그의 아들 부차는 주색(酒色)에만 미쳐 국정을 형편없이 어지럽혀 놓고 말았다. 혈기가 왕성했던 시절에는 이런 일 저런 일 생각지 아니하고, 오로지 승리감에만 도취되어 전쟁에 몰두해 왔었다. 그러나 이미 초로기(初老期)에 접어든 지금에 와서는 그와 같은 도로(徒勞)를 두 번 다시 되풀이하고 싶지 않았다.

둘째, 무고한 인명을 함부로 살해하지 않기 위해서라도 군사(軍事)에 가담할 생각은 추호도 없었다. 손무는 고국으로 돌아오는 길에 들은 노파의 원성을 아직도 잊지 못했다.

'손무라는 놈 때문에 내 아들이 전쟁터에 끌려나가 죽더니, 이번에는 내 손자 놈까지 끌려나가 죽었소. 손무라는 이름만 들어도 이가 갈리오' 하고 울부짖던 노파의 원성이 아직도 귓전에 쟁쟁하게 울려왔던 것이다.

생각하면 그 노파의 원성은 너무도 당연한 것이었다. 조국이 위란(危亂)에 봉착했을 때, 목숨을 바쳐 나라를 구해야 하는 것은 백성된 자의 의무임에 틀림이 없으리라. 그러나 백성들이 엄청난 희생을 무릅써 가며 일으켜 놓은 국가를 통치자가 주색으로 어지럽혀 놓는다면 어느 누가 원망하지 않을 것인가. 손무가 두 번 다시 진두에 나서지 않겠다는 이유는 그 점에도 있었다.

셋째, 그처럼 만나보고 싶었던 공자가 이미 세상을 떠나 그를 직접 대할 수는 없게 되었지만 이제부터나마 공자의 학문을 배우고 싶었기 때문이다.

손무는 이상과 같은 몇 가지 이유로 병법 연구를 깨끗이 포기해 버리고, 공자학(孔子學)에 전념해 볼 결심이었다. 학문에 전념하려면 생활 자체부터 분위기를 만들지 않으면 안 되는 법이다. 손무는 학문하는 생활 분위기를 만들기 위해, 우선 자택의 사랑방을 서당으로 정하고, '물무재(勿武齋)' 라는 이름을 붙였다. '물무재' 란 '병사에 관해서는 일체 말하지 않는 서당' 이라는 뜻이었다. 공자의 책을 구해 읽고 아이들에게 글이나 가르치며 여생을 조용하게 보내기로 작심한 것이다.

손무가 '물무재'라는 이름으로 서당 문을 열자 맨 먼저 모여 온 제자들은 같은 마을에 사는 조무래기들이었다. 손무는 아이들에게 글을 가르쳐 주며, 자기 자신은 공자가 저술한 『춘추(春秋)』와 그의 언행록(言行錄)인 『논어(論語)』를 공들여 읽었다.

공자는 학식이 해박하여 손무에게 깊은 감명을 주었다. 더구나 반평생을 병법 연구와 전투 생활에만 전념해 온 손무에게 공자의 고매한 정치 이념은 금과옥조처럼 고귀하게 여겨졌다.

가령 『논어』에는 이런 말이 나온다.

'공자께서 말씀하시기를 환공(桓公 : 제나라의 옛날 패왕)은 재임 중에 제후들을 아홉 번이나 소집했다. 그 어느 때에도 무력으로 위협하여 제후들을 모아들인 적은 없었다. 그럼에도 환공이 부를 때마다 제후들이 기꺼운 마음으로 달려온 것은 당시의 재상이었던 관중(管仲)이 정치를 잘했기 때문이다. 관중은 평소에 쓰러져 가는 이웃 나라들을 부축해 주고, 약한 나라들을 도와주는 것을 정치의 기본 이념으로 삼았다. 그러하기에 이웃 나라들은 제나라를 마음으로부터 어버이의 나라로 받들어 왔던 것이다.'

이상과 같은 대목을 읽은 손무는 무력이라는 것은 지극히 미미한 것임을 새삼 절감하였다. 물론 무엇인가를 우격다짐으로 시급하게 해결하려면 무력을 사용하는 것이 첩경일지 모른다. 그러나 그것은 일시적인 방편일 뿐 근본적인 해결책은 아니다. 그러기에 공자는 무력을 작게 평가하면서 정치의 기본 이념을 인의(仁義)에 두어야 한다고 역설해온 것이다.

'논어를 읽어보니 공자는 역시 위대한 철인(哲人)이요 정치가였다.

그런 줄도 모르고, 공자를 한낱 상갓집 개로만 여겨 왔으니 그 얼마나 어리석었던가?'

손무는 뒤늦게나마 공자의 진가를 깨닫게 된 것을 무척이나 다행스럽게 여겼다. 그러나 일찍부터 병법 연구에 열을 올리고 있는 손빈(孫濱)의 생각은 그렇지가 않았다. 이제 약관의 나이를 넘어선 손빈은 할아버지를 병법의 대가인 신적 존재로 존경했다.

어느 날 서당에 나온 손빈이 할아버지에게 다음과 같은 말을 하였다.

"세상 사람들은 할아버지를 영웅처럼 받들어 모시고 있습니다. 그것은 오로지 할아버지께서 병법에 능통하시기 때문입니다. 그런데 할아버지께서는 병법 연구를 포기하시고, 초학 훈장으로 만족하시겠다니, 그것은 크게 잘못된 처사이십니다."

철없는 청년으로서는 당연한 말이기도 하였다.

손무가 웃으며 대답한다.

"빈아, 나도 너처럼 젊었을 때에는 오직 무력만이 천하를 지배할 수 있다고 믿었느니라. 병법 연구에 몰두했던 것도 그 때문이었다. 그러나 60이 가까운 지금에 와서 따져 보니 '무력이라는 것은 나라를 지켜 나갈 수는 있어도, 다스려 나갈 수는 없는 것'이라는 진리를 깨닫게 되었다. 그러니 너도 병법 연구를 포기하고 나와 함께 공자학을 연구해 보는 것이 어떻겠느냐?"

청년 손빈은 병법 연구를 포기하라는 할아버지의 말에 펄쩍 뛸 듯이 놀란다.

"저는 어떤 일이 있어도 병법 연구를 포기할 수 없습니다. 공자라는 노인은 '상갓집 개' 노릇만 하다가 죽은 늙은이라고 들었습니다. 그런 노인의 학문을 연구해 본들 무슨 보람이 있겠습니까?"

"나도 젊었을 때에는 너처럼 공자를 경멸하고 오로지 병법 연구에만 몰두했느니라. 그런데 이제 와 깨닫고 보니, 그게 아니었다. 병법이란 싸우는 방법을 연구하는 학문에 지나지 않지만 공자학은 만천하의 백성들을 골고루 잘살게 해주자는 사상이니, 그 어찌 고매한 학문이 아니겠느냐?"

그러나 손빈은 고개를 가로젓는다.

"할아버지께서 무슨 말씀을 하셔도 저는 병법만은 끝까지 연구해 볼 결심입니다."

"네가 그렇게까지 고집을 부리는 데야 어찌 말릴 수 있겠느냐? 하나 너도 내 말이 옳았다는 걸 깨달을 때가 반드시 있을 것이다. 물론 병법 연구도 전연 무용의 학문은 아니니 네 열의가 그렇다면 연구할 수 있는 데까지 해보아라."

손무는 손자의 병법 연구를 굳이 방해할 생각은 없었다.

청년 손빈은 할아버지가 병법 연구를 포기해 버린 것이 생각할수록 아쉬워서,

"할아버지께서 병법 연구를 포기하신다니 저로서는 애석하기 짝이 없는 일이옵니다. 지금이라도 마음을 돌리셔서 병법을 계속 연구하시는 게 어떠하겠습니까?"

"예끼, 이 녀석아! 할아비가 한 번 말했으면 그만이지 한 입으로 두 말 하겠느냐? 네가 기어이 병법을 연구하고 싶다니 내가 못 다한 몫까지 연구를 계승해 주면 될 게 아니냐?"

손빈은 그 말을 듣고 크게 기뻐하며,

"그렇다면 할아버지께서 연구하시던 병법을 제가 계승하겠습니다."

그러고는 잠시 뜸을 두었다가 어색한 미소를 지으며 이렇게 말한다.

"할아버지께서 지금까지 연구해 오신 병법은 매우 훌륭했습니다. 그것만으로도 후세에 길이 남을 걸작이라 할 수 있습니다. 그러나 할아

버지의 연구는 아직 미완성이어서 여러 가지 미비한 점도 많습니다."

손무는 어린 손자의 그 말을 듣고 크게 웃었다.

"하하하, 후세에 영원히 남을 걸작이라면서 미비한 점이 많다는 건 또 무슨 뜻이냐? 너는 이 할아비를 칭찬하는 것이냐, 아니면 비난하는 것이냐? 아무튼 미비한 점을 찾아낸 것을 보면 너의 병법 연구도 보통이 아닌 것 같구나. 이왕 말이 나왔으니 미비하다고 느낀 점을 한두 군데만 구체적으로 지적해 보아라."

"……"

손빈은 웃기만 할 뿐 대답을 아니 한다.

손무는 웃음을 지어 가며 손자를 달래듯이 다시 말한다.

"이 녀석아! 할아비가 만든 병서에 미비한 점이 많다고 자기 입으로 말해 놓고 나서 왜 구체적인 설명은 아니 해주는 것이냐?"

손빈은 겸연쩍은 듯 어색한 표정을 지으며,

"철없는 제가 대가인 할아버지의 병서를 함부로 비판하는 것이 외람되게 느껴져 솔직하게 말씀드리기가 매우 거북하옵니다."

"그게 무슨 소리냐? 할아비의 잘못된 점을 손자가 바로잡아 준다면 그처럼 기쁜 일이 어디 있기에 그런 소리를 하느냐? 공자님께서도 '불치하문(不恥下問)'이라고 하셨느니라. 학문을 토론하는데 어찌 할아비와 손자의 관계를 내세울 수 있겠느냐? 병법 연구에 대한 네 실력이 어느 정도인가도 알고 싶으니 생각하는 바를 솔직히 말해 보아라."

손무는 손자의 비판을 진심으로 들어보고 싶었다.

손빈은 그제야 용기를 얻은 듯, 할아버지가 수십 년간에 걸쳐 연구해 온 병서의 내용을 다음과 같은 한마디로 일도양단(一刀兩斷)해 버린다.

"할아버지께서 쓰신 병서는 골격(骨格)은 완벽하게 갖추어져 있지만 구체적인 내용 면에서는 무척이나 조잡하게 느껴졌습니다."

오만불손하도록 가차 없는 혹평이었다. 혈기왕성한 젊은 시절에는 누구나 흔히 범하게 되는 오만이기에, 손무는 철없는 손자의 오기를 구태여 탓할 생각은 없었다. 그보다도 손자의 학구적인 정열을 북돋워 주고 싶은 생각에서,

"어떤 대목이 조잡한지 좀더 구체적으로 지적해 보아라. 그래야 내게도 도움이 될 게 아니냐?"

하고 웃으면서 부탁하였다.

손빈이 다시 대답한다.

"제가 보기에는 세부적으로 수정하고 가필해야 할 대목이 꽤 많아 보였습니다. 특히 「용간편(用間篇)」에 이르러서는 내용이 너무도 빈약하다고 느꼈습니다."

손빈의 날카로운 지적에 손무는 놀라움을 금치 못했다. 왜냐하면 '용간편' 은 연구 도중에 포기해 버려 내용이 유난스럽게 조잡했기 때문이었다. 그런데 빈은 그 점을 신랄하게 지적하고 있으니, 어찌 놀라지 않을 수 있으랴.

"음, 병법 연구에 대한 네 실력이 보통이 아닌 것을 이제야 알겠구나."

"할아버지께서도 잘 아시다시피 전쟁에서는 간첩들의 활약이야말로 무엇보다도 중요한 일이 아니옵니까? 한 사람의 간첩이 물어다 주는 정보 하나로 10만 대군을 쉽게 무찔러 버릴 수 있는 것도 간첩의 공덕(功德)이요, 궁지에 몰려 있는 우군을 간첩의 활약으로 구출한 사례도 전사상(戰史上)에 얼마든지 많았습니다. 간첩에 대한 연구가 그처럼 중요하건만 할아버지께서는 그 부분에 대한 연구에 너무도 소홀하셨습니다."

손무는 오늘날까지 손자 '빈'을 어디까지나 철부지로만 생각해 왔었다. 그러나 병서의 결함을 끄집어내는 빈의 식견은 날카롭기 이를 데 없었다.

'이 아이가 어느새 병법을 그리 깊게 연구했던가? 빈이야말로 병법 연구에 천부적인 소질을 타고난 무서운 아이로다!'

손무는 그런 생각이 들수록 손자의 재주가 대견스러워서,

"과연 옳은 말이로다. 전쟁에서 간첩의 활약은 절대적이라 해도 과언이 아닐 것이다."

손빈은 그 말에 더욱 신바람이 나서,

"그렇습니다. 그러기에 저는 간첩이야말로 형태(形態) 없는 상승장군(常勝將軍)이라 부르고 싶사옵니다."

"뭐? 형태 없는 상승장군? 과연 놀라운 명언이로다. 오자서가 천하의 명장이 된 것도 간첩들을 탁월하게 활용했기 때문이고, 이 할아비가 싸울 때마다 승리를 거둘 수 있었던 것도 간첩들의 활약 때문이었느니라."

"간첩의 중요성을 그처럼 높이 평가하시는 할아버지께서 정작 병서에서는 왜 그다지도 소홀하게 다루셨습니까?"

손빈의 추궁은 갈수록 날카로웠다.

손무는 유쾌하게 웃으면서,

"할아비가 연구가 부족해 그렇게 되었구나. 특히 어떤 점이 결함으로 보이더냐?"

"할아버지께서는 간첩의 중요성을 추상적으로만 강조하셨습니다. 간첩의 종류라든지, 간첩의 특색 같은 것에 대해서는 전연 언급이 없으셨습니다."

"음, 간첩에도 종류가 있었더냐?"

간첩의 종류에 대해서는 생각조차 못 했던 일이기에 손무는 놀라는 빛을 띠며 반문하였다.

손빈이 의기양양한 어조로 대답한다.

"물론입니다. 흔히 내 나라 사람을 적국으로 들여보내 적정을 탐지해 오게 하는 것만을 생각하기 쉬우나 그 정도는 지극히 초보적인 첩보 활동에 불과합니다."

"그래? 그렇다면 본격적인 첩보 활동은 어떻게 해야 한다는 말이냐?"

"내 나라 사람을 적국에 밀파하여 첩보 활동을 전개시키는 것은 신분이 탄로 날 위험이 많습니다. 그런 약점을 보완하기 위해서는 그 나라 사람을 첩보 활동에 이용해야 합니다. 그 편이 훨씬 능률적이고 위험성이 적기 때문입니다."

빈의 말은 들을수록 놀라웠다.

"음, 들어 보니 과연 네 말이 옳다. 너는 조금 전에 간첩에도 종류가 많다고 했는데, 그것은 또 무슨 말이냐?"

그러자 손빈은 단호하게 이렇게 말한다.

"저는 간첩을 다섯 가지 종류로 분류해 보았습니다."

"뭐? 간첩을 다섯 가지 종류로 분류해 보았다고? 간첩에 무슨 종류가 그렇게도 많으냐?"

손무는 너무도 놀라워서 그렇게 따져 물었다.

손빈은 손을 내저으면서,

"제가 분류한 것을 말씀드릴 테니, 할아버지께서는 한번 들어 보아 주시옵소서."

하고, 빈은 다섯 가지 종류에 대해 다음과 같은 설명을 들려주었다.

"첫째는 향간(鄕間)입니다. '향간'이란 그 나라에 상주하는 사람을 간첩으로 포섭하여, 무시로 정보를 제공해 받는 고정 간첩을 말합니다. 둘째는 내간(內間)이니, 그 나라의 관리를 간첩으로 포섭하는 것을 말하는 것으로 적국의 행정상 기밀을 파악하는 데 매우 필요한 존재입니다. 셋째는 반간(反間)이니 상대국의 간첩을 우리 편이 역이용하는 것으로 소위 이중간첩을 말합니다. 적의 간첩을 포섭하여, 적에게는 허위 정보를 제공하게 하고, 우리는 정확한 정보를 제공해 받는 간첩을 '반간'이라고 합니다. 넷째는 사간이니, 이중간첩이되 적에게만 정확한 정보를 제공해 주고, 우리 편에게는 허위 정보만 제공해 주는 것을 말합니다. 그런 자는 마땅히 죽여 없애야 하되, 우리 손으로 죽여서는 안 되고, 적의 손에 의하여 죽게 만들어야 합니다. 다섯째는 생간(生間)이니, 우리 편 사람을 적국에 밀파하여 정확한 정보를 탐지해 오게 하는 간첩을 말합니다. 흔히 말하는 가장 보편적인 간첩입니다. 간첩의 특징을 상세하게 분석하면 이상과 같은 다섯 가지로 분류할 수 있사온데, 평화시에 '향간'이나 '내간'을 많이 훈련시켜 두는 것은 전시를 위해 매우 중요한 일이라고 생각됩니다."

손빈의 간첩론은 심오하기 이를 데 없었다.

손무는 감탄해 마지않으며,

"너는 언제 간첩에 대해 그토록 심오한 연구를 했느냐? 네 말을 들어 보니, 이 할아비는 부끄럽기가 짝이 없구나."

"할아버지께서는 별말씀을 다 하시옵니다. 애초에 할아버지께서 병법의 기초를 개척해 주지 않으셨다면, 제가 어찌 오늘에 이를 수 있었겠습니까?"

손빈은 거기까지 말하고 나더니 화제를 돌려,

"전쟁에 있어 간첩들의 역할이 그처럼 중요해진 까닭에 지휘관이라면 간첩을 능수능란하게 조종할 줄 아는 장수라야 할 것입니다. 간첩 조종술이 능란하지 못한 장수는 절대로 전쟁에서 승리할 수 없기 때문입니다."

하고, 지휘관의 자격 문제까지 논하는 것이 아닌가.

손무는 어린 손자의 해박한 군사 지식에 경악과 감탄을 마지않으며,

"첩자를 다룰 줄 모르는 장수가 지휘관이 되어서는 안 된다는 것은 또 무슨 소리냐?"

손빈이 자신만만하게 대답한다.

"지금까지의 전쟁은 단순히 전투력의 우열(優劣)만으로 승패가 결정되었습니다. 그러나 이제부터의 전쟁은 간첩들의 활약에 따라 승패가 좌우되기 때문입니다. 첩자들을 다룰 줄 모르는 사람을 지휘관으로 임명해서는 안 된다는 말씀입니다."

"첩자를 잘 다루려면 어떻게 해야 하느냐?"

"첩자를 잘 다루려면 세 가지의 기본 지식을 충분히 갖추고 있어야 합니다."

"그 세 가지란 어떤 것을 말하는 것이냐?"

손무는 병법의 대가로 자처해 왔건만 어린 손자의 풍부한 군사 지식에는 거듭 놀라움을 금치 못했다.

손빈이 대답한다.

"첫째는, 지휘관이 된 자는 마땅히 첩자와 인간적으로 밀접한 친분을 가져야 합니다. 피차 간에 호흡이 일치되지 않으면 첩자들은 정확한 정보를 제공해 주려는 노력을 소홀히 하게 되기 때문입니다."

"음, 네 말은 과연 명언이로다. 둘째는?"

"둘째는, 지휘관은 첩자가 정보를 물어 올 때마다 비밀리에 상을 후하게 줘야 합니다. 왜냐하면, 간첩 활동이란 적진 속에서 목숨을 걸고 활약하는 임무인 까닭에 상을 후하게 주지 않으면 적과 내통할 우

려가 많기 때문입니다."

"음, 그 말도 옳은 말이로다. 셋째는?"

"셋째는, 지휘관이 첩자를 채용할 때에는 비밀리에 자기가 직접 채용하되, 신분을 아무도 모르게 해야 합니다. 왜냐하면, 간첩은 철저하게 비밀을 지켜 줘야 안심하고 활약할 수 있기 때문입니다."

그 말에 손무는 크게 고개를 끄덕였다.

"듣고 보니, 그도 그럴 것 같구나."

"그렇습니다. 첩자를 쓴다는 것은 그처럼 어려운 일인 까닭에, 성지(性智)를 갖춘 지휘관이 아니면 제대로 활용할 수가 없습니다. 더불어 치밀한 성품이 아니고서는 첩자를 제대로 활용할 수가 없는 것이옵니다."

손빈의 간첩론이 거기에 이르자 손무는 너무도 감격스러워 손자의 손을 힘차게 붙잡으며 말한다.

"빈아! 네 말을 들어 보니, 나는 지금까지 무엇을 연구해 왔는지 모르겠구나. 그러고도 나는 병법 연구의 대가라는 말을 들어 왔으니 진실로 부끄럽기 짝이 없는 일이로다. 이 할아비는 병법 연구에 자신을 잃어버린 지 이미 오래니, 내가 못 다한 연구를 이제부터는 네가 완성시켜 주기를 바란다. 늙은 할아비의 간곡한 부탁이로다. 꼭 그렇게 해 주기를 거듭 바란다."

청년 손빈은 할아버지로부터 간곡한 부탁의 말을 듣고 크게 감동하였다.

"할아버지께서 연구해 놓으신 훌륭한 병서에 제가 어찌 감히 함부로 붓을 댈 수 있으오리까? 저는 다만 제 나름대로 느낀 바가 있어 외람되게 지껄여 보았을 뿐이옵니다. 너무 꾸짖지 마시고 할아버지께서 연구를 지속하셔서 천하에 둘도 없는 명병서(名兵書)를 남겨 주시옵소서."
 그러나 손무는 고개를 힘차게 내저으며, 진지한 표정으로 말한다.
 "이 녀석아! 이 할아비는 너를 꾸짖기 위해 그런 말을 한 것이 아니다. 이왕 병법 연구에 손을 댄 이상 후세에 길이 남을 병서를 남겨 놓고 싶은 것이 이 할아비의 염원이다. 내가 써놓은 병서에 결함이 많은 줄을 알고 있지만 나는 이미 머리가 굳어져 어느 부분을 어떻게 수정해야 할지 전연 생각이 나지 않는단 말이다. 내가 공자학에 열을 올리게 된 것도 어쩌면 병법 연구에 자신감을 상실한 데서 오는 일종의 도피였는지도 모르겠다. 그런데 오늘 병학에 대한 네 말을 들어보니, 너는 그 방면에 천재적인 소질을 타고났음이 분명하다. 그래서 너에게 새삼스러이 부탁하는 것이니 너는 꼭 나의 병서 연구를 계승해 줘야겠다. 할아비가 이루지 못한 위업을 손자인 네가 이루어 주었으면 하는 것이다. 만약 그렇게만 해준다면 할아비로서는 그 이상의 기쁨이 없을 것이다."
 손무의 마지막 말은 거의 애원에 가까웠다.
 청년 손빈은 할아버지의 말에 눈시울이 뜨거워 오는 감격을 느꼈다.
 "할아버지께서 못 다하신 연구를 손자인 저더러 계승해 달라는 말씀이시옵니까?"
 "말하자면 그렇다. 사람이 살아가는 데 전쟁이란 언제든지 있게 마련이다. 우리 가문에서 3대에 걸쳐 쓸 만한 병서 한 권을 내놓는다는 것도 결코 무의미한 일은 아닐 것이다."
 손빈은 그제야 굳게 결심한 바 있는 듯 얼굴을 힘 있게 들며 말한다.
 "알겠습니다. 할아버지께서 그토록 말씀하시니 높으신 뜻을 받들어 병법 연구에 일생을 바치도록 하겠습니다. 그러나 할아버지께서 이미 쌓아 올린 업적이 너무도 찬란하시어 제가 과연 그 위에 어느 정도의 빛을 더 첨가할 수 있을지 매우 두렵습니다."
"그 점에 대해서는 걱정 말거라. 청출어람 청어람(靑出於藍靑於藍)이라는 말이 있듯이 너는 나의 손자이지만 병법 연구에 있어서는 내 선생이나 다름없다. 네가 병법 연구에 전력을 기울여 준다면 할아비로서는 그 이상 바랄 것이 없겠다."
손무는 감격의 눈물을 지어 가며 손자의 손을 힘차게 붙잡고,
"노파심이 될지 모르겠지만 병법 연구에는 한두 가지 주의해야 할 점이 있다는 것을 말해 두겠다."
하고 말한다.
손빈은 할아버지의 말을 얼른 알아들을 수가 없어서,
"병법을 제대로 연구하려면 어떤 점에 유의해야 합니까?"
하고 진지한 태도로 반문하였다.
손무가 대답한다.
"너는 아직 나이가 어려 병법에만 능통하면 천하대세를 맘대로 휘두를 수 있다고 생각할지 모르나 천지운행(天地運行)은 병법에 의하여 결정되는 것은 아니다. 천지운행에는 자연의 섭리라는 것이 있어서, 모든 사물에는 성쇠(盛衰)가 따르고, 표리(表裏)가 있게 마련이니라. 병법도 자연 섭리에 준해 가면서 정립(定立)하지 않으면 안 된다. 가령 봄이 가면 여름이 오고, 가을이 가면 겨울이 오는 것은 인력으로는 어찌할 수 없는 일이 아니겠느냐? 그처럼 병법도 여름에 써야 할 병법과, 겨울에 써야 할 병법이 꼭 같아서는 아니 될 것이다."
"알겠습니다. 그런 점에 각별히 유의하도록 하겠습니다."
"그것만이 아니다. 똑같은 조건에서 병법을 써야 할 경우에도 상대방 장수가 어떤 성품의 인물인가에 따라서 모공(謀攻)과 허실(虛實)을 달리하지 않으면 안 되느니라."

"할아버지의 말씀을 듣고 보니 병법이란 연구할수록 어려울 것 같은 생각이 듭니다."

"무슨 일이든 일가(一家)를 이루려면 결코 쉬운 법이 없느니라. 그러나 할아비는 네 실력을 믿기 때문에 참고 삼아 몇 마디 했을 뿐이다."

손무는 거기까지 말하고 일단 말을 끊었다가 다시,

"마지막으로 너에게 한마디만 더 일러두고 싶은 말이 있다."

그러자 손빈은 무심중에 실소를 하면서,

"아직도 들려주실 말씀이 남아 있습니까?"

"이제부터 하려는 말은 대단히 중요하니 잘 들어 두거라. '헤엄을 잘 치는 사람은 물에 빠져 죽고, 나무에 잘 오르는 사람은 나무에서 떨어져 죽는다' 는 속담이 있느니라. 너는 그 속담을 알고 있느냐?"

"그 속담은 저도 알고 있습니다."

"네가 그 속담을 알고 있다니 다행이로다. 누구나 병법을 어느 정도 터득하게 되면 자기 실력을 실전에서 시험해 보고 싶은 욕망이 생기게 되는 법이다. 명검(名劍)을 가지고 있는 사람이 그것으로 남의 목을 쳐보고 싶은 충동을 느끼게 되는 것과 마찬가지 이치이다. 이론적으로 병법을 터득하게 되면 그때부터는 실전에 응용해 보고 싶어진다는 말이다. 이 할아비가 오나라의 원수가 되어 전쟁에 직접 가담했던 것도 어쩌면 그런 충동을 느꼈기 때문인지도 모른다. 이제 와 생각해 보면 내가 오나라에 간 것은 일생일대의 잘못이었다. 너는 병법을 학문적으로 연구하는 것은 좋으나 이 할아비의 잘못된 전철을 밟아서는 안 된다."

손무가 손빈에게 바라는 점은 병법을 학문적으로 연구하는 데는 반대하지 않으나 실전에 옮겨 보려고 무장이 되어서는 안 된다는 부탁이었다. 그러나 공명심에 불타고 있는 손빈에게 그런 부탁이 통할 리 없었다.

"병법을 연구하는 근본 목적은 전쟁에서 승리하려는 데 있습니다. 병법을 터득한 사람이라면 마땅히 실전에 가담하여 입신양명(立身揚名)을 도모해야 하리라고 저는 생각합니다."

공명심이 강한 손빈으로서는 너무도 당연한 말이었다. 그러나 손무는 고개를 좌우로 흔든다.

"병법 연구란, 사람을 죽이는 방법을 연구하는 학문이다. 그런 까닭에 원칙적으로는 너에게 병학을 연구하라고 권장하고 싶은 생각은 추호도 없다. 다만 네 자신이 병학에 남다른 열의를 가지고 있기 때문에 학문적으로 철저하게 연구해 보라고 한 것이다. 이 할아비는 너 자신이 실전에 가담하여 많은 사람을 살해하는 것에 대해서는 끝까지 반대한다."

"실전에 가담하여 입신양명하지 않으려면 병법 연구가 무엇 때문에 필요합니까?"

"인간이 존재하는 한 전쟁은 반드시 있게 마련이다. 전쟁이 있는 한 병학은 쓸모 있는 학문인 것이다. 그런 의미에서 보자면 병학은 일종의 필요악인 셈이다. 그러하니 너는 병학을 학문적으로만 연구하고 실전에는 가담을 하지 말라는 것이다."

그러자 손빈은 결연히 말한다.

"할아버지, 그 말씀은 실행에 옮기지 못하겠습니다. 저도 할아버지처럼 실전에 가담하여 입신양명하고 싶습니다."

손무는 어쩔 수가 없는지 가벼운 한숨을 지으며,

"네가 그렇게까지 단호하게 나오니 할아비로서도 어쩔 수 없는 일이다. 그러나 내가 보기에 너는 머리가 지나치게 영리하고, 성격이 강직해 무장으로 출세하려면 많은 박해를 감수해야 할 것이다. 그런 어려움이 있을 바에야 차라리 병학 연구가로 일생을 마치는 편이 좋을 것 같아서 하는 말이다."

그러나 손빈은 단호하게 거절한다.

"저는 무장으로 입신양명할 자신이 있습니다. 어느 누구의 박해라도 돌파해 나갈 수 있습니다. 병학 연구는 병행하여도 문제가 없을 것입니다. 그러니 그 점은 염려하지 마십시오."

손무는 그 말에 긴 한숨을 내쉬었다.

"자신? 그래 좋다. 그것이 너의 운명이라면 어쩔 수 없는 일이다. 아무려나 병학을 철저하게 연구하여 후세에 길이 남을 병서를 저술하도록 하거라."

손무는 한숨을 쉬면서도 자기가 완성하지 못한 병학을 손자가 반드시 완성시켜 줄 것으로 확신하고 내심 매우 만족스럽기도 하였다.

손자와 어울려 병담을 정신없이 주고받다가 문득 깨닫고 보니, 글을 읽고 있어야 할 서당 아이들이 모두들 밖에 나가 놀고 있지 않은가.

손무 자신은 그런 줄도 모르고 손자와의 이야기에 도취되어 있었던 것이다.

"어허, 내가 아이들에게 글을 가르칠 생각은 안 하고, 엉뚱한 이야기에만 정신이 팔려 있었구나. 빈아! 네가 나가서 아이들을 모두 불러들이거라."

손무는 아이들을 서당 안으로 불러들이면서도, 내심 자기 자신의 불찰에 고소를 금치 못했다.

'나는 병법 연구를 깨끗이 포기하고, 아이들에게 글이나 가르쳐 주려고 서당을 열지 않았던가? 그래서 서당의 이름을 물무재로 지은 것도 일체 병담을 논하지 않겠다는 의지의 표현이 아니었던가? 그처럼 확고하게 결심했음에도 오늘은 병담으로 한나절을 보내며 아이들에

게 글을 배워 주지 않았으니, 병법에 대한 나의 미련은 아직도 골수에 까지 배어 있더란 말인가?'

사실 손무는 한평생 병법만 연구해 온 까닭에, 그것을 포기해 버린 지금에도 병사(兵事)에 관한 얘기만 나오면 자기도 모르게 신바람이 나곤 했었다.

'이래서는 안 된다. 이제부터나마 여생을 서당 훈장으로 보내며, 공자학에만 전념해야 한다.'

손무는 그렇게 생각하고는 다시 자기 위치로 돌아왔다. 그러나 손무가 서당을 열었다는 소문이 널리 퍼지자 멀리서부터 물무재를 찾아오는 사람들이 줄을 이었다. 그 사람들은 대개 학문보다는 병법을 배우려는 사람들이었다. 그러나 손무는 병법을 배우려고 찾아오는 사람들을 아무도 받아들이지 않았다.

그러던 어느 날 32, 3세 가량 되어 보이는 청년 하나가 손무를 찾아왔다. 체격은 늠름하지만 코끝이 뾰족하게 솟아오른 것이 첫눈에 보아도 무척이나 매정스러워 보이는 인상의 청년이었다.

그는 손무에게 큰절을 올리며,

"선생님의 가르침을 받고자 찾아왔사옵니다."

하고 말하는 것이 아닌가.

"어디서 온 누구라고 하는가?"

"저는 위(衛)나라에서 왔사온데, 이름은 오기(吳起)라고 하옵니다."

손무는 그 소리에 깜짝 놀랐다.

"뭐? 이름을 뭐라고 한다고?"

"위나라에서 온 '오기' 라고 하옵니다."

"위나라에는 용병술이 능란한 '오기' 라는 병법가가 있다고 들었는데, 그러면 자네가 바로 그 청년인가?"

"예, 그러하옵니다. 제가 바로 그 오기이옵니다."

오기는 머리를 끄덕이며 대답한다.

그날 손무에게 병법을 배우려고 찾아온 사람은 후일 『오자병법(吳子兵法)』의 저자로 오늘날에도 그 이름이 널리 알려져 있는 오기였다.

손무가 오기를 직접 만나 보기는 이날이 처음이었다. 그러나 오기의 병법에 대해서는 진작부터 깊은 관심을 가지고 있었다. 무술을 연마하여 무장이 되려는 사람은 많아도, 병학을 학문적으로 연구하려는 사람은 드물었다. 오기는 드물게 병학을 연구하는 인물이기에 손무는 그 존재를 높이 평가해 왔다.

그럼에도 손무는 오기라는 청년에게 일종의 경멸을 품고 있었다. 왜냐하면 오기에 대한 다음과 같은 비화를 들은 일이 있기 때문이다.

위나라 태생인 오기는 일찍이 노나라에 가서 공자의 제자인 증자(曾子)에게 글을 배우고 있었다. 마침 그때 제나라에서 노나라를 침범해 왔다. 노나라에서는 제나라와 싸우기 위해 오기를 무장으로 등용하려고 하였다. 그러나 중신들 모두가 입을 모아 반대하였다.

"오기는 제나라 여자와 살고 있는 자이옵니다. 그런 자를 무장으로 등용하는 것은 위험천만한 일이옵니다."

오기는 그러한 낌새를 알아차리고는 무장으로 등용되기 위해 자기 아내를 제 손으로 죽여 버렸다. 스승인 증자가 그 사실을 알고 오기를 즉석에서 파문시켰다. 그러나 오기는 아내를 죽여 없앤 덕택에 무장으로 등용되어 무공을 크게 세웠다.

손무가 오나라에서 제나라에 돌아오기 1년 전에 있었던 일이었다. 손무는 귀국 후에 그러한 사실들을 전해 듣고, 오기라는 청년을 몹시 경멸하게 되었다. 그런데 문제의 인물인 오기가 문하생이 되겠다고 찾아 왔으니 손무로서는 기가 찰 노릇이었다.

손무가 오기에게 말한다.

"내가 듣기로 그대는 이미 무장으로서 명성이 높은 줄 알고 있는데, 나한테 무엇을 배우려고 찾아왔는가?"

오기가 대답한다.

"무장으로 명성이 높다는 말씀은 과찬이십니다. 소생은 본시 병법을 연구하고 있사온데 아직 미숙한 점이 많아 고명하신 선생에게 가르침을 받고자 찾아온 것이옵니다."

손무는 아무 대꾸도 아니 하고, 오기의 관상을 세밀하게 뜯어보았다. 오기는 코끝이 유난스럽게 솟구쳐 올라 있고, 머리가 뾰족하여서 시기심이 강하고, 잔인하기 그지없는 인물로 보였다. 게다가 눈에는 살기까지 넘쳐 있었다.

'입신양명을 위해 아내까지 죽이는 자에게 병법을 배워 준들 세상에 무슨 도움이 될 수 있을 것인가?'

손무는 생각이 거기에 미치자,

"병법은 무엇 때문에 배우려는가?"

하고 약간 비꼬는 어조로 물어 보았다.

오기는 서슴지 않고 이렇게 대답한다.

"지금은 전국시대(戰國時代)이옵니다. 전국시대에 입신양명하려면, 무장이 되어 무공을 세우는 이외에 달리 무슨 방도가 있겠습니까? 그래서 선생에게 병법을 좀더 배우려고 찾아온 것입니다."

오기의 말을 들어 보면 그는 병학을 진정으로 연구하려는 것이 아니라 입신양명을 위한 수단으로 여기는 것이 틀림없었다.

"병학을 배우려는 것이 아니라 병법만 배우겠다는 말인가?"

"병학이나 병법이나 그게 그거 아닙니까?"

손무는 기가 막혔다.

"무장으로 입신양명하려면 무술만 연마하면 될 일인데, 왜 병법까지 연구하려는가?"

"무술만 연구해서는 평범한 장수는 될 수 있어도 천하의 명장은 될 수 없을 것입니다. 천하의 명장이 되려면 아무래도 병법에도 도통해야 할 것이 아니옵니까? 그래서 선생에게 병법을 배우려는 것이옵니다."

오기의 말은 틀림없었다. 천하의 명장이 되려면 무술에 능란해야 하는 것은 두말할 것도 없고, 병법에도 조예가 깊어야 하는 것이다. 그러나 오기는 가장 중요한 것을 모르고 있었다. 명장이 되려면 우선 원만한 인격부터 갖추고 있어야 하는 것이다. 입신양명을 위해 아내까지 죽여 버리는 사람이 제아무리 무술에 능란하고 병법에 도통한들 어찌 천하의 명장이 될 수 있을 것인가.

"천하의 명장?"

손무는 혼잣말로 한번 뇌까려 보고 나서,

"천하의 명장이 되려면 인격부터 도야(陶冶)해야 하리라고 생각하는데, 그 점에 대해서는 어떻게 생각하는가?"

하고 오기에게 물었다.

오기는 이렇게 대답한다.

"명장이 되는 것과 인격을 도야하는 것이 무슨 상관입니까? 싸움을 잘해 무공을 크게 세우면, 인격은 절로 높아지게 되는 것이 아니옵니까?"

손무는 고개를 좌우로 흔들어 보였다.

"그것은 크게 잘못된 생각일세. 명장이 되려면 덕을 갖추어야 하고, 덕을 갖추려면 병학부터 배워야 하는 법이라네. 덕을 갖추지 못한 사람이 무술과 병법만 연구하는 것은 마치 철없는 아이가 명검을 마구 휘둘러 대는 것과 마찬가지로 매우 위험한 일이란 말일세. 내 말,

알아듣겠나?"

그러나 오기는 병법을 배우려는 집념만이 앞서서,

"인격 문제는 차츰 도야해 가기로 할 테니, 우선 병법부터 가르쳐 주시옵소서."

"그건 안 되네!"

손무는 일언지하에 거절해 버리고 나서,

"그대가 병법에 남다른 재주가 있다는 것은 나도 잘 알고 있네. 그러나 그대에게 무엇보다도 시급한 일은 병법 연구가 아니라 인격을 도야하는 문제야. 그런 줄 알고 그만 돌아가 주게."

그러나 오기의 집념은 끈질기기 짝이 없었다.

"그러지 마시고 병법을 가르쳐 주십시오. 제가 입신양명하면 그 은공은 결코 잊지 않겠습니다."

병법을 배워 입신양명하면 은혜를 톡톡히 보답하겠다는 오기의 말에, 손무는 또 한번 기가 막혔다. 보답을 바라고 제자를 가르쳐 주는 스승이 도대체 어느 하늘 아래에 있더란 말인가.

스승이 제자를 가르쳐 주는 것은 스승으로서의 본무(本務)일 뿐이지 상거래(商去來)는 아닌 것이다. 제자가 입신양명하면 스승의 은공에 보답하는 경우가 없지 않겠으나, 그것은 제자로서의 도리일 뿐이지 스승으로서의 전제 조건은 될 수 없는 법이다. 사제지간의 의리란 그처럼 순수해야 하는 것이다. 그런데 오기는 보은을 전제 조건으로 내세워 가면서 병법을 가르쳐 달라고 졸라대는 것이 아닌가. 그것은 스승을 모독하는 언사임이 분명하건만 매사를 이해타산만으로 판단하는 오기는 자기 말이 모욕적인 언사인 것을 전연 모르고 있었다.

'음, 이 청년은 이런 사고방식의 소유자이기 때문에 입신양명을 위해 자기 아내까지 죽였구나.'

손무는 더 이상 상대할 흥미가 없어서,

"그대가 병법을 연구하고 싶거든 다른 사람을 찾아가 보게. 나는 병법 연구를 포기해 버린 지 오래라네. 지금은 오로지 여생을 초학 훈장으로 마치려는 사람일세."

하고 딱 잘라 말해 주었다.

"선생은 어느 나라에 가셔도 군사(軍師)의 영광을 누리실 수 있는데 어찌하여 병법 연구를 포기하신다는 말씀입니까?"

"누가 뭐라든 나는 아이들에게 글이나 가르쳐 주며 살아갈 생각일세. 내 서당의 이름을 '물무재' 라고 한 것도 '금후에 병담은 일체 입에 담지 않겠다' 는 결심에서 지은 것일세."

"그러나 저만은 예외로 생각하시고 선생이 연구하신 병법을 전수해 주시옵소서. 그래야만 제가 입신양명을 하게 될 것이 아니옵니까?"

오기의 집념은 끈질기기 한이 없었다.

불현듯 화가 치밀어 오른 손무는 독살스러운 줄 알면서도 이렇게 말했다.

"나는 남에게 병법을 전수해 줄 만한 병법가도 못 되지만, 설사 그런 자격이 있다손 치더라도 그대에게만은 전수하지 못하겠네."

"어째서 저에게만은 전수하지 못하겠다는 말씀입니까?"

"그대는 입신양명을 위해 살을 섞으며 살아온 아내까지 살해한 사람이 아닌가? 내가 만약 병법을 전수해 주었다가 그대가 입신양명하는 날이면 나 같은 존재가 늘 눈엣가시처럼 여겨질 게 아닌가? 그때가 되면 그대는 나를 반드시 살해하려고 할 것이야. 그래서 병법만은 못 가르쳐 주겠다는 말일세."

무서운 독설이었다.

오기에게도 양심은 있었던지 그 말을 듣고 얼굴을 새빨갛게 붉히더니 아무 말도 없이 자리를 박차고 밖으로 나가 버렸다.
"음, 오늘은 일진이 매우 좋지 않은 날인걸."
손무는 그때서야 안도의 숨을 쉬며 혼잣말로 중얼거렸다. 손무는 오기라는 청년을 쫓아 보내고 나서도 기분은 결코 유쾌하지가 않았다.
손무의 주장에 의하면 '병학' 과 '병법 연구' 는 차원이 다른 문제였다. 병학이란 모든 장수들이 마땅히 갖추고 있어야 할 기본적인 무사 정신을 말하는 것이요, 병법 연구란 단순히 적과 싸울 때의 방법을 말하는 것이다. 그러므로 모든 무인(武人)은 병법을 연구하기에 앞서 병학의 기본 정신부터 터득하지 않으면 안 된다. 그러나 오기는 그 점을 전연 깨우치지 못하고 있었다. 그러니까 덮어놓고 병법만 배우려고 졸라대는 것이다.
병학의 정신을 제대로 터득하지 못한 사람에게 병법만 배워 주는 것은 마치 철없는 아이에게 칼 쓰는 법을 배워 주는 것과 같아서 매우 위험한 일이다. 그런 사람에게 병법을 배워 주는 것은 사람을 함부로 죽이는 방법을 배워 주는 것과 다름이 없기 때문이다.
병학의 기본 정신은 될 수 있으면 사람을 죽이지 아니하고 전쟁을 승리로 이끌어 나가는 데 있다. 그런 의미에서 병학의 기본 정신은 공자가 말하는 인의(仁義)의 정신과도 통한다. 그러나 요즘의 젊은이들은 병학의 기본 정신은 배우려 하지 않고, 순전히 공리적인 이해타산으로 병법만을 배우려고 하지 않는가.
'병학의 기본 정신을 모르는 사람이 병법만 배워 가지고 어떻게 명장이 될 수 있단 말인가?'
손무는 거기까지 생각하다가 혼자 한숨을 쉬었다.
'인간적인 수양은 생각지 않고, 무술과 병법만을 배우려는 사람만

이 들끓고 있으니 세상이 얼마나 어지러워질 것인가?'

하루는 손자인 빈이 방연(龐涓)이라는 청년을 데리고 왔다.

"할아버지! 저하고 막역한 친구입니다. 이 친구도 병법을 연구하고 있으니 제자로 받아 주시옵소서."

손무는 고개를 흔들었다.

"그건 안 될 말이다. 나는 오늘날까지 누구에게도 병법을 가르쳐 준 일이 없다. 그 때문에 서당의 이름을 '물무재' 로 하였다는 것을 너도 알고 있지 않느냐?"

"다른 사람은 몰라도 손자인 저한테만은 가르쳐 주실 수 있지 않습니까? 방연이는 저와 함께 배우면 됩니다."

방연이라는 청년도 머리를 숙여 보이며 말한다.

"빈과는 어려서부터 친구입니다. 선생님께서 빈에게 배워 주실 때에 저는 어깨 너머로 듣기만 할 테니 꼭 제자로 받아 주시옵소서."

손무는 방연의 불성실한 말에 적이 놀랐다.

"뭐? 어깨 너머로 배우겠다고? 병법을 그런 식으로 배워도 좋다는 말이냐?"

그러나 방연은 반성하는 기색도 없이 천연덕스럽게 대답한다.

"어깨 너머로 배워도 배우기만 하면 되는 것이 아닙니까? 인생은 요령껏 살아가야 할 것입니다."

손무는 방연이라는 청년의 불성실한 언사에 형용하기 어려운 환멸감을 느꼈다.

"뭐? 인생은 요령껏 살아가면 그만이라고? 그런 정신을 가지고 어떻게 훌륭한 무장이 되겠다는 것이냐?"

손무가 정면으로 책망하자 손빈이 얼른 앞을 가로막고 나선다.

"할아버지! 방연이는 결코 나쁜 친구가 아닙니다. 병법을 어깨 너머로 배우겠다고 한 것은 할아버지께서 가르쳐 주시지 않겠다니 부득이 그렇게 말한 것입니다. 그러니 저한테 가르침을 내리실 때에 방연이도 같이 배우게 해주십시오."

"이 녀석아! 너한테도 무사들의 기본 정신인 병학을 가르쳐 주려는 것이지, 병법을 가르쳐 주려는 것은 아니다. 모든 일에는 순서라는 것이 있는 법이다. 병법이라는 것은 병학의 기본 정신을 완전히 터득한 연후에야 배우는 것이다."

"어쨌든 방연이는 저하고 절친한 친구니까, 둘이 함께 배우게 해주시옵소서."

손무는 손자의 간청을 물리칠 수가 없어 본의 아니게 그들한테만은 병학과 병법을 특별히 가르쳐 주기로 하였다. 따라서 그날부터는 그들과 날마다 접촉을 하게 되었는데, 방연이와 손빈은 성격이 근본적으로 달랐다.

손자 빈은 우직(愚直)한 편이면서도 근면하고 성실하여 믿음직스러운 데가 있건만, 방연은 두뇌만은 비상하게 명석해도 성품이 간특하고 경망스러워 도무지 믿음직스러운 데가 없었다. 따라서 먼 장래에 명장이 될 수 있는 소질이 전연 없어 보였다.

'빈이 저런 친구와 가까이 지내도 괜찮은 것일까?'

손무는 내심 그런 걱정을 해가면서 두 사람에게 병학과 병법을 열심히 가르쳐 주었다. 그들의 지식이 상당한 경지에 도달했을 무렵, 손무에게는 뜻하지 않은 놀라운 소식이 날아들었다.

백년지기(百年知己)인 오자서가 자결을 했다는 비보가 바로 그것이었다. 오나라에 다녀온 등평(登平)이라는 사람에게서 그 소식을 듣는 순간, 손무는 충격이 너무도 커서 일시적으로는 정신을 차리지 못할 지경이었다. 한참 후에 정신을 가까스로 가다듬은 손무가 등평에게 묻는다.

"오 명보가 자결을 하였다는 것이 사실이오?"

"예, 사실이옵니다."

그러나 손무는 고개를 힘차게 좌우로 흔들었다.

"나는 오 명보를 누구보다도 잘 알고 있는데, 결코 자결을 할 만큼 어리석은 사람이 아니오. 귀공은 무언가 잘못 알고 있는 게 아니오?"

"틀림없는 사실입니다. 왕명에 의하여 자결한 것이라고 하옵니다."

"뭐야? 왕명에 의하여 자결했다고?"

손무는 또 한번 까무러칠 듯이 놀랐다.

오자서가 부차의 어명에 의하여 자결했다는 말을 듣고, 손무는 눈물이 걷잡을 수 없이 솟구쳐 올랐다.

'부차여! 그대는 기어코 큰일을 저질렀구나. 오 명보가 없는 오나라를 이제 누가 지켜줄 것이냐?'

하고 혼잣말로 탄식하였다. 그러고 나서 등평에게 다시 묻는다.

"오 명보가 무슨 죄로 죽게 되었는지 전후 사정을 아는 대로 자세하게 들려주오."

"제가 들은 대로 모든 것을 소상하게 말씀드리겠습니다."

등평의 설명에 의하면 오자서는 부차의 사치와 황음이 몹시 못마땅하게 여겨져 노골적으로 간언을 올렸다가 미움을 사게 된 데다가 간신 백비의 모함에 빠져 역적으로 몰려 죽었다는 것이었다.

"뭐? 오 명보가 역적으로 몰렸다고?"

"그러하옵니다. 역적으로 몰려 부차가 한밤중에 촉루라는 명검을 보내와 부득이 자결을 했다는 것이었습니다."

손무는 그 말을 듣고 미친 사람처럼 하늘을 우러러 탄식한다.

"아아, 하늘도 무심하시지. 만고의 충신 오 명보가 역적으로 몰려

죽다니!"

등평은 그 광경을 차마 눈을 뜨고서는 볼 수가 없어서,

"저희들 같으면 국왕이 자살하라고 명검을 보내면 그 길로 도망을 쳤을 것인데, 오 명보는 무엇 때문에 앉아서 자결을 했는지 도무지 모를 일이옵니다."

하고 말했다.

그러나 손무는 자기도 모르게 등평에게 벼락같은 호통을 지른다.

"무식한 놈 같으니! 오 명보가 목숨이 아까워 도망이나 다닐 졸장부인 줄로 알았더냐?"

이러나저러나 오자서는 이미 죽었으니 이제 와서 그의 충절을 아무리 숭앙해 본들 무슨 소용이랴.

손무는 그날로 자기 집에 오자서의 제단(祭壇)을 차려 놓고, 그 앞에 엎드려 한없이 울었다. 울면 울수록 허무감만이 사무쳐 오를 뿐이었다.

백년지기란 아무리 멀리 떨어져 있어도 가깝게 느껴지는 법이다. 오나라에 오자서라는 지기(知己)가 있는 까닭에 손무는 고국에 돌아와서도 고독감이라는 것을 몰랐다. 그러나 오자서가 없는 지금에는 무인절도(無人絶島)에 혼자 살고 있는 느낌이 드는 것이었다.

'오나라를 오늘날의 강대국으로 일으켜 놓은 사람은 바로 오자서가 아니던가? 그런데 만고의 충신인 오자서가 다른 사람도 아닌 오왕 부차의 손에 죽은 것이다. 그렇다면 충신이 된다는 것도 다시 생각해 봐야 할 문제가 아닌가? 부차가 간신배들의 모함에 빠져 오자서를 죽일 정도로 우매해졌다면, 이제 앞으로의 오나라는 결국 멸망할 수밖에 없지 않는가?'

손무는 만감이 구름처럼 솟구쳐 올라 제단 앞에 엎드려 울고 또 울

었다. 기울어져 가는 오나라를 오늘의 강대국으로 일으켜 놓은 것은 오자서와 손무 자신의 힘이었다. 그러기에 손무는 고국에 돌아온 뒤에도 오나라에 대해서 남다른 애정을 가지고 있었다. 그런데 오자서가 죽어 버렸으니, 이제는 누가 오나라를 올바로 이끌어 나갈 수 있단 말인가.

오자서는 죽음에 앞서 가족들에게 다음과 같은 유언을 남겼다고 한다.

'내가 죽거든 나의 눈알을 뽑아 동문(東門)에 걸어 놓거라. 이 눈으로 오나라가 망하는 꼴을 똑똑히 보리라.'

비통하기 그지없는 유언이었다. 손무가 생각하기에도 오나라는 멸망을 면하기가 어려울 것 같았다. 부차의 능력으로는 월왕 구천의 보복을 막아내지 못할 것이 분명했기 때문이다.

'오자서는 만고의 명장이었다. 그리고 나 자신도 병법가로서는 누구에게도 뒤지지 않는다고 자부해 왔다. 그러나 우리 두 사람이 온갖 고난을 겪어 가며 일으켜 놓은 오나라가 통치자의 우매로 어이없게 망해 버리게 되었으니, 명장과 병법가의 노고가 국가의 흥망에 과연 무슨 소용이란 말인가?'

손무는 병법가로서 자신의 존재 가치에 커다란 회의를 느꼈다. 그러자 문득 머리에 떠오르는 것이 공자의 고매한 정치 이념이었다.

공자는 정치 이념을 어디까지나 인의(仁義)에 두었다. 무력(武力)으로 나라를 다스린다는 것은 생각조차 하고 있지 않았다. 노나라의 실권자인 계강자(季康子)가 정치에 관해 묻자 공자는,

"정치란 모든 것을 바로잡는 일입니다. 선생께서 바로 다스려 나가시면 백성된 자들이 누가 감히 따르지 않겠습니까?"

하고 대답하였고,

계강자가 다시,

"무도한 자들을 죽여서 올바른 길을 이룩해 나가면 어떠하겠습니까?"

하고 묻자, 공자는 이렇게 대답하였다.

"선생께서는 정치를 하실 일이지 왜 백성들을 죽이는 일을 하시렵니까? 선생께서 착한 정치를 하면 백성들은 절로 착하게 되는 법이옵니다. 통치자의 덕은 바람과 같고, 백성들은 풀과 같습니다. 풀은 바람이 부는 대로 이리도 눕고, 저리도 눕게 되는 것이옵니다."

공자의 이상과 같은 말을 곰곰이 음미해 보면 오나라는 마땅히 망하지 않을 수 없는 운명에 처한 것 같았다. 왜냐하면 통치자인 부차가 왕으로서의 덕을 갖추지 못했기 때문이었다. 다시 말하면, 오나라는 덕으로 이루어진 국가가 아니고, 순전히 무력으로 이루어 놓은 국가이기에 오래 가지 못할 것이 분명해 보였다.

생각이 거기에 미치자 손무는 병법 연구에만 일생을 바쳐 온 자신의 존재가 허무하게 느껴졌다.

'나라를 다스려 나가는 데 있어서 무력이라는 것은 그렇게도 보잘것없는 힘이었던가?'

병법 연구에만 일생을 바쳐 온 손무는 졸지에 생의 근거를 송두리째 상실해 버린 느낌이었다. 하기는 공자도 무력이라는 것을 전면적으로 무시하지는 않았다.

일찍이 제자인 자공이 공자에게,

"나라를 제대로 유지해 가려면 어떠한 조건이 필요합니까?"

하고 물었을 때 공자는,

"나라를 정상적으로 유지해 가려면 식량을 충분하게 마련하고, 무기를 충분하게 마련하고, 백성들로 하여금 위정자를 믿게 해야 하느

나라."

하고 대답했었다.

그런 점에서 보면 공자도 무력의 필요성을 충분히 인정하고 있었던 셈이다.

자공이 다시 묻기를,

"그 세 가지 중에서 한 가지를 반드시 버려야 한다면 어느 것을 먼저 버려야 합니까?"

하고 묻자 공자는,

"무기를 버려라!"

하고 대답하였다.

공자가 그렇게 대답한 것을 보면 국가를 유지해 가기 위한 3대 요소 중에서 무력을 가장 가볍게 보고 있었음이 분명하다.

자공이 다시,

"나머지 두 가지 중에서 또다시 하나를 버려야 한다면 어느 것을 버려야 하겠습니까?"

하고 묻자 이번에는,

"그때에는 식량을 버려라. 식량이 넉넉하지 못하면 굶어 죽는 사람이 많게 될지 모른다. 그러나 예로부터 죽음은 누구도 막지 못하는 것이니, 굶어 죽는 사람이 많아도 나라는 그런 대로 유지되어갈 수 있다. 그러나 국민이 위정자를 믿지 못하게 되면 그런 나라는 무력이 아무리 강하고 경제력이 아무리 부유해도 결국은 망하게 되는 법이다."

공자는 위정자와 국민 사이의 '믿음'이라는 것을 그처럼 소중하게 여겼다. 그런데 손무 자신은 '무력만이 만능'이라고 생각해 왔다. 그것이 이제 와서는 후회막급이었다.

이런저런 사연으로 허탈감에 잠겨 있던 어느 날, 제나라의 태재 용완(龍完)이 돌연 손무를 찾아왔다. 손무는 용완을 방으로 맞아들여 묻는다.

"태재께서는 무슨 일로 누옥(陋屋)을 찾아 주셨습니까?"

"손 원수께 부탁 말씀이 있어서 왔소이다."

"저 같은 사람에게 무슨 부탁 말씀이?"

"들려오는 정보에 의하면 부차가 오자서를 죽이고 나서, 우리나라로 쳐들어올 준비를 서두르고 있다고 하오이다. 손 원수가 아니면 저들을 막아내기가 어렵겠으니 수고스러운 줄 아오나 출사(出師)하여 저들을 막아 주기 바라오."

요컨대 사령관으로 부임하여 오나라의 침략군을 송두리째 섬멸시켜 달라는 요청이었다.

손무는 입장이 매우 난처하게 되었다. 제나라는 고국이요, 부차는 22년 동안이나 충성스럽게 받들어 모셔 온 나라의 주인이 아니던가. 두 나라 사이에 전쟁이 벌어지면 고국을 위해서는 마땅히 전열(戰列)에 가담해야 하겠지만 그렇다고 옛날의 군주를 섬멸시켜 버린다는 것은 의리상 있을 수 없는 일이었다.

손무는 생각다 못해 이렇게 말했다.

"전쟁을 미연에 방지하도록 노력하심이 최선의 길이 아닐까 생각됩니다."

태재 용완이 다시 말한다.

"물론 전쟁이 일어나지 않도록 노력을 다해 보겠지만 부차가 워낙 교만하여 전쟁을 모면하기가 어려울 것 같구려. 그래서 손 원수에게 부탁을 드리는 것입니다."

그 말에는 손무도 동감이었다. 머지않아 제오전(齊吳戰)이 일어나게 될 것은 의심할 여지가 없었다. 그러나 손무는 제나라가 그로 인해 망하게 되리라고는 생각지 않았다. 왜냐하면 오군은 남의 나라를 무단 침략하려는 불의의 군사요, 제군은 자기 나라를 지키려는 정의의 군사이기 때문이었다. 게다가 오나라는 필연적으로 망하게 될 국가가 아니던가.

손무는 즉답을 회피하기 위해 이렇게 말해 두었다.

"제가 출사하는 문제는 신중히 고려해 보겠으니 당분간 생각해 볼 말미를 주시옵소서."

태재 용완이 명확한 대답을 듣지 못하고 돌아간 뒤에도 손무는 혼자 깊은 고민에 빠져 지냈다. 60이 다 된 나이에 일선으로 달려나가 자기 손으로 길러 놓은 오군을 섬멸하고 싶은 생각은 추호도 없었던 것이다. 그런데 다행인지 불행인지 바로 그 무렵에 손무에게는 슬프기 그지없는 사건이 하나 발생하였다. 한평생을 같이 살아오던 부인이 갑작스럽게 세상을 떠나 버렸던 것이다.

'아아, 인생이란 이렇게도 허무한 것이던가? 엊그제는 백년지기인 오자서가 죽더니, 이제는 마누라까지 나를 버리고 떠났으니, 나는 누구를 믿고 살아가란 말인가?'

생각이 거기에 미치자 손무는 불현듯 자기 자신도 정처 없는 나그네의 길을 떠나 버리고 싶었다. 그리하여 사랑하는 손자 손빈에게 다음과 같은 글발 한 장을 남겨 놓고 표연히 집을 나섰다.

빈아! 이 할아비는 느낀 바가 있어서 정처 없는 나그네의 길을 떠나기로 했으니, 너는 나를 찾으려 하지 말거라. 너에게 병학을 제대로 가르쳐 주지 못하고 집을 떠나는 것이 마음에 걸리기는 한다만 병법은 네 자력으로도 얼마든지 연구할 수 있을 것이다. 병법도 중요하지만 명장이 되려면 우선 인격의 도야를 잊어서는 안 된다.

끝으로 네 처신에 대해 한 마디만 주의를 주겠다. 네가 방연이와 무척 가깝게 지내는 모양이지만 그 아이는 언젠가 반드시 너에게 화를 입힐 것이니 각별히 경계하여야 한다. 할아비의 간곡한 부탁이다.

그로부터 얼마 후 손빈은 할아버지가 남겨 놓은 유서 아닌 유서를 읽어보고, 저물어 가는 먼 하늘을 우러러보며 걷잡을 수 없는 눈물을 흘렸다.

오나라의 말로(末路)

부차가 오자서를 죽인 사실이 널리 알려지자 오나라의 민심은 크게 동요하였다.

"만고의 충신을 역적으로 몰아 죽이다니, 그러고서야 나라가 망하지 않을 수가 있겠는가?"

"누가 아니래. 오 명보를 모함에 빠뜨려 죽게 만든 괴수(魁首)가 '별궁왕후'라 불리는 월녀(越女) 서시라는 계집이라면서? 자고로 암탉이 울면 집안이 망하는 법이야. 하물며 계집의 모함으로 만고의 충신을 죽였으니 나라가 무사할 턱이 없지 않은가?"

오 나라 백성들은 모여 앉기만 하면 저마다 그와 같은 쑥덕공론을 주고받았다. 오자서를 죽게 만든 괴수가 월녀 서시라는 쑥덕공론이 퍼져 돌아가면서 누구보다도 놀란 사람은 당사자인 서시였다. 명검 촉루를 보내 오자서를 자결하게 만든 것은 부차와 자기만이 알고 있는 비밀이건만 백성들은 그런 이야기를 공공연하게 퍼뜨려 대고 있으니 놀라지 않을 수 없었다.

모든 일은 하늘이 알고 땅이 아는 것이다. 이 세상에 절대비밀이란 있을 수 없다는 사실을 서시는 미처 몰랐던 것이다. '민심(民心)이 천심(天心)'이라는 말은 거기서 비롯된 말이 아니던가.

아무튼 서시는 자신에 대한 비난의 소리가 높아지자 불안감을 금할 길이 없었다. 무지한 백성들이 자기에게 무슨 위해(危害)를 가해 오지나 않을까 두려웠기 때문이다. 그리하여 은근히 불안에 떨고 있던 어느 날, 월왕 구천으로부터 비밀 친서가 날아왔다.

서시야, 너의 노력으로 오자서를 죽게 만든 것은 참으로 위대한 공적이었다. 오늘날 너의 공적은 조국 월나라의 청사(靑史)에 길이 빛날 것이로다. 오자서가 죽어 오나라의 민심이 몹시 흉흉한 모양이니, 너는 부차로 하여금 하루 속히 군사를 일으켜 제나라를 치도록 유도하여라. 그 길만이 너를 구하고 조국을 구하는 일이로다.

서시는 월왕의 비밀 친서를 읽어보고, 가슴이 울렁거리도록 감격하였다. 왕의 친서를 받은 것만으로도 영광스럽기 짝이 없는 일인데, 하물며 '너의 공적은 조국 월나라의 청사에 길이 빛날 것'이라고까지 했으니 어찌 감격하지 않을 수 있겠는가.

서시가 구천의 친서를 불에 태워 버리고 나서도 오랫동안 감격에 잠겨 있는데, 마침 부차가 몹시 우울한 표정으로 별궁 안으로 들어섰다.

서시는 부리나케 달려나가 부차를 침실로 인도하며 말한다.

"오늘밤은 행차가 왜 이다지도 늦으셨사옵니까? 신첩은 일각이 여삼추(如三秋)로 기다렸사옵니다."

방 안에는 비단 금침이 깔려 있었다. 부차는 옷을 벗고 이불 속으로 들어오며 말한다.

"오늘은 골치 아픈 일이 있어 본의 아니게 늦게 되었느니라."

부차의 골치 아픈 일이라는 말을 무심히 들어 넘길 서시가 아니었다. 서시는 짐짓 부차의 가슴을 파고들며 묻는다.

"골치 아프신 일이란 무슨 일이옵니까? 그러잖아도 오늘따라 용안에 우수의 빛이 깃들어 있사와 신첩은 대왕을 뵙는 순간부터 걱정을 하고 있는 중이옵니다."

부차는 그제야 기쁜 낯으로 서시의 허리를 정답게 끌어당기며,

"나를 생각해 주는 네 정성이 그토록 극진하니 기쁘기 한량없구나."

서시는 샛별 같은 눈을 곱게 흘겨 보이며,

"당연한 일을 새삼스러이 말씀하시니, 오히려 원망스럽사옵니다. 골치 아프신 일이란 어떤 일이옵니까? 혹시 신첩이 알아서는 안 될 국가의 중대 기밀이옵니까?"

그러자 부차는 뛸 듯이 놀라 보이며,

"그게 무슨 소리냐? 제아무리 국가의 중대 기밀이기로 네가 알아서 안 될 일이 어디 있겠느냐? 골치 아픈 일이란 다름이 아니라 오자서를 죽여 민심이 흉흉해졌기 때문이로다."

"반역을 모의하고 신첩을 유혹했기 때문에 죽인 것인데, 무엇이 나쁘다는 것이옵니까?"

"누가 아니라느냐? 오자서를 죽인 것은 당연한 일인데, 민심은 그렇지가 않으니 걱정이 크구나."

잠시 생각에 잠겨 있던 서시가 문득 얼굴을 힘 있게 들며 말한다.

"자고로 백성이란 어리석은 것들이옵니다. 그러기에 옛날부터 백성들을 '우맹(愚氓)'이라고 불러오는 것이 아니옵니까? 오자서를 죽였다고 해서 민심이 흉흉해졌다면 대왕께서는 민심을 다른 방향으로 돌려놓도록 하시옵소서. 그렇게만 하시면 그 문제는 쉽게 해결하실

수 있을 것이옵니다."

"민심을 다른 방향으로 돌려? 어떻게 하라는 말이냐?"

"대왕께서 오자서를 죽일 수밖에 없었던 원인의 하나는 제나라를 치는 일에 한사코 반대했기 때문이 아니옵니까? 그러하니 오늘부터라도 군사를 일으켜 제나라를 치시옵소서. 그러면 민심은 전쟁에 휩쓸리게 되어 오자서의 죽음 따위는 생각조차 못 하게 될 것이옵니다."

부차는 그 말을 듣고 서시의 궁둥이를 치며 감탄한다.

"과연 명안이로다. 나는 제나라를 치려고 하면서도 민심이 흉흉하기 때문에 주저하고 있었느니라. 네 말을 들어 보니 제나라를 치는 것이야말로 민심을 무마하고 국세(國勢)도 확장해 나갈 수 있는 일석이조의 명안이로구나."

부차의 입에서 그 말이 떨어지기가 무섭게 서시는 부차의 어깨를 가볍게 때려 주며 짐짓 나무란다.

"신첩은 '일석삼조(一石三鳥)의 명안'이라고 생각하옵는데, 대왕께서는 어찌하여 '일석이조'라 하시옵니까? 신첩은 대왕의 말씀이 매우 섭섭하옵니다."

그러자 부차는 어리둥절하며 반문한다.

"일석삼조라? 또 한 가지 이익은 무엇이란 말이냐?"

"또 한 가지가 무엇인지 대왕께서 친히 생각해 보시옵소서."

서시는 아리따운 미소만 지을 뿐 대답을 하지 않았다.

부차는 허공을 바라보며 잠시 궁리해 보다가,

"나는 너처럼 명석하지 못해 얼른 알아낼 수가 없구나. 또 한 가지의 이익이란 무엇을 말하는 것인지 어서 말해 보거라."

"그러시면 신첩이 외람되게 말씀을 올리겠나이다. 대왕께서 제나라를 쳐서 승리를 거두시면 신첩은 '왕후(王后)'가 아니라 '황후(皇

后)'가 될 것이니 그 어찌 '일석삼조'라 아니 할 수 있으오리까?"
 그 말에 부차는 눈을 커다랗게 뜨며 놀란다.
 "뭐? 네가 '황후'가 된다고? 그게 무슨 소리냐?"
 서시는 깔깔깔 소리를 내어 웃으며,
 "대왕께서는 왜 그리 놀라시옵니까?"
 "네가 너무도 어처구니없는 말을 하고 있는데 어찌 놀라지 않을 수 있겠느냐?"
 "신첩은 허황된 말씀을 올리고 있는 것이 아니옵니다. 신첩의 설명을 들어 보시옵소서. 대왕께서 지금은 비록 오나라의 대왕에 불과하오나 이미 남으로 월나라를 평정하셨고, 동으로는 초나라를 굴복시켰고, 이제 북으로 제나라까지 평정하시면 당연히 만승천자(萬乘天子)가 되는 것이 아니옵니까? 대왕께서 만승천자가 되시면 신첩은 자연히 황후로 승격될 것이니, 그 어찌 일석삼조의 기쁨이 아니오리까?"
 부차는 '만승천자'라는 말에 불현듯 생각조차 못 했던 야망이 부풀어 올랐다.
 중원에는 초, 제, 진(晋), 진(秦) 등의 열강을 비롯하여, 군소 국가가 10여 개나 버티고 있어서, 그들을 통괄하는 만승천자가 되기는 지극히 어려운 일이라는 것을 부차 자신도 잘 알고 있었다. 그러나 시운(時運)이란 알 수 없는 것, 자신이 만승천자가 되지 말라는 법은 없었다.
 부차가 잠시 환상에 도취되어 있노라니 서시가 가슴을 파고들며 다시 말한다.
 "대왕께서는 왜 말씀이 없으시옵니까? 영웅호걸은 때를 놓치지 않는다고 하옵니다. 대왕은 마땅히 만승천자의 천운을 타고나신 영웅이오니, 부디 신첩에게도 황후가 될 수 있는 영광과 기쁨을 베풀어주시옵소서."

서시는 월왕 구천의 지령대로 제나라와 오나라 간에 싸움을 붙이려고 갖은 아양을 다 떨어가며 부차를 부추겼다. 부차는 그런 줄도 모르고 서시의 가냘픈 허리를 탐욕스럽게 덮쳐 안으며 장담하듯 말한다.

"오냐, 걱정 말거라. 네 소원이 그렇다면 내일은 군사를 일으켜 제나라를 치기로 하리라."

그로써 서시의 공작은 보기 좋게 성공한 셈이었다.

옛날부터 전해 오는 우리 속담에 '베갯머리 송사를 이겨내는 장사는 없다' 라는 말이 있다. 제아무리 철석같은 대장부라도 계집이 이불속에서 속삭이는 부탁만은 아니 들어 줄 수가 없다는 뜻이다.

그런 점은 서양도 마찬가지여서 프랑스의 철학자 파스칼도 일찍이 '클레오파트라의 코가 조금만 낮았더라면 세계의 역사는 크게 바뀌었으리라' 는 만고의 명언을 남기지 않았던가.

서시와 부차와의 관계도 그런 실례 중의 하나였다. 부차는 마침내 서시를 '황후' 로 만들어 주기 위해 대군을 이끌고 제나라 토벌의 정도(征途)에 오르기로 결심하였다. 그러나 정작 발군(發軍)을 하려다가 생각하니 불현듯 손무의 존재가 머리에 떠올랐다.

제나라에는 병법의 대가인 손무가 있지 않던가. 손무가 오나라를 떠나 제나라로 돌아간 지도 이러구러 10여 년, 그 후의 소식은 통 알 길이 없지만 만약 손 원수가 이번 싸움에 참전한다면 승리를 장담하기가 쉽지 않을 것이었다.

부차는 적이 불안스러워 백비를 불러 물어 본다.

"만약 이번 싸움에 손무가 맞서온다면 애를 먹을 것 같은데, 손 원수는 지금 어디에서 무엇을 하고 있다오?"

백비가 두 손을 비비며 대답한다.

"대왕 천하! 그 점은 조금도 염려 마시옵소서. 그러잖아도 그 점이 염려스러워 신은 그동안 손 원수의 거취를 면밀하게 염탐해 보았사옵니다. 손 원수는 뜻하는 바가 있어 어디론가 행적을 감춰 버린 지 오래이옵니다."

"행적을 감춰 버리다니? 손무가 무슨 이유로 행적을 감춰 버렸단 말인가?"

"대왕께서도 짐작하시다시피 손무는 예사 인물이 아니옵니다. 그는 천문(天文)을 보는 재주도 있어 자기 능력으로는 대왕을 당해내지 못할 것을 미리 알고 몸을 숨겨 버렸음이 분명하옵니다. 대왕께서 가시는 곳에는 천운이 함께 하시온데 현명한 손무가 어찌 그것을 모르오리까?"

손무가 없다는 소리에 부차는 안도의 가슴을 내리쓸었다. 그와 동시에, '손무가 제 발로 종적을 감춰 버렸다는 것을 보니 나에게는 천자의 대통운(大通運)이 열려 있음이 분명하구나!' 하는 오만심을 아니 먹을 수가 없게 되었다.

그로부터 10여 일 후에 부차는 백비를 군사(軍師)로 삼고 전의를 대장으로 삼아 24만 대군을 이끌고 제나라로 향하였다. 제나라와 사이가 좋지 않은 노나라와 합동하여 제군(齊軍)을 섬멸시키기로 한 것이었다.

제나라도 오군이 침략해 온다는 것을 알고, 대장 전상(田常)이 15만 대군을 이끌고 나와 결전을 벌이려 들었다. 양군이 대치해 있는 산야에는 살기가 충만하였다.

오왕 부차는 제나라 군사들의 기세가 만만치 않음을 알자 노나라의 태재 계강자(季康子)를 불러 말한다.

"나는 제나라를 치기 위해 온 것이 아니라 노나라를 구해 주려고 온 것이오. 그러니 내일은 노나라 군사들이 먼저 나가 제나라 군사들과 싸우도록 하시오. 당신네 군사가 불리하게 되거든 우리 군사가 나가 싸우겠소."

요컨대 자기네 군사는 아껴 두고 남의 나라 군사더러 싸우게 하려는 흉악스러운 수작이었다.

계강자도 부차의 음흉한 계책을 모를 리 없었다. 그러나 약자의 입장으로서는 어찌할 수가 없었다.

다음날 노나라의 선봉장 안우(顔羽)가 군사를 거느리고 나가 싸움을 청하니, 제나라의 선봉장 국서(國書)가 달려나오며 큰소리로 외친다.

"제와 노는 산동(山東)의 이웃 나라이거늘 그대들은 어찌하여 우리와 화친할 생각은 아니 하고 오나라의 앞잡이 노릇을 하는 것이냐?"

노장 안우가 대답한다.

"이웃 나라인 우리를 얕잡아 보고 끊임없이 침범해 온 놈들이 말이 많구나. 우리는 참다못해 오나라와 연합하여 너희 놈들을 치려고 왔다. 우리 연합군이 쳐들어가면 너희 놈들은 목숨이 남아나지 못할 테니, 살고 싶거든 지금 당장 항복하라."

오고가는 욕설이 거칠어지다가 접전이 시작되었는데 제장 국서(國書)는 워낙 맹장이어서 10여 합 만에 노장(魯將) 안우의 목이 날아가고 말았다. 그러나 노진(魯陣)에서 염구(冉求)와 번지(樊遲)가 말을 달려 나와 국서를 앞뒤에서 협공하니 20합이 넘도록 결판이 나지 않았다. 그 광경을 보고 이번에는 제장 여구명(閭丘明)이 달려 나와 염구와 번지를 휘몰아치는 바람에, 두 사람은 형편없이 쫓겨 돌아오고 말았다.

노나라의 계강자가 거듭되는 패전에 크게 실망하여 부차에게 달려와 말한다.

"제나라 군사들의 용맹을 우리로서는 도저히 당해낼 길이 없사옵니다. 대왕께서 저들을 친히 정벌해 주시옵소서."

부차가 장수들을 불러 대책을 논의하니 백비가 말한다.

"전상이 거느리고 있는 제군에는 국서라는 효장(驍將) 한 사람이 있을 뿐이옵니다. 연합군이 애릉(艾陵) 계곡에 진을 친 뒤에 대왕께서 친히 나가 싸우시면 국서는 반드시 맹렬하게 추격해 올 것이옵니다. 그럴 때 국서를 애릉까지 유인하시어 양군이 일시에 일어나 생포해 버리면 승리는 우리들의 손에 저절로 들어오게 될 것이옵니다."

부차는 그 작전 계획을 옳게 여겨 오·노 양군을 애릉 계곡에 배치해 놓고, 친히 일선으로 달려나가 큰소리로 외친다.

"나는 오왕이다. 나는 노나라를 구하기 위해 제나라를 치러 왔노라. 제장 전상은 어찌하여 나를 만나 항복할 줄을 모르느냐? 이제라도 늦지 않았으니 당장 달려 나와 항복하라."

부차가 적진을 향하여 큰소리로 고함을 지르니, 제장 국서가 부차를 보고 크게 기뻐하며 동료 장수들에게 장담한다.

"저자가 바로 오왕이라니 내가 반드시 사로잡아 오리라."

국서가 장검을 휘두르며 비호같이 달려나오자 부차는 일부러 본진으로 쏜살같이 도망을 쳤다.

국서가 정신없이 추격해 오니, 이번에는 오장 전의와 노장(魯將) 맹지반(孟之反)이 동시에 벼락같이 달려 나와 앞을 가로막고 싸우기 시작했다.

국서가 두 맹장과 어울려 싸우기를 무려 30여 합. 소문난 맹장인 국서도 그에 못지않은 맹장들인 전의와 맹지반과 40합이 넘도록 싸우다가 마침내 사로잡히고 말았다.

국서가 생포당하자 대장 전상이 대군을 휘몰아쳐 나왔다. 그러나 연합군이 좌우에서 운하와 같이 덤벼오는 바람에 전상은 국서를 구하기는커녕 수만 군사만 잃고 말았다.

전상이 애릉 계곡에서 참패하고 본진으로 도망을 가자 백비가,

"모든 군사를 총동원하여 전상을 추격하라!"

하고 큰소리를 외치며, 부장 서문소(胥門巢)와 더불어 제군의 뒷덜미를 추격하였다.

맹추격을 계속하기를 무려 50여 리, 마침내 말에서 내린 전상이 땅바닥에 엎드려 항복을 청했다.

백비가 전상을 굽어보며 호령한다.

"그대는 제나라의 대장이 아니냐? 그대가 진심으로 항복할 뜻이 있거든 앞으로는 오나라를 종주국으로 섬기며, 해마다 공세(貢稅)를 바칠 것을 맹세하라. 그러면 그대의 목숨만은 살려 주리라."

전상이 대답한다.

"오나라에 공세를 바치고 안 바치는 것은 대왕께서 결정하실 일이니 내 권한 밖이오. 만약 나를 돌려보내 주면 대왕전에 상주(上奏)하여 그렇게 여쭙겠소."

백비는 그 말에 크게 노하여, 전상을 부차의 앞으로 끌고 왔다.

부차가 전상에게 호통을 친다.

"네 목을 잘라서 높이 치켜들고 제도(齊都)로 쳐들어갈 생각인데, 그래도 좋겠느냐?"

전상이 머리를 조아리며 애원하듯 말한다.

"만약 저의 목숨을 살려 주신다면 소신이 대왕전에 아뢰어, 항표(降表)를 정식으로 올리고, 진중의 양곡과 무기도 모두 오왕전에 바치도록 품하겠나이다."

"틀림없이 그렇게 하렷다?"

"하늘에 맹세코 그렇게 하겠습니다."

부차는 그 말을 믿고 전상을 돌려보냈다. 이리하여 부차는 별로 힘도 들이지 않고 제나라에 대승을 거두었다. 그렇게 되고 보니, 문득 생각나는 것이 서시가 말한 '만승천자'의 자리였다.

'모처럼 돌아온 시운인데 이 정도의 승리로 만족할 수야 없지 않은가?'

부차가 '만승천자'가 되고 싶어 하는 눈치를 재빠르게 알아챈 백비가 머리를 조아리며 품한다.

"대왕 전하! 하늘은 지금 대왕 전하께서 '만승천자'가 될 수 있는 절호의 기회를 베풀어 드리고 있는가 싶사옵니다."

부차는 마음속 비밀이 탄로된 것 같아 약간 겸연쩍은 표정을 지으며 반문한다.

"만승천자라니요? 경은 지금 무슨 말씀을 하고 계시오?"

백비는 부차의 비위를 맞추려고 열을 올려 말한다.

"대왕 전하! 생각해 보시옵소서. 대왕께서는 강대국인 초나라를 이미 정복하였사옵고, 이번에도 강대국의 하나인 제나라를 정복하였사옵니다. 아직도 강대국으로서 대왕의 휘하에 들어오지 않은 나라는 오직 진(晋)나라만이 있을 뿐이옵니다. 하오나 진나라는 내정적(內政的)으로 알력이 심하여 언제 망하게 될지 모르는 나라이오니, 대왕께서는 제나라를 정복하신 여세를 몰아 강주까지 진격하셔야 하옵니다."

"군사를 강주로 몰고 나가서 어떻게 하자는 것이오?"

"우리 군사를 강주에 일단 주둔시켜 놓고, 대소(大小) 열국 군주들에게 '강주로 모이라'는 격문을 보내면 모두들 겁이 나서 대왕의 명령에 복종하지 않을 수 없을 것이옵니다. 열국 제후들이 모두 모이면 대왕께서는 그 자리에서 만승천자의 지위에 오르겠다는 것을 선포하시옵소서. 그길로 대왕께서는 천하통일의 위업을 달성하고 만승천자가 되시는 것이옵니다."

부차는 '만승천자가 된다'는 소리에 내심 크게 기뻤다. 그러나 열국 제후들이 쉽사리 말을 들어 줄지가 의심스러워,

"약소국의 제후라면 겁이 나서 달려오지 않을 수 없으나 강대국인 진(晋)나라의 정공(定公)도 과연 달려올까요?"

하고, 백비의 의견을 물었다.

"만약 진나라가 대왕의 부르심에 응하지 않는다면 그때에는 군사를 일으켜 정벌해 버릴 수밖에 없사옵니다. 어쨌든 이번 기회는 대왕께서 만승천자의 지위에 오르실 천재일우의 기회이옵니다. 이 기회를 헛되이 버리지 마시옵소서."

"좋소이다. 모든 일은 경의 말씀대로 하겠소. 그러면 군사를 강주까지 이끌고 나갑시다. 그런데 강주의 어느 곳에서 제후들과 회동하는 것이 좋겠소?"

"강주 지방에는 황지(黃池)라는 천혜의 요새가 있사옵니다. 황지는 정(鄭), 위(衛), 진(陣), 진(晋) 등등 여러 나라의 공동 국경이오니, 그곳에 진을 친 후에 열국 제후들에게 모이라는 격문을 보내시옵소서."

다음날 부차는 만승천자가 되려는 야심을 품고 20만 대군을 거느리고 강주로 이동하였다. 그리하여 황지에 진을 치고 열국 제후들에게 다음과 같은 무시무시한 격문을 보냈다.

나 오왕은 제나라를 정벌하고 나서 지금 진(晋), 진(陣), 정(鄭), 위(衛) 등 약소국 제후들과 맹방지의(盟邦之誼)를 맺고자 황지에 와 있노라. 그러하니 제후들은 나의 뜻을 받드는 마음에서, 모월 모일에 모두들 황지로 회동해 주기를 바란다. 만약 그 모임에 불응하는 제후가 있으면 나의 뜻에 거역하는 것으로 간주하고 단호하게 응징할 터인즉, 그

점에 각별히 유의하여 후일에 뉘우침이 없기를 바란다.

오왕 부차

그야말로 협박공갈장이나 다름없는 격문이었다.
약소국 제후들은 부차의 오만불손한 격문을 받아 보고 한결같이 분개하였다. 그러나 '모임에 불응하면 단호하게 응징하겠다'는 오왕의 엄포에는 하나같이 기가 죽을 수밖에 없었다. 그러하니 아무리 화가 동해도 황지 회동에 참석하지 않을 수는 없었다. 예나 지금이나 약소국의 비애는 그런 점에 있었던 것이다.
지정한 날이 오자 약소국 군주들은 울며 겨자 먹기로 모두들 황지로 모여들었다. 그러나 강대국 진(晋)나라만은 위신상 부차의 초청에 호락호락 응할 수는 없었다. 그렇다고 부차의 초청을 송두리째 무시해 버렸다가는 어떤 분란이 일어날지 몰라서, 진왕은 재상 조앙(趙鞅)을 대리 참석시켰다.
부차는 대리 참석을 못마땅하게 여겨 조앙에게 따지고 든다.
"진나라에서는 어찌하여 정공이 직접 오지 아니하고, 재상이 대리 참석을 하였소?"
조앙이 머리를 정중히 숙이며 대답한다.
"주공께서는 지금 와병 중에 계시어 신이 부득이 대리로 참석하였사옵니다."
"정공이 와병 중이라는 것이 사실이오?"
"신이 어찌 거짓 말씀을 올리오리까?"
몸이 아파서 참석하지 못했다는 데는 어찌할 도리가 없었다. 부차는 잠시 생각에 잠겨 있다가 조앙에게 다시 따지고 든다.
"진나라에서는 대리 참석을 하였는데, 만약 오늘 이 자리에서 어떤 사안이 결정되든 무조건 복종할 수 있겠소?"

조앙으로서는 대답하기 난처한 질문이었다. 그러기에 조앙은 다음과 같은 말로 책임을 교묘하게 회피하였다.

"열국 제후들께서 결의하신 일에 대해서는 우리나라도 충실하게 이행해 나가도록 주공 전에 품신하겠나이다. 그러나 최후의 결정은 주공께서 내리실 일이니, 신의 입장으로서는 명확한 대답을 올릴 수가 없사옵니다."

듣고 보니 그 말도 그럴 성싶었다.

그날 밤 부차는 열국 제후들을 일당에 모아 놓고 성대한 주연을 베풀었다. 주연장 주변에는 중무장을 한 군사들이 겹겹이 둘러서 있어 분위기가 자못 살벌하기 이를 데 없었다. 제후들은 술을 마시면서도 공포감에 질려 취할 수가 없었다. 무슨 꼬투리를 잡아 언제 목이 달아날지 모를 형편이었기 때문이다.

부차는 열국 제후들에게 일일이 술잔을 돌렸다. 그러다가 술이 거나하게 취해 오자 돌연 자리에서 일어나 열국 제후들을 눈 아래로 굽어보며 다음과 같이 놀라운 말을 선포하였다.

"나 부차는 초나라와 제나라를 이미 정벌하였고, 오늘밤에는 열국 제후들과 '맹방지의'를 맺었으니 이제는 사실상 천하를 통일한 셈이오. 나는 본시 열국 제후들의 종주국인 주(周)나라 천자(天子)의 후예인데다가, 내 힘으로 천하를 통일했으니 오늘을 기하여 스스로 만승천자의 자리에 오를 것을 선포하는 바이오. 나의 이 거룩한 선포에 이의를 제기하고 싶은 자가 있거든 어서 일어나 보시오. 그 사람에게는 나의 선포가 얼마나 거룩한지 물적 증거를 보여 줄 것이오."

이를테면 반론을 제기하는 놈은 살려두지 않겠다는 폭언이었다. 실로 방자한데다 무모하기 짝이 없는 선포였다. 그러나 그처럼 살벌한 분위기 속에서 누가 감히 목숨을 걸고 이의를 제기할 수 있겠는가.

제후들이 울분을 씹어 삼키며 입을 굳게 다물고 있자, 부차가 다시 입을 열어 말한다.

"열국 제후들이 아무도 이의를 제기하지 않으니 만장일치로 나의 선포에 찬성의 뜻을 표한 것으로 알고 깊이 감사를 드리오. 나는 오늘부터 만승천자로서 통치권을 발휘할 터인즉, 열국 제후들도 종속국으로서의 충성과 의무를 충실히 실행해 주기를 거듭 당부하는 바이오."

그런 다음 부차는 열국 제후들에게 일일이 축배를 따라 주었다. 열국 제후들은 마지못해 술잔을 받았으나 술이 목구멍으로 넘어갈 리가 없었다.

부차는 열국 제후들이 침통에 잠겨 있거나 말거나,

"우리들의 종주국인 주나라는 오랫동안 쇠퇴해 있었소이다. 오늘로 종주국이 다시 부흥을 하게 되었으니 우리 모두들 기쁜 마음으로 밤을 새워 가며 술을 마십시다."

하고 혼자 떠들어댔다.

마침 그때, 백비가 급히 달려 들어오더니 부차의 귀에 입을 갖다대고 무엇인가 속삭였다. 부차는 그 속삭임을 듣는 순간 얼굴이 새파랗게 질렸다. 백비가 부차의 귀에 입을 갖다대고 무엇을 속삭였기에 부차의 얼굴이 별안간 그토록 창백하게 질려 버린 것일까. 백비는 이런 말을 속삭였던 것이다.

"지금 본국에서 초마(哨馬)가 급히 달려와 아뢰는 말씀이온데, 대왕께서 오랫동안 본국을 비워 두고 계신 기회를 노려 월왕 구천이 대군을 거느리고 본국으로 쳐들어오고 있는 중이라고 하옵니다. 그러니어서 주연을 파하시고, 본국으로 회군할 준비를 서두르소서."

부차로서는 실로 청천벽력 같은 소식이었다. 연락을 계속할 수 없게 된 부차는 별안간 복통이 일어났다는 핑계로 열국 제후들을 모두 숙소로 돌려보내고 백비에게 묻는다.

"구천이 반란을 일으켰다니 그게 틀림없는 사실이오?"

백비가 대답한다.

"구천이 대군을 거느리고 몰아쳐 오는 바람에 미용(彌庸) 장군이 그들을 막아내다가 생포되었고, 다른 군사들은 입택성(笠澤城)에서 대항 중이라 하옵니다. 그러나 현재 입택성도 위기에 처해 있다고 하옵니다. 사태가 그토록 위급하오니 오늘밤 당장 회군하지 않으면 안 되겠사옵니다."

"음, 만약 우리가 회군한다는 사실이 알려지면 열국 제후들이 군사를 일으켜 후방으로부터 우리를 공격해 올지도 모르는 일이 아니오? 그렇게 되면 우리는 전후방으로 공격을 받게 되어 매우 난처한 입장에 처하게 되는 게 아니오?"

부차는 열국 제후들을 철저하게 무시해 오며 '만승천자'를 선포한 죄가 있는지라 무엇보다 보복에 대한 걱정이 앞섰던 것이다.

그러자 백비가 이렇게 대답한다.

"그 일은 염려 마시옵소서. 오늘밤 대왕께서 만승천자가 되신 축하 행사를 하는 것처럼 각 부대마다 횃불을 밝히고 진고(陣鼓)를 높이 울리게 하면서 비밀리에 군사를 뽑아내면 별일 없을 것이옵니다."

사태가 위급한 때면 백비의 계교는 언제나 기발하였다. 열국 제후들이 오군이 밤새 깨끗이 철군한 사실을 알게 된 것은 다음 날 아침이었다.

그들은 부차가 철군한 사실을 알자 긴급회의를 열었다. 부차를 후방으로부터 공격하자는 문제가 그 자리에서 열렬히 거론되었다. 그러나 각자가 본국으로 돌아가 군사를 출동시키기에는 시간적으로 너무나 늦었다.

부차가 대군을 거느리고 고소성으로 급히 돌아오니 문무백관들이 성 밖까지 마중을 나와 반갑게 영접한다.

"지금, 전황은 어떠하냐?"

대장 전의와 서문소가 입을 모아 대답한다.

"구천의 군사는 용맹스럽기가 이를 데 없사옵니다. 대왕께서는 중신회의를 개최하시어 작전 명령을 시급히 내려 주시옵소서. 사태가 매우 위급하옵니다."

부차는 모든 장수들을 한 자리에 불러 놓고 큰 소리로 외친다.

"그대들 중에서 구천을 섬멸시킬 용장이 없겠느냐?"

그러나 미용 장군이 이미 생포되어 버린 데다가 입택성도 위기에 처해 있으니 누구도 장담하고 나서는 사람이 없었다. 모두가 입을 굳게 다문 채 말이 없자 백비가 출반주하며 아뢴다.

"사태가 이미 이 지경에 이르렀으니 이제는 대왕께서 몸소 진두에 나서시어 적을 직접 섬멸하심이 상책일 것 같사옵니다. 대왕께서 진두지휘를 하셔야만 장병들이 결사적으로 싸울 것이옵니다."

부차는 그 말을 옳게 여겨 서문소를 선봉장으로 전의를 보가장군으로 삼아, 20만 대군을 거느리고 오강(吳江)을 향하여 출발했다. 오강 건너편에서 입택성을 공략 중인 월나라 군사를 일거에 섬멸시켜 버릴 작전 계획이었다.

그러면 오나라를 치기까지 그간 월나라의 경위는 어떠했던가. 독자들도 다 알고 있다시피 월왕 구천은 부차에게 원수를 갚으려고 장장 17년간이나 와신상담해 오며 두 현신들인 문종, 범려와 함께 힘을 모으고 지혜를 다하여, 꾸준히 국력을 기르고 무력을 연마해 왔다. 부차에게 10년 가까이 거짓 충성을 다해 온 것도 원수를 갚기 위한 위장

전술이었고, 해마다 수많은 보물을 조공품으로 바쳐 온 것도 원수를 갚기 위한 술책이었다.

구천은 어느 정도의 실력이 갖춰지자 하루 속히 원수를 갚고 싶은 마음에서 범려에게 가끔 이렇게 물어 보았다.

"우리의 힘이 이만하니 이제 부차에게 원수를 갚을 수 있을 것 같은데 경은 어떻게 생각하시오?"

그러나 범려는 그런 문의를 받을 때마다 머리를 가로 흔들며 이렇게 대답하였다.

"오나라와 싸워 승리를 거두기에는 아직 우리의 힘이 부족하옵니다. 우리는 힘을 더 길러야 하옵니다."

월나라의 군사가 10만 명에 이르자 구천은 범려에게 또다시 물어 본다.

"우리 군사가 10만 명이나 되었으니, 이제는 부차와 싸워도 승리할 수 있을 게 아니오?"

범려가 대답한다.

"힘 안 들이고 승리할 수 있는 기회가 머지않아 도래할 것 같으니 조금만 더 기다려 주시옵소서."

"힘 안 들이고 승리할 수 있는 기회란 무엇을 말하는 것이오?"

"대왕께서도 아시다시피 부차는 머지않아 대군을 이끌고 제나라로 쳐들어가게 될 것이옵니다. 그렇게 되면 오나라는 무방비 상태가 되어 버릴 것이니 우리는 그때를 이용하여 군사를 일으켜야 하옵니다. 그러면 우리는 아무런 출혈도 없이 완전한 승리를 거둘 수 있을 것이옵니다."

구천은 범려의 기막힌 계략을 듣고 무릎을 치며 탄복하였다. 그로부터 얼마 후에 범려가 예언한 대로 부차는 대군을 이끌고 제나라로 원정을 떠났다.

구천은 그 소식을 듣고 크게 기뻐하며,

"이제는 우리가 오나라로 진격해야 할 게 아니오?"

하고 물으니 범려는 아직도 고개를 좌우로 흔든다.

"아직 시기가 이르옵니다. 적어도 석 달쯤은 더 기다려야 하옵니다."

"어째서 석 달씩이나 기다려야 한다는 말이오?"

"생각해 보십시오. 우리가 지금 쳐들어가면 부차는 즉시 회군을 하게 될 것입니다. 그러니 석 달쯤 기다렸다가 오군이 제나라와 싸우느라고 지칠 대로 지쳤을 때에 쳐들어가야만 하옵니다. 그때에는 오군이 회군을 하더라도 힘이 소진돼 맥을 못 추게 될 것이 아니옵니까?"

듣고 보니 범려의 계략은 하나에서 열까지 치밀하기 그지없었다. 그로부터 석 달 후, 부차가 제나라를 정벌하고 진(晋)나라로 진격한다는 정보를 받고 나자 구천은 군사를 일으키기로 결정하였다. 그리하여 수륙 양군 도합 12만 명과 전선(戰船) 8천 척을 거느리고 오나라 정벌의 장도에 오르게 되었다.

월군은 평소부터 정신 교육이 철저했던 까닭에 일단 장도에 오르자 장병들의 사기는 비할 바 없이 왕성하였다. 그리하여 초전에서 적병 2만 명을 전멸시키는 동시에 적장 미용을 생포하는 혁혁한 전과를 거두었고, 기세를 몰아 왕손락 장군이 수비하고 있는 입택성을 공략하였다. 그러나 왕손락은 워낙 지략이 풍부한 장수인지라 성문을 굳게 걸어 잠근 채 응전을 회피했다.

그리하여 월군은 곤란을 겪게 되었는데, 때마침 초마가 급히 달려오더니,

"제나라에서 회군한 부차가 반격을 가하려고 지금 모든 군사를 오강으로 집결 중이라고 하옵니다."

오나라의 말로(末路) 229

하고 알려 주는 것이 아닌가.

구천은 그 말을 듣고 크게 당황하는 빛을 보였다. 그러나 범려는 똑같은 소식을 들었는데도 오히려 크게 기뻐하며 이렇게 외치는 것이 아닌가.

"이제 되었다. 마침내 오군을 전멸시킬 때가 왔구나!"

구천은 그 말을 얼른 알아들을 수가 없어서 범려에게 묻는다.

"부차가 제나라에서 회군하여 대군을 이끌고 오강으로 진격하고 있다는데 그들을 어떻게 전멸시킬 수 있다는 말이오?"

그러자 범려가 대답한다.

"부차의 대군은 내일 밤쯤 입택성을 구하기 위해 오강을 건너오게 될 것입니다. 우리는 이제부터 오강 대안(對岸)으로 총출동하여 대기하고 있다가 그들이 강을 건너오는 대로 모조리 수장(水葬)시켜 버리면 됩니다. 우리는 수전(水戰)에 능하지만 적은 서툰 편입니다. 게다가 오군은 몹시 지쳐 있어 도강해 오는 군사들을 섬멸시켜 버리기는 지극히 용이한 일이옵니다."

범려의 말은 적을 알고 나를 아는 기막힌 전법이었다.

"경의 책략은 참으로 놀랍소이다. 그러면 오강으로 출병하여 강을 건너오는 적군을 모조리 섬멸시켜 버리기로 합시다."

구천은 범려의 책략을 옳게 여겨, 오강으로 출병하라는 군령을 내렸다.

범려의 지휘에 따라 용맹한 두 장수 후용(后庸)과 고여(皐如)가 각각 수군 2만 명씩을 거느리고 출동하여 오강 좌우에 매복하였고, 기마병장(騎馬兵將) 약성(若成)은 5천 필의 기마대를 별도로 숲 속에 잠복시켜 적의 귀로를 차단하였다. 어디 그뿐이랴. 대장 제계영과 주무여(疇無餘)는 병선 50척씩을 인솔하고 오강 하류에서 적들의 움직임에 대비하고 있었다.

　문종, 범려 등과 함께 별도로 전함(戰艦)에 오른 구천은 오강 상류에서 전투를 직접 지휘할 태세를 갖추었다. 이날 밤따라 달빛은 청명하고 바람은 소슬하여, 저 멀리 수평선과 하늘이 맞닿은 곳이 아련하게 보였다.

　구천이 문종, 범려 등과 함께 함상(艦上)에서 밤하늘을 우러러보고 있노라니 문득 하늘 한복판에서 정체불명의 찬란한 광채가 솟아오르는 것이었다. 그 광채가 남쪽에서 북두칠성 사이를 쏜살같이 흘러 내려와 강물을 대낮같이 환하게 비춰 주며 물 속으로 사라져 버리는 것이 아닌가. 그것은 마치 황금빛 괴물이 하늘에서 떨어져 깊은 물 속으로 사라져 버리는 것과 같은 광경이었다.

　구천이 깜짝 놀라 좌우를 돌아보며 묻는다.

　"저게 뭐요? 저것은 필시 오늘밤의 승패를 상징해 주는 천상(天象)임이 분명한데, 경들은 그것을 어떻게 보시오?"

　그러자 천문학에 능통한 문관 백원(伯元)이 얼른 나서며 대답한다.

　"소신도 방금 그 광채를 분명히 보았사온데, 그것은 오나라가 망할 징조임이 분명하옵니다."

　"그것을 무엇으로 증명하오?"

　"대왕께서도 아시다시피 소신은 천문학자이옵니다. 그러기에 이곳으로 오기 전에 천상도 이미 보아 두었사옵고, 또 금년 운세도 알아보았사옵니다. 그 결과 금년은 월나라가 흥하고, 오나라는 망할 운세였습니다. 게다가 조금 전에 목격한 그 광채는 북두칠성을 좌우로 갈라헤치며 깊은 물 속에 빠져 버렸으니, 그 어찌 오나라가 멸망할 징조가 아니라고 할 수 있으오리까?"

　구천은 그 말을 듣고 크게 기뻐하며 말한다.

"공의 말씀대로라면 우리는 10년 원수를 갚을 수 있게 되었으니, 그 얼마나 기쁜 일이겠소."

"천상도 천상이지만 현실적으로 판단하더라도 이번 싸움에서 오나라가 망할 것은 명약관화(明若觀火)한 일이옵니다."

"오나라가 망할 것이 명약관화하다니? 경은 어떤 이유로 그렇다는 말씀이오?"

범려는 오나라가 패망하지 않을 수 없는 이유를 구체적으로 들어가면서 구천에게 다음과 같이 말한다.

"전쟁에 승리하려면 군주와 군과 민이 총화를 이루어 삼위일체가 되지 않고서는 안 되는 법이옵니다. 그런데 오나라는 삼자가 어느 하나도 단결된 것이 없사옵니다. 첫째 부차는 황음(荒淫)에 빠져 국고를 탕진해 민원(民怨)이 비등하옵고, 둘째 부차의 명분 없는 동정(東征) 때문에 모든 군사들이 극도로 피로에 빠져 있사옵고, 셋째 오국 백성들은 오랫동안의 학정(虐政)으로 기아에 허덕이고 있사옵니다. 그러니 그들이 비록 50만 대군을 가지고 있다 하기로, 어찌 감히 철통같이 뭉쳐 있는 우리 군사를 당해낼 수 있으오리까? 『손자병법』에 나오듯이 우리는 이제부터 싸워서 이기려는 것이 아니고, 이미 이겨 놓은 승리를 확인하려고 싸우고 있을 뿐이옵니다."

구천은 그 말을 듣고 크게 기뻤다.

"경의 말씀을 들어보니 기쁘기 한량없구려."

범려가 다시 말을 계속한다.

"대왕 전하 '천도무친(天道無親) 상여선인(常與善人)'이라는 말이 있사옵니다. 하늘은 누구에게 친분을 가려서 주는 것이 아니고, 항상 어질고 노력하는 사람에게만 베풀어주신다는 뜻이옵니다. 우리는 부차에게 원수를 갚기 위해 장장 20년 가까운 세월을 와신상담으로 살아온 반면에, 부차는 낮이나 밤이나 황음으로 세월을 탕진했으니 어찌 승리가 우리의 것이 아니오리까?"

"참으로 옳은 말씀이오. 우리는 이제 더욱 단결하여, 이번 싸움을 하루 속히 승리로 이끌어냅시다."

구천은 너무도 기뻐 장수들에게 주연까지 베풀어주었다.

다른 한편, 부차도 항전 태세를 서둘러 갖추는 중에 초마가 급히 달려와 아뢴다.

"적은 우리 군사들을 오강에서 섬멸시키려고, 지금 모든 군사를 오강으로 진격시키고 있는 중이옵니다."

부차는 월군의 향방에 대한 정보를 접수하자 작전 계획을 변경하여 새로운 군령을 내린다.

"그렇다면 우리 군사들도 당장 오강으로 출동하라. 내 월나라 오랑캐들을 오강에서 한 놈도 남기지 않고 수장(水葬)시켜 버릴 것이다."

비록 말만은 호언장담했지만 내심으로는 불안스럽기 짝이 없었다. 왜냐하면 수전(水戰)에 있어서는 월군이 오군보다 월등하게 우수함을 알고 있었기 때문이다. 이리하여 양군은 오강을 사이에 두고 정면으로 대치하게 되었다.

이날 밤 월군 병력은 수군이 4만 명에, 기마군 5천 명과 병선이 1백여 척. 오군 병력은 육군이 12만 명에 수군이 3만 명이고, 병선이 2백여 척이었다. 전체적인 병력에 있어서는 오군이 압도적인 수적 우위를 보이고 있었으나 수군 병력이 월군에 비해 적다는 게 흠이었다.

전투태세를 완전히 끝낸 양군은 건곤일척(乾坤一擲)의 대회전(大會戰)을 기다리고 있었다. 이윽고 5경(五更) 무렵에 오강이 만조(滿潮)를 이루자 구천은 전함 위에서 삼군에게 공격 개시의 비장한 군령을 내린다.

"삼군은 듣거라. 우리의 흥망은 오로지 오늘밤의 수전에 달려 있느니라. 이제부터 오군에게 총공격을 퍼부을 터인즉, 모든 군사들은 죽음을 각오하고 최선을 다해 싸우라. 죽음을 각오한 자만이 살아남을 것이요, 죽음을 각오해야만 승리가 우리에게 돌아올 것이다."

군령 일하, 모든 군사들은 환호성을 올리고 진고(陣鼓)를 울리며 적을 향하여 오강을 건너기 시작하였다.

부차도 전함을 이끌고 싸움을 맞아 나왔다. 그리하여 전함 위에서 멀리 구천을 바라보며 큰소리로 고함을 지른다.

"구천은 듣거라. 그대는 회계산의 옛일을 잊어 버렸단 말이냐? 그대가 회계산 전투에 참패하여 노예가 되었던 것을 특별히 용서하여 고국으로 돌려보내 준 사람은 바로 내가 아니었더냐? 그런데 그대는 은혜를 모르고 이제 군사를 일으켜 우리를 침범해 왔으니, 이 어찌 배은망덕한 만행이라고 아니 할 수 있겠느냐? 이제라도 늦지 않았으니 대오각성(大悟覺醒)하여 군신지의를 갖추도록 하라."

그러자 구천도 함두(艦頭)에 높이 올라서 부차에게 맞받아 외친다.

"나는 회계산의 굴욕을 잊을 길이 없어 와신상담(臥薪嘗膽)하며 설욕의 준비를 다져왔다. 그대는 당장 간과(干戈)를 거두고 내 앞에 항복하라. 만약 그렇지 않으면 오도(吳都)까지 쳐들어가 모든 궁전을 회멸(灰滅)하고, 오토(吳土)를 쑥밭으로 만들어 놓으리라."

이에 부차는 크게 노하여, 모든 장수들을 돌아보며 격노의 고함을 지른다.

"구천이란 놈이 저렇듯이 의를 배반하니, 제장들은 나를 위해 저놈을 당장 생포해 오지 않고 무엇을 하는 게요?"

대장 전의가 부리나케 병선을 이끌고 달려나가니 월장 정곡도 일련의 병선을 이끌고 달려 나와 드디어 본격적인 양군의 수상 회전이 전개되기 시작했다.

전의와 정곡 모두 수전에 능숙한 명장들인지라 양군은 일진일퇴만 거듭할 뿐 좀처럼 승패의 결말이 나지 않았다. 그러자 월장 구양(謳陽)이 활을 들어 오선(吳船)의 닻줄을 모조리 쏘아 갈기니, 오군 병선들은 급류에 휘말려 하류로 뿔뿔이 흩어져 떠내려가는 것이 아닌가.

그 기회를 놓칠 리 없는 월군이 병선마다 화살 소나기를 퍼부으니 대장 전의가 화살에 맞아 즉사하였고, 수많은 군사들도 수중 고혼으로 화해 버리고 말았다. 그러자 오군에서도 대장 왕손웅과 서문소가 대선단(大船團)을 이끌고 나와 대항하는 바람에 전투는 잠시 정체 상태에 빠졌다.

지휘 함상에서 전황을 관망 중이던 구천은 전투가 정체 상태에 빠져 있음을 보고 옆에 있는 범려에게 묻는다.

"적을 무찔러 버릴 때는 바로 지금인 것 같은데 무슨 방도가 없겠소?"

범려가 대답한다.

"옳게 보셨습니다. 적을 무찔러 버릴 때는 바로 지금입니다."

그렇게 대답한 범려가 백기를 높이 휘두르니 온몸을 철갑(鐵甲)으로 휘감은 대장 계영이 일단의 병선을 거느리고 쏜살같이 오군 병선을 향해 돌진하였다. 계영은 오군 병선으로 기어오르기가 무섭게 적장 서문소를 비롯하여 병사들을 무참히 살육하였다.

어디 그뿐이랴. 범려가 다시 한번 깃발을 휘두르니 이번에는 진작부터 강가에 매복 중이던 후용과 고여의 군사가 일제히 적선으로 돌진하여 총공격을 가하기 시작하였다.

월군의 활화산 같은 기세에 오군 병선 2백여 척이 연달아 전복되고 말았다. 그리하여 오군의 시체가 강을 메우고 그들이 흘린 피가 강물을 붉게 물들였다. 파도 소리와 어울린 오군의 함성이 천지를 진동할 지경이었다. 이에 백비와 전여 등은 부차를 보호하며 소선으로 급히 상륙하여 총퇴각 명령을 내리는 수밖에 없었다.

밤을 새워 싸우다가 형편없이 참패하고 퇴각하는 길이었건만 아침이 되니 배가 고파 견딜 수가 없었다.

부차는 좌우를 돌아보며 말한다.

"뒤에서 우리를 따라오는 패잔병들도 적지 않을 테니, 그들도 규합할 겸 여기서 밥을 지어먹고 가는 것이 어떻겠느냐?"

부장 고사(姑射)가 손을 흔들며 말한다.

"이곳은 이상하게도 살기가 흉흉하여 적병이 매복해 있지 않은가 의심스럽사옵니다. 이곳에 오래 머물러서는 아니 되옵니다."

"설마 적이 여기에야 매복해 있겠느냐? 몹시 시장하니 밥을 지어먹고 나서 떠나기로 하자."

마침 그때에 초마가 급히 달려오더니,

"적장 약성이 기마대 5천 명을 거느리고, 지금 후방으로부터 공격해 오고 있는 중이옵니다."

하고 알려 주는 것이 아닌가.

진퇴유곡(進退維谷)이었다. 오군은 지칠 대로 지쳐 이제는 싸울 기력조차 없었다. 부차는 얼마 안 되는 군사들을 거느리고 백비와 전여의 호위를 받으며 또 다시 도망을 치기 시작하였다.

그러자 초마가 또다시 급히 달려와,

"구천이 지금 대군을 휘몰아 대왕을 추격해 오고 있는 중이옵니다."

하고 알려 주는 것이 아닌가.

부차는 말을 멈추고, 남아 있는 군사들을 새삼스러이 살펴보았다. 부차를 따라오는 군사는 겨우 기마병 4, 50기에 불과했다. 그나마 그들마저도 창에 찔리고 화살을 맞아 전신이 피투성이였다.

부차가 마상에서 부하 장병들을 둘러보며 눈물로 탄식한다.

"내 왕위에 오른 지 10여 년, 일찍부터 군사를 일으켜 패한 적이 한 번도 없었거늘 이제 20만 대군을 장강(長江)에 장사 지내 버렸으니 이는 필시 하늘이 나를 망하게 만들려는 뜻이 분명하구나."

바로 그때 한 무리의 장사들이 회오리처럼 달려오더니,

"대왕 전하! 구천이 대군을 이끌고 엄습해 오고 있는 중이옵니다. 급히 피신하셔야 하옵니다."

하고 말하며, 부차를 납치하듯 바람처럼 몰고 나간다.

부차를 사지(死地)에서 구출한 장수들은 왕손락, 왕손웅, 계사(系斯) 등의 심복들이었다. 일단 소주로 돌아온 부차 일행은 그때부터 성문을 굳게 걸어 잠그고 일체 싸우려고 하지 않았다.

부차는 백비를 불러 명한다.

"이제부터라도 군사들을 독려하여 성을 굳게 지키도록 하오."

소주성 내에는 성을 지키던 군사들이 아직도 4, 5만 명 정도 남아 있었다. 백비는 남아 있는 군사들을 독려하여 성을 굳게 지키되, 응전(應戰)은 절대로 하지 못하게 하였다. 그러나 성 안에는 식량이 부족하여 군사들을 배불리 먹여 줄 수가 없었다. 시간이 흐르면서 군사들 간에는 불평이 자자하였다.

부차는 패망의 날이 멀지 않았음을 깨달은 탓인지 그 난국에도 고소대에서 서시와 더불어 연락만 질탕하게 즐겼다. 오나라를 내부로부터 부패하게 만든 장본인이 바로 서시였건만, 부차는 서시의 매력에 현혹되어 그 무서운 사실을 아직도 깨닫지 못하고 있었던 것이다.

한편, 월군은 날마다 소주성을 끈질기게 공략하였다. 그러나 오군이 일체 응전해 오지 않으니 날이 갈수록 초조한 생각이 들어 범려에게 문의한다.

"시간을 끌수록 우리에게 불리할 터인데, 부차는 응전을 아니 하니 이를 어찌했으면 좋겠소?"

범려가 심사숙고하다가 대답한다.

"소주성을 함락시킬 좋은 방도가 전혀 없는 것은 아니옵니다. 그러나 그 방법은 너무도 가혹하고 처참하기 때문에……."

구천은 그 말을 듣고 크게 기뻐하며,

"전쟁이란 어차피 사람을 죽이는 일이니 그보다 더 가혹한 일이 어디 있다고 그런 말씀을 하시오. 그 방법이 무엇인지 어서 말해보시오."

범려는 한동안 주저하는 빛을 보이다가,

"소주성을 공략하려면 오직 '화공(火攻)'만이 있을 뿐이옵니다. 바람이 세차게 부는 날, 소주성 밖 민가에 불을 지르면 매연(煤煙)과 화염(火焰)이 모두 성 안으로 휩쓸려 들어가게 될 것입니다. 그렇게 되면 성 안에 불이 옮겨 붙어 아비규환을 이루게 될 것이고, 사람들은 생명을 부지하기가 어려울 것입니다. 제아무리 부차라도 화공법에는 손을 들지 않을 수 없을 것이옵니다."

구천은 범려의 계략을 듣고 크게 기뻐하며 말한다.

"참으로 절묘한 계책이오. 그런 계책이 있다는 걸 진작에 알았으면 오래 전에 항복을 받아낼 수 있었을 것 아니오? 그러면 바람이 불기를 기다렸다가 화공법으로 적을 공략하십시다."

그러나 범려는 고개를 좌우로 흔들며 난색을 표한다.

"화공법만은 쓰지 마시옵소서."

"화공법을 쓰지 말라니, 그게 무슨 소리요?"

"화공법을 쓰면 손쉽게 승리할 수 있다는 것은 분명합니다. 하오나 오도(吳都)가 초토화되는 것은 말할 것도 없고, 무고한 백성들의 생명과 재산에도 엄청난 손실을 끼치게 되옵니다."

그러나 복수심에 불타고 있는 구천에게 그와 같은 말이 통할 리가 없었다.

구천은 격렬한 어조로 범려를 꾸짖어 말한다.

"경은 무슨 잠꼬대 같은 말씀을 하고 계시오. 죽느냐 사느냐 하는 판국에 오국 백성들의 희생 따위가 뭐 그리 중요하다는 말이오. 여러 말 말고, 오늘밤이라도 강풍(强風)이 불거든 당장 화공법을 쓰시오. 이것은 군왕인 나의 명령이오."

"……."

범려는 아무 대꾸도 못 하고 속으로 마음만 아파하였다.

'군왕은 언제나 백성들에게 자애를 베풀어야 하는 존재가 아니던가? 백성들이 있어야 군왕이지, 죽여 놓고 무슨 군왕이란 말인가? 물론 오국 백성들이 월나라 백성이 아님은 분명하다. 그러나 오국을 정복하고 나면 그때부터는 다 같은 구천의 백성이 되는 것이 아니던가? 그런 사리조차 내다보지 못하니 구천은 결코 현명한 군주는 못 되는구나!'

범려는 속으로 혼자 탄식하였다. 그러나 범려의 깊은 심회(心懷)를 알 턱이 없는 구천은 승리에만 급급하여,

"오늘밤이라도 강풍만 불면 화공법으로 공략해야 하오. 거듭 말하거니와 이것은 군주인 나의 명령이오."

하고 강압적으로 나오는 것이었다.

범려는 아무 대꾸도 아니 하고, 자기 처소로 돌아오자 하늘을 우러러 축원을 올린다.

"하늘이시여! 무고한 오국 백성들을 위해, 한 달이고 두 달이고 강풍이 불지 않게 해주시옵소서. 강풍이 불면 오도의 백만 생령들이 모

두 회멸(灰滅)될 것이오니 굽어 살펴 주시옵소서."

그 축원이 주효해서인지 그로부터 열흘 동안 바람은 까딱도 하지 않았다. 화공법을 쓸 생각에 몰두해 있는 구천으로서는 매우 초조한 날들이었다. 그러나 열 하루째 되는 날, 마침내 아침부터 바람이 솔솔 불기 시작하더니, 석양 무렵이 되면서부터는 천지를 뒤엎을 듯한 강풍으로 돌변하는 것이 아닌가. 바람이 세차게 불기 시작하자 구천은 모든 장수들을 불러 무서운 군령을 내린다.

"이제부터 오도를 화공법으로 공략할 터인즉, 모든 장수들은 즉각 자기 부대로 돌아가 소주성 주변에 있는 민가에 모조리 불을 지르도록 하라. 화공법으로 오군을 일거에 섬멸시켜 버릴 계획이로다."

범려는 그 군령을 듣는 순간 눈앞이 아찔해 왔다. 화염에 타서 죽어가는 무고한 백성들의 아우성이 귀에 쟁쟁하게 들려오는 것만 같았기 때문이다.

'아아, 기어코 화공법을 써야만 한다는 말인가?'

범려로서는 이제 모든 것을 체념하고 군령을 따를 수밖에 없었다. 그로부터 잠시 후에 소주성을 둘러싼 민가에서는 난데없는 불길이 일시에 치솟기 시작하였다. 한번 일어난 불길은 강한 바람을 타고 이웃집으로 번져나가 삽시간에 하늘을 뒤덮는 거대한 불바다로 변했다.

거리로 달려나온 백성들은 불기에 휩싸여 우왕좌왕 아우성을 치며 피신을 하려고 애썼지만, 가도가도 연기와 불바다뿐이어서 수천, 수만의 군중들은 마침내 연기에 질식해 쓰러지고, 불에 타 죽으며 처절한 아우성을 쏟아냈다. 그야말로 연옥(煉獄)을 방불케 하는 목불인견(目不忍見)의 아비규환이었다.

바람을 타고 사정없이 퍼져 나간 불길이 마침내 성 안에도 옮겨 붙었다. 화염과 연기로 뒤덮인 성 안에서도 하늘을 찌르듯 호곡성(號哭

聲)이 높아갔다. 땅이 진동하며 태산이 일시에 무너져 버리는 것 같은 처참 가열한 광경이었다.

월장(越將) 계영이 그 틈을 타서 성 안으로 달려들어가 오장(吳將) 계사를 한칼에 찔러 죽이니, 다른 장수들은 겁에 질려 허겁지겁 도망을 치기에 정신이 없었다.

대궐로 달려들어간 월나라 군사들이 오왕 부차를 찾아 헤맸다. 그러나 아무리 찾아도 부차는 보이지 않았다.

범려가 급히 달려와 계영 장군에게 명한다.

"부차는 고소대에 숨어 있을 것이다. 지금 즉시 고소대를 탐색하라."

월군이 고소대로 엄습해 가니 과연 부차는 그곳에 있었다. 부차는 서시와 함께 배를 타고 호수를 건너가려다 계영 장군의 손에 생포되고 말았다.

범려가 계영에게 명한다.

"대왕의 지시가 떨어질 때까지 부차를 고소대에 감금해 놓고 경계를 삼엄하게 하라."

그리고 다른 장수들을 불러 다시 명한다.

"우리가 노리는 사람은 부차뿐이다. 백성들은 아무 죄도 없이 재화에 시달리고 있으니 모든 군사들은 이제부터 구휼미(救恤米)를 골고루 나눠주어 민심을 신속히 수습하도록 하라. 민심을 수습하는 것만이 참다운 승리이니라."

참으로 만고에 빛나는 명언이었다.

고소대에 감금 중인 부차는 왕손웅을 보내 월왕 구천을 만나게 하였다.

구천이 왕손웅에게 묻는다.

"그대는 무슨 일로 나를 만나려고 하는가?"

왕손웅이 이마를 땅에 조아리며 말한다.

"일찍이 대왕께서 회계산에서 대패하셨을 때, 과군(寡君)께서는 항표(降表)만 받으시고 대왕을 고국으로 돌려보내 드렸사옵니다. 그때의 일을 생각하시어 대왕께서도 항표만 받으시고 과군에게 특사를 내려 주시옵기를 바라옵니다."

그런 다음 품안에서 부차의 항서(降書)를 꺼내어 주는 것이 아닌가.

"음……"

항표를 받은 구천은 매우 만족스럽게 여기며 화의(和議)할 기색을 보였다.

그러자 범려가 얼른 앞을 가로막고 나서며 구천에게 간한다.

"그 옛날 회계산의 싸움 때에는 하늘의 뜻이 월나라를 오나라에 주시려고 했던 것이옵니다. 그러나 오나라는 하늘의 뜻을 받아들이지 않았습니다. 이에 크게 노한 하늘이 이제는 오나라를 월나라에 주시려고 하는 것이옵니다. 그러하니 대왕께서는 하늘의 뜻을 거역하셔서는 아니 되옵니다. 오늘이 있기를 고대하며 와신상담하기를 10여 년, 우리가 승리에 도취되어 부차를 관용하면 하늘의 뜻을 거역하는 것이니 언젠가는 또다시 저들의 노예가 될 수도 있다는 사실을 유념하셔야 하옵니다."

명쾌하고도 신랄한 간언이었다.

그러나 구천이 말한다.

"과거의 은혜를 생각하면 오나라를 완전히 멸망시키기가 어쩐지 꺼림칙하구려."

범려가 다시 말한다.

"천하대사를 일시적인 감상으로 처리하시다가는 반드시 대과(大過)를 범하게 되시옵니다. 부차를 대왕께서 직접 처치하시기가 어려우시면 신에게 맡겨 주시옵소서. 신이 천도(天道)를 따라 수행하도록 하겠습니다."

"그러면 모든 것은 경이 나를 대신하여 처리해 주도록 하오."

범려는 곧 형병(刑兵)들을 거느리고 고소대로 달려가 감금 중인 부차를 채향경(彩香逕)으로 끌어내었다. 채향경은 일찍이 부차가 미녀 서시와 함께 영화를 누리기 위해 국고를 탕진해 가며 호화롭게 만들어 놓은 정원이었다. 지금도 기화요초가 만발해 있는 그 정원에서 오늘은 망국 군주로서 범려 앞에 무릎을 꿇고 앉아 있어야 하는 부차였다.

범려는 부차 앞에 위연히 군림(君臨)하여 죄를 다스리기 시작하였다.

"그대는 일국의 군주로서 선정을 베풀 생각은 아니 하고 황음으로 백성들을 도탄에 빠뜨렸으니 그 죄가 하나요, 인국(隣國) 간에 화친을 도모할 생각은 아니 하고 월국을 불의로 침략했으니 그 죄가 둘이요, 교만하기 짝이 없어 만승천자를 사칭했으니 그 죄가 셋이라. 이에 마땅히 단두(斷頭)로써 처형하리라."

부차는 이미 모든 것을 각오한 탓인지 범려가 단두령을 내려도 눈을 무겁게 감은 채 말이 없었다.

범려가 다시 입을 열어 말한다.

"처형은 바로 이 자리에서 단행한다. 죽기 전에 하고 싶은 말이 있거든 지금 말해 보라."

그러자 부차는 고개를 들어 하늘을 우러러보며 눈물로 탄식한다.

"오자서의 간언을 듣지 않았다가 오늘날 나라를 망치고 죽게 되었구나. 이제 저승에 가면 오 명보를 무슨 낯으로 대하랴."

그런 다음 이번에는 범려에게 청한다.

"내 목을 내 손으로 끊었으면 싶으니 그 점만은 용납해 주기 바라오."

"그것이야 어찌 용납하지 않겠는가? 왕년의 군주답게 당당하게 네 목을 네 손으로 자르라."

허락이 내리자 부차는 허리에 차고 있는 검을 기운차게 뽑아 스스로 자기 목을 쳐서 죽었다. 이로써 오나라는 완전히 멸망하게 되었다.

부차가 자기 목숨을 끊어 죽을 때, 멀리 나무 그늘에 숨어 그 광경을 눈물로 바라보고 있는 여인이 있었다. 그 여인은 부차가 목숨처럼 아껴오던 서시였다. 그러나 서시가 흐느껴 우는 것을 본 사람은 아무도 없었다.

부차를 처단한 범려는 이번에는 서시를 찾으라는 명령을 내렸다. 고소대를 샅샅이 뒤져보아도 서시의 아름다운 자태는 보이지 않았다.

범려가 월왕 구천에게 부차의 머리를 바치며 말한다.

"오늘날 부차가 그 꼴이 된 것은 간신 백비의 아첨 때문이었습니다. 백비를 참형에 처하여 그의 수급(首級)을 성하(城下)에 높이 매달아 놓고, 만백성들에게 경각심을 일으켜 주는 것이 옳을 줄로 아뢰옵니다."

"그것도 경의 뜻대로 하오."

범려는 백비를 참형에 처하고, 삼족까지 멸해 버렸다. 그러고 나서 오나라의 종묘사직(宗廟社稷)을 모조리 불태워 버린 다음 오국 군신들을 한자리에 모아 놓고 다음과 같이 선포하였다.

"그대들은 오늘부터 모두 월나라의 백성임을 명심해 주기 바라노라. 그대들이 우리를 따라가 벼슬을 하고 싶다면 지금 가지고 있는 벼슬자리를 그대로 제수(除授)할 것이고, 만약 뜻이 없다면 이 땅에 그대로 남아 어진 백성들이 되어 주기를 바라노라."

모든 벼슬아치들은 눈물을 흘리며 고맙게 여겼다. 민심을 수습하는 데 또 하나의 획기적인 처사가 있었으니, 그것은 나라의 창고 문을 활짝 열어 놓고, 모든 백성들에게 곡식을 골고루 나눠준 일이었다. 그저럼 선심을 베풀자 오랫동안 부차의 학정에 시달려왔던 백성들은 모두들 입을 모아 월왕 구천의 성덕(聖德)을 칭송하였다.

전후 수습이 끝나자 소주성을 대장 계영에게 지키게 하고, 구천은 본국으로 돌아오기로 하였다. 원수를 갚으려고 와신상담해 온 지 17개 성상(星霜) 만에 드디어 개선가(凱旋歌)를 부르게 되었던 것이다.

국파산하재(國破山河在)

원수의 나라를 정복하고 본국으로 돌아오는 구천의 개선 행렬은 호화롭기 그지없었다. 10만 대군을 전후에 거느린 구천이 황금 마차를 타고 돌아오는데, 개선 행렬 속에서는 끊임없이 풍악이 울려 퍼졌고, 연도에 엎드려 신왕을 환송하는 백성들의 부복행렬(俯伏行列)은 끝간 데를 모를 지경이었다.

구천은 백성들의 축하 행렬을 지극히 만족스러운 미소로 굽어보고 있었다. 그러다가 별안간 배행하는 범려와 문종을 돌아다보며,

"아차, 내가 황망간에 깜박 잊어버리고 있었는데 서시는 어떻게 되었소?"

하고 물어 보는 것이 아닌가. 보나마나 개선의 길에 오르자 이제는 서시를 데리고 돌아가 후궁으로 삼고 싶은 생각이 간절했던 것이다.

범려가 그러한 기색을 재빠르게 알아채고,

"서시를 찾으려고 고소대를 샅샅이 뒤져보았사오나 죽었는지 살았는지 찾을 길이 없었사옵니다."

하고 대답했다.

범려가 고소대에서 서시를 찾으려고 애쓴 것은 사실이었다. 그러나 범려는 설령 서시를 찾아냈다 하더라도 월나라로 데리고 돌아올 생각은 꿈에도 없었다. 왜냐하면 서시를 데리고 돌아왔다가는 월나라의 기강이 크게 어지러워질 것 같았기 때문이다.

범려가 서시를 찾은 것은 살려 주기 위해서가 아니라 죽여 버리려고 찾은 것이었다. 범려는 물론 오나라를 멸망시키는 데 서시의 공로가 지대했다는 것을 잘 알고 있었다. 그녀가 아니었다면 오나라의 조정을 누가 그처럼 부패하게 만들 수 있었을 것인가.

서시의 사명은 부차를 황음과 타락의 세계로 이끈 것으로 끝났다. 사명을 다한 계집을 본국으로 데리고 돌아오면 그녀의 오만과 자세(藉勢)로 인해 국정이 크게 어지러워질 게 틀림없었다. 범려는 그런 후환을 미연에 방지하기 위해 서시를 죽여 없애려 했던 것이다.

서시가 만약 남자였다면 문제는 다르다. 그를 일등공신으로 추서해 금후에도 나라에 공헌하게 만들 일이 얼마든지 많았으리라. 그러나 서시는 남자가 아니라 여자였다. 게다가 어떤 남자라도 현혹시킬 수 있는 경국지색(傾國之色)이었다. 만약 구천이 서시의 미색에 현혹되는 날이면 거기에서 빚어지는 국정의 난맥상을 무엇으로 수습할 수 있을 것인가. 그러기에 범려는 사명을 다한 서시를 죽여 없애야 후환이 없으리라 생각했던 것이다.

구천의 생각은 범려의 짐작과 크게 다르지 않았다. 구천은 서시의 전공이 지대한데다가 절세의 미인이기도 하니 후궁으로 삼아 길이 사랑하고 싶었던 것이다. 그런데 서시를 내버려 둔 채 돌아오게 되었으니 화가 동할 수밖에 없었다.

"서시가 죽었는지 살았는지 모르다니, 그게 무슨 소리요? 경은 그 아이의 공로를 그렇게도 모르고 있다는 말이오?"

구천은 범려를 호되게 나무란다.

"······."

범려는 기가 막혔다. 구천의 마음이 하루 사이에 그처럼 달라질 줄은 몰랐던 것이다. 구천은 재상 문종의 의견을 묻는다.

"오나라를 멸망시키는 데 공로가 지대했던 서시를 그냥 내버려 두고 돌아오다니, 경은 그 일을 어떻게 생각하시오?"

문종은 대답하기 난처하였다. 범려가 서시를 죽여 없애려는 뜻을 품고 있다는 걸 알고 있었기 때문이다. 아닌 게 아니라 문종 자신도 국가의 장래를 위해서는 이 기회에 서시를 죽여 없애는 것이 좋으리라 생각하고 있었다. 그러나 구천이 서시에게 엉뚱한 마음을 품고 있음을 어찌하랴.

"대왕 전하! 군사(軍師)가 서시의 행방을 백방으로 찾아보았으나 아무 데도 없더라고 하니, 어찌할 수 없는 일이 아니옵니까?"

문종은 대답을 그처럼 얼버무려 버리는 수밖에 없었다. 그러자 구천이 크게 격노한다.

"경은 무슨 말을 그렇게 하시오? 나라를 올바르게 다스려 나가려면 전쟁에 대한 논공행상(論功行賞)을 분명히 해야 할 게 아니오? 누가 보더라도 서시는 일등 공로자가 분명한데 오나라 땅에 그냥 내버려두고 돌아온다는 게 말이나 되는 소리요?"

범려는 참고 듣다 못해 머리를 조아리며 정중하게 품한다.

"대왕 전하! 소신도 서시의 공로를 모르는 바가 아니옵니다. 하오나 서시는 남자가 아니고 여자이옵니다. 아무 쓸모도 없게 된 여자를 무엇 때문에 굳이 거두어들이시려 하시옵니까?"

그러자 구천은 얼굴을 붉히며,

"서시가 쓸모없는 여자라니, 그게 무슨 소리요? 그 아이는 아직 서른도 안 된 여자요. 그런데 어째서 쓸모가 없다는 말이오? 경은 여자의 생리를 그렇게도 모르오?"

하고 동문서답 격으로 나무란다. 무심코 뱉은 말에 마각(馬脚)이 드러난 셈이었다.

범려는 어이가 없어 잠시 침묵을 지키다가 다시 머리를 조아리며 아뢴다.

"대왕 전하! 군왕은 언제나 여색을 경계하셔야 하옵니다. 은나라의 주왕은 달기로 인해 망했고, 오나라의 부차도 서시로 인해 망한 것을 대왕께서는 누구보다도 잘 알고 계시지 아니하옵니까? 그러한데 오나라를 망하게 만든 그 계집을 무엇 때문에 거두어들이시려 하옵니까? 깊이 통촉해 주시옵소서."

그러나 서시의 자색에 마음이 연연해진 구천에게 그 말이 통할 리 없었다.

"그것은 경의 잘못된 생각이오. 죄과(罪科)와 공과(功科)는 마땅히 구별해 다스려야 하는 법이오. 우리가 오늘의 승리를 거두는 데 있어 서시의 공로가 경의 공로보다 결코 가벼웠다고 볼 수는 없을 것이오. 서시의 공로를 두고두고 높이 받들어 안 될 게 무엇이오?"

서시의 공로를 높이 받든다는 명목으로 그녀를 후궁으로 앉혀놓고 마음껏 쾌락을 누려 보겠다는 속셈이 분명하였다. 그러나 범려로서는 도저히 용납할 수 없는 일이었다. 범려가 아무 대꾸도 아니 하고 묵묵히 앉아 있자 이번에는 재상 문종이 구천에게 묻는다.

"대왕 전하! 서시의 행방은 추후에 찾아보기로 하옵고, 대왕께서는 속히 환궁하심이 어떠하겠습니까?"

구천의 분노를 무마하기 위한 일종의 타협안이었다. 그러나 구천은 그와 같은 타협안을 받아들이려고 하지 않았다.

"서시를 지금 찾아오지 못하면 언제 다시 찾아온단 말이오? 어떤 일이 있어도 서시를 지금 당장 찾아와야 하오."

"서시를 찾아서 어떻게 하시려고 그러시옵니까?"

"국가에 공로가 많았으니 마땅히 논공을 베풀 것이오."

"논공을 후하게 베풀어주신다면 서시에게 재상 벼슬이라도 내리시겠다는 말씀이옵니까?"

"서시는 여자의 몸이니 재상을 시킬 수는 없는 일이지요. 그 대신……."

하고 말끝을 얼버무려 버린다.

"그 대신 어떤 벼슬을 내리시렵니까?"

문종이 구천의 말꼬리를 붙잡고 늘어졌다.

구천은 추궁을 당하자 더 이상 대답을 회피할 길이 없는지,

"여자에게 벼슬을 줄 수는 없는 일이고, 그 대신 후궁으로 앉혀 여생을 편히 지내게 해줄 생각이오."

하고 마음속 비밀을 솔직하게 털어놓는다.

구천의 속셈은 범려가 처음부터 짐작했던 그대로였다. 어처구니가 없어진 범려는 구천의 얼굴을 멀거니 바라보았다.

'사람의 마음이란 어찌 저렇게도 변하기 쉬운 것일까? 17년 동안이나 와신상담하며 원수를 갚기 위해 천신만고 해온 사람이 사흘이 채 못 되어 이렇게 표변해 버릴 수 있는 것일까?'

생각이 거기에 미치자 범려는 관상학(觀相學)적 견지에서 구천의 얼굴을 유심히 살펴보았다. 그리고 내심 크게 놀랐다. 왜냐하면 구천은 목이 길게 패어 있는 데다가 새 주둥이처럼 입이 삐죽 나와 있는 '장경조훼형(長頸鳥喙型)'이었기 때문이다.

관상학에서는 목이 길고 입이 새 주둥이처럼 생긴 사람은 '환난(患難)은 같이할 수 있어도, 환락(歡樂)은 같이할 수 없는 사람'이라고 전해 오지 않던가.

'나는 구천을 날마다 만났으면서 어찌하여 지금껏 그 점을 깨닫지 못했던가?'

그러나 범려 자신이 그 점을 깨닫지 못했던 것은 아니었다. 지금까지는 고난 때문에 가려져 있던 구천의 본색이 이제야 명료하게 드러나 보였던 것이다.

구천은 서시가 연연해 견딜 수가 없었는지 범려에게 뜻하지 않았던 왕명을 내린다.

"나는 재상과 함께 먼저 환국할 테니 범려 경은 소주로 다시 돌아가 서시를 기필코 찾아오도록 하오."

실로 모욕적인 왕명이었다. 범려가 구천의 일등 공신임은 천하가 다 아는 사실이었다. 그러한 범려에게 소주로 돌아가 서시를 찾아오라고 명하는 것은 참으로 앞뒤를 분간 못 하는 청맹과니의 처사였다.

범려는 모욕감을 금할 길이 없었다. 재상 문종도 구천의 처사가 매우 못마땅하게 여겨졌던지,

"대왕 전하! 서시를 기어이 찾아오시려면 군사(軍師)를 보내실 것이 아니라 어느 부장을 보내심이 어떠하겠습니까?"

하고 말했다. 그러나 구천은 고개를 좌우로 흔들며 거듭 명한다.

"서시의 얼굴을 알고 있는 사람은 군사(軍師)뿐이니 수고로운 줄 아나 직접 다녀와야겠소."

서시에게 미쳐도 이만저만 미친 꼴이 아니었다. 아무리 모욕적인 명령이라도 왕명은 거역할 길이 없는 것이다.

"대왕 전하! 그러면 신은 서시를 찾아오기 위해 소주로 떠나겠사옵

니다."

 범려는 구천에게 작별 인사를 고하고 소주로 말을 달려가기 시작했다. 그러나 그는 이제 길을 떠나면 월나라로 다시 돌아갈 생각은 꿈에도 없었다.

 '고생은 같이할 수 있어도 기쁨은 같이할 수 없는 사람을 다시 찾아와 무슨 덕을 볼 수 있을 것인가?'

 범려의 마음은 이미 구천에게서 멀리 떠나 있었다. 그러나 월나라에 대한 마지막 충성으로 서시만은 자기 손으로 처치해 버릴 결심이었다. 서시를 그냥 살려 두었다가는 구천의 품안으로 들어가 월나라를 망치게 할 것이 분명했기 때문이다.

 말을 부지런히 달려 소주로 돌아온 범려는 서시를 찾아내려고 고소대 일대를 샅샅이 뒤졌다. 그러나 서시는 그 어디에도 보이지 않았다. 군사를 사방으로 풀어 소주팔경(蘇州八景)을 모조리 뒤져보게 하였으나 서시의 행방은 묘연했다. 그런데 닷새째 되는 날 석양 무렵에 군사들이 범려를 찾아와,

 "서시가 지금 일엽편주(一葉片舟)를 타고 오호(吳湖) 위에 홀로 앉아 울고 있는 것을 찾아내었습니다."

 하고 알려 주는 것이 아닌가.

 "서시가 홀로 배를 타고 울고 있더란 말이냐?"

 "예, 그러하옵니다. 군사들이 이리로 끌고 오려 했지만 한사코 응하지 않아 부득이 호상(湖上)에 억류해 놓은 채 장군 전에 보고를 올리는 것이옵니다. 그녀를 어떻게 하시려는지 명령만 내려 주시옵소서. 저희들이 명령에 따라 조치하겠나이다."

 서시가 홀로 배를 탄 채 울고 있다는 것은 너무도 뜻밖이었다.

 "내가 직접 서시를 만나러 갈 테니 나를 그리로 인도하여라."

범려는 부랴부랴 오호로 향하였다. 군인들의 안동(眼同)을 받으며 호숫가로 급히 달려 나와 보니, 과연 저 멀리 호수 한복판에 일엽편주 하나가 군사들에 의해 억류되어 있는 모습이 보였다.
 "저기 보이는 배에 서시가 타고 있사옵니다. 저 배를 이리로 끌어오라고 할까요?"
 "아니다. 내가 갈 테니 배를 한 척 구해 오너라."
 범려는 군인들이 끌어다 주는 군선(軍船)을 타고 호수 한복판을 향해 나아갔다. 망망대해(茫茫大海)처럼 넓으나 넓은 오호(吳湖)! 그 호수 위에 물결 따라 일렁이는 한 척의 일엽편주! 문제의 여인 서시는 바로 그 배 위에 타고 있었다.
 군선을 타고 가까이 다가가 보니 서시가 타고 있는 배는 단순한 일엽편주가 아니라 오색 단청이 영롱한 화방이었다. 마치 한 마리의 거대한 교룡(蛟龍)이 머리와 꼬리를 공중으로 잔뜩 치켜들고, 배 바닥으로 수면을 기운차게 밀고 나가는 듯이 보이는 호화로운 화방이었다.
 범려는 화방을 보는 순간 그 호화로움에 자기도 모르게 감탄하였다.
 '아! 세상에 저렇게도 호화로운 배가 있었던가? 저것은 부차가 서시를 위해 특별히 만든 화방임이 분명하구나!'
 물결에 일렁거리고 있는 화방 한복판에 여인 하나가 다소곳이 앉아 있었다. 자세히 보니 여인은 무슨 축원이라도 올리듯이 합장을 하고 눈을 감은 채였다.
 범려는 한눈에 그 여인이 바로 서시임을 알아봤다.
 '저 계집은 무슨 심정에서 저런 자태를 취하고 있을까?'
 범려는 한동안 여인의 자태를 소상하게 건너다보았다. 화려한 왕후복(王后服)을 몸에 휘감고 있는 그녀는 첫눈에 보아도 정신이 황홀해 올 정도로 아름다웠다.

범려는 그 옛날 서시가 열다섯의 나이로 오나라로 파견되어 가던 때에 잠깐 만나본 일이 있었다. 그때에도 얼굴이 아름다웠지만 설익은 개살구처럼 어딘가 떫은맛이 느껴졌었는데, 지금 다시 보니 무르익은 홍도(紅桃)가 그러하듯 전신에서 향기가 진동할 것만 같은 농익은 자태였다.

'과연 천하의 절색이로다. 얼굴이 저렇게도 아름다우니 부차가 아니더라도 나라를 망치지 않을 자가 과연 몇 사람이나 있을 것인가?'

서시는 그린 듯이 합장명목(合掌瞑目)하고 앉은 채 언제까지나 움직이지를 않았다. 눈을 감은 채 기도하는 자세로 앉은 모습이 너무나 아름답게 보여 그녀를 바라보는 범려의 가슴도 두근거려오기 시작하였다.

'서시를 죽여 없앨 것이 아니라 차라리 내가 가로채 먼 나라로 도망쳐 버리면 어떨까?'

범려는 그림처럼 고요히 앉아 있는 서시의 아리따운 자태를 한동안 물끄러미 건너다보고 있으려니 마음이 자꾸만 싱숭생숭해지는 것을 어찌할 수 없었다.

'어차피 월나라에는 다시 돌아갈 수 없게 되어 버린 몸이 아니던가? 그렇다면 월나라를 위해 서시를 죽여 없앨 것이 아니라 아무도 모르는 머나먼 나라로 데리고 가 한평생 같이 산다면……'

범려는 일순간 그런 생각조차 품어 보았다. 그러나 그는 고개를 결연히 흔들며 다음과 같은 말을 소리 내어 자기 자신에게 들려주었다.

"안 된다. 안 될 말이다. 서시는 여자로서의 사명을 다했기 때문에 이제는 죽어 없어져야 할 몸이 아니던가? 서시의 미모에 현혹돼 운명을 같이하려는 것은 나 자신을 파멸로 몰아가는 것이다. 나는 부차처럼 어리석은 인간이 될 수는 없노라."

냉철한 마음을 회복한 범려는 위엄 있는 목소리로 서시에게 이렇게 말을 건넸다.
"그 배에 타고 있는 여인은 서시가 아니냐?"
"……."
서시는 눈을 살포시 뜨더니 이쪽을 묵묵히 건너다보기만 할 뿐 대답이 없었다.
범려가 다시 소리친다.
"너는 월나라에서 온 서시가 분명하렷다? 나는 월나라의 군사(軍師) 범려로다."
서시는 그 소리를 듣자 크게 놀라는 기색을 보이며 옷매무새를 가다듬더니, 이쪽을 향하여 정중하게 머리를 숙여 보였다. 고개를 든 서시가 낭랑한 목소리로 인사를 올린다.
"군사께서는 어인 일로 이런 곳까지 내림하셨사옵니까? 존귀하신 어른을 뜻밖에 만나 뵙게 되어 영광 무비이옵나이다."
그러고는 다시 한번 머리를 숙여 보이며,
"군사께서는 대전을 승리로 이끄시느라 노고가 많으셨사옵니다. 외람되오나 축하의 말씀을 올리옵나이다."
하고 전승 축하까지 정중하게 보내 주는 것이 아닌가.
서시를 죽이려고 찾아온 범려로서는 머리를 한 대 얻어맞은 느낌이었다.
'저 계집은 무엇 때문에 혼자서 배를 타고 이곳에 나와 있으며, 또 무슨 생각으로 나를 이렇게까지 정중하게 대해 주는 것일까?'
마음속에 가지가지 의혹을 담은 범려가 서시에게 다시 말을 건넨다.
"나는 여기까지 일부러 너를 찾아왔노라."
서시는 그 말에, 무척이나 놀라는 표정을 짓는다.

"다른 어른도 아닌 장군께서 소녀를 만나시려고 일부러 여기까지 찾아오셨다는 말씀이시옵니까?"

그렇게 반문하는 서시의 얼굴에는 일순간 형용하기 어려운 공포의 빛이 감돌았다. 어쩌면 죽음에 대한 공포인지도 모를 일이었다. 서시의 얼굴에 공포의 빛이 감도는 것을 보는 순간 범려는 문득 그녀가 한 없이 측은해졌다.

'나는 이미 구천 곁을 떠나 버리기로 결심한 몸. 그래도 월나라를 위해 서시를 꼭 죽여야만 하는 것일까?'

그러자 이번에는 그와 정반대의 생각이 머리에 떠올랐다.

'내가 서시를 죽이려는 것은 월나라를 위한 내 최후의 충성이 아니던가? 서시를 그냥 살려 두면 구천이 그녀에게 빠져들어 머지않아 부차와 같은 꼴이 되고 말 것이다. 아무리 월나라를 떠나는 몸이기로, 그동안 주군으로 모셔 온 구천을 망하게 만들 수는 없지 않은가?'

범려는 그런 생각이 들자 서시의 얼굴을 다시 건너다보았다. 그러나 그때에는 이미 서시의 얼굴에서 공포의 빛은 깨끗이 사라져 버리고, 활짝 피어오른 꽃송이처럼 화사한 여인의 모습으로 돌아와 있었다.

범려가 다시 말을 건넨다.

"조금 전에도 말한 바 있거니와 너한테 꼭 해야 할 이야기가 있어서 일부러 찾아온 것이다. 우리가 이야기를 나누려면 내가 네 배에 가거나 네가 내 배로 와야겠는데 너는 어떻게 했으면 좋겠느냐?"

"……"

서시는 영문을 몰라, 무엇인가를 무척이나 망설이는 눈치였다.

"네가 내 배로 잠시 건너와 줄 수 없겠느냐?"

그러자 서시는 굳은 결심이라도 한 듯 얼굴을 힘 있게 들며 말한다.

"매우 외람된 말씀이오나 소녀에게 하실 말씀이 있으시면 장군님께서 저의 배로 왕림해 주시옵소서."

건방지기 짝이 없는 대답이었다. 범려는 그 대답을 듣는 순간 소리를 크게 내어 웃으며 말한다.

"하하하, 네가 부차의 총애를 받아 오며 오랫동안 왕후 행세를 하더니 이제는 눈에 뵈는 게 없는 모양이로구나?"

서시의 오만한 태도를 꾸짖는 말이었다. 그러자 서시는 크게 당황하는 빛을 보이며,

"소녀가 부차의 각별한 총애를 받아 오며 갖은 호강을 다해 온 것은 사실이오나 예의범절조차 분별하지 못하도록 방자해지지는 아니하였사옵니다."

"예의범절을 잘 알고 있다면서 나더러 네 배로 건너와 달라는 것이냐?"

그러자 서시는 머리를 거듭 숙여 보이며,

"소녀가 장군님더러 저의 배로 건너와 달라고 한 것이 예의범절에 크게 어긋나는 일이라는 걸 어찌 모르겠사옵니까? 그러나 소녀는 사유가 있어서 부득이 그렇게 여쭈었던 것이옵니다."

"사유라니? 무슨 사유인지 어서 말해 보아라."

서시는 또다시 주저하는 빛을 보이다가 다음 순간 조용히 대답한다.

"소녀는 이 배에 오르면서 목숨이 끊어지기 전에는 한 발짝도 배 밖으로 나가지 않기로 결심하였사옵니다. 장군님께서 이 배로 건너와 주시라 말씀드린 것은 바로 그런 결심 때문이옵니다."

범려는 서시의 말을 듣고 적이 놀랐다.

"그 배에서 한 발짝도 나오지 않겠다니? 그러면 너는 한 평생 그 배 안에서만 살아가기로 작정했다는 말이냐?"

서시는 고개를 가로저어 보이며,

"그 얘기는 장군님하고는 아무런 관계가 없으니 더는 묻지 말아 주시옵소서. 다만 장군님께서 저의 배로 왕림해 주신다면 무상의 영광으로 알고 진심으로 환영하겠나이다."

마침내 범려는 노를 저어 서시의 화방으로 접근해 갔다. 그리하여 서시의 배에 올라서니, 그녀는 범려에게 큰절을 올리며 이렇게 말하는 것이 아닌가.

"소녀처럼 하찮은 계집을 죽이기 위해 여기까지 왕림하시느라 수고가 많으셨사옵니다."

범려는 너무도 뜻밖의 말에 기절초풍을 할 듯이 놀랐다. 지략이 풍부하고 도량이 넓기로 소문난 범려도 이때만은 어쩔 줄을 모를 정도로 당황하였다. 그러나 언제까지나 당황만 하고 있을 범려가 아니었다. 그는 배 바닥에 엎드려 있는 서시의 등허리를 굽어보며 위연한 어조로 조용히 묻는다.

"내가 너를 죽이러 온 것을 어찌 알게 되었는지는 모르겠다만, 너는 죽음이 무척이나 두려운 모양이로구나."

서시는 엎드린 채 분명하게 대답한다.

"저는 장군님께서 죽여 주시지 않아도 이미 자결하기로 결심한 몸입니다. 그런 제게 어찌 두려운 생각이 있겠나이까?"

범려는 자결이라는 말에 또 한 번 놀랐다.

"네가 자결하기로 결심을 했다니 나로서는 도무지 믿기 어려운 말이로다. 한데 내가 너를 죽이려고 찾아왔다는 것은 어찌 알았느냐? 이제 그만 일어나 우선 그 얘기부터 해보거라."

사실 무엇보다도 놀라운 것은 바로 그 부분이었다. 자기 이외에는 아무도 모르는 비밀을 서시가 어떻게 알게 되었는지 궁금하기 짝이 없었다.

서시는 여유를 보이려는 듯 가냘픈 미소를 지어 보이며 조그맣게 대답한다.

"소녀는 월나라를 위해 오늘날까지 막중한 임무를 다해 온 몸이옵니다. 이제 오나라가 망하게 되었으니 소녀의 사명은 모두 끝이 난 셈입니다. 이제 소녀에게 죽음 이외에 또 무엇이 남아 있으오리까? 소녀는 부차가 세상을 떠남과 동시에 자결을 결심하였사옵니다."

"오를 멸망시키는데 너의 공로가 지대했으니 이제는 월나라에 돌아가 얼마든지 부귀영화를 누릴 수 있을 터인데 왜 죽을 결심을 하였다는 말이냐?"

그러자 서시는 고개를 설레설레 젓는다.

"비록 적국이지만 나라 하나를 망쳐 놓은 계집이 무슨 낯짝으로 영화를 바라겠나이까? 자결하려는 소녀의 결심에는 추호도 변동이 없사옵니다."

범려는 서시의 고매한 정신에 내심 탄복해 마지않았다. 범려는 아까부터 마음속의 수수께끼가 풀리지 않아 서시에게 다시 캐어묻는다.

"내가 이 배에 오르기 무섭게 내가 너를 죽이러 온 것이라 했는데 그걸 어찌 알았느냐?"

서시가 미소를 지으며 조용히 대답한다.

"누구에게 들어 알게 된 비밀이 아니옵고, 오직 소녀의 영감(靈感)으로 느낀 일이옵니다."

"그런 일을 어찌 영감으로 알아냈다는 것이냐?"

"생각해 보시옵소서. 오나라가 망하고 부차까지 죽어 없어졌으니, 이제 소녀에게 남은 운명이 죽음 이외에 또 무엇이 있으오리까? 세상에 나와 할 일을 다 마쳤으니, 소녀도 이제는 누군가의 손에 죽게 될 것이라 짐작하였사옵니다. 그런데 장군님께서 단신으로 찾아오셨으니 저를 죽이려고 온 것이 아니고 무엇이겠습니까?"

서시의 예리한 직감에 범려는 탄복해 마지않았다. 그러면서도 자결하겠다는 서시의 결심이 과연 어느 정도인가를 한 번 떠보고 싶어서,

"나는 너를 죽이려고 찾아온 것이 아니다. 실상인즉 왕명에 의하여 너를 왕후로 모셔가려고 온 것이다."

하고 얼토당토않은 말을 했다.

그러자 서시는 별안간 얼굴에 노기를 띠더니 범려를 날카롭게 나무란다.

"군사께서는 소녀를 우롱하지 말아 주시옵소서. 분명하게 말씀드리거니와 설사 구천 대왕이 직접 소녀를 찾아와 무릎을 꿇고 왕후가 되어 주기를 간청한다고 해도 저는 자결을 단행할 것이옵니다."

서시의 확고한 태도에 범려는 머리가 절로 숙여졌다. 그와 동시에 그녀를 죽이려고 먼 길을 온 자기 자신이 어리석게 여겨져 아무런 할 말이 없었다.

두 사람 사이에서는 오랫동안 무거운 침묵이 흘렀다. 범려는 월나라를 위해 서시를 반드시 죽여 없애야 한다고 생각했었다. 그러기에 서시를 자기 손으로 죽여 없애려고 먼 곳까지 일부러 찾아온 것이었다. 그러나 서시는 자신의 운명이 어떻게 되리라는 것을 먼저 알고 스스로 목숨을 끊기로 했다니 이제 무슨 할 말이 남아 있을 것인가.

범려는 모든 사실을 알고 나자 오히려 그녀를 살려 주고 싶은 충동이 느껴졌다. 그리하여 조용히 입을 열어 이렇게 말해 보았다.

"인생만사는 생각하기에 달려 있는 것이 아니더냐? 애써 죽으려고 고집할 것은 없다는 말이다."

서시는 못 들은 척 먼 하늘만 바라볼 뿐 대답이 없었다. 때마침 바람이 불어 배가 일렁거렸다. 문득 깨닫고 보니 어느덧 날이 저물어 서

녘 하늘이 붉게 물들어오고 있었다.

　서시는 망부석처럼 한 자리에 머물러 선 채 노을진 하늘을 오랫동안 바라보고 있다가 문득 범려에게,

　"날이 저물어 오고 있사옵니다. 소녀의 일은 소녀에게 맡겨 두시옵고 장군님께서는 귀로에 올라 주시면 고맙겠나이다."

　하고 돌아가 주기를 촉구하는 것이 아닌가.

　"나는 돌아가겠지만 너는 끝내 이 배에서 떠나지 않을 결심이더냐?"

　"소녀의 결심은 이미 확고부동하옵나이다."

　서시의 결심은 굽힐 수가 없어 보였다.

　"아직 꽃다운 나이인데 기어코 죽어야만 하겠다는 것이냐?"

　서시는 서녘 하늘을 응시하며 다시금 오랫동안 침묵에 잠겨 있었다. 그러다가 문득 낮은 목소리로 속삭이듯 이렇게 말하는 것이었다.

　"장군님 전에 제 심정을 솔직히 아뢰겠습니다. 저는 도저히 용서받을 수 없는 살부범(殺夫犯)이옵니다. 무릇 여자라면 한 사람의 지아비를 정절로 받들고, 의리로 섬겨야 마땅한 일이옵니다. 하오나 저는 조국을 위한다는 명분으로 부차를 끝까지 속이며 살아왔사옵니다. 나중에는 그것만으로도 부족하여 부차를 죽게 만들고 나라까지 망하게 하였사옵니다. 부차는 저를 자기 목숨보다도 아껴 주었건만 보답할 생각은 못 할 망정 타락의 구렁텅이로 몰아넣었습니다. 조국을 위한다는 명분에 현혹되어 지아비와 지아비의 나라를 멸망시키기 위해 갖은 노력을 다해 왔던 것이옵니다."

　서시는 푸념이라도 늘어놓듯 거기까지 말하고는 잠시 뜸을 들였다가 다시 말을 잇는다.

　"이제 저에게 남은 것이 무엇이옵니까? 제가 만약 남자였다면 청사에 길이 빛날 명예로운 포상을 받았을 것이고, 평생 동안 호강할 수

국파산하재(國破山河在) 261

있는 벼슬도 누릴 수 있을 것이옵니다. 그러나 저는 여자의 몸이옵니다. 여자에게는 조국이 따로 있을 수 없고, 오직 자기를 진심으로 사랑해 주는 지아비만이 하늘이요 조국이라는 사실을 뒤늦게나마 깨닫게 되었사옵니다. 그러한 진리를 몰랐던 까닭에 저는 하늘이요 조국이었던 부차를 죽게 만들었으니 이제 무슨 낯으로 더 살기를 원하오리까?"

문득 깨닫고 보니 서시의 아름다운 볼에 수정 같은 눈물이 방울방울 흘러내리고 있었다. 서시의 참회를 들어보니 그녀가 자살하려는 심정을 이해하고도 남음이 있었다.

서시를 불행하게 만든 것에 대해서는 범려도 일말의 책임이 있었다. 구천에게 미인계를 쓰자고 제안한 사람은 바로 범려 자신이었기 때문이다. 국가의 사활이 걸린 문제에 있어 한 여자의 희생 따위는 애시당초 문제도 되지 않는다. 그러나 회한의 눈물을 흘리는 서시의 갸륵한 진실에는 범려도 감동하지 않을 수 없었다.

'미모만 절색인 줄 알았더니 마음도 비단결처럼 고운 계집이구나.'

범려는 자꾸만 서시에게 마음이 끌리는 것을 어찌할 수 없었다. 그리하여 자기도 모르게,

"이미 지나간 일은 깨끗이 잊어버리고 나와 함께 먼 나라로 가서 인생을 새로 출발해 보면 어떻겠느냐?"

하고 넌지시 변죽을 울려 보았다.

그러자 서시는 냉혹한 어조로 이렇게 대답한다.

"장군님께서는 부디 소녀를 욕된 계집으로 만들지 말아 주시옵소서. 소녀가 전생에 무슨 죄를 지었는지는 모르오나 이승에 나올 때에 무서운 업보 하나를 짊어지고 태어났사옵니다. 이승에서 소녀와 관련이 맺어진 남성은 누구를 막론하고 파멸을 면하기 어렵게 되었습니다."

범려는 그 소리에 경악해 눈을 크게 뜨며,

"아니, 그게 무슨 소리냐? 너에게 부차 이외에 또 다른 남성이 있었단 말이냐?"

하고 물어보았다.

서시는 고개를 끄덕이며,

"저에게는 부차 말고 또 한 분 연모하는 어른이 계셨습니다. 그 어른은 오로지 소녀가 마음속으로만 연모해 왔던 오 명보였사옵니다. 부차가 저의 육체를 가졌다면, 오 명보는 저의 정신을 가졌사옵니다. 하온데 저는 두 분을 모두 죽게 만들었습니다. 이 세상에 저처럼 기구한 운명의 계집이 어디 있으오리까? 이제 뒤늦게나마 저의 죄악을 절실하게 깨달았기에 스스로 목숨을 끊어 속죄의 길을 택하기로 결심한 것이옵니다."

범려는 서시의 자결을 더 이상 만류할 수 없을 것 같아 입을 다문 채 한숨만 내쉬었다. 그러자 서시는 먼 하늘을 응시한 채 조용히 말한다.

"소녀의 마지막 소원이옵니다. 장군님께서는 소녀를 이대로 내버려두시고 이만 돌아가 주시면 고맙겠나이다."

범려는 더 이상 할 말이 없어 묵묵히 자기 배로 옮겨 탔다. 범려가 배를 옮겨 타기가 무섭게 서시는 노를 잡아 저 멀리 놀이 붉게 타오르는 서녘 하늘을 향하여 배를 천천히 저어 나갔다.

뱃전에 주저앉은 범려는 노을 빛 넘실거리는 호수에서 홀로 배를 저어 나가는 서시의 뒷모습을 망연히 바라보았다. 이글이글 타오르는 노을빛을 받은 호수의 물결이 마치 피로 물든 양 붉은 빛깔로 장엄하게 넘실거렸다.

서녘 하늘을 향하여 노를 저어 나가는 서시의 모습은 이미 인간 사회의 여인이 아니라 머나먼 천국을 향하여 승천하는 선녀 같은 느낌이 들었다.

 '도대체 어디까지 가려는 것일까?'

 범려는 자기도 모르게 배를 천천히 저어 서시의 뒤를 따라가 보았다. 그러나 강렬하게 비쳐오는 햇살 때문에 눈이 부셔 서시의 뒷모습이 가물가물해 보였다. 범려가 노를 저어 뒤따라가니 아득히 앞서가던 서시의 배 위에서 난데없는 광선이 번개처럼 번쩍이는 것이 아닌가?

 '서시가 물 속으로 뛰어드는 반사광선(反射光線)이 아니었을까?'

 범려는 마침내 전력을 기울여 서시의 배를 따라가 보았다. 그러나 범려가 배를 따라잡았을 때에는 이미 배 위에서 서시의 자태를 찾아볼 길이 없었다. 주인을 잃어버린 화방(花舫)만이 노을진 물위에서 물결 따라 일렁거리고 있을 뿐이었다.

 '가여운지고! 기어코 가고야 말았구나. 너의 일생은 참으로 불행하였다. 네가 몸과 마음으로 섬기던 두 남성을 모두 죽게 만들었으니 여자의 인생에서 어찌 그 이상의 비극이 있을 수 있겠는가? 그러나 잘못된 삶을 깨닫고 스스로 목숨을 끊어 속죄를 했으니 얼마나 아름다운 최후더냐? 몸은 비록 오늘로 죽어 없어졌지만 서시라는 이름은 후세에 길이 남아 만천하 대장부들의 영원한 애인이 되리라.'

 범려는 서시의 시체가 떠오르면 장사라도 지내 주려고 그 부근을 오랫동안 맴돌았다. 그러나 어찌된 영문인지 서시의 시체는 끝내 떠오르지 않았다. 다만 노을빛이 유난히 붉게 타올라 하늘 전체가 찬란한 빛깔로 이글거리고 있을 뿐이었다.

 '서시는 조국을 위해 사랑하는 사람을 죽였고, 사랑하는 사람을 죽인 죄책감 때문에 스스로 목숨을 끊었으니 도대체 여자의 진실은 그 중의 어느 것일까?'

범려는 허망 중에도 밀려오는 회한을 금할 길이 없어 처량한 심정으로 그 자리를 떠났다.

'서시는 사명을 다하고 스스로 목숨을 끊어 버렸거니와 이제부터 나는 어떻게 해야 할 것인가?'

범려는 월나라로 돌아갈 생각은 꿈에도 없었다. 그 이유는,

첫째, 구천이라는 인물은 환난(患難)은 같이할 수 있어도 환락(歡樂)은 같이 할 수 없는 인물이었다. 전쟁이 끝난 이 마당에 구천을 계속해 섬기려다가는 화를 당할 게 분명했다.

둘째, 서시를 찾아오라는 어명을 받들고 왔다가 빈손으로 돌아가면 구천에게 어떤 처벌을 당하게 될지 모를 일이었다.

셋째, 이미 범려 자신도 60이 다 되었으니 이제부터나마 세속적인 명리를 떠나 여생을 한가롭게 보내고 싶었다.

'숨어서 살아가려면 어느 나라로 가는 것이 좋을까?'

범려는 여러 나라를 생각해 본 끝에 제나라로 가기로 결심하였다.

범려는 떠나기에 앞서 구천에게 다음과 같은 상고문(上告文)을 올린다.

대왕께서 회계산의 치욕을 깨끗이 푸시게 되었음을 진심으로 축하하옵니다. 신은 어명을 받들고 서시를 찾아 나섰사오나 오호에서 자결을 했기 때문에 부득이 어명을 받들 수 없게 되었사옵니다. 그 점 너그럽게 용서하시옵소서. 신은 오랫동안 대왕의 각별하신 은총을 입으며 충성을 다해 보필해 왔사옵니다. 이제 외환(外患)이 완전히 제거되었으니 신은 이 기회에 벼슬을 떠나 여생을 한가롭게 보내고자 하옵니다. 대왕께서는 연부역강(年富力强)한 젊은 양신(良臣)들과 더불어 나라를 어질게 다스려 나가 주시옵소서. 신은 여생을 어디서 보내

게 될지 아직 미정이오나 깊은 산중에 숨어서 살아갈 생각이옵니다.
대왕께서는 신의 행방을 굳이 알아보려 하지 말아 주시옵소서.

오랜 세월 생사고락을 같이하며 충성스럽게 모셔왔던 구천에게 띄우는 마지막 고별장이었다.
'임무를 다한 서시가 죽음의 길을 택할 수밖에 없었듯이 나 역시 구천의 곁을 떠나지 않을 수 없게 되었으니, 이 역시 피치 못할 운명의 길이었단 말인가?'
다시는 월나로로 돌아오지 않기로 결심하고 나니 수십 년 동안 큰 일을 같이 도모해 왔던 얼굴들이 새삼스럽게 떠올랐다. 그중에서도 각별하게 그리운 사람은 재상 문종이었다. 문종하고는 간담상조(肝膽相照)하는 바 있어서 피차 간에 자기 자신처럼 아껴왔건만 그에게조차 작별 인사도 없이 떠나려니 가슴이 아팠다.
범려는 문종한테만은 잠자코 떠날 수가 없어서 붓을 들어 다음과 같은 고별장을 쓰기 시작하였다.

듣자옵건대 인신(人臣)으로서 공을 이룬 사람은 그 자리를 물러나야 하는 것이 천도(天道)라고 합니다. 공을 이루고 나서도 그 자리를 고수하고 있으면 반드시 재앙을 당하게 된다는 것이옵니다. 저는 재상 각하와 함께 대업을 성취했기에 이제 아무 미련도 없이 자리를 떠나고자 합니다. 재상께서도 이 기회에 후진들에게 자리를 물려주시고, 여생을 편안하게 보내심이 좋으리라 싶사옵니다. 어떻게 생각되시는지요? 제가 관상을 볼 줄 아옵는데 월왕 구천은 관상학상으로 '장경조훼형(長頸鳥喙型)'이어서 고생은 같이할 수 있어도, 즐거움을 같이 할 수는 없는 인물이옵니다. 구천 같은 인물을 끝까지 군주로 섬기다가는 기껏 토끼 사냥을 해주고 마지막 판에는 보신탕 감으로 내몰리는 사냥개의 신세밖에 못 된다는 것을 아셔야 할 것이옵니다. 저는 그 점에 대해 진작부터 각오한 바 있었기에 이제 눈앞의 부귀와 명리를 모두 버리고 여생을 강호(江湖)에서 낚시질이나 즐기며 보낼 생각입니다. 작별에 앞서 다시 한번 간곡히 부탁드리오니 재상께서는 하루 속히 그 자리를 물러나도록 하시옵소서.

간곡한 충고의 서한이었다.

문종은 그 편지를 읽고 크게 깨달은 바가 있어 그날로 병을 빙자하여 사표를 제출하고 조정에 나가지 않았다. 구천이 그 소식을 듣고 군신들에게 탄식하며 말한다.

"문종과 범려는 나와 더불어 수십 년 동안 생사고락을 같이해 온 충신들이었소. 어제는 범려가 물러나더니 오늘은 문종이 사임을 청하니 그들은 정녕 부귀와 명리를 초월한 사람들이란 말이오?"

그러자 현신 백원(佰元)이 대답한다.

"문종과 범려는 진실로 찾아보기 어려운 청풍고절지사(淸風高節之士)들이옵니다. 대왕께서는 마땅히 그들을 친히 찾아가시어 후하게 대접해 드리는 것이 옳을 줄로 아뢰옵니다."

"내 어찌 그들의 충절을 모르겠소. 그러나 범려를 찾아가 보고 싶어도 행방을 알아야 찾을 게 아니오."

"행방을 알 수 없어 찾아가지 못하시는 것은 어쩔 수 없는 일이오나 문종은 댁에서 와병 중이니 대왕께서 친히 문병을 가시는 것이 좋을 줄로 아뢰옵니다."

"물론 그래야지요. 내일 오후에 문병을 다녀오리다."

다음날 구천은 문종의 집에 문병을 다녀오려고 행차를 차리고 나섰다. 그러자 우장군(右將軍) 고여가 구천에게 묻는다.

"대왕께서는 어디로 행차하시는 길이옵니까?"

구천이 고여하게 대답한다.

"재상 문종이 와병 중이라기에 문병을 가는 길이오."

"옛? 문종 재상께서 앓아 누워 계시다는 말씀입니까?"

그렇게 반문하는 고여는 속으로 춤을 출 듯이 기뻐하였다. 고여는 평소부터 문종을 죽이고 싶도록 미워하고 있었다. 그런데 마침 구천이 문종의 집에 문병을 간다고 하니, 고여로서는 문종을 모함할 수 있는 천재일우의 기회가 온 셈이었다.

고여는 구천에게 속삭이듯 품한다.

"문종은 평소부터 모반의 뜻을 품고 있다고 들었사옵니다. 대왕께서는 어찌하여 함부로 그 댁에 문병을 가시려고 하옵니까?"

그야말로 등골이 오싹해지도록 무시무시한 모함이었다. 그러나 구천은 고여를 꾸짖어 말한다.

"말도 안 되는 소리다. 내가 오나라에서 3년간이나 포로 생활을 하고 있을 때 문종은 나라 일을 홀로 처리해 오면서도 내 뜻을 배반한 일이 없었다. 그런데 어찌 이제 와 나를 배반하겠느냐?"

그러자 고여가 다시 말한다.

"그 당시는 문종이 민심을 얻지 못했던 까닭에 반역을 하고 싶어도 성공할 가능성이 없었습니다. 그러나 지금은 사정이 크게 다르옵니다. 문종은 군(軍)과 민(民)의 인심을 아울러 얻고 있어 모반할 위험성이 매우 농후한 인물이옵니다."

"나로서는 도저히 믿을 수 없는 말이로다."

"대왕께서 믿어지지 않으시면 직접 문병을 가보시옵소서. 만약 문종이 몸소 문밖까지 달려 나와 성가(聖駕)를 직접 영접한다면 모반의 뜻이 없는 것으로 보아도 무방할 것이옵니다. 그러나 만약 문종이 대문 밖까지 직접 영접을 나오지 않는다면 그것은 모반의 뜻이 있다는 증거이오니 그때에는 크게 경계하셔야 할 것이옵니다."

구천으로서는 철석같이 믿어 온 문종이었다. 그러나 그처럼 신지무의(信之無疑)해 온 문종이지만 고여가 자꾸만 들쑤시니 혹시나 하는 의구심을 품지 않을 수 없었다.

"아무튼 내가 직접 문병을 가보면 알 수 있을 게 아니오?"

이리하여 구천이 문병 길에 오르자 고여는 문종에게 부랴부랴 다음과 같은 밀서(密書)를 미리 보내놓았다.

재상의 역적모의를 의심하신 대왕께서 병문안을 빙자하여 귀댁을 방문하시려 하옵니다. 대왕께서 재상을 그 자리에서 생포하려고 하실 터인즉 시급히 대비책을 강구하시옵소서.

고여의 밀서를 받아본 문종은 구천을 몹시 괘씸하게 여겼다.

'사람을 의심해도 분수가 있는 법인데 목숨을 걸고 충성을 다 바쳐 온 나를 역적으로 몰다니, 세상에 이럴 수가 있는가? 범려가 구천을 버리고 떠난 이유를 이제야 알겠구나. 구천이 나를 역적으로 몰아 죽이려고 한다면 내가 선수를 쳐서 저를 때려잡기로 하리라.'

고여의 모략에 속아넘어간 문종은 부랴부랴 군사를 불러 대문 뒤에 숨겨 놓고 구천이 나타나기만을 기다렸다.

'나타나기만 해보아라. 어리석은 너를 주살(誅殺)해 버리고 내 손으로 새 군주를 옹립하리라.'

그로부터 얼마 후, 구천이 문종의 집 앞에 당도했건만 방 안에서 아무도 영접을 나오지 않는 것이었다.

고여가 얼른 나서 구천에게 고자질한다.

"문종이 대왕의 영접을 나오지 않으니, 이는 분명 반역의 뜻을 품고 있음이 분명하옵니다."

고여는 거기까지 말하다가 별안간 구천의 옷소매를 움켜잡으며,

"대왕 전하! 함부로 문병을 들어가셨다가는 큰일 나겠사오니 당장 환궁하시옵소서."

하고 긴급히 돌아가기를 재촉하였다.

"뭐가 큰일이 난다고 야단인가? 이왕 여기까지 왔으니 재상의 얼굴이라도 보고 돌아가야 할 것 아닌가?"

그러자 고여는 구천의 앞을 완강히 가로막으며,

"대왕 전하! 문종은 지금 대문 뒤에 군사들을 매복시켜 놓고 있사옵니다. 대왕께서 대문 안으로 들어가시다가는 목숨이 위태로우십니다. 제 말씀을 믿지 못하시겠거든 저 대문 아래 뚫려 있는 구멍을 살펴보시옵소서. 대문 뒤에 숨겨 둔 병사들의 아랫도리가 보이지 않사옵니까?"

고여의 말을 듣고 구멍을 보니 과연 대문 뒤에 숨어 있는 병사들의 무장한 종아리가 무수히 눈에 띄는 것이 아닌가. 구천은 그 광경을 보고 등골에 소름이 끼쳤다. 사태가 그쯤 되자 구천은 문종의 역모를 의심할 여지가 없었다.

구천은 대궐로 돌아오기가 무섭게 5백 명의 정예 군사를 이끌고 다시 문종의 집을 찾아가 즉석에서 문종의 목을 베어 버렸다. 평생 구천에게 충성을 다해 온 원로 공신 문종이 간신 고여의 모략으로 어이없이 죽어 버린 것이다.

구천이 충신 문종을 죽였다는 소문이 퍼지자 월나라 백성들은 모두들 왕에게 등을 돌렸다. 망명길에 올랐다는 소문을 퍼뜨려놓고 집에

서 떠날 채비를 갖추던 범려도 그 소식을 듣고는 땅을 치며,

"아, 문종이 나처럼 먼저 구천을 버리지 못한 것이 천추의 한이었구나!"

하며 탄식해 마지않았다.

문종이 구천의 손에 죽었다는 소식을 듣고 나자 범려는 모든 가산(家産)을 미련 없이 내버린 채 가족만 데리고 망명길에 올랐다. 제나라에 간 범려는 과거의 신분을 숨기려고 이름조차 '치이자피(鴟夷子皮)'라 하고, 해변가에 정착하여 농사를 지으며 살아가기로 결심하였다.

범려는 경륜이 크고 지식이 풍부한 사람인지라 농경정책과 개간 사업에도 여간 밝지 않았다. 인부들을 모은 범려는 바닷가의 황무지를 비옥한 땅으로 개간해 갖가지 곡식들의 씨를 뿌렸다.

땅이 비옥하여 씨만 뿌리고 김도 매지 않았건만 그 해 가을이 되자 범려는 수백 석을 추수하는 부자가 되었다. 범려는 놀고 있는 땅을 이용하여 부자가 되는 치부술(致富術)에 천부적인 재능을 가지고 있었던 것이다. 그런 식으로 5년 동안이나 농사를 계속하고 보니, 범려는 일약 만석꾼의 부호가 되었다.

"동해 바닷가에 '치이자피'라는 사람이 나타나 개간 사업으로 5년 만에 만석꾼 부자가 되었다네!"

제나라 방방곡곡에 그와 같은 소문이 퍼지자 하루는 제정공(齊定公)이 범려를 친히 찾아와 간곡하게 부탁한다.

"진작부터 귀공 같은 현인(賢人)을 찾아 헤매고 있는 중이었소. 귀공을 우리나라의 승상(丞相)으로 모시고 싶으니 부디 거절하지 말아주오."

범려는 벼슬에 대한 욕심은 추호도 없었다. 그러나 제나라에 살면서 왕명을 거역할 수는 없는 일이어서,

"어명이시라면 3년 동안 승상의 직책을 맡아보겠습니다. 그러나 3년 후에는 기어이 물러나겠사오니 그 점은 미리 양해해 주시옵소서."

범려는 승상의 자리에 오르자 백성들에게 개간 사업과 영농 지식을 널리 보급시켰다. 백성들은 눈에 띄게 잘살 수 있게 되었다. 그로부터 어언 3년이 지나자 제왕 정공은 승상의 직책을 계속해서 맡아 주기를 간곡히 부탁하였다.

그러나 범려는 평소부터 '높은 자리에 오래 머물러 있으면 반드시 상서롭지 못한 일이 일어나는 법' 이라는 생각을 가지고 있었기에 어떻게 해서든지 승상 자리를 사퇴해 버릴 결심이었다. 그러나 제나라에 남아 있으면서 왕명을 거역할 길이 없었다. 범려는 자기가 이루어 놓은 막대한 재산을 제나라 백성들에게 골고루 나눠주고, 이번에는 도(陶)나라 땅으로 도망을 가버렸다.

도에서도 농사를 짓고 장사도 하여 몇 해 만에 또다시 천만장자가 되었으니 세상 사람들은 그를 '도주공(陶朱公)' 이라 부르게 되었다. 돈을 모으는 재주에 있어서는 누구도 범려를 따를 사람이 없었다.

월왕 구천은 장장 17년간이나 와신상담한 끝에 마침내 오나라를 멸망시켜 원수를 통쾌하게 갚았다. 그러나 구천은 현명한 군주가 못 되었다. 전쟁이 끝나고 그와 더불어 생사고락을 같이해 온 범려가 나라를 버리고 망명길에 올랐고, 최후까지 충성을 다해 온 재상 문종도 간신 고여의 모함 때문에 학살당하고 말았다.

어디 그뿐이랴. 간신 고여의 등쌀에 애꿎은 중신들이 추풍낙엽처럼 쓰러져 죽어 갔으니, 비록 전쟁에는 이겼지만 국내 질서가 바로 잡힐 리 없었다. 더구나 문종이 역모 죄로 무참하게 학살당한 사건이 있고 나자 뜻있는 노신들은 늙었다는 핑계로 벼슬을 물러나고, 혹은 몸이 불편하다는 구실로 시골로 낙향을 해버렸다.

백성들의 불평도 날이 갈수록 비등하여, 그대로 내버려두었다가는 반드시 무슨 변고가 일어나고야 말 듯이 사회 형세가 험악하였다.
 이에 구천은 크게 불안하여 태사 백원에게 묻는다.
 "문종이 역적모의를 했기에 그를 죽였을 뿐인데 중신들과 백성들이 어찌하여 나를 이토록 비난하는 것이오?"
 백원이 죽음을 각오하고 대답한다.
 "대왕께서 강오(强吳)를 정복해 원수를 갚을 수 있었던 것은 오로지 문종과 범려의 덕택이었사옵니다. 그러하거늘 대왕께서는 중상(重賞)은 내리지 못할 망정 간신 고여의 모략에 빠져 만고의 충신인 문종을 역적으로 몰아 죽음으로 내모셨습니다. 그러고서야 어찌 민심을 수습할 수 있으오리까?"
 "그럼 이제부터는 어찌했으면 좋겠소?"
 "지금이라도 간신 고여를 죽이고 삼족을 멸하시옵소서. 그래야만 민심을 수습할 수 있을 것이옵니다."
 구천은 백원의 충고에 따라 간신 고여의 목을 베고 삼족을 멸해 버렸다. 그리고 나서 백원에게 다시 묻는다.
 "간신 고여를 죽였으니 이제는 괜찮을 것 같소?"
 "아직도 하실 일이 남아 있사옵니다."
 "이번에는 무엇을 어떻게 하라는 것이오?"
 백원이 다시 대답한다.
 "문종과 범려의 두 충신에게는 지금이라도 공훈(功勳)을 추증(追贈)하심이 옳을 줄로 아뢰옵니다."
 "경의 말씀대로 합시다."
 이리하여 문종에게는 '대상국(大相國)'이라는 최고 명예의 벼슬을 추증(追增)하였다. 범려에게는 회계산을 중심으로 한 3백 리에 걸친 땅을 주기로 하고, 그곳의 후주(後土)로 봉해 놓았다. 간신을 응징하고 공신들에게 논공을 베푸니 월나라의 민심은 그제야 평온을 되찾았다.

구천은 부차를 멸망시켜 오나라의 전 국토를 월나라 영토로 만드는 것까지는 성공하였다. 그러나 전후의 국내 사정이 복잡하여 오나라에까지 통치력이 미치지는 못하였다. 따라서 오나라의 넓은 국토는 오랫동안 무주공산처럼 되어 있었다.

무정부 상태가 7, 8년 가량 계속되고 있는 오나라 땅에도 어김없이 봄은 찾아와 산골짜기에는 봄풀이 무성하였고, 나무에는 가지마다 꽃이 만발하였다. 숲 속에서는 봄을 노래하는 온갖 산새들의 울음소리가 끊이지 않았고, 멀리 보이는 강물은 소리 없이 유유히 흐르고 있었다.

태고의 정적이 무겁게 깃든 오나라 땅을 홀로 걸어가는 한 사람의 나그네가 있었다. 나이는 얼마나 되었을까. 머리와 수염이 온통 백발로 변한 신비한 노인이었다. 몸에 걸치고 있는 옷도 하얀 빛깔이고, 지팡이조차 자작나무로 만든 것이어서 마치 신선이 방금 하강을 한 듯 거룩해 보이는 인상의 노인이었다.

스스로를 '유운거사(流雲居士)'로 일러오는 그 늙은 나그네야말로 병법의 대가로 천군만마를 구사(驅使)하며, 전야만리(戰野萬里)를 동치서주(東馳西走)했던 천하의 명장 손무였다.

손무는 벼슬을 피하려고 제나라를 떠나 깊은 산 속에 파묻혀 무려 10여 년이나 도를 닦았다. 이제 80이 다 된 손무는 여생이 얼마 남지 않았음을 깨닫고 왕년에 연고가 깊었던 오나라의 강토를 마지막으로 한번 돌아보고자 여행길에 올랐던 것이다.

손무는 왕년의 격전장이었던 태산준령들을 한 걸음 한 걸음 한가롭게 걸어 다니며, 멀리 산 아래에 흘러가고 있는 푸른 강물을 유연히 굽어보았다. 그러자 문득,

태산은 푸르디푸르고
강물은 넓디넓구나!
雲山蒼蒼
江水泱泱

하는, 한 마디의 시구(詩句)가 절로 새어 나왔다. 지금 손무가 관망하고 있는 산성(山城)은 그 옛날 오자서와 함께 오왕을 도와 초병을 수만 명이나 몰살시켰던 소읍성(巢邑城)이라는 고전장이었다. 그러나 그처럼 찬란한 승리를 거두었던 오나라도 어느새 망해 버리고 지금은 고색창연한 성벽에 무심한 봄풀만이 무성했다.

지난날을 회상하며 눈앞의 풍경을 바라보니, 무엇 때문에 그처럼 기를 써가며 싸웠던지 만사가 허무하게만 느껴질 뿐이었다.

나라는 망해도 산천은 남아 있어
성안에 봄이 오니 초목이 무성하다.
國破山河在
城春草木深

자연은 영원할진대 그 속에서 악착스럽게 싸우며 살아가는 인생이 그저 어이없어 보이기만 하였다. 손무가 잡풀이 우거진 성벽 사이를 조용히 거닐고 있노라니 어디선가 억울하게 죽어간 수만 전사들의 호곡성이 들려오는 것만 같아 괜히 숙연해지는 느낌이었다.

'내가 병법을 연구했던 까닭에 얼마나 많은 목숨을 죽였던 것인가?'

그 일을 생각하면 회한의 눈시울이 뜨겁게 달아올랐다. 무서운 죄악을 범하면서도 승리를 거두었다고 크게 기뻐했건만 이제 돌이켜 보면 아무 것도 남은 게 없지 않은가.

'모든 왕후(王侯)들은 나라를 부강하게 만든다는 구실로 양병(養兵)에 심혈을 기울이고, 전쟁에 국력을 기울여 왔다. 오왕(吳王)이 그러하였고, 제왕(齊王)이 그러하였고, 초왕(楚王)이 그러하였다. 그러나 그 중에서 국가의 번영을 영원히 누려 온 군왕이 과연 누구였던가?'

그렇게 따지고 보면 영원한 것은 오직 자연이 있을 뿐, 인사(人事)에는 흥망성쇠(興亡盛衰)가 반드시 따르게 마련이었다. 손무는 정신 없이 싸우러 돌아다녔던 고전장을 둘러보며 자기도 모르게 또 한 마디의 시구를 읊조렸다.

봄풀은 해마다 푸르건만
왕손은 한 번 가면 돌아올 줄을 모르네
春草年年靑
王孫歸不歸

생각이 거기에 미치자 손무는 문득 부차에게 최후까지 충성을 다해 오다가 억울하게 죽어간 오자서에 대한 우정이 새삼스러이 간절해 왔다.

'오자서가 비명횡사한 지도 어느덧 10여 년이구나! 이왕 나그네의 길에 올랐으니 과거의 의리를 생각하여 오자서의 무덤이나 한번 찾아가 보자.'

손무는 불현듯 그런 생각이 들어 초부(樵夫)에게 오자서의 무덤이 있는 곳을 물었다.

초부가 대답한다.

"여기서 동쪽으로 50리쯤 가면 서산(胥山)이라는 곳이 있소이다.

만고의 명장 오 명보의 사당은 바로 그 서산 아래에 있다오."

길을 서둘러 서산을 찾아가니 과연 오자서의 사당이 산 아래에 있었다. 사당 앞에 머리를 숙여 선 손무는 경건한 마음으로 오자서를 향해 말했다.

"오 명보는 갔지만 당신의 이름은 인류와 더불어 영원히 남을 것이오. '눈알을 뽑아 동문(東門)에 걸라. 오나라가 망하는 꼴을 내 눈으로 직접 보리라'고 한 유언은 당신의 총명과 대쪽 같은 성품과 더불어 인류의 역사에 영원히 기록될 명언이었소. 호랑이는 죽어서 가죽을 남긴다지만 사람은 죽어서 이름을 남기는 이외에 또 무엇이 있으리오. 당신의 이름도 인류와 더불어 영원히 남을 것이니, 고왕금래(古往今來)에 신념에 살고 신념으로 죽어간 사람이 당신 말고 누가 또 있으리오? 당신이야말로 영원한 영웅호걸이오."

손무는 오자서의 영전에 정성 어린 제사를 지내 주고 나서, 또 다시 정처 없는 나그네 길에 올랐다.

발길 돌아가는 대로 거닐던 손무는 자기도 모르는 사이에 소주팔경(蘇州八景)에 이르렀다. 소주팔경은 오왕 부차가 월녀 서시를 위해 조축한 여덟 군데의 절경들이다.

서시가 거처하던 관왜궁(舘娃宮)을 비롯하여, 백화주(百華州), 완화지(玩花池), 채향경(彩香涇), 벽천정(碧泉井) 등등의 명소들은 어느 곳 하나 뛰어나지 않은 곳이 없었다. 부차가 천 년이나 영화를 누릴 듯이 국력을 기울여 이루어 놓았던 그 명소도 오나라가 망한 작금에 와서는 잡초만이 무성할 뿐이 아닌가.

'인간이란 그리도 어리석은 존재였던가? 백 년도 못 살고 죽어가는 주제에 언제나 천 년의 근심을 안고 살아가는 것이 인간이었더란 말인가?'

손무는 영위세리여기객(榮位勢利如寄客), 즉 영화로운 지위와 기세 좋은 세력도 일시적인 것이지 결코 영구적인 것은 아니라는 옛 글이 문득 머리에 떠올라 혼자 너털웃음을 웃었다.
부차가 소주팔경의 거대한 토목공사를 일으켰을 때, 오자서는 다음과 같은 상소문을 올려 부차에게 간한 일이 있었다.

신이 듣자옵건대 교만은 만화(萬禍)의 근원이옵고, 음탕은 모든 재앙의 근본이라고 하였사옵니다. 그 옛날 걸왕은 하대(夏臺)를 조축해 나라를 망쳤고, 주왕은 녹대(鹿臺)를 조축해 몸을 망쳤으니, 거대한 토목공사를 일으키는 것은 나라를 망치는 근원이 되는 것이옵니다. 더구나 국왕이 여색에 치우치면 나라가 망하는 법이옵니다. 하나라는 말희라는 계집 때문에 망했고, 은나라는 달기라는 계집 때문에 망했고, 주나라는 포사라는 계집 때문에 망했으니 한 나라의 통치자로서 그보다 더 경계해야 할 일이 어디 있으오리까?

오자서가 죽음을 각오하고 부차에게 올린 상소문은 만고에 빛나는 명문장이었다. 그러나 지금은 오자서도 죽고, 부차도 죽고, 오나라도 망해 버렸으니, 엎치락뒤치락 흥망성쇠의 역사 속에서 오래도록 남아 있을 것은 오직 명문(名文)뿐이 아닐까 하는 생각이 들었다.
손무는 흥망성쇠의 현장을 오래도록 배회하다가 문득 손자인 손빈의 생각이 머리에 떠올랐다.
'그 아이를 못 본 지 이러구러 10여 년이 지났구나. 그 아이는 지금 어디서 무엇을 하고 있을까? 방연과의 관계는 어떻게 되었을까?
입신양명을 위해 병법 연구에 열을 올리던 아이였으니 지금쯤은 어느 나라에서 명장이 되었을지도 모른다. 그러나 손무는 육친적인 계루(繫累)에 구애되어 그런 것을 알아 볼 생각은 추호도 없었다. 다만 대자연 속을 한 조각 구름처럼 무심히 떠돌아다니다가 어느 시기에 가서는 '사야일편부운멸(史也一片浮雲滅)' 하듯 자취도 없이 사라져 버리고 싶은 심정이었다.

손빈과 방연

 이 소설은 응당 여기서 끝을 맺어야 옳다. 왜냐하면 이 소설의 두 주인공인 손무와 오자서의 이야기는 이미 결말이 났기 때문이다. 그러나 아직도 미진한 이야기가 한 토막 남아 있다. 다름 아닌 손빈의 이야기이다.
 『손자병법(孫子兵法)』은 손무와 그의 손자인 손빈이 공동으로 저술한 책이다. 이 소설의 제목이 『손자병법』이니 손빈의 행적에 대해서도 언급이 있어야 마땅하지 않겠는가.
 손빈과 방연이 동문수학해 온 막역한 친구였음은 독자들도 이미 알고 있는 일이다. 두 사람이 일찍이 병법을 배우려고 '물무재(勿武齋)'의 문을 두드렸을 때 손무는 방연의 관상이 좋지 않음을 보고,
 "방연이라는 아이는 언젠가는 너에게 커다란 화를 입힐 인물이니 앞으로는 멀리하도록 하여라."
 하고 단단히 주의를 준 일이 있었다. 그러나 손빈은 할아버지의 훈계를 대수롭지 않게 들어 넘기고, 그 후로도 방연과 병법 연구를 계속

해 왔다.

  병법에 대한 두 사람의 재주는 다같이 비상하였다. 그러나 구태여 우열을 가리자면 방연보다는 손빈의 재주가 언제나 한 걸음씩 앞서 나갔다. 그 결과 방연은 손빈을 시기하다 못해 마침내 미워하기 시작하였다. 이 세상에 자기보다 뛰어난 병법가가 단 한 사람이라도 있다는 것이 비위에 거슬렸던 방연은 마침내 손빈을 죽여 버릴 결심을 품게 되었다.

  병법의 대가를 자처하는 방연은 위(魏)나라 혜왕(惠王)에게 발탁되어 일약 대장군(大將軍)의 지위에 올랐다. 그 무렵, 위나라와 제나라는 사이가 좋지 않아 전쟁이 언제 일어날지 모르는 형편이었다. 만약 양국 간에 전쟁이 일어나면 방연은 손빈과 정면으로 싸워야 할 입장이었다. 손빈과 싸워 당해낼 재간이 없다는 걸 너무나 잘 알고 있던 방연은 여러 방면으로 연구를 거듭했다.

  그 결과 방연은 손빈을 위나라로 꾀어내어 죽여 버리기로 마음먹었다. 어느 날 방연은 손빈에게 다음과 같은 편지를 보냈다.

  친애하는 손빈 군! 그대와 나는 어렸을 때부터 그림자와 같이 맞붙어 다니던 사이였건만 일별이후(一別以後)로 벌써 몇 세월이 흘렀네. 나는 다행히 위나라에 와서 대장군으로 발탁되기는 했지만 영달을 누릴수록 그리운 친구는 그대뿐이라네. 제나라에 그대가 있고, 위나라에 내가 있는 이상 우리 두 나라는 마땅히 화친을 도모해야 할 것이 아니겠는가? 그대가 만약 나의 제안에 찬동할 뜻이 있거든 우리들의 어린 시절을 회고하는 즐거운 시간도 가져볼 겸 위나라에 꼭 한번 놀러와 주기를 바라네.

그 당시 손빈은 제나라의 하급 장수에 지나지 않았다. 손빈은 성품이 워낙 순박한 편이어서 방연의 우정 어린 친서를 받아 보고 크게 감동하였다.

'그렇다! 위나라에 방연이 있고, 제나라에 내가 있는 이상 우리 두 나라는 구태여 싸울 필요가 없다. 나는 아직 국책(國策)을 좌우할 지위에는 있지 못하나 방연과 무릎을 맞대고 그 문제를 한번 진지하게 토론해 볼 필요는 있으리라.'

손빈은 방연의 우정을 신지무의(信之無疑)하는 까닭에 어느 날 위나라로 방연을 찾아갔다. 방연은 손빈을 반갑게 맞이하여, 놀라울 정도로 환대해 주었다. 그러나 정작 양국 간의 화친 문제에 대해서는 일언반구도 언급하지 아니하고, 날마다 연락만 베풀어 주는 것이었다.

참고 기다리다 못한 손빈이 먼저 화친 문제를 들고 나왔다.

"여보게? 위나라에 자네가 있고, 제나라에 내가 있는 이상 우리들의 우정을 생각해서라도 마땅히 양국 간의 화친을 도모해야 할 것이 아니겠는가? 그 문제를 제안한 사람은 자네였는데 왜 말이 없는가?"

그러자 방연은 매우 난처한 빛을 보이며 이렇게 말한다.

"나는 우리 두 나라가 마땅히 화친해야 한다고 생각하지만 대왕께서 반대하시는 걸 어떡하겠나? 혜왕께서 일간 자네를 부를 걸세."

그런 일이 있은 바로 다음날, 손빈은 불시에 습격해 온 위나라 병사들에게 포박되어 혜왕 앞에 죄인으로 끌려나오는 몸이 되었다.

혜왕은 살기가 등등한 시선으로 손빈을 노려보며, 다음과 같은 불호령을 지르는 것이 아닌가.

"네놈이 손빈이렷다? 네놈은 우리나라의 내정(內政)과 군사(軍事)를 탐지하려고 비밀리에 잠입해 온 염탐꾼이 아니냐? 너 같은 놈을 그냥 내버려 둘 수는 없는 일이다."

그야말로 날벼락 같은 호통이었다.

그 순간 손빈은 '아차! 방연의 꾐에 빠져 이 꼴이 되었구나!' 하는 깨달음과 동시에, 그 옛날 할아버지가 '방연이라는 아이는 언젠가는 너에게 커다란 화를 입힐 인물이니 각별히 경계하거라' 하며 훈계했던 일이 새삼스러이 떠올랐다. 그러나 과거를 뉘우쳐 본들 이미 때는 늦어 있었다. 그렇다고 방연의 술책에 넘어가 이대로 죽기는 너무나 억울하였다.

'살아날 수 있는 방도가 없을까?'

손빈은 한동안 깊은 생각에 골똘해 있다가 문득 혜왕에게 머리를 조아리며 이렇게 말하였다.

"본인은 귀국의 대장군이신 방연 장군의 초청을 받고 찾아온 빈객이지 군사를 탐지하려고 비밀리에 잠입한 염탐꾼은 아니옵니다."

혜왕은 방연이 손빈을 죽이려고 불러온 내막을 처음부터 잘 알고 있었다. 그러나 시치미를 떼고 또다시 호통을 지른다.

"이놈아! 거짓말 마라! 방연 장군이 너 같은 염탐꾼을 초청했을 리가 만무하다. 네놈은 네 죄를 은폐하려고 방연 장군까지 끌어대고 있으니 도저히 용서를 못 하겠다."

그런 다음 호위병에게,

"여봐라, 저놈을 당장 끌어내어 목을 쳐라."

하고 추상같은 호령을 내리는 것이 아닌가.

사태가 매우 위급해진 손빈은 방연에 대한 원한이 머리끝까지 치솟았다. 손빈은 이를 악물며 궁리를 짜내기 시작했다.

'어떡해야 눈앞의 죽음에서 생을 구할 수 있을까?'

그러자 문득 머리에 떠오르는 것이 방연의 친필 서한이었다. 손빈은 천만다행하게도 방연의 친필 서한을 호주머니 속에 간직하고 있었던 것이다. 손빈이 문제의 편지를 혜왕에게 꺼내 보이며 이렇게 말한다.

"제가 죄를 짓고 죽는다면 조금도 억울할 것이 없겠습니다. 그러나 저는 분명 첩자가 아니고, 방연 장군의 초청을 받고 귀국을 방문한 빈객(賓客)이옵니다. 대왕께서는 덕망이 높으신 어른이라고 들었사옵니다. 만약 저의 신분을 방연 장군에게 알아보지도 않으시고 함부로 죽인다면 금후 국제 간 신의의 실추(失墜)를 무엇으로 감당해 내시렵니까? 바라옵건대 처형을 하시기 전에 방연 장군과 잠시 대면시켜 주시옵소서."

방연과는 미리부터 짜고 하는 연극이었지만 손빈의 항변이 너무나 사리가 정연해 혜왕은 형식적으로나마 방연을 불러 대질을 시켜주는 수밖에 없었다.

이윽고 방연이 나타나자 손빈은 아무 말도 아니 하고 방연의 편지를 본인에게 내밀었다.

혜왕이 그 광경을 보고 방연에게 묻는다.

"이자가 장군의 초청을 받고 우리나라를 찾아온 빈객이라는데 과연 사실이오? 혹시 그 편지는 위조되지 않았소?"

혜왕은 위조 편지라고 대답해 주기를 바라는 마음에서 의식적으로 유도 심문을 한 것이었다. 눈치 빠른 손빈은 혜왕의 질문이 유도 심문이라는 걸 재빠르게 알아챘다. 그러기에 아무 소리도 아니 하고, 방연의 눈만 뚫어지게 바라보았다. 아무리 간악한 인간이라도 눈을 뚫어지게 바라보고 있으면, 심리적으로 거짓말을 못 하게 되는 법이기 때문이었다.

손빈과 방연의 시선이 정면으로 마주쳤다. 가슴을 쏘는 화살 같이 날카로운 시선이었다. 손빈의 시선을 접한 방연은 전신에 전율만 느낄 뿐 아무 대답도 못 했다.

손빈은 어차피 죽을 바에야 방연이란 놈을 이 자리에서 자기 손으로 때려 죽여 버릴까 하는 생각도 없지 않았다. 그러나 다음 순간 손빈은 생각을 고쳐먹었다.

'아니다! 우정을 배반한 개 같은 놈 때문에 나까지 개죽음을 당할 이유는 없지 않은가? 어떡하든지 이 위기를 무사히 넘겨 언젠가는 방연에게 반드시 보복을 하리라.'

손빈은 그런 생각이 들자 별안간 얼굴에 웃음을 띠어 보이며, 다정한 어조로 방연에게 이렇게 말한다.

"여보게 방연 군! 자네와 나는 죽마고우가 아닌가? 자네의 우정 어린 편지를 받아보고 찾아온 내가 만약 간첩으로 몰려 참형을 당한다면 나도 억울하겠지만 자네로서도 면목 없는 일이 아니겠는가? 나는 간첩이 아니고, 자네의 초청장을 받고 온 손님이라는 사실만 대왕전에 증언해 주게. 나는 자네의 그 대답만 들으면 지금 죽어도 여한이 없겠네."

아무러한 방연도 양심상 자신의 친필 서한만은 부인할 수가 없는지, 문득 혜왕에게 머리를 조아리며 아뢴다.

"대왕 전하! 이 서한은 소신이 보낸 것이 분명하옵니다."

혜왕은 그 대답을 듣고 적이 실망하는 빛을 보이며,

"뭐요? 내가 들은 바로는 저자는 분명한 간첩이오. 그러면 손빈이라는 간첩을 장군이 불러들였다는 말이오?"

하고 묻는다. 어떤 수단으로든지 손빈을 간첩으로 때려잡을 생각이었던 것이다.

방연이 혜왕의 내심을 잘 알고 있었던 까닭에 얼른 이렇게 대답한다.

"소신은 손빈이 간첩인 줄도 모르고 단순한 우정으로 초청했던 것이옵니다. 만약 간첩이라는 사실이 확실하다면 마땅히 처벌을 내리셔야 옳으실 줄로 아옵니다. 그러나 손빈과 소신은 어려서부터 동문수학을 해온 막역한 친구이오니 소신의 입장을 생각하시어 처벌을 내리시더라도 참형만은 면하게 해주시옵기를 간곡히 부탁드리옵니다."

병 주고 약 주는 격이라고나 할까. 자기 딴에는 생색을 내느라고 그 알량한 우정을 내세워 가면서 처벌을 내리더라도 죽이지는 말아 달라는 것이었다.

방연으로 보자면 손빈을 폐인으로만 만들어 버리면 그만이지 구태여 죽일 필요까지는 없다고 생각했기 때문이다. 혜왕은 방연의 그러한 암시를 알아채고 이렇게 명한다.

"간첩은 응당 참형에 처해야 옳을 일이오. 그러나 장군의 우정 어린 말씀이 그토록 간곡하니 감일등(感一等)하여 두 다리를 잘라 버리게 하겠소. 저자가 다시는 간첩 행동을 못 하도록 이마에 먹으로 자문(刺文)을 찍어 넣도록 하시오."

참으로 가혹하기 짝이 없는 형벌이었다.

손빈은 혜왕의 명령에 의하여 꼼짝 못하고 두 다리를 잘렸을 뿐만 아니라 이마에는 괴상한 문신까지 그려진 몸이 되었다. 졸지에 병신이 되어 버린 손빈으로서는 이를 갈며 통곡을 해도 시원치 않을 노릇이었다.

'방연이란 놈, 어디 두고 보자. 네가 나를 이 꼴로 만들어 놓았으니 너도 언젠가는 나에게 앙갚음을 당하고야 말리라!'

그러나 손빈은 추호도 그런 기색을 내보이지 아니하고, 방연을 만나도 언제나 웃는 낯으로 이렇게 말하는 것이었다.

"내가 오늘날 목숨이 남아 있게 된 것은 오로지 자네 덕분일세. 그 일을 생각하면 자네의 은혜를 어떻게 갚아야 할지 모르겠네."

방연은 처음에는 손빈을 몹시 경계하였다. 그러나 똑같은 말을 여

러 차례 듣다보니 이제는 그것이 손빈의 진심인 줄로 알고,
"이 사람아! 친구가 그래서 좋다는 게 아닌가? 자네의 신분에 대해서는 내가 책임을 질 테니 아무 생각 말고 날마다 놀기만 하게. 필요하다면 계집도 공급해 줄 것이고, 돈도 얼마든지 대주겠네."
하고 말했다.
손빈은 우선 방연의 경계심을 해소시켜 버리는데 성공한 셈이었다. 그로부터 몇 해가 지난 뒤에 손빈은 방연을 만나자 농담 삼아 이런 말을 하였다.
"여보게, 나는 이름을 한번 바꿔 볼까 싶네. 자네 생각은 어떠한가?"
그러자 방연은 어리둥절한 얼굴로,
"갑자기 이름은 왜 바꾸겠다는 것인가?"
"자네도 알다시피 내 이름은 '손빈(孫濱)'이 아닌가? 그러나 지금은 두 다리가 잘려 앉은뱅이가 되었으니 이제부터는 '濱' 자 대신에 '臏(발끊는 형벌 빈)' 자를 썼으면 싶네. 그래야 명실(名實)이 상부(相符)할 게 아닌가?"
방연은 그 말을 듣고 무심 중에 포복절도를 하였다.
"하하하, 자네의 머리는 역시 비상하네. 지금은 두 다리가 없는 몸이니 '濱' 자 대신에 '臏' 자를 써서 명실상부한 이름으로 바꾸겠다는 말인가? 자네 생각이 그렇다면 누가 그것을 반대하겠나. 하하하."
손빈도 방연의 손을 다정하게 움켜잡으며 소리 내어 웃었다.
"자네의 진실한 우정에는 언제나 감격이 있을 뿐이네. 그러면 오늘부터는 이름을 그렇게 바꾸기로 하겠네."
이리하여 손빈은 그날부터 이름조차 바꿔 버리기로 했는데, 겉으로는 유쾌하게 웃어 보이면서도 속으로는 원한의 피눈물을 흘렸다.
손빈은 자기 이름을 자진하여 '앉은뱅이 손빈'으로 바꿔 놓고 나

서, 그날부터는 의식적으로 방탕한 생활을 계속하였다. 방연이 계집과 돈은 얼마든지 공급해 주었으므로, 손빈은 날마다 주색으로 세월을 보냈다. 말할 것도 없이 그것은 방연의 경계심을 없애기 위한 술책이었던 것이다.

방연은 손빈에게 계집과 돈을 무진장 대주면서도, 마음속으로는 그의 보복을 은근히 두려워하고 있었다. 그러나 1년이 지나고 이태가 넘도록 손빈은 원망하는 빛을 눈곱만큼도 보여주지 아니했다. 그리하여 방연은 마침내 마음을 푹 놓게 되었다.

'두 다리가 잘리고, 이마빼기에 문신까지 그려진 추물이 되어 버렸으니 이제는 모든 것을 체념하고 완전히 타락해 버린 것이 분명하구나!'

그런 판단이 선 방연은 손빈에게 대한 경계심을 깨끗이 풀어버리게 되었다. 그러나 실상인즉, 손빈의 원한은 날이 갈수록 가슴에 사무쳤다. 그리하여 어떤 수단을 써서든지 위나라를 탈출할 기회만 호시탐탐 노리고 있었다. 그러나 앉은뱅이가 국외로 탈출할 수 있는 기회는 좀처럼 오지 않았다.

방탕생활을 3년이나 계속했을 무렵에 제나라에서 대장 전기(田忌)가 국가의 사신으로 위나라를 방문했다. 손빈은 그 사실을 알자 대금(大金)으로 사람을 매수하여 전기에게 다음과 같은 밀서를 보냈다.

저는 제나라에서 온 손빈이온데, 방연을 믿고 위나라에 놀러 왔다가 모략에 빠져 두 다리가 잘린 앉은뱅이가 되어 버렸습니다. 소생은 무슨 수단을 써서라도 고국으로 돌아가고 싶사오니 장군께서 꼭 구출해 주시옵소서. 엎드려 간곡히 부탁드리옵니다.

손빈의 밀서를 받아 본 전기는 크게 놀라며, 즉시 다음과 같은 답장을 보냈다.

나는 모월 모일에 본국으로 돌아갈 예정이오. 그대를 구하기 위해, 그 전날 밤에 사람을 보낼 테니, 아무 데도 가지 말고 기다리시오.

그 답장을 받아본 손빈은 날뛸 듯이 기뻐하였다. 약속한 날 밤에 두 사람의 역사(力士)가 찾아오더니, 손빈을 등에 업어다가 자기네의 짐 짝 속에 숨겨 넣었다. 이리하여 손빈은 전기의 덕택으로 위나라를 탈출하여, 5년 만에 고국 땅으로 돌아올 수 있게 되었다.

손빈의 재주를 진작부터 알고 있었던 전기 장군은 그를 무척 소중히 여기며,

"그대는 아무 데도 가지 말고, 내 휘하에서 나를 도와주도록 하라."

하고 부탁하였다.

손빈은 전기 장군의 후대를 진심으로 고맙게 여기며, 생명의 은인인 그를 위해 목숨을 걸고 충성을 다할 결심을 했다. 손빈이 전기 장군 휘하에서 식객 노릇을 한 지 한 달이 지났을 무렵이었다.

전기 장군은 노름을 좋아하여 제나라의 공자(公子)들과 기사경주(騎射競走)로 돈내기를 즐겨 했다. 그런데 전기는 번번이 내기에 져서 대금을 빼앗기기 일쑤였다.

'기사경주'란 네 마리의 말이 끄는 수레를 1개 조로 하는데 3개 조의 수레가 각각 한 번씩 뛰기 내기를 하여 승부를 가리는 노름이었다. 손빈은 전기 장군이 번번이 패배하는 딱한 사정을 보다 못해 마침내 다음과 같은 귀띔을 해주었다.

"이제야 장군께서 공자에게 번번이 패하시는 이유를 잘 알겠습니

다. 그런 방식으로 경기를 하면 좀처럼 승리를 얻을 기회가 없으실 것이옵니다."

전기는 그 말을 듣고 크게 놀라며,

"내가 번번이 패하는 이유가 어디에 있다는 말인가?"

손빈이 대답한다.

"3개 조의 말들은 각각 속력에 있어 등급이 다르옵니다. 그런데 공자가 좋은 말을 출전시킬 때에는 장군께서도 좋은 말로 경쟁하려고 하시니, 그래서야 지는 것이 당연하옵니다. 이제부터는 경기 방법을 근본적으로 바꾸도록 하시옵소서."

"어떤 방식으로 바꾸란 말인가?"

"3개 조의 수레를 우선 속력에 따라 세 등급으로 나누십시오. 상대방이 상등 수레를 출전시킬 때에 장군은 하등 수레를 내보내시고, 상대방이 중등 수레를 출전시킬 때에 장군은 상등 수레를 맞붙여 놓으시고, 상대방이 하등 수레를 출전시킬 때에 장군은 중등 수레로 경주하게 하시옵소서. 그렇게 하면 언제든지 2대 1로 승리하게 되실 것이옵니다."

전기 장군은 그 말을 듣고 손빈의 비상한 재주에 크게 감탄하였다. 이번에도 공자들과 천금을 걸고 다시 내기를 하니, 과연 손빈의 말대로 결과는 언제나 2대 1의 승리였다. 손빈 덕분에 전기 장군은 만금을 벌게 되었다.

전기는 그때부터 손빈의 재주를 더욱 신뢰하였다. 그리하여 마침내 손빈을 제 위왕(威王)에게 천거하여, 제나라의 군사(軍師)로 삼게 하였다.

그 무렵 위나라는 방연을 믿고, 조(趙)나라를 아무 이유도 없이 함부로 침공하였다. 약소국인 조나라는 위나라의 침략을 막아낼 길이 없자 제나라에 구원을 요청하였다.
제 위왕이 전기 장군을 불러 명한다.
"전기 장군은 군사 손빈과 함께 출정하여, 위군을 무찔러서 조나라를 구하도록 하오. 위군에는 방연이라는 병법의 대가가 있으니 각별히 경계해야 할 것이오."
어명을 받은 손빈은 이제야 방연에게 원수를 갚을 기회가 왔다는 생각에 크게 기뻐하며, 용약(勇躍) 정도에 올랐다.
손빈은 다리가 없어 말을 탈 수가 없었다. 따라서 포장마차(布帳馬車)를 타고, 그 속에서 작전을 지휘하기로 하였다.
총사령관인 전기 장군이 포장마차로 손빈을 찾아와 묻는다.
"위군(魏軍)을 섬멸시키려면 어떤 작전을 써야 하겠소?"
손빈이 대답한다.
"헝클어져 있는 실타래를 풀려면, 실 꼬리를 함부로 잡아당기거나 실타래를 마구 뒹굴게 해서는 안 되는 법이옵니다. 전쟁도 그와 같아 조나라를 돕기 위해 위군에게 주먹을 직접 휘두르면 사태가 오히려 복잡하게만 될 것이옵니다."
"참으로 좋은 말씀이오. 그러면 어떤 작전을 써야 하오?"
"위군과 정면으로 맞붙어 싸울 게 아니라 상대방이 무방비 상태에 있는 허점을 찌르면 싸움은 절로 풀리게 됩니다. 지금 위나라는 대부분의 군사들을 조나라와의 전쟁에 끌고 왔기 때문에 정작 본국에 남아 있는 군사들은 노병이나 약졸들 뿐일 것이옵니다. 우리는 조나라로 가서 위군과 직접 싸우려고 할 게 아니라 위나라 본국으로 쳐들어가 위도(魏都)인 대량(大梁)을 점령해야 합니다. 그 방법이 바로 적의 허점을 찔러 간단히 승리할 수 있는 길이옵니다."
"과연 놀라운 작전이오."

"우리가 대량을 점령하면 저들은 도성을 탈환하려고 조나라에 대한 공격을 포기하고 본국으로 회군하게 될 것입니다. 우리는 싸우지도 아니 하고 조나라를 구출하게 되는 것이옵니다."

제군은 손빈의 작전 계획대로, 곧 위나라의 서울로 쳐들어갔다. 위나라의 도성은 거의 무방비 상태여서 대량을 점령하기는 식은 죽 먹기보다도 쉬웠다.

그 무렵 조나라를 침공한 위군은 승승장구하여 조도(趙都)인 한단까지 점령했는데, 본국의 도성이 제나라의 군사들에게 점령되었다는 비보가 날아오자 황급히 회군할 수밖에 없었다. 그러나 황급히 회군하는 위나라 군사들을 그냥 내버려 둘 손빈이 아니었다.

이미 적의 도성을 점령해 위나라의 위세를 크게 꺾어 놓은 손빈은 회군하는 위나라 군사들을 섬멸시키기 위해 모든 군사를 계릉(桂陵)으로 이동시켰다. 계릉은 위군이 조나라에서 돌아오는 험난한 길목이었다. 그곳에 군사들을 매복시킨 것은 위군을 송두리째 쳐부수려는 무서운 계획이었다.

방연이 이끄는 위군은 그런 줄도 모르고 군사를 휘몰아쳐 회군하다가 계릉에서 제나라 군사의 기습을 받아 크게 패하였다.

방연은 절치부심하며,

"도대체 제나라에는 누가 있기에 작전 계획이 이리도 신묘하냐?"

하고 외치자 누군가 대답한다.

"모든 작전은 손빈이 지휘한다고 하옵니다."

방연은 손빈이라는 말을 듣고 까무러칠 듯이 놀란다.

"뭐야? 작전을 손빈이 지휘한다고?"

"예, 그러하옵니다. 우리나라에서 탈출한 손빈은 지금 제나라의 군사로 활약 중이라 하옵니다."

방연은 그 말을 듣고 하늘을 우러러 탄식하였다.
'아아, 그놈을 죽이지 아니하고 다리만 끊어 놓았던 내가 어리석었구나.'
그러면서도 그 말이 얼른 믿어지지 않았다.
"다리가 없는 놈이 어떻게 일선에 나와 작전을 지휘한다는 말이냐?"
"다리가 없기 때문에 일선까지 포장마차를 타고 나와 작전 지휘를 한다는 것이옵니다."
방연은 그 말을 듣고, 전신에 소름이 끼쳤다. 완전히 폐인이 되어 버린 줄 알았던 손빈이 되살아날 줄 몰랐기 때문이다. 병법에 있어 방연이 두려워하는 사람이 있다면 오직 손빈이 있을 뿐이었다. 그러하기에 손빈을 위나라로 꾀어내 앉은뱅이로 만들어 버렸던 것이다. 다리가 끊긴 손빈은 그때부터 주색에 빠져들었다. 그 결과 완전히 폐인이 되어 버린 줄 알았는데 이제 보니 모두 위장 술책이었다.
'아아, 손빈은 역시 무서운 인물이었구나!'
그러나 손빈에게 감쪽같이 속은 것이 통분할수록 적개심은 자꾸만 가열하게 솟구쳐 올랐다.
'오냐! 어디 두고 보자. 지금까지는 내가 너한테 번번이 속아넘어 갔지만 나도 이제는 너에게 본때를 보여줄 것이다.'
방연은 이를 부드득 갈며, 몇 번이고 앙심을 다져 먹었다. 방연은 절치부심하며 남아 있는 군사를 추슬러 도성으로 총총히 돌아왔다. 그런데 이게 웬일인가. 도성을 점령하고 있던 제나라 군사는 이미 한 명도 남아 있지 않고 깨끗이 철군해 버리지 않았는가.
조나라를 구출하려는 목적을 달성하고 나자 대량에서 깨끗이 철군해 버린 손빈의 수법은 방연의 입장에서는 얄밉기 짝이 없었다.
방연은 그때부터 손빈이 더욱 두려웠다. 그럴수록 앙갚음을 하고 싶은 심정이 자꾸만 치밀어 올라 손빈을 멋들어지게 쳐부술 기회를 호시탐탐 노리고 있었다.

그로부터 10여 년이 지나는 동안 국제 정세는 크게 변화를 일으켜, 위나라와 조나라는 동맹국이 되었다. 어제의 적이 오늘은 친구가 되어 버린 것이었다. 방연은 자기 나라의 세력을 확대하려고, 제나라와 동맹국이었던 조나라를 자기편으로 끌어들였던 것이다.

말할 것도 없이 그것은 제나라를 멸망시키고 손빈에게 앙갚음을 하기 위한 방연의 계책이었다. 손빈에 대한 방연의 적개심은 세월이 지나도 좀처럼 변하지 않았던 것이다.

제나라의 동맹국이었던 조나라를 끌어들인 방연은 이번에는 제나라와 가깝게 지내는 한(韓)나라를 자기편으로 끌어들이려고 획책하였다. 제나라를 완전히 고립시켜 일거에 섬멸시켜 버릴 계획이었던 것이다. 그러나 한나라가 좀처럼 말을 들어 주지 아니하니, 방연은 마침내 무력 침공을 감행하였다.

이번에도 제나라는 한나라를 돕기 위해 위나라와 또 다시 싸우게 되었다. 제나라는 전기 장군을 총사령관으로 삼고, 손빈을 군사로 삼아 대군을 출동시켰다.

전기 장군이 손빈에게 묻는다.

"한나라로 가지 말고 이번에도 지난번 모양으로 위나라로 직접 쳐들어가서 도성을 점령해 버리는 것이 어떠하겠소?"

손빈이 대답한다.

"물론 위나라로 직접 쳐들어가야 합니다. 그러나 이번에는 지난번과는 사정이 크게 다르옵니다."

"뭐가 어떻게 다르다는 것이오?"

"방연은 지난번에 혼이 났기 때문에 이번에는 지난번과 똑같은 실책은 범하지 않을 것이옵니다. 즉, 방연은 한나라에 군대를 보내면서도 도성을 방어할 준비를 충분히 갖추어 놓았을 것입니다. 우리는 도성을 점령할 듯이 공격을 가하다가 나중에는 슬그머니 쫓기는 전법을 써야 합니다."

"쫓기는 전법이라니요? 쫓기기만 해서야 승리를 거둘 수 없는 일이 아니오?"

"자고로 전쟁에 능통한 명장들은 적의 세력을 역이용하여 승리를 거둔 바 있습니다. 이번에는 쫓기는 전법을 쓰는 것이 상책입니다."

"어떤 전법인지 구체적으로 말해 줄 수 없소?"

"방연은 평소부터 우리 군사를 약병(弱兵)이라고 깔보아 오고 있습니다. 우리가 적의 도성에 공격을 퍼부으면 방연은 미리 대비해 두었던 군사로 우리에게 반격을 가해올 것입니다. 그러면 우리는 쫓길 수 있는 데까지 쫓겨야 합니다. 병법에 보면 '백 리를 쫓아오는 군사는 장수를 잃게 되고, 50리를 쫓아오는 군사는 절반을 잃어버리게 된다'고 하였습니다. 그러니 우리는 쫓겨올수록 유리합니다."

"음, 과연 그럴까?"

"그렇습니다. 게다가 우리에게는 또 하나의 유리한 사술(詐術)이 있습니다."

"사술이라면 무엇을 말하는 것이오?"

"우리는 퇴각하는 길에 병사들이 밥을 지어먹기 위해 가마솥을 걸어두었던 자취를 곳곳에 남겨 놓되, 그 수효를 절반씩 줄여 가는 수법을 써야 합니다. 그러면 적은 우리 군사가 자꾸만 줄어든 것으로 오인해 더욱 맹렬하게 추격해 올 것입니다. 우리는 위군이 추격하도록 내버려두었다가 최후에 가서 반격을 가하여 일거에 대승을 거두도록 해야 합니다."

전기 장군은 손빈의 신출귀몰한 작전 계획에 혀를 내두르며 감탄하였다.

전기와 손빈은 작전 계획이 확정되자 곧 대군을 위나라로 휘몰아쳐 들어가 도성을 향해 맹렬한 공격을 퍼붓기 시작하였다.

직접 진두지휘를 맡은 전기 장군이 적진을 향하여 큰소리로 외친다.

"방연이는 어디를 가고 안 나오느냐? 용기가 있거든 당장 나와 승부를 결하자."

그러자 아니나 다를까. 방연이 기다리고 있었다는 듯이 주창(朱倉), 서갑(徐甲)의 두 맹장들을 좌우에 거느리고 마주 달려나오며 큰소리로 호령한다.

"전기 필부(匹夫)야! 너는 오늘로서 저승에 갈 것을 각오하여라!"

그런 다음 좌우의 맹장들을 돌아보며, 추상같은 군령을 내린다.

"그대들은 당장 달려나가 저놈을 사로잡아 오너라."

주창, 서갑의 두 맹장이 비호같이 달려 나와 전기를 상대로 10여 합을 싸우는데, 홀연 한 채의 포장마차가 푸른 깃발을 펄럭이며 일선으로 달려나오는 것이 아닌가. 포장마차 위에 앉은 손빈이 방연을 향하여 외친다.

"여보게 방연! 이게 얼마 만인가? 자네를 오랜만에 만나니, 반갑기 그지없네그려."

방연은 지은 죄가 있는지라 손빈을 보자 등골이 오싹해 왔다. 그러나 짐짓 허세를 떨며 대답한다.

"동문수학하던 자네를 다시 만나게 되니 나 역시 반갑네."

손빈은 코웃음을 치면서 다시 말한다.

"자네는 동문수학하던 나를 모함에 빠뜨려 다리를 잘리게 했으니, 그것은 너무도 심하지 않았는가?"

방연은 시치미를 떼고,

"그것은 내가 한 일이 아니고 왕명이었네. 그런데도 자네는 나에게 원한을 품고 군사를 일으켜 왔으니 너무 심한 일이 아닌가?"

"나는 자네에게 원수를 갚으러 온 게 아니고, 왕명에 의하여 위나라를 격파하려고 왔을 뿐이네. 우리들은 피차 간에 자기 나라의 군주에게 충성을 다하고 있는 것일 뿐일세."

방연은 거기에 대해서는 할 말이 없는지 얼른 이렇게 말한다.

"자네는 제나라를 위하고, 나는 위나라를 위해 싸워야 할 판이네. 그러니 우리 두 사람이 나라를 걸고 내기를 해보는 게 어떠하겠나?"

"그것 참 좋은 생각일세. 어떤 내기를 하자는 말인가?"

"제군(齊軍)과 우리 군사가 각각 진(陣)을 치고 함락시키기 내기를 하여 자네가 승리하면 내가 투항하고, 내가 승리하면 자네가 투항하기로 하면 어떠하겠나?"

이리하여 두 사람은 포진술(布陣術)의 우열로 승부를 가리기로 하였다. 두 사람 사이에 협약이 성립되자 방연은 모든 군사를 다섯 부대로 나누어 산기슭과 산골짜기에 각각 진을 치고 나서 다섯 빛깔의 깃발을 펄럭여 보이며,

"자네는 저것이 무슨 진법(陳法)인지를 알고 있는가?"

하고 손빈에게 물었다.

손빈이 웃으며 대답한다.

"저것은 '오룡분해의 진법(五龍奔海之陳法)'이 아닌가? 저런 것쯤이야 누가 모르겠는가?"

방연은 코웃음을 치면서,

"진법의 이름만은 제대로 알고 있네 그려. 자네는 저 진형을 격파할 자신이 있는가?"

"내가 격파해 보일 테니 두고 보게."

손빈은 원달(遠達), 전혜(田慧), 전승(田勝), 전구(田久), 독고진(獨孤陣) 등의 다섯 장수에게 각각 장창병(長槍兵) 5천 명씩을 주어, 다섯 부대의 적을 각개격파하도록 명하고, 손빈 자신은 오룡분해진의 용구(龍口)에 해당하는 곳을 함성을 올리며 맹렬히 공격해 나가니, 적은 어느 사이에 이쪽 포위망에 들어 사정없이 쓰러져 죽는 것이 아닌가.

크게 당황한 방연이 손빈에게 큰소리로 외친다.

"여보게 손빈! 자네의 실력을 알았으니 그만 공격해 주게."

방연의 요청에 의하여 손빈이 아무 말도 아니 하고 군사들을 본 진으로 거두어들였다. 손빈은 곧 사람을 보내 정식으로 항복할 것을 요구하였다. 그러나 방연은 아무 대꾸도 없더니 다음날 다시 대군을 몰고 나와 정면으로 싸우려고 하는 것이 아닌가.

손빈은 크게 노하였다.

"여보게! 자네는 왜 약속을 지키지 않는가?"

방연이 대답한다.

"어제는 내가 졌지만 오늘은 자네가 진을 쳐보게. 그러면 내가 격파해 보겠네."

손빈은 어쩌는 수 없어 내기를 다시 하기로 하고, 자기 나름대로 진을 쳤다. 그것은 구궁팔괘(九宮八卦)의 진법(陳法)이었다. 구궁팔괘의 진법이란 여덟 명의 장수로서 여덟 개의 진을 치게 하고, 손빈 자신은 중앙 복판에서 모든 군사를 임기응변으로 지휘해 나가는 진법이었다.

이윽고 방연의 군사가 대거 쳐들어오는데 좌측을 치면 우측이 일어나고, 우측을 치면 좌측이 일어나니 정신을 못 차리도록 혼란에 빠진 적들은 자기네끼리 죽이고 돌아가고 있었다. 그로써 방연의 군사들은 지리멸렬하도록 크게 패하고 말았다.

방연은 이를 갈며 통분해 한다.

'내 일찍이 군사를 일으켜 패한 일이 없었건만 오늘날 앉은뱅이 병신 놈에게 무참해 패배했으니 이런 통분할 일이 어디 있으랴.'

그러나 방연은 내기에 지고 나서도 약속을 지키려고 하지 않았다. 그러자 손빈은 사람을 보내 약속을 빨리 이행해 줄 것을 촉구하였다.

손빈의 사자(使者)가 방연을 찾아와 말한다.

"포진술 경기(布陣術競技)의 승부가 결정되었으니 이제는 약속대로 정식으로 투항하시라는 손빈 장군의 명령을 받들고 왔사옵니다."

방연은 그 말을 듣자 분노가 머리끝까지 치밀어 올라 부하 장수에게 추상같은 명령을 내린다.

"여봐라! 저놈을 당장 끌어내어 목을 쳐버려라!"

그리고 나서 이번에는 본격적으로 싸울 준비를 서둘렀다. 중군 참모 한수(韓隨)가 방연에게 간한다.

"소장이 듣자옵건대 군사를 거느리는 데는 신(信)·지(智)·인(仁)·용(勇)의 사대 요소를 갖추고 있어야 한다고 하옵니다. 원수께서는 손빈과 더불어 나라를 걸고 내기를 하시어 패하셨건만 약속을 지키지 않으셨습니다. 게다가 손빈이 보낸 사자의 목까지 베고 나서 전쟁을 하려고 하시니, 그처럼 신의를 배반하시고 어찌 승리를 기대할 수 있으오리까? 차라리 방법을 달리하심이 어떠하겠나이까?"

"어떤 방법을 쓰자는 말이오?"

"소장이 추측하옵건대 적은 오랫동안 외지에 나와 있기 때문에 군량 사정이 매우 좋지 않으리라 짐작되옵니다. 소장이 유객(遊客)으로 가장하고 손빈을 직접 찾아가 화친을 도모해 보는 것이 상책일 것 같사옵니다. 그러면 그 기회에 적의 식량 사정도 탐지할 수 있을 것이옵니다."

"음, 그대 생각에는 손빈이 과연 화친에 응해 줄 것 같으오?"

"지금으로서는 뭐라고 대답하기 어려운 일이오나 적의 군량 사정이 몹시 궁핍하다면 화친에 응하지 않을 수가 없을 것이옵니다. 만약 손빈이 끝까지 싸우려고 든다면 우리는 공격하려고 애쓸 것이 아니라 도성을 굳게 지켜나가면서 기병(奇兵)들로 하여금 적의 보급로만 차단해 버리게 하면 되는 것입니다. 적들은 20만 대군이라 아마 한 달이 채 못 가 아사지경(餓死之境)에 이르게 될 것입니다."

방연이 한수의 계략을 듣고 크게 기뻐하였다.

"과연 명안이오. 그러면 그대가 손빈을 찾아가 술책을 시도해 보도록 하오."

'유세객(遊說客)'으로 가장한 한수가 손빈의 진영을 찾아왔다. 전국시대에는 '유세객'이라고 불리는 낭인(浪人)들이 많았다. 변설(辨說)이 능한 그들은 흔히 이 나라 저 나라로 돌아다니며 전쟁을 중재해 주는 거간꾼 노릇을 했다.

유세객으로 가장한 한수는 제진(齊陣)으로 찾아와 손빈에게 면담을 요청하였다. 면담을 요청 받은 손빈이 막료 장수에게 물어 본다.

"그대들은 혹시 한수라는 이름의 유세객이 있다는 말을 들어 본 일이 있는가?"

"그런 이름의 유세객이 있다는 말은 들어 본 일이 없사오나 위나라에 '한수'라는 장수가 있다는 말을 들어 본 일은 있사옵니다."

손빈은 한수가 순수한 유세객이 아니라 방연이 보낸 염탐꾼이라는 걸 이미 짐작하고 있었는지라 고개를 크게 끄덕이며 말한다.

"여러 장성들께서도 짐작하시는 대로 한수라는 자는 유세객이 아니고, 우리 진영의 내막을 염탐하려는 적의 밀사임이 분명하오. 나는 방연을 죽여 버릴 작전을 강구하고 있던 중이었소. 때마침 한수라는 자가 제 발로 찾아왔으니 이제는 그자를 이용하여 새로운 작전 계획을 세워야겠소."

손빈은 그날로 군사들을 총동원하여 수만 개의 모래 부대를 만들게 하였다. 모래 부대가 만들어지자 군량미처럼 높이 쌓아 올리게 한 뒤에 한수를 진중으로 불러들여 묻는다.

"귀공은 어디서 오신 분이오?"

한수가 대답한다.

"나는 연(燕)나라에서 온 한수라는 유객이오."

"무슨 용무로 오셨소?"

"나는 본시 운몽(雲夢)이라는 산중에서 도(道)를 닦고 있던 몸인데, 손 장군과 방 장군이 절친한 친구지간이면서 전쟁을 하고 있다는 말을 듣고 찾아왔소이다."

손빈은 그 말을 듣고, 한수에게 짐짓 존경하는 빛을 보이며 말한다.

"운몽 산중에서 수도를 하고 계시던 어른을 이렇게 만나 뵙게 되어 정말 반갑소이다. 선생은 나에게 좋은 지혜를 베풀어주소서."

한수는 속으로 쾌재를 부르며,

"내가 알기로 제나라의 손 장군과 위나라의 방 장군은 어렸을 때 동문수학을 한 막역지간(莫逆之間)이라고 들었소. 우의(友誼)라는 것은 무엇보다도 소중한 것입니다. 두 분은 어찌하여 우의를 유린해 가면서 전쟁을 하려고 하시오? 나는 두 분의 싸움을 말리려고 왔소이다."

손빈이 대답한다.

"방연은 나를 앉은뱅이 병신으로 만들어 놓았으니, 우의를 배반한 자를 어찌 그냥 내버려 둘 수 있겠소?"

한수가 고개를 좌우로 흔들며 말한다.

"방연 장군이 도량이 협소하여 가까운 친구인 귀공의 다리를 끊어 놓은 것은 크게 잘못된 짓이었소. 그러나 손 장군은 금도(襟度)가 너그러운 대인이 아니오? 자고로 '태산은 조그만 티끌도 사양하지 아니하고(泰山不讓土塊), 큰 바다는 아무리 적은 물이라도 모조리 받아들인다(大海不澤細流)'고 하였소. 손 장군은 방연 장군의 과오를 마땅히 너그러운 마음으로 용서하시고 화목을 도모해야 옳을 것이오."

한수는 손빈을 연방 치켜 올려가면서 제법 그럴 듯한 이론을 전개하였다.

손빈이 다시 말한다.

"선생의 이론에는 나도 찬성입니다. 그러기에 나도 평화적으로 해결할 생각이었는데, 방연이 나와의 약속을 끝끝내 지켜 주지 않는 걸 어떡하오?"

한수가 손빈에게 다시 말한다.

"방연 장군이 손 장군과의 약속을 지키지 않은 것은 크게 잘못된 일이오. 그러나 상대방이 나의 물건을 훔쳤다고 해서 나도 똑같이 훔친다면 나 역시 도둑이 되는 법이오. 손 장군을 위해서라도 전쟁을 피하고 화평을 도모해 주기를 바라오."

"나를 위해서라니? 그건 또 무슨 말이오?"

"생각해 보시오. 손 장군의 군사는 고국을 멀리 떠나왔소이다. 제군(齊軍)은 전쟁을 오래 할수록 군량에 곤란을 느끼게 될 것이오. 위나라 군사들이 군량이 부족한 걸 알면 사정없이 공격해 올 텐데 그때에는 무슨 힘으로 위군을 막아낼 수 있겠소? 내가 손 장군에게 화평을 권하는 것은 바로 그 점에 있는 것이오."

이에 손빈은 정색을 하고 한수를 나무란다.

"선생은 지금 무슨 가당치 않은 말씀을 하고 계시오. 우리는 군량을 얼마든지 풍부하게 가지고 있소. 20만 대군이 불일간에 적의 도성을 함락시킬 것인데 우리더러 철군을 하라는 것은 말도 안 되는 소리요. 혹시 선생은 방연의 청탁을 받고 나를 설득시키려고 찾아온 것은 아니오?"

손빈의 말에 크게 당황한 한수는 손을 설레설레 내저으며,

"나는 결코 그런 사람이 아니오."

"그렇다면 우리에게는 무기와 군량이 얼마나 풍부한가를 선생에게 직접 보여 드리기로 하겠소."

손빈은 한수를 진중으로 직접 안내하여, 가짜 노적가리를 일일이 보여주었다.

한수는 가짜 군량미 노적가리를 보고 얼굴을 붉히며 말한다.

"귀군의 군량 사정이 이렇게 충분할 줄은 미처 몰랐소이다."

"그러니까 선생은 이제부터 방연을 찾아가 전쟁을 해보았자 당해 낼 수 없을 것이니 약속대로 항복을 하라고 권해 주시오."

"알겠소이다. 그러면 방연 장군을 찾아가 항복하도록 권해 보겠소이다."

이리하여 한수가 손빈의 전송을 받으며 위나라로 떠나가려고 하는데, 때마침 대장 원달(遠達)이 급히 달려와 손빈에게,

"내일이면 군량이 떨어질 형편이오니 지금부터 철군을 서둘러야 하겠습니다."

하고 말하는 것이 아닌가. 말할 것도 없이 그것은 한수에게 들려주기 위한 위장 전술이었다.

손빈은 그 말을 듣고 원달을 큰소리로 꾸짖는다.

"군량이 없으면 새로운 노적가리를 헐어 먹으면 될 게 아니냐? 쌀이 산더미처럼 쌓여 있는데 무슨 걱정이냐?"

한수는 그들이 주고받는 대화를 멀리서 엿듣는 순간, 적진 중에 산

더미처럼 쌓여 있는 노적가리는 모두 가짜임을 그제야 깨달았다. 그리하여 내심 크게 기뻐하며 부리나케 본국으로 돌아왔다.

손빈은 한수를 보내고 나서 삼군에 긴급 군령을 내린다.

"모든 군사는 오늘밤을 기하여 철군을 할 테니, 각 부대는 지금부터 철수할 준비를 시급히 서두르라."

총사령관 전기가 그 말을 듣고 깜짝 놀란다.

"적의 도성을 공격하려다가 별안간 철수를 하다니, 그게 무슨 소리요?"

손빈이 웃으면서 대답한다.

"이미 말씀드린 바와 같이 후퇴 작전으로 적을 섬멸할 계획이오니, 원수께서는 안심하시옵소서."

이날 밤 제나라의 대군은 손빈의 지휘 하에 동으로 동으로 긴급 후퇴를 개시하였다.

한편, 위나라의 중군 참모 한수는 손빈과 작별하고 본진으로 돌아오자 방연에게 긴급 보고를 올린다.

"적은 군량이 완전히 떨어졌으니 지금 공격을 퍼부으면 대승을 거둘 수가 있겠습니다."

방연은 자세한 보고를 받고 크게 기뻐하며,

"군량이 떨어졌다는 것을 어떻게 알았소?"

한수가 대답한다.

"손빈은 군량이 얼마든지 많다고 큰소리를 치면서 영내에 산적해 있는 많은 노적가리를 보여주었습니다. 그러나 그 노적가리들은 모두가 모래를 담은 가짜 군량이었습니다. 적은 당장 먹을 군량조차 없는 형편이옵니다. 그래서 금명간 의심할 여지없이 철수할 것이옵니다."

마침 그때 초마가 급히 달려와 방연과 한수에게 고한다.

"적은 지금 비밀리에 철군 준비를 서두르고 있는 중이옵니다."

방연은 그 보고를 받고 무릎을 치며 좋아한다.

"적이 철군을 한다면 우리는 이 기회에 맹렬한 추격을 가하여 철저하게 때려 부숴야 하오."

방연의 동생 방영(龐英)이 그 말을 듣고 형에게,

"손빈이 비록 앉은뱅이라고는 하지만 지략이 비범한 인물입니다. 적이 철군한다는 것은 어쩌면 전술일지도 모르니 각별히 조심하셔야 합니다."

방연이 아우를 꾸짖는다.

"무슨 소리! 적의 노적가리가 쌀인지 모래인지, 우리가 직접 알아보면 될 게 아니냐?"

다음날 방연이 군사를 거느리고 일선으로 직접 나와 보니, 적의 진영에는 노적가리만이 남아 있을 뿐 군사들은 그림자도 보이지 않았다. 부랴부랴 노적가리를 검사해 보니, 포대 속에 들어 있는 것은 전부 모래뿐이 아닌가. 적은 군량미가 떨어져서 밤 사이에 철군을 한 것이 분명하였다.

의기양양해진 방연은 모든 군사에게 긴급명령을 내린다.

"적의 병력이 얼마나 되는지를 알아봐야 하겠으니, 어젯밤 철군하기 전에 그들이 밥을 지어먹은 가마솥의 수효를 알아보아라. 가마솥을 걸었던 자리를 세어보면 적의 병력을 알아낼 수 있으리로다."

군사들은 어젯밤 제나라 군사들이 저녁밥을 지어먹은 가마솥 자리를 조사해 보고 나서 방연에게 다음과 같이 보고하였다.

"적이 어젯밤 밥을 지어먹은 가마솥 수효로 보아 병력은 10만을 넘지 못한 것 같사옵니다."

방연은 그 보고를 받고 크게 기뻐하였다.

"뭐야? 10만밖에 안 된다고? 그렇다면 20만 대군이라고 큰소리를 친 것은 손빈의 허풍에 불과했구나. 쫓기는 군사 10만 명은 아무것도 아니니 시급히 추격하여 씨알머리도 없이 죽여 버려야겠다."

이리하여 방연은 자기 자신이 직접 선봉에 나서서 맹추격을 감행하였다.

한편 숫제 싸울 생각을 아니 하고 하룻밤 사이에 50리를 후퇴한 손빈은 그곳에서 7만 명이 밥을 지어먹은 자취를 남겨놓고, 다시 20리를 후퇴하여 그곳에서 5만 명이 밥을 지어먹은 자취를 남겨 놓았다. 그러고 나서 다시 10리를 후퇴하면서 독고진으로 하여금 1만 군사로서 적과 싸우게 하되, 될 수 있는 대로 적을 가까이 끌어오게 하였다.

군사들이 밥 지어 먹은 자취를 자꾸만 줄여서 조작한 것은 방연을 안심시켜 끌려오기 쉽게 하려는 술책이었음은 두말할 것도 없었다. 그러나 방연은 가마솥 자취로 보아 손빈의 10만 군사가 하루 사이에 7만 명으로 줄어든 것을 보고 크게 기뻐하며,

"적은 굶주림을 견디지 못해 하룻밤 사이에 3만 명이나 도망을 갔구나. 그들이 자멸하는 것은 시간 문제다. 우리는 고삐를 늦추지 말고, 더욱 맹렬한 추격을 가하자."

그리고 얼마를 다시 추격해 오다 보니 이번에는 5만 명이 밥 지어 먹은 자취만이 남아 있지 않은가.

"불과 하루 사이에 적은 또다시 2만 명이 줄어들었구나!"

방연은 크게 소리 내어 웃으면서,

"하하하, 적이 이렇게 자꾸만 줄어들어 가는 걸 보니 2, 3일 후면 한 놈도 남지 않고 없어지게 될지 모른다. 그래서야 우리가 모처럼 추격해 온 보람이 없어질 것이니 아직도 남아 있는 놈들을 내가 직접 때려잡아야겠다. 보병으로는 도망가는 놈들을 따라잡을 수 없으니 이제

부터 기마대(騎馬隊)만이 나를 따르라."

방연은 기마대만 이끌고 질풍신뢰와 같이 달려서 반룡산(蟠龍山)에 도달하였다. 반룡산은 워낙 수목이 울창한 험악한 산인데다가, 거기서 동쪽으로 얼마를 가면 '마릉도(馬陵道)'라는 20리 길이의 험한 계곡이 있었다.

손빈은 전승(田勝), 전구(田忌) 두 장수에게 강병 5백 명씩을 주어, 마릉도 계곡 좌우 언덕 위에 매복시켜 놓고, 커다란 통나무들을 베어내어 길을 가로막아 놓게 하였다.

손빈은 마릉도 계곡의 가장 좁은 곳에 물샐틈없는 반격 태세를 갖춰 놓고 나서 이번에는 길가에 있는 생나무 껍질을 반쯤 벗기더니, 그 위에,

龐涓死此樹下(방연은 이 나무 아래서 죽는다).

라는 여섯 글자를 커다랗게 써 갈겼다. 그런 다음 수하 장병들에게 이렇게 말하는 것이었다.

"두고 보아라! 우리를 추격해 오던 방연은 이 나무 아래에서 죽게 될 것이다. 방연은 오늘 밤 3경에 이곳에 도달하게 된다. 방연이 이곳에 도달하고 나서 얼마 후면 횃불을 밝히게 될 것이다. 모든 장병들은 횃불을 신호로, 그 횃불에 대고 총공격을 퍼부어라."

그런 다음 손빈 자신은 대장 원달과 함께 포장마차를 타고 후방으로 유유히 물러나 있었다.

방연이 마릉도 계곡 어귀에 도달한 것은 과연 밤이 깊어서였다. 거기서 다시 한번 지어먹은 가마솥 자취를 조사해 보니, 이제 적의 남은 병력은 3만도 채 못 되지 않는가.

방연은 가마솥이 걸렸던 자리에 쌓여 있는 재에 손을 짚어 보았다. 불은 꺼져 있었지만 재 속은 여전히 온기가 뜨뜻미지근하게 남아 있지 않는가. 그것도 손빈이 미리 조작해 놓은 세밀한 작전 계획의 하나였다. 그러나 그것을 알 턱이 없는 방연은 신바람이 나서,

"적은 멀리 가지 못했다. 마릉도 계곡으로 맹추격을 감행하라!"

방연이 군령을 내리자. 부장들이 난색을 보이며,

"마릉도는 무척 험난한 곳이옵니다. 적의 복병이 있을지도 모르니, 추격을 내일로 미루는 것이 어떠하겠습니까?"

방연도 복병 문제에 대해서는 두려움이 없지 않았다. 그리하여 산 밑에 있는 민가를 찾아가 농사꾼에게,

"제나라 군사들이 이곳을 언제 통과하였소?"

하고 물으니 그들은 입을 모아 이렇게 대답한다.

"어느 나라 군사인지는 모르오나 2, 3일 전부터 군사들이 꼬리를 물고 이곳을 지나갔습니다."

"마지막 군사들이 이곳을 지나간 것은 언제였소?"

"저녁때까지 군사들이 모두 지나가 버리고, 해가 질 무렵에 포장마차 한 대가 지나갔는데 그것이 마지막이었습니다."

"포장마차가 지나갔다구?"

방연은 손빈이 포장마차 위에서 전투를 지휘하고 있음을 알고 있었기에 크게 기뻐하며,

"그 포장마차가 지금쯤 얼마나 갔을 것 같소?"

하고 다시 물어 보았다.

"글쎄올시다. 포장마차는 워낙 행보가 느려 아무리 서둘러야 20리를 채 못 갔을 것이오."

말할 것도 없이 그렇게 대답하는 농사꾼들은 손빈이 미리 배치시켜

놓은 제나라 군사들이었다. 작전이 치밀한 손빈은 거기까지도 손을 써두었던 것이다. 그러나 그러한 사실을 알 턱이 없는 방연은 '20리'라는 소리를 듣자 말에 박차를 가하며 불호령을 내린다.

"20리만 더 가면 손빈을 생포할 수 있다. 모두들 나를 따르라."

방연의 군사는 모험을 무릅쓰고 마릉도 계곡으로 달려나갔다. 선봉으로 달려가던 방총(龐悤)이 10리쯤 가다 말고 되돌아와서 방연에게 고한다.

"눈앞은 캄캄하고 길이 험악하여 말을 달릴 수가 없습니다. 아침에 추격해도 늦지 않을 것이니 여기서 날이 밝기를 기다리는 것이 어떠하겠습니까?"

방연이 소리 높여 방총을 꾸짖는다.

"모든 일에는 때가 있는 법이다. 목전의 승리를 헛되이 놓칠 수는 없는 일이 아니냐? 탈 수 없거든 걸어서라도 추격하라. 10리만 더 가면 적을 따라잡을 수 있을 것이다."

거기서 7, 8리쯤 더 갔을 때, 선봉부대인 연락병이 달려와 방연에게 고한다.

"적들이 아름드리 통나무로 길을 겹겹이 가로막아 놓아 전진할 수가 없사옵니다."

방연은 그 말을 듣고 또다시 벼락같은 호통을 지른다.

"군사가 길이 막혀서 행군을 못 한다는 것은 말이 안 되는 소리다. 어떤 일이 있어도 뚫고 돌파하라."

마침 그때 옆에 있던 장수 하나가 방연에게,

"저 나무 위에 무슨 글이 쓰여 있는데, 어두워 알아볼 수가 없사옵니다."

하고 말한다.

"아, 그래? 그러면 무슨 내용인지 알아보게 횃불을 밝혀라."

방연이 횃불을 밝혀 '龐涓死此樹下'라는 여섯 글자를 읽어보는 순간 전신에 소름이 쫙 끼쳤다.

'아차! 손빈이란 놈의 계략에 감쪽같이 걸려들었구나!'

크게 당황한 방연이,

"전군은 즉시 회군하라!"

하고 군령을 내리는 바로 그 순간 전후좌우에 철옹성처럼 매복해 있던 전승, 전구의 군사들이 횃불을 목표로 수천 수만의 화살을 우박처럼 퍼부어댔다. 손빈을 추격해 오던 위군 기마병들은 우박처럼 쏟아지는 화살 벼락을 맞아 모조리 전사했음은 말할 것도 없다.

방연 자신도 억수처럼 퍼붓는 화살을 피할 길이 없어 그 자리에 쓰러져 죽으면서,

"아아, 기어코 그 병신 놈의 이름을 천하에 떨치게 해주었구나!"

하고 최후의 순간까지 절치부심하며 울부짖었다.

이윽고 날이 밝자 손빈은 어젯밤의 전과를 알아보기 위해 포장마차를 마릉도 계곡으로 몰아 나왔다. 어젯밤의 공격이 얼마나 치열했던지 방연의 몸뚱이에 꽂혀 있는 화살이 무려 8백여 대였다. 손빈이 화살이 입추의 여지없이 꽂힌 채 무참하게 죽어간 방연의 시체를 보고 한 줄기의 눈물을 뿌리며 이렇게 탄식한다.

"아아! 어리석은 친구였도다. 그대는 정당하게 실력을 겨룰 생각은 아니 하고, 친구인 나를 죽여 제1인자가 되려는 그릇된 생각을 품었던 죄로 오늘날 이 꼴이 되고 말았도다."

비참하게 죽어간 방연의 시체를 그윽하게 바라보고 있는 손빈의 가슴속에는 형용하기 어려운 만감(萬感)이 솟구쳐 올랐다.

'어렸을 때에는 그렇게도 절친했던 우리들이 아니었던가?'

그렇게도 절친했던 친구를 자기 손으로 죽였으니 커다란 죄악이라도 범한 느낌이었다.

"방연 군, 미안하네. 사태가 이미 이 지경에 이르렀으니 이제는 자네의 명복(冥福)을 빌 뿐이네."

손빈은 방연의 시체를 바라보며 혼잣말로 그렇게 중얼거리다가 문득 그 옛날 할아버지한테서 들은 말이 새삼스러이 머리에 떠올랐다.

"병법이란 사람을 죽여서 승리하는 방법을 연구하는 학문이 아니라, 사람을 살려 가면서 승리하는 방법을 연구하는 학문이라는 것을 알아야 하느니라!"

돌이켜 생각해 보면 할아버지 말씀은 과연 철인(哲人)다웠다. 만약 할아버지의 뜻을 따라 방연을 진작부터 멀리해 왔더라면 손빈 자신도 앉은뱅이 병신을 면할 수가 있었을 것이요, 방연을 죽일 이유도 없었을 것이 아니겠는가.

아무튼 손빈은 마릉도 계곡에서 방연을 철저하게 쳐부수어 제나라의 대승을 이끌었다. 그 결과 병법가로서 손빈의 명성을 만천하에 널리 떨치게 되었다. 손빈은 병법 연구에는 관심이 깊었지만 방연을 죽이고 나서부터는 실전에 가담하고 싶은 의욕이 전연 동하지 않았다.

손빈은 그때부터 순전히 병법 연구에만 몰두하게 되었는데 마릉도 계곡에서 시도한 작전 계획을 후세에 길이 남기고 싶어 『손자병법』 「병세편(兵勢篇)」에 다음과 같은 기록을 남겼다.

적을 마음대로 움직이게 하려거든 적에게 이로운 형태를 보여주어서, 적이 그것을 쫓아오도록 하라. 적은 이로우면 반드시 취할 것이니, 그로써 움직이게 해놓고 나서, 군사를 대기시켜 두었다가 치면 반드시 승리하게 되는 법이다(善動敵者 形之敵必從之 豫之敵必取之 以利

動之 以卒待之).

　요컨대 싸움에서 이기려면 상대방에게 이로움을 주어서, 상대방으로 하여금 내 마음대로 움직이게 해야 한다는 소리다. 이 말은 손빈이 방연과의 실전에서 터득한 귀중한 병법의 하나이거니와 비단 전쟁의 경우뿐만 아니라 기업가들이 부하 직원들을 쓰는 용인술(用人術)로도 훌륭한 방법이 아닐까 싶다.
　아무튼 손빈은 할아버지 손무가 틀만 잡아 놓고 내버려 두었던 『손자병법』에 새로운 연구를 첨가하여, 마침내 오늘날 우리들에게 '만고의 명저'를 남겨 주었던 것이다.

〈 제3권 끝 〉